ハリー・ポッターと謎《なぞ》のプリンス6-2　人物紹介《じんぶつしょうかい》

ハリー・ポッター
ホグワーツ魔法魔術学校《まほうまじゅつがっこう》の六年生《ねんせい》。緑《みどり》の目《め》に黒《くろ》い髪《かみ》、額《ひたい》には稲妻形《いなずまがた》の傷《きず》。幼《おさな》いころに両親《りょうしん》を亡《な》くし、マグル(人間《にんげん》)界《かい》で育《そだ》ったので、十一歳《さい》になるまで自分《じぶん》が魔法使《まほうつか》いであることを知《し》らなかった

半純血《はんじゅんけつ》のプリンス
ハリーが学校《がっこう》の本棚《ほんだな》から借《か》りた教科書《きょうかしょ》『上級魔法薬《じょうきゅうまほうやく》』のかつての持《も》ち主《ぬし》。彼《かれ》(彼女《かのじょ》?)の書《か》き込《こ》みはいつも有効《ゆうこう》なアドバイスとなる

ホラス・スラグホーン
「魔法薬学《まほうやくがく》」の新任教師《しんにんきょうし》。お気《き》に入《い》りの生徒《せいと》を集《あつ》めた「スラグ・クラブ」をつくり、お茶会《ちゃかい》やパーティを開《ひら》くのが趣味《しゅみ》。以前《いぜん》も教師《きょうし》をしており、ハリーの両親《りょうしん》やトム・リドルを教《おし》えた過去《かこ》をもつ

ボージン
夜の闇《ノクターン》横丁《よこちょう》にある、強《つよ》い魔力《まりょく》をもった珍品《ちんぴん》をとりあつかう店《みせ》、「ボージン・アンド・バークス」の店主《てんしゅ》。新学期《しんがっき》の前《まえ》、ドラコがこの店《みせ》をおとずれていた

マンダンガス・フレッチャー（ダング）
不死鳥《ふしちょう》の騎士団《きしだん》のメンバーながら、飲《の》んだくれの小悪党《こあくとう》。いつもあやしげな商売《しょうばい》をしている

シリウス・ブラック
ハリーの父親《ちちおや》の親友《しんゆう》で、ハリーの名付《なづ》け親《おや》。ブラック家《け》で唯一《ゆいいつ》のグリフィンドール生《せい》だった

クリーチャー
ハリーがシリウスから引《ひ》き継《つ》いだ屋敷《やしき》しもべ妖精《ようせい》。闇《やみ》の魔術《まじゅつ》に染《そ》まるブラック家《け》を愛《あい》し、ハリーを憎《にく》んでいる

ジニー・ウィーズリー
ハリーの親友《しんゆう》、ロンの妹《いもうと》。見事《みごと》な「コウモリ鼻糞《はなくそ》の呪《のろ》い」が気《き》に入《い》られ、スラグ・クラブに招《まね》かれる

ロミルダ・ベイン
ホグワーツの四年生《ねんせい》。ハリーのガールフレンドの座《ざ》をねらっている

ヴォルデモート（例《れい》のあの人《ひと》、トム・マールヴォロ・リドル）
闇《やみ》の帝王《ていおう》。ハリーにかけた呪《のろ》いがはね返《かえ》り、死《し》のふちをさまよっていたが、ついに復活《ふっかつ》をとげた

To Mackenzie,
my beautiful daughte,
I dedicate
her ink and paper twin

インクと紙から生まれたこの本を、
双子の姉妹のように生まれた
私の美しい娘
マッケンジーに

Original Title: HARRY POTTER AND THE HALF-BLOOD PRINCE

First published in Great Britain in 2005
by Bloomsbury Publishing Plc, 50 Bedford Square, London WC1B 3DP

This book is published in Japan by arrangement with the author through The Blair Partnership

第《だい》10章《しょう》 ゴーントの家《いえ》

それからの一週間《しゅうかん》、「魔法薬学《まほうやくがく》」の授業《じゅぎょう》で、リバチウス・ボラージの教科書《きょうかしょ》とちがう指示《しじ》があれば、ハリーは必《かなら》ず「半純血《はんじゅんけつ》のプリンス」の指示《しじ》に従《したが》い続《つづ》けた。その結果《けっか》、四度目《どめ》の授業《じゅぎょう》では、スラグホーンが、こんなに才能《さいのう》ある生徒《せいと》はめったに教《おし》えたことはないとハリーをほめそやした。

しかし、ロンもハーマイオニーも喜《よろこ》ばなかった。ハリーは教科書《きょうかしょ》を一緒《いっしょ》に使《つか》おうと二人《ふたり》に申《もう》し出《で》たが、ロンはハリー以上《いじょう》に手書《てが》き文字《もじ》の判読《はんどく》に苦労《くろう》したし、それに、あやしまれると困《こま》るので、そうそうハリーに読《よ》み上《あ》げてくれとも頼《たの》めなかった。一方《いっぽう》ハーマイオニーは、頑《がん》として「公式《こうしき》」指示《しじ》なるものに従《したが》ってあくせく苦労《くろう》していたが、プリンスの指示《しじ》におとる結果《けっか》になるので、だんだん機嫌《きげん》が悪《わる》くなっていた。

「半純血《はんじゅんけつ》のプリンス」とは誰《だれ》なのだろうと、ハリーは何《なん》となく考《かんが》えることがあった。宿題《しゅくだい》の量《りょう》が量《りょう》なので、『上級魔法薬《じょうきゅうまほうやく》』の本《ほん》を全部読《ぜんぶよ》むことはできなかったが、ざっと目《め》を通《とお》しただけでも、プリンスが書《か》き込《こ》みをしていないページはほとんどない。全部《ぜんぶ》が全部《ぜんぶ》、魔法薬《まほうやく》のこととはかぎらず、プリンスが彼自身《かれじしん》で創作《そうさく》したらしい呪文《じゅもん》の使《つか》い方《かた》もあちこちに書《か》いてあった。

「彼女自身《かのじょじしん》かもね」ハーマイオニーがいらいらしながら言《い》った。

土曜日《どようび》の夜《よる》、談話室《だんわしつ》でハリーが、その種《しゅ》の書《か》き込《こ》みをロンに見《み》せていたときのことだ。

「女性《じょせい》だったかもしれない。その筆跡《ひっせき》は男子《だんし》より女子《じょし》のものみたいだと思《おも》うわ」

「『プリンス』って呼《よ》ばれてたんだ」ハリーが言《い》った。

「女《おんな》の子《こ》のプリンスなんて、何人《なんにん》いた？」

ハーマイオニーは、この質問《しつもん》には答《こた》えられないようだった。ただ顔《かお》をしかめ、ロンの手《て》から自《じ》分《ぶん》の書《か》いた「再物質化《さいぶっしつか》の原理《げんり》」のレポートをひったくった。ロンはそれを、上下逆《じょうげさか》さまに読《よ》んでいた。

ハリーは腕時計《うでどけい》を見《み》て、急《いそ》いで『上級魔法薬《じょうきゅうまほうやく》』の古本《ふるほん》をかばんにしまった。

「八時《じ》五分前《ふんまえ》だ。もう行《い》かないと、ダンブルドアとの約束《やくそく》に遅《おく》れる」

「わぁーっ！」

ハーマイオニーは、ハッとしたように顔《かお》を上《あ》げた。

「がんばって！　私《わたし》たち、待《ま》ってるわ。ダンブルドアが何《なに》を教《おし》えるのか、聞《き》きたいもの！」

「うまくいくといいな」ロンが言《い》った。

二人《ふたり》は、ハリーが肖像画《しょうぞうが》の穴《あな》を抜《ぬ》けていくのを見送《みおく》った。

ハリーは、誰《だれ》もいない廊下《ろうか》を歩《ある》いた。ところが、曲《ま》がり角《かど》からトレローニー先生《せんせい》が現《あらわ》れたので、急《いそ》いで銅像《どうぞう》の影《かげ》に隠《かく》れなければならなかった。先生《せんせい》は汚《きたな》らしいトランプの束《たば》を切《き》り、歩《ある》きながらそれを読《よ》んではブツブツひとり言《ごと》を言《い》っていた。

「スペードの2、対立《たいりつ》」

ハリーがうずくまって隠《かく》れているそばを通《とお》りながら、先生《せんせい》がつぶやいた。

「スペードの7、凶《きょう》。スペードの10、暴力《ぼうりょく》。スペードのジャック、黒髪《くろかみ》の若者《わかもの》。おそらく悩《なや》める若者《わかもの》で、この占《うらな》い者《しゃ》を嫌《きら》っている――」

トレローニー先生《せんせい》は、ハリーの隠《かく》れている銅像《どうぞう》の前《まえ》でぴたりと足《あし》を止《と》めた。

「まさか、そんなことはありえないですわ」いらいらした口調《くちょう》だった。

また歩《ある》きだしながら、乱暴《らんぼう》にトランプを切《き》りなおす音《おと》が耳《みみ》に入《い》り、立《た》ち去《さ》ったあとには、安物《やすもの》のシェリー酒《しゅ》の臭《にお》いだけがかすかに残《のこ》っていた。ハリーはトレローニーがたしかに行《い》ってしまったとはっきりわかってから飛《と》び出《だ》し、八階《かい》の廊下《ろうか》へと急《いそ》いだ。そこには怪獣像《ガーゴイル》が一体《たい》、壁《かべ》を背《せ》に立《た》っていた。

「ペロペロ酸飴《すんあめ》」

ハリーが唱《とな》えると、怪獣像《ガーゴイル》が飛《と》びのき、背後《はいご》の壁《かべ》が二つに割《わ》れた。ハリーは、そこに現《あらわ》れた動《うご》くらせん階段《かいだん》に乗《の》り、なめらかな円《えん》を描《えが》きながら上《うえ》に運《はこ》ばれて、真鍮《しんちゅう》のドア・ノッカーがついたダンブルドアの校長室《こうちょうしつ》の扉《とびら》の前《まえ》に出《で》た。

ハリーはドアをノックした。

「お入《はい》り」ダンブルドアの声《こえ》がした。

「先生《せんせい》、こんばんは」校長室《こうちょうしつ》に入《はい》りながら、ハリーが挨拶《あいさつ》した。

「ああ、こんばんは、ハリー。お座《すわ》り」ダンブルドアがほほ笑《え》んだ。

「新学期《しんがっき》の一週目《しゅうめ》は楽《たの》しかったかの？」

「はい、先生《せんせい》、ありがとうございます」ハリーが答《こた》えた。

「たいそう忙《いそが》しかったようじゃのう。もう罰則《ばっそく》を引《ひ》っさげておる！」

「アー……」

ハリーはばつの悪《わる》い思《おも》いで言《い》いかけたが、ダンブルドアは、あまり厳《きび》しい表情《ひょうじょう》をしていなかった。

「スネイプ先生《せんせい》とは、かわりに次《つぎ》の土曜日《どようび》に君《きみ》が罰則《ばっそく》を受《う》けるように決《き》めてある」

「はい」

ハリーは、スネイプの罰則《ばっそく》よりも、差《さ》し迫《せま》った今《いま》のほうが気《き》になって、ダンブルドアが今夜計《こんやけい》画《かく》していることを示《しめ》すようなものは何《なに》かないかと、気《き》づかれないようにあたりを見回《みまわ》した。円形《えんけい》の校長室《こうちょうしつ》はいつもと変《か》わりないように見《み》えた。繊細《せんさい》な銀《ぎん》の道具類《どうぐるい》が、細《ほそ》い脚《あし》のテーブルの上《うえ》で、ポッポと煙《けむり》を上《あ》げたり、くるくる渦巻《うずま》いたりしている。歴代校長《れきだいこうちょう》の魔女《まじょ》や魔法使《まほうつか》いの肖像画《しょうぞうが》が、額《がく》の中《なか》で居眠《いねむ》りしている。ダンブルドアの豪華《ごうか》な不死鳥《ふしちょう》、フォークスはドアの内側《うちがわ》の止《と》まり木《ぎ》から、キラキラと興味深《きょうみぶか》げにハリーを見《み》ていた。ダンブルドアは、決闘訓練《けっとうくんれん》の準備《じゅんび》に場所《ばしょ》を広《ひろ》くあけることさえしていないようだった。

「では、ハリー」

ダンブルドアは事務的《じむてき》な声《こえ》で言《い》った。

「君《きみ》はきっと、わしがこの——ほかに適切《てきせつ》な言葉《ことば》がないのでそう呼《よ》ぶが——授業《じゅぎょう》で、何《なに》を計画《けいかく》しておるかと、いろいろ考《かんが》えたじゃろうの？」

「はい、先生《せんせい》」

「さて、わしは、その時《とき》が来《き》たと判断《はんだん》したのじゃ。ヴォルデモート卿《きょう》が十五年前《ねんまえ》、何故君《なにゆえきみ》を殺《ころ》そうとしたかを、君《きみ》が知《し》ってしまった以上《いじょう》、何《なん》らかの情報《じょうほう》を君《きみ》に与《あた》える時《とき》が来《き》たとな」

一瞬《いっしゅん》、間《ま》が空《あ》いた。

「先学年《せんがくねん》の終《お》わりに、僕《ぼく》にすべてを話《はな》すって言《い》ったのに」

ハリーは非難《ひなん》めいた口調《くちょう》を隠《かく》しきれなかった。

「そうおっしゃいました」ハリーは言《い》いなおした。

「そして、話《はな》したとも」ダンブルドアはおだやかに言《い》った。

「わしが知《し》っていることはすべて話《はな》した。これから先《さき》は、事実《じじつ》という確固《かっこ》とした土地《とち》を離《はな》れ、我々《われわれ》はともに、記憶《きおく》というにごった沼地《ぬまち》を通《とお》り、推測《すいそく》というもつれたしげみへの当《あ》てどない旅《たび》に出《で》るのじゃ。ここからは、ハリー、わしは、チーズ製《せい》の大鍋《おおなべ》を作《つく》る時期《じき》が熟《じゅく》したと判断《はんだん》した、かのハンフリー・ベルチャーと同《おな》じぐらい、嘆《なげ》かわしいまちがいを犯《おか》しているかもしれぬ」

「でも、先生《せんせい》は自分《じぶん》がまちがっていないとお考《かんが》えなのですね？」

「当然《とうぜん》じゃ。しかし、すでに君《きみ》に証《あか》したとおり、わしとてほかの者《もの》と同《おな》じように過《あやま》ちを犯《おか》すことがある。事実《じじつ》、わしは大多数《だいたすう》の者《もの》より——不遜《ふそん》な言《い》い方《かた》じゃが——かなり賢《かしこ》いので、過《あやま》ちもまた、より大《おお》きなものになりがちじゃ」

「先生《せんせい》」

ハリーは遠慮《えんりょ》がちに口《くち》を開《ひら》いた。

「これからお話《はな》しくださるのは、予言《よげん》と何《なに》か関係《かんけい》があるのですか？　その話《はなし》は役《やく》に立《た》つのでしょうか。僕《ぼく》が……生《い》き残《のこ》るのに？」

「大《おお》いに予言《よげん》に関係《かんけい》することじゃ」

ダンブルドアは、ハリーがあしたの天気《てんき》を質問《しつもん》したかのように、気軽《きがる》に答《こた》えた。

「そして、君《きみ》が生《い》き残《のこ》るのに役立《やくだ》つものであることを、わしはもちろん望《のぞ》んでおる」

ダンブルドアは立《た》ち上《あ》がって机《つくえ》を離《はな》れ、ハリーのそばを通《とお》り過《す》ぎた。ハリーは座《すわ》ったまま、はやる気持《きも》ちで、ダンブルドアが扉《とびら》の脇《わき》のキャビネット棚《だな》にかがみ込《こ》むのを見《み》ていた。身《み》を起《お》こしたとき、ダンブルドアの手《て》には例《れい》の平《ひら》たい石《いし》の水盆《すいぼん》があった。縁《ふち》に不思議《ふしぎ》な彫《ほ》り物《もの》が施《ほどこ》してある「憂《うれ》いの篩《ふるい》」だ。ダンブルドアはそれをハリーの目《め》の前《まえ》の机《つくえ》に置《お》いた。

「心配《しんぱい》そうじゃな」

たしかにハリーは、「憂《うれ》いの篩《ふるい》」を不安《ふあん》そうに見《み》つめていた。この奇妙《きみょう》な道具《どうぐ》は、さまざまな「想《おも》い」や「記憶《きおく》」をたくわえ、現《あらわ》す。この道具《どうぐ》には、これまで教《おし》えられることも多《おお》かったが、同時《どうじ》に当惑《とうわく》させられる経験《けいけん》もした。前回水盆《ぜんかいすいぼん》の中身《なかみ》をかき乱《みだ》したとき、ハリーは見《み》たくないものまでたくさん見《み》てしまった。しかしダンブルドアは微笑《びしょう》していた。

「今度《こんど》は、わしと一緒《いっしょ》にこれに入《はい》る……さらに、いつもとちがって、許可《きょか》を得《え》て入《はい》るのじゃ」

「先生《せんせい》、どこに行《い》くのですか？」

「ボブ・オグデンの記憶《きおく》の小道《こみち》をたどる旅《たび》じゃ」

ダンブルドアは、ポケットからクリスタルの瓶《びん》を取《と》り出《だ》した。銀白色《ぎんはくしょく》の物質《ぶっしつ》が中《なか》で渦《うず》を巻《ま》いている。

「ボブ・オグデンって、誰《だれ》ですか？」

「魔法法執行部《まほうほうしっこうぶ》に勤《つと》めていた者《もの》じゃ」ダンブルドアが答《こた》えた。

「先《さき》ごろ亡《な》くなったが、その前《まえ》にわしはオグデンを探《さが》し出《だ》し、記憶《きおく》をわしに打《う》ち明《あ》けるよう説得《せっとく》するだけの間《ま》があった。これから、オグデンが仕事上訪問《しごとじょうほうもん》した場所《ばしょ》についていく。ハリー、さあ立《た》ちなさい……」

しかしダンブルドアは、クリスタルの瓶《びん》のふたを取《と》るのに苦労《くろう》していた。けがをした手《て》がこわばり、痛《いた》みがあるようだった。

「先生《せんせい》、やりましょうか――僕《ぼく》が？」

「ハリー、それにはおよばぬ――」

ダンブルドアが杖《つえ》で瓶《びん》を指《さ》すと、コルクが飛《と》んだ。

「先生《せんせい》――どうして手《て》をけがなさったんですか？」

黒《くろ》くなった指《ゆび》を、おぞましくも痛々《いたいた》しくも思《おも》いながら、ハリーはまた同《おな》じ質問《しつもん》をした。

「ハリーよ、今《いま》はその話《はなし》をする時《とき》ではない。まだじゃ。ボブ・オグデンとの約束《やくそく》の時間《じかん》があるのでな」

ダンブルドアが銀色《ぎんいろ》の中身《なかみ》をあけると、「憂《うれ》いの篩《ふるい》」の中《なか》で、液体《えきたい》でも気体《きたい》でもないものがかすかに光《ひか》りながら渦巻《うずま》いた。

「先《さき》に行《い》くがよい」ダンブルドアは、水盆《すいぼん》へとハリーをうながした。

ハリーは前《まえ》かがみになり、息《いき》を深《ふか》く吸《す》って、銀色《ぎんいろ》の物質《ぶっしつ》の中《なか》に顔《かお》を突《つ》っ込《こ》んだ。両足《りょうあし》が校長《こうちょう》室《しつ》の床《ゆか》を離《はな》れるのを感《かん》じた。渦巻《うずま》く闇《やみ》の中《なか》を、ハリーは下《した》へ、下《した》へと落《お》ちていった。そして、突《とつ》然《ぜん》のまぶしい陽《ひ》の光《ひかり》に、ハリーは目《め》を瞬《しばたた》いた。目《め》が慣《な》れないうちに、ダンブルドアがハリーのかたわらに降《お》り立《た》った。

二人《ふたり》は、田舎《いなか》の小道《こみち》に立《た》っていた。道《みち》の両側《りょうがわ》はからみ合《あ》った高《たか》い生《い》け垣《がき》に縁取《ふちど》られ、頭上《ずじょう》には忘《わす》れな草《ぐさ》のように鮮《あざ》やかなブルーの夏空《なつぞら》が広《ひろ》がっている。二人《ふたり》の二、三メートル先《さき》に、背《せ》の低《ひく》い小太《こぶと》りの男《おとこ》が立《た》っていた。牛乳瓶《ぎゅうにゅうびん》の底《そこ》のような分厚《ぶあつ》いめがねのせいで、その奥《おく》の目《め》がモグラの目《め》のように小《ちい》さな点《てん》になって見《み》える。男《おとこ》は、道《みち》の左側《ひだりがわ》のキイチゴのしげみから突《つ》き出《だ》している木《き》の案内板《あんないばん》を読《よ》んでいた。これがオグデンにちがいない。ほかには人影《ひとかげ》がないし、それに、不慣《ふな》れな魔法使《まほうつか》いがマグルらしく見《み》せるために選《えら》びがちな、ちぐはぐな服装《ふくそう》をしている。ワンピース型《がた》のしまの水着《みずぎ》の上《うえ》から燕尾服《えんびふく》をはおり、下《した》にはスパッツをはいている。しかし、ハリーが奇妙《きみょう》キテレツな服装《ふくそう》を充分観察《じゅうぶんかんさつ》する間《ま》もなく、オグデンはきびきびと小道《こみち》を歩《ある》きだした。

ダンブルドアとハリーはそのあとを追《お》った。案内板《あんないばん》を通《とお》り過《す》ぎるときにハリーが見上《みあ》げると、木片《もくへん》の一方《いっぽう》は今来《いまき》た道《みち》を指《さ》して、「グレート・ハングルトン　八キロ」とあり、もう一方《いっぽう》はオグデンの向《む》かった方向《ほうこう》を指《さ》して、「リトル・ハングルトン　一・六キロ」としるしてある。

短《みじか》い道《みち》のりだったが、その間《あいだ》は、生《い》け垣《がき》と頭上《ずじょう》に広《ひろ》がる青空《あおぞら》、そして燕尾服《えんびふく》のすそを左右《さゆう》に振《ふ》りながら前《まえ》を歩《ある》いていく姿《すがた》しか見《み》えなかった。やがて小道《こみち》が左《ひだり》に曲《ま》がり、急斜面《きゅうしゃめん》の下《くだ》り坂《ざか》になった。突然目《とつぜんめ》の前《まえ》に、思《おも》いがけなく谷間全体《たにまぜんたい》の風景《ふうけい》が広《ひろ》がった。リトル・ハングルトンにちがいないと思《おも》われる村《むら》が見《み》えた。二つの小高《こだか》い丘《おか》の谷間《たにま》に埋《う》もれているその村《むら》の、教会《きょうかい》も墓地《ぼち》も、ハリーにははっきり見《み》えた。谷《たに》を越《こ》えた反対側《はんたいがわ》の丘《おか》の斜面《しゃめん》に、ビロードのような広《ひろ》い芝生《しばふ》に囲《かこ》まれた瀟洒《しょうしゃ》な館《やかた》が建《た》っている。

オグデンは、急《きゅう》な下《くだ》り坂《ざか》でやむなく小走《こばし》りになった。ダンブルドアも歩幅《ほはば》を広《ひろ》げ、ハリーは急《いそ》いでそれについていった。ハリーは、リトル・ハングルトンが最終目的地《さいしゅうもくてきち》だろうと思《おも》った。スラグホーンを見《み》つけたあの夜《よる》もそうだったが、なぜ、こんな遠《とお》くから近《ちか》づいていかなければならないのかが不思議《ふしぎ》だった。しかし、すぐに、その村《むら》に行《い》くと予想《よそう》したハリーがまちがいだったことに気《き》づいた。小道《こみち》は右《みぎ》に折《お》れ、二人《ふたり》がそこを曲《ま》がると、オグデンの燕尾服《えんびふく》の端《はし》が生《い》け垣《がき》のすきまから消《き》えようとしているところだった。

ダンブルドアとハリーは、オグデンを追《お》って、舗装《ほそう》もされていない細道《ほそみち》に入《はい》った。その道《みち》も下《くだ》り坂《ざか》だったが、両側《りょうがわ》の生《い》け垣《がき》はこれまでより高《たか》くぼうぼうとして、道《みち》は曲《ま》がりくねり、岩《いわ》だらけ、穴《あな》だらけだった。細道《ほそみち》は、少《すこ》し下《した》に見《み》える暗《くら》い木々《きぎ》の塊《かたまり》まで続《つづ》いているようだった。思《おも》ったとおり、まもなく両側《りょうがわ》の生《い》け垣《がき》が切《き》れ、細道《ほそみち》は前方《ぜんぽう》の木《き》のしげみの中《なか》へと消《き》えていった。オグデンが立《た》ち止《ど》まり、杖《つえ》を取《と》り出《だ》した。ダンブルドアとハリーは、オグデンの背後《はいご》で立《た》ち止《ど》まった。

雲一《くもひと》つない空《そら》なのに、前方《ぜんぽう》の古木《こぼく》のしげみが黒々《くろぐろ》と深《ふか》くすずしげな影《かげ》を落《お》としていたので、ハリーの目《め》が、からまりあった木々《きぎ》の間《あいだ》に半分隠《はんぶんかく》れた建物《たてもの》を見分《みわ》けるまでに数秒《すうびょう》かかった。家《いえ》を建《た》てるにしては、とてもおかしな場所《ばしょ》を選《えら》んだように思《おも》えた。家《いえ》の周《まわ》りの木々《きぎ》を伸《の》び放題《ほうだい》にして、光《ひかり》という光《ひかり》をさえぎるばかりか、下《した》の谷間《たにま》の景色《けしき》までもさえぎっているのは不思議《ふしぎ》なやり方《かた》だ。人《ひと》が住《す》んでいるのかどうか、ハリーはいぶかった。壁《かべ》はこけむし、屋根瓦《やねがわら》がごっそりはがれ落《お》ちて、垂木《たるき》がところどころむき出《だ》しになっている。イラクサがそこら中《じゅう》にはびこり、先端《せんたん》が窓《まど》まで達《たっ》している。窓《まど》は小《ちい》さく、汚《よご》れがべっとりとこびりついている。こんな所《ところ》には誰《だれ》も住《す》めるはずがないとハリーがそう結論《けつろん》を出《だ》したとたん、窓《まど》の一つがガタガタと音《おと》を立《た》てて開《ひら》き、誰《だれ》かが料理《りょうり》をしているかのように、湯気《ゆげ》や煙《けむり》が細々《ほそぼそ》と流《なが》れ出《だ》してきた。

オグデンはそっと、そしてハリーにはそう見《み》えたのだが、かなり慎重《しんちょう》に前進《ぜんしん》した。周《まわ》りの木々《きぎ》が、オグデンの上《うえ》をすべるように暗《くら》い影《かげ》を落《お》としたとき、オグデンは再《ふたた》び立《た》ち止《ど》まって玄関《げんかん》の戸《と》を見《み》つめた。誰《だれ》の仕業《しわざ》か、そこには蛇《へび》の死《し》がいがくぎで打《う》ちつけられていた。

その時《とき》、木《こ》の葉《は》がこすれ合《あ》う音《おと》がして、バリッという鋭《するど》い音《おと》とともに、すぐそばの木《き》からボロをまとった男《おとこ》が降《ふ》ってきて、オグデンのまん前《まえ》に立《た》ちはだかった。オグデンはすばやく飛《と》びのいたが、あまり急《きゅう》に跳《と》んだので、燕尾服《えんびふく》のしっぽを踏《ふ》んづけて転《ころ》びかけた。

「**おまえは歓迎《かんげい》されない**」

目《め》の前《まえ》の男《おとこ》は、髪《かみ》がぼうぼうで、何色《なにいろ》なのかわからないほど泥《どろ》にまみれている。歯《は》は何本《なんぼん》か欠《か》けている。小《ちい》さい目《め》は暗《くら》く、それぞれ逆《ぎゃく》の方向《ほうこう》を見《み》ている。おどけて見《み》えそうな姿《すがた》が、この男《おとこ》の場合《ばあい》には、見《み》るからに恐《おそ》ろしかった。オグデンがさらに数歩《すうほ》下《さ》がってから話《はな》しだしたのも、無理《むり》はないとハリーは思《おも》った。

「あー——おはよう。魔法省《まほうしょう》から来《き》た者《もの》だが——」

「**おまえは歓迎《かんげい》されない**」

「あー――すみません――よくわかりませんが」オグデンが落《お》ち着《つ》かない様子《ようす》で言《い》った。

ハリーはオグデンが極端《きょくたん》に鈍《にぶ》いと思《おも》った。ハリーに言《い》わせれば、この得体《えたい》の知《し》れない人物《じんぶつ》は、はっきり物《もの》を言《い》っている。片手《かたて》で杖《つえ》を振《ふ》り回《まわ》し、もう一方《いっぽう》の手《て》にかなり血《ち》にまみれた小刀《こがたな》を持《も》っているとなればなおさらだ。

「君《きみ》にはきっとわかるのじゃろう、ハリー？」ダンブルドアが静《しず》かに言《い》った。

「ええ、もちろんです」ハリーはキョトンとした。

「オグデンはどうして――？」

しかし、戸《と》に打《う》ちつけられた蛇《へび》の死《し》がいが目《め》に入《はい》ったとき、ハッと気《き》がついた。

「あの男《おとこ》が話《はな》しているのは蛇語《へびご》？」

「そうじゃよ」ダンブルドアはほほ笑《え》みながらうなずいた。

ボロの男《おとこ》は、今《いま》や小刀《こがたな》を片手《かたて》に、もう一方《いっぽう》に杖《つえ》を持《も》ってオグデンに迫《せま》っていた。

「まあ、まあ――」

オグデンが言《い》いはじめたときはすでに遅《おそ》かった。バーンと大《おお》きな音《おと》がして、オグデンは鼻《はな》を押《お》さえて地面《じめん》に倒《たお》れた。指《ゆび》の間《あいだ》から気持《きも》ちの悪《わる》いねっとりした黄色《きいろ》いものが噴《ふ》き出《だ》している。

「モーフィン！」大《おお》きな声《こえ》がした。

年老《としお》いた男《おとこ》が小屋《こや》から飛《と》び出《だ》してきた。勢《いきお》いよく戸《と》を閉《し》めたので、蛇《へび》の死《し》がいが情《なさ》けない姿《すがた》で揺《ゆ》れた。この男《おとこ》は最初《さいしょ》の男《おとこ》より小《ちい》さく、体《からだ》の釣《つ》り合《あ》いが奇妙《きみょう》だった。広《ひろ》い肩幅《かたはば》、長過《ながす》ぎる腕《うで》、さらに褐色《かっしょく》に光《ひか》る目《め》やチリチリ短《みじか》い髪《かみ》としわくちゃの顔《かお》が、年老《としお》いた強健《きょうけん》な猿《さる》のような風貌《ふうぼう》に見《み》せていた。その男《おとこ》は、小刀《こがたな》を手《て》にしてクワックワッと高笑《たかわら》いしながら地《じ》べたのオグデンの姿《すがた》を眺《なが》めている男《おとこ》のかたわらで、立《た》ち止《ど》まった。

「魔法省《まほうしょう》だと？」オグデンを見下《みお》ろして、年老《としお》いた男《おとこ》が言《い》った。

「そのとおり！」

オグデンは顔《かお》をぬぐいながら怒《おこ》ったように言《い》った。

「それで、あなたは、察《さっ》するにゴーントさんですね？」

「そうだ」ゴーントが答《こた》えた。「こいつに顔《かお》をやられたか？」

「ええ、そうです！」オグデンがかみつくように言《い》った。

「前触《まえぶ》れなしに来《く》るからだ。そうだろうが？」

ゴーントがけんかを吹《ふ》っかけるように言《い》った。

「ここは個人《こじん》の家《いえ》だ。ズカズカ入《はい》ってくれば、息子《むすこ》が自己防衛《じこぼうえい》するのは当然《とうぜん》だ」

「何《なに》に対《たい》する防衛《ぼうえい》だと言《い》うんです？　え？」

無様《ぶざま》な格好《かっこう》で立《た》ち上《あ》がりながら、オグデンが言《い》った。

「お節介《せっかい》、侵入者《しんにゅうしゃ》、マグル、穢《けが》れたやつら」

オグデンは杖《つえ》を自分《じぶん》の鼻《はな》に向《む》けた。大量《たいりょう》に流《なが》れ出《で》ていた黄色《きいろ》い膿《うみ》のようなものが、即座《そくざ》に止《と》まった。ゴーントはほとんど唇《くちびる》を動《うご》かさずに、口《くち》の端《はし》でモーフィンに話《はな》しかけた。

「**家《いえ》の中《なか》に入《はい》れ。口答《くちごた》えするな**」

今度《こんど》は注意《ちゅうい》して聞《き》いていたので、ハリーは蛇語《へびご》を聞《き》き取《と》った。言葉《ことば》の意味《いみ》が理解《りかい》できただけでなく、オグデンの耳《みみ》に聞《き》こえたであろうシューシューという気味《きみ》の悪《わる》い音《おと》も聞《き》き分《わ》けた。モーフィンは口答《くちごた》えしかかったが、父親《ちちおや》の脅《おど》すような目《め》つきに出会《であ》うと、思《おも》いなおしたように、奇妙《きみょう》に横揺《よこゆ》れする歩《ある》き方《かた》でドシンドシンと小屋《こや》の中《なか》に入《はい》っていった。玄関《げんかん》の戸《と》をバタンと閉《し》めたので、蛇《へび》がまたしても哀《あわ》れに揺《ゆ》れた。

「ゴーントさん、わたしはあなたの息子《むすこ》さんに会《あ》いにきたんです」

燕尾服《えんびふく》の前《まえ》にまだ残《のこ》っていた膿《うみ》をふき取《と》りながら、オグデンが言《い》った。

「あれがモーフィンですね？」

「ふん、あれがモーフィンだ」

年老《としお》いた男《おとこ》がそっけなく言《い》った。

「おまえは純血《じゅんけつ》か？」突然《とつぜん》食《く》ってかかるように、男《おとこ》が聞《き》いた。

「どっちでもいいことです」オグデンが冷《つめ》たく言《い》った。

ハリーは、オグデンへの尊敬《そんけい》の気持《きも》ちが高《たか》まるのを感《かん》じた。

ゴーントのほうは明《あき》らかにちがう気持《きも》ちになったらしい。目《め》を細《ほそ》めてオグデンの顔《かお》を見《み》ながら、いやみたっぷりの挑発口調《ちょうはつくちょう》でつぶやいた。

「そう言《い》えば、おまえみたいな鼻《はな》を村《むら》でよく見《み》かけたな」

「そうでしょうとも。息子《むすこ》さんが、連中《れんちゅう》にしたい放題《ほうだい》をしていたのでしたら」

オグデンが言《い》った。

「よろしければ、この話《はなし》は中《なか》で続《つづ》けませんか？」

「中《なか》で？」

「そうです。ゴーントさん。もう申《もう》し上《あ》げましたが、わたしはモーフィンのことでうかがったのです。ふくろうをお送《おく》り――」

「俺《おれ》にはふくろうなど役《やく》に立《た》たん」ゴーントが言《い》った。「手紙《てがみ》は開《あ》けない」

「それでは、訪問《ほうもん》の前触《まえぶ》れなしだったなどと、文句《もんく》は言《い》えないですな」

オグデンがピシャリと言《い》った。

「わたしがうかがったのは、今早朝《こんそうちょう》、ここで魔法法《まほうほう》の重大《じゅうだい》な違反《いはん》が起《お》こったためで――」

「わかった、わかった、わかった」ゴーントがわめいた。

「さあ、家《いえ》に入《はい》りやがれ。どうせクソの役《やく》にも立《た》たんぞ！」

家《いえ》には小《ちい》さい部屋《へや》が三つあるようだった。台所《だいどころ》と居間《いま》を兼《か》ねた部屋《へや》が中心《ちゅうしん》で、そこに出入《でい》りするドアが二つある。モーフィンはくすぶっている暖炉《だんろ》のそばの汚《きたな》らしいひじかけ椅子《いす》に座《すわ》り、生《い》きたクサリヘビを太《ふと》い指《ゆび》にからませて、それに向《む》かって蛇語《へびご》で小《ちい》さく口《くち》ずさんでいた。

シュー、シューとかわいい蛇《へび》よ
クーネ、クーネと床《ゆか》にはえ
モーフィン様《さま》の機嫌《きげん》取《と》れ
戸口《とぐち》にくぎづけされぬよう

開《ひら》いた窓《まど》のそばの、部屋《へや》の隅《すみ》のほうから、あたふたと動《うご》く音《おと》がして、ハリーはこの部屋《へや》にもう一人《ひとり》誰《だれ》かがいることに気《き》づいた。若《わか》い女性《じょせい》だ。身《み》にまとったぼろぼろの灰色《はいいろ》の服《ふく》が、背後《はいご》の汚《きたな》らしい石壁《いしかべ》の色《いろ》とまったく同《おな》じ色《いろ》だ。すすで真《ま》っ黒《くろ》に汚《よご》れたかまどで湯気《ゆげ》を上《あ》げている深鍋《ふかなべ》のそばに立《た》ち、上《うえ》の棚《たな》の汚《きたな》らしい鍋釜《なべがま》をいじり回《まわ》している。つやのない髪《かみ》はだらりと垂《た》れ、器量《きりょう》よしとは言《い》えず、青白《あおじろ》くかなりぼってりした顔立《かおだ》ちをしている。兄《あに》と同《おな》じに、両眼《りょうがん》が逆《ぎゃく》の方向《ほうこう》を見《み》ている。二人《ふたり》の男《おとこ》よりは小《こ》ざっぱりしていたが、ハリーは、こんなに打《う》ちひしがれた顔《かお》は見《み》たことがないと思《おも》った。

「娘《むすめ》だ。メローピー」

オグデンが物問《ものと》いたげに女性《じょせい》を見《み》ていたので、ゴーントがしぶしぶ言《い》った。

「おはようございます」オグデンが挨拶《あいさつ》した。

女性《じょせい》は答《こた》えず、おどおどしたまなざしで父親《ちちおや》をちらりと見《み》るなり部屋《へや》に背《せ》を向《む》け、棚《たな》の鍋釜《なべがま》をあちこちに動《うご》かし続《つづ》けた。

「さて、ゴーントさん」オグデンが話《はな》しはじめた。「単刀直入《たんとうちょくにゅう》に申《もう》し上《あ》げますが、息子《むすこ》さんのモーフィンが、昨夜半《さくやはん》すぎ、マグルの面前《めんぜん》で魔法《まほう》をかけたと信《しん》じるに足《た》る根拠《こんきょ》があります」

ガシャーンと耳《みみ》をろうする音《おと》がした。メローピーが深鍋《ふかなべ》を一つ落《お》としたのだ。

「**拾《ひろ》え！**」ゴーントがどなった。「そうだとも。穢《けが》らわしいマグルのように、そうやって床《ゆか》にはいつくばって拾《ひろ》うがいい。何《なん》のための杖《つえ》だ？　役立《やくた》たずのクソッタレ！」

「ゴーントさん、そんな！」

オグデンはショックを受《う》けたように声《こえ》を上《あ》げた。メローピーはもう鍋《なべ》を拾《ひろ》い上《あ》げていたが、顔《かお》をまだらに赤《あか》らめ、鍋《なべ》をつかみそこねてまた取《と》り落《お》とし、震《ふる》えながらポケットから杖《つえ》を取《と》り出《だ》した。杖《つえ》を鍋《なべ》に向《む》け、あわただしく何《なに》か聞《き》き取《と》れない呪文《じゅもん》をブツブツ唱《とな》えたが、鍋《なべ》は床《ゆか》から反対方《はんたいほう》向《こう》に吹《ふ》き飛《と》んで、むかい側《がわ》の壁《かべ》にぶつかって真《ま》っ二《ぷた》つに割《わ》れた。

モーフィンは狂《くる》ったように高笑《たかわら》いし、ゴーントは絶叫《ぜっきょう》した。

「直《なお》せ、このウスノロのでくのぼう、直《なお》せ！」

メローピーはよろめきながら鍋《なべ》のほうに歩《ある》いていったが、杖《つえ》を上《あ》げる前《まえ》に、オグデンが杖《つえ》を上《あ》げて、「レパロ！　直《なお》れ！」としっかり唱《とな》えた。鍋《なべ》はたちまち元《もと》どおりになった。

ゴーントは、一瞬《いっしゅん》オグデンをどなりつけそうに見《み》えたが、思《おも》いなおしたように、かわりに娘《むすめ》を嘲《あざけ》った。

「魔法省《まほうしょう》からのすてきなお方《かた》がいて、幸運《こううん》だったな？　もしかするとこのお方《かた》が俺《おれ》の手《て》からおまえを取《と》り上《あ》げてくださるかもしれんぞ。もしかするとこのお方《かた》は、汚《きたな》らしいスクイブでも気《き》にならないかもしれん……」

誰《だれ》の顔《かお》も見《み》ず、オグデンに礼《れい》も言《い》わず、メローピーは拾《ひろ》い上《あ》げた鍋《なべ》を、震《ふる》える手《て》で元《もと》の棚《たな》に戻《もど》した。それから、汚《きたな》らしい窓《まど》とかまどの間《あいだ》の壁《かべ》に背中《せなか》をつけて、できることなら石壁《いしかべ》の中《なか》に沈《しず》み込《こ》んで消《き》えてしまいたいというように、じっと動《うご》かずに立《た》ち尽《つ》くしていた。

「ゴーントさん」

オグデンはあらためて話《はな》しはじめた。

「すでに申《もう》し上《あ》げましたように、わたしが参《まい》りましたのは――」

「一回聞《かいき》けばたくさんだ！」ゴーントがピシャリと言《い》った。

「それがどうした？　モーフィンは、マグルにふさわしいものをくれてやっただけだ――それがどうだって言《い》うんだ？」

「モーフィンは、魔法法《まほうほう》を破《やぶ》ったのです」オグデンは厳《きび》しく言《い》った。

「**モーフィンは、魔法法《まほうほう》を破《やぶ》ったのです**」

ゴーントがオグデンの声《こえ》をまね、大《おお》げさに節《ふし》をつけて言《い》った。モーフィンがまた高笑《たかわら》いした。

「息子《むすこ》は、穢《けが》らわしいマグルに焼《や》きを入《い》れてやったまでだ。それが違法《いほう》だと？」

「そうです」オグデンが言《い》った。「残念《ざんねん》ながら、そうです」

オグデンは、内《うち》ポケットから小《ちい》さな羊皮紙《ようひし》の巻《ま》き紙《がみ》を取《と》り出《だ》し、広《ひろ》げた。

「今度《こんど》は何《なん》だ？　息子《むすこ》の判決《はんけつ》か？」ゴーントは怒《おこ》ったように声《こえ》を荒《あら》らげた。

「これは魔法省《まほうしょう》への召喚状《しょうかんじょう》で、尋問《じんもん》は――」

「召喚状《しょうかんじょう》！　召喚状《しょうかんじょう》？　何様《なにさま》だと思《おも》ってるんだ？　俺《おれ》の息子《むすこ》をどっかに呼《よ》びつけるとは！」

「わたしは、魔法警察部隊《まほうけいさつぶたい》の部隊長《ぶたいちょう》です」オグデンが言《い》った。

「それで、俺《おれ》たちのことはクズだと思《おも》っているんだろう。え？」

ゴーントは今《いま》やオグデンに詰《つ》め寄《よ》り、黄色《きいろ》い爪《つめ》でオグデンの胸《むね》を指《さ》しながらわめき立《た》てた。

「魔法省《まほうしょう》が来《こ》いと言《い》えばすっ飛《と》んでいくクズだとでも？　いったい誰《だれ》に向《む》かって物《もの》を言《い》ってるのか、わかってるのか？　この小汚《こぎた》ねえ、ちんちくりんの穢《けが》れた血《ち》め！」

「ゴーントさんに向《む》かって話《はな》しているつもりでおりましたが」

オグデンは、用心《ようじん》しながらもたじろがなかった。

「そのとおりだ！」ゴーントがほえた。

一瞬《いっしゅん》、ハリーは、ゴーントが指《ゆび》を突《つ》き立《た》てて卑猥《ひわい》な手《て》つきをしているのかと思《おも》った。しかしそうではなく、中指《なかゆび》にはめている黒《くろ》い石《いし》つきの醜悪《しゅうあく》な指輪《ゆびわ》を、オグデンの目《め》の前《まえ》で振《ふ》って見《み》せただけだった。

「これが見《み》えるか？　見《み》えるか？　何《なん》だか知《し》っているか？　これがどこから来《き》たものか知《し》ってい

るか？　何世紀《なんせいき》も俺《おれ》の家族《かぞく》の物《もの》だった。それほど昔《むかし》にさかのぼる家系《かけい》だ。しかもずっと純血《じゅんけつ》だ！

どれだけの値段《ねだん》をつけられたことがあるかわかるか？　石《いし》にペベレル家《け》の紋章《もんしょう》が刻《きざ》まれた、この指輪《ゆびわ》に！」

「まったくわかりませんな」

オグデンは、鼻先《はなさき》にずいと指輪《ゆびわ》を突《つ》きつけられて目《め》を瞬《しばた》かせた。

「それに、ゴーントさん、それはこの話《はなし》には関係《かんけい》がない。あなたの息子《むすこ》さんは、違法《いほう》な――」

怒《いか》りにほえたけり、ゴーントは娘《むすめ》に飛《と》びついた。ゴーントの手《て》がメロービーの首《くび》にかかったので、ほんの一瞬《いっしゅん》ハリーは、ゴーントが娘《むすめ》の首《くび》をしめるのかと思《おも》った。次《つぎ》の瞬間《しゅんかん》、ゴーントは娘《むすめ》の首《くび》にかかっていた金鎖《きんぐさり》をつかんで、メロービーをオグデンのほうに引《ひ》きずってきた。

「これが見《み》えるか？」

オグデンに向《む》かって重《おも》そうな金《きん》のロケットを振《ふ》り、メロービーが息《いき》を詰《つ》まらせて咳《せ》き込《こ》む中《なか》、ゴーントが大声《おおごえ》を上《あ》げた。

「見《み》えます。見《み》えますとも！」オグデンがあわてて言《い》った。

「**スリザリンのだ！**」ゴーントがわめいた。

「サラザール・スリザリンだ！　我々《われわれ》はスリザリンの最後《さいご》の末裔《まつえい》だ。何《なん》とか言《い》ってみろ、え？」

「ゴーントさん、娘《むすめ》さんが！」

オグデンが危険《きけん》を感《かん》じて口走《くちばし》ったが、ゴーントはすでにメローピーを放《はな》していた。メローピーは、よろよろとゴーントから離《はな》れて部屋《へや》の隅《すみ》に戻《もど》り、あえぎながら首《くび》をさすっている。

「どうだ！」もつれた争点《そうてん》もこれで問答無用《もんどうむよう》とばかり、ゴーントは勝《か》ち誇《ほこ》って言《い》った。

「我々《われわれ》に向《む》かって、きさまの靴《くつ》の泥《どろ》に物《もの》を言《い》うような口《くち》のきき方《かた》をするな！　何世紀《なんせいき》にもわたって純血《じゅんけつ》だ。全員魔法使《ぜんいんまほうつか》いだ――きさまなんかよりずっと純血《じゅんけつ》だってことは、まちがいないんだ！」

そしてゴーントはオグデンの足元《あしもと》につばを吐《は》いた。モーフィンがまた高笑《たかわら》いした。メローピーは窓《まど》の脇《わき》にうずくまって首《くび》を垂《た》れ、ダランとした髪《かみ》で顔《かお》を隠《かく》して何《なに》も言《い》わなかった。

「ゴーントさん」オグデンはねばり強《づよ》く言《い》った。

「残念《ざんねん》ながら、あなたの先祖《せんぞ》もわたしの先祖《せんぞ》も、この件《けん》には何《なん》の関《かか》わりもありません。わたしはモーフィンのことでここにいるのです。それに昨夜《さくや》、夜半《やはん》すぎにモーフィンが声《こえ》をかけたマグルのことです。我々《われわれ》の情報《じょうほう》によれば」

オグデンは羊皮紙《ようひし》に目《め》を走《はし》らせた。

「モーフィンは、当該《とうがい》マグルに対《たい》しまじないもしくは呪詛《じゅそ》をかけ、この男《おとこ》に非常《ひじょう》な痛《いた》みを伴《ともな》うじんましんを発疹《はっしん》せしめた」

モーフィンがヒャッヒャッと笑《わら》った。

「**だまっとれ**」ゴーントが蛇語《へびご》でうなった。モーフィンはまた静《しず》かになった。

「それで、息子《むすこ》がそうしたとしたら、どうだと？」

ゴーントが、オグデンに挑《いど》むように言《い》った。

「おまえたちがそのマグルの小汚《こぎたな》い顔《かお》を、きれいにふき取《と》ってやったのだろうが。ついでに記憶《きおく》までな――」

「ゴーントさん、要《よう》はそういう話《はなし》ではないでしょう？」オグデンが言《い》った。

「この件《けん》は、何《なに》もしないのに丸腰《まるごし》の者《もの》に攻撃《こうげき》を――」

「ふん、最初《さいしょ》におまえを見《み》たときから、マグル好《ず》きなやつだとにらんでいたわ」

ゴーントはせせら笑《わら》ってまた床《ゆか》につばを吐《は》いた。

「話《はな》し合《あ》ってもらちが明《あ》きませんな」オグデンはきっぱりと言《い》った。

「息子《むすこ》さんの態度《たいど》からして、自分《じぶん》の行為《こうい》を何《なん》ら後悔《こうかい》していないことは明《あき》らかです」

オグデンは、もう一度《いちど》羊皮紙《ようひし》の巻《ま》き紙《がみ》に目《め》を通《とお》した。

「モーフィンは九月《がつ》十四日《か》、口頭尋問《こうとうじんもん》に出頭《しゅっとう》し、マグルの面前《めんぜん》で魔法《まほう》を使《つか》ったこと、さらに当該《とうがい》マグルを傷害《しょうがい》し、精神的苦痛《せいしんてきくつう》を与《あた》えたことにつき尋問《じんもん》を受《う》――」

オグデンは急《きゅう》に言葉《ことば》を切《き》った。ひづめの音《おと》、鈴《すず》の音《ね》、そして声高《こわだか》に笑《わら》う声《こえ》が、開《あ》け放《はな》した窓《まど》から流《なが》れ込《こ》んできた。村《むら》に続《つづ》く曲《ま》がりくねった小道《こみち》が、どうやらこの家《いえ》の木立《こだち》のすぐそばを通《とお》っているらしい。ゴーントはその場《ば》に凍《こお》りついたように、目《め》を見開《みひら》いて音《おと》を聞《き》いていた。モーフィンはシュッシュッと舌《した》を鳴《な》らしながら、意地汚《いじきたな》い表情《ひょうじょう》で、音《おと》のするほうに顔《かお》を向《む》けた。メローピーも顔《かお》を上《あ》げた。ハリーの目《め》に、真《ま》っ青《さお》なメローピーの顔《かお》が見《み》えた。

「おやまあ、なんて目《め》ざわりなんでしょう！」

若《わか》い女性《じょせい》の声《こえ》が、まるで同《おな》じ部屋《へや》の中《なか》で、すぐそばに立《た》ってしゃべっているかのようにはっきりと、開《あ》けた窓《まど》から響《ひび》いてきた。

「ねえ、トム、あなたのお父《とう》さま、あんな掘《ほ》っ建《た》て小屋《ごや》、片《かた》づけてくださらないかしら？」

「僕《ぼく》たちのじゃないんだよ」若《わか》い男《おとこ》の声《こえ》が言《い》った。

「谷《たに》の反対側《はんたいがわ》は全部《ぜんぶ》僕《ぼく》たちの物《もの》だけど、この小屋《こや》は、ゴーントというろくでなしのじいさんと子供《こども》たちの物《もの》なんだ。息子《むすこ》は相当《そうとう》おかしくてね、村《むら》でどんなうわさがあるか聞《き》いてごらんよ――」

若《わか》い女性《じょせい》が笑《わら》った。パカパカというひづめの音《おと》、シャンシャンという鈴《すず》の音《ね》がだんだん大《おお》きくなった。モーフィンがひじかけ椅子《いす》から立《た》ち上《あ》がりかけた。

「座《すわ》ってろ」父親《ちちおや》が蛇語《へびご》で、警告《けいこく》するように言《い》った。

「ねえ、トム」また若《わか》い女性《じょせい》の声《こえ》だ。

これだけ間近《まぢか》に聞《き》こえるのは、二人《ふたり》が家《いえ》のすぐ脇《わき》を通《とお》っているにちがいない。

「あたくしの勘《かん》ちがいかもしれないけど――あのドアに蛇《へび》がくぎづけになっていない？」

「何《なん》てことだ！　君《きみ》の言《い》うとおりだ！」男《おとこ》の声《こえ》が言《い》った。

「息子《むすこ》の仕業《しわざ》だな。頭《あたま》がおかしいって、言《い》っただろう？　セシリア、ねえダーリン、見《み》ちゃダメだよ」

ひづめの音《おと》も鈴《すず》の音《ね》も、今度《こんど》はだんだん弱《よわ》くなってきた。

「ダーリン」モーフィンが妹《いもうと》を見《み》ながら蛇語《へびご》でささやいた。

「『ダーリン』、あいつはそう呼《よ》んだ。だからあいつは、どうせ、おまえをもらっちゃくれない」

メローピーがあまりに真《ま》っ青《さお》なので、ハリーはきっと気絶《きぜつ》すると思《おも》った。

「何《なん》のことだ？」ゴーントは息子《むすこ》と娘《むすめ》を交互《こうご》に見《み》ながら、やはり蛇語《へびご》で、鋭《するど》い口調《くちょう》で聞《き》いた。

「何《なん》て言《い》った、モーフィン？」

「こいつは、あのマグルを見《み》るのが好《す》きだ」

今《いま》やおびえきっている妹《いもうと》を、残酷《ざんこく》な表情《ひょうじょう》で見《み》つめながら、モーフィンが言《い》った。

「あいつが通《とお》るときは、いつも庭《にわ》にいて、生《い》け垣《がき》の間《あいだ》からのぞいている。そうだろう？　それにきのうの夜《よる》は――」

メローピーはすがるように、頭《あたま》を強《つよ》く横《よこ》に振《ふ》った。しかしモーフィンは情《なさ》け容赦《ようしゃ》なく続《つづ》けた。

「窓《まど》から身《み》を乗《の》り出《だ》して、あいつが馬《うま》で家《いえ》に帰《かえ》るのを待《ま》っていた。そうだろう？」

「マグルを見《み》るのに、窓《まど》から身《み》を乗《の》り出《だ》していただと？」ゴーントが低《ひく》い声《こえ》で言《い》った。

ゴーント家《け》の三人《にん》は、オグデンのことを忘《わす》れたかのようだった。オグデンは、またしても起《お》こったシューシュー、ガラガラという音《おと》のやり取《と》りを前《まえ》に、わけがわからず当惑《とうわく》していらいらしていた。

「ほんとうか？」

ゴーントは恐《おそ》ろしい声《こえ》でそう言《い》うと、おびえている娘《むすめ》に一、二歩《ほ》詰《つ》め寄《よ》った。

「俺《おれ》の娘《むすめ》が――サラザール・スリザリンの純血《じゅんけつ》の末裔《まつえい》が――穢《けが》れた泥《どろ》の血《ち》のマグルに焦《こ》がれているのか？」

メローピーは壁《かべ》に体《からだ》を押《お》しつけ、激《はげ》しく首《くび》を振《ふ》った。口《くち》もきけない様子《ようす》だ。

「だけど、父《とう》さん、俺《おれ》がやっつけた！」モーフィンが高笑《たかわら》いした。

「あいつがそばを通《とお》ったとき、おれがやった。じんましんだらけじゃ、色男《いろおとこ》も形無《かたな》しだった。メローピー、そうだろう？」

「このいやらしいスクイブめ！　血《ち》を裏切《うらぎ》る穢《けが》らわしいやつめ！」

ゴーントがほえたけり、抑制《よくせい》がきかなくなって娘《むすめ》の首《くび》を両手《りょうて》でしめた。

「やめろ！」

ハリーとオグデンが同時《どうじ》に叫《さけ》んだ。オグデンは杖《つえ》を上《あ》げ、「レラシオ！　放《はな》せ！」と叫《さけ》んだ。ゴーントはのけぞるように吹《ふ》っ飛《と》ばされて娘《むすめ》から離《はな》れ、椅子《いす》にぶつかって仰向《あおむ》けに倒《たお》れた。怒《いか》り狂《くる》ったモーフィンが、わめきながら椅子《いす》から飛《と》び出《だ》し、血《ち》なまぐさい小刀《こがたな》を振《ふ》り回《まわ》し、杖《つえ》からめちゃくちゃに呪《のろ》いを発射《はっしゃ》しながら、オグデンに襲《おそ》いかかった。

オグデンは命《いのち》からがら逃《に》げ出《だ》した。ダンブルドアが、あとを追《お》わなければならないと告《つ》げ、ハリーはそれに従《したが》った。メローピーの悲鳴《ひめい》がハリーの耳《みみ》にこだましていた。

オグデンは両腕《りょううで》で頭《あたま》を抱《かか》え、矢《や》のように路地《ろじ》を抜《ぬ》けて元《もと》の小道《こみち》に飛《と》び出《だ》した。そこでオグデンはつややかな栗毛《くりげ》の馬《うま》に衝突《しょうとつ》した。馬《うま》にはとてもハンサムな黒髪《くろかみ》の青年《せいねん》が乗《の》っていた。青年《せいねん》も、その隣《となり》で葦毛《あしげ》の馬《うま》に乗《の》っていたきれいな若《わか》い女性《じょせい》も、オグデンの姿《すがた》を見《み》て大笑《おおわら》いした。オグデンは馬《うま》の脇腹《わきばら》にぶつかって跳《は》ね飛《と》ばされたが立《た》ち直《なお》り、燕尾服《えんびふく》のすそをはためかせ、頭《あたま》のてっぺんからつま先までほこりだらけになりながら、ほうほうの体《てい》で小道《こみち》を走《はし》っていった。

「ハリー、もうよいじゃろう」

ダンブルドアはハリーのひじをつかんで、ぐいと引《ひ》いた。次《つぎ》の瞬間《しゅんかん》、二人《ふたり》は無重力《むじゅうりょく》の暗闇《くらやみ》の中《なか》を舞《ま》い上《あ》がり、やがて、もう薄暗《うすぐら》くなったダンブルドアの部屋《へや》に、正確《せいかく》に着地《ちゃくち》した。

「あの小屋《こや》の娘《むすめ》はどうなったんですか？」

ダンブルドアが杖《つえ》を一振《ひとふ》りして、さらにいくつかのランプに灯《ひ》をともしたとき、ハリーは真《ま》っ先《さき》に聞《き》いた。

「メローピーとか、そんな名前《なまえ》でしたけど？」

「おう、あの娘《むすめ》は生《い》き延《の》びた」

ダンブルドアは机《つくえ》に戻《もど》り、ハリーにも座《すわ》るようにうながした。

「オグデンは『姿《すがた》あらわし』で魔法省《まほうしょう》に戻《もど》り、十五分後《ふんご》には援軍《えんぐん》を連《つ》れて再《ふたた》びやってきた。モーフィンと父親《ちちおや》は抵抗《ていこう》したが、二人《ふたり》とも取《と》り押《お》さえられてあの小屋《こや》から連《つ》れ出《だ》され、その後《ご》ウィゼンガモット法廷《ほうてい》で有罪《ゆうざい》の判決《はんけつ》を受《う》けた。モーフィンはすでにマグル襲撃《しゅうげき》の前科《ぜんか》を持《も》っていたため、三年間《ねんかん》のアズカバン送《おく》りの判決《はんけつ》を受《う》けた。マールヴォロはオグデンのほか数人《すうにん》の魔法省《まほうしょう》の役人《やくにん》を傷《きず》つけたため、六か月《げつ》の収監《しゅうかん》になったのじゃ」

「マールヴォロ？」ハリーはけげんそうに聞《き》き返《かえ》した。

「そうじゃ」ダンブルドアは満足《まんぞく》げにほほ笑《え》んだ。

「君《きみ》が、ちゃんと話《はなし》について来《き》てくれるのはうれしい」

「あの年寄《としよ》りが――？」

「ヴォルデモートの祖父《そふ》。そうじゃ」ダンブルドアが言《い》った。

「マールヴォロ、息子《むすこ》のモーフィン、そして娘《むすめ》のメローピーは、ゴーント家《け》の最後《さいご》の三人《にん》じゃ。非常《ひじょう》に古《ふる》くから続《つづ》く魔法界《まほうかい》の家柄《いえがら》じゃが、いとこ同士《どうし》が結婚《けっこん》をする習慣《しゅうかん》から、何世紀《なんせいき》にもわたって情緒不安定《じょうちょふあんてい》と暴力《ぼうりょく》の血筋《ちすじ》で知《し》られていた。常識《じょうしき》の欠如《けつじょ》に加《くわ》えて壮大《そうだい》なことを好《この》む傾向《けいこう》が受《う》け継《つ》がれ、マールヴォロが生《う》まれる数世代前《すうせだいまえ》には、先祖《せんぞ》の財産《ざいさん》をすでに浪費《ろうひ》し尽《つ》くしていた。君《きみ》も見《み》たように、マールヴォロはみじめさと貧困《ひんこん》の中《なか》に暮《く》らし、非常《ひじょう》に怒《おこ》りっぽい上《うえ》、異常《いじょう》な傲慢《ごうまん》さと誇《ほこ》りを持《も》ち、また先祖代々《せんぞだいだい》の家宝《かほう》を二つ、息子《むすこ》と同《おな》じぐらい、そして娘《むすめ》よりはずっと大切《たいせつ》にして持《も》っていたのじゃ」

「それじゃ、メローピーは」

ハリーは座《すわ》ったまま身《み》を乗《の》り出《だ》し、ダンブルドアを見《み》つめた。

「メローピーは……先生《せんせい》、ということは、あの人《ひと》は……ヴォルデモートの母親《ははおや》？」

「そういうことじゃ」ダンブルドアが言《い》った。「それに、偶然《ぐうぜん》にも我々《われわれ》は、ヴォルデモートの父《ちち》親《おや》の姿《すがた》もかいま見た。はたして気《き》がついたかの？」

「モーフィンが襲《おそ》ったマグルですか？　あの馬《うま》に乗《の》っていた？」

「よくできた」ダンブルドアがニッコリした。

「そうじゃ。ゴーントの小屋《こや》を、よく馬《うま》で通《とお》り過《す》ぎていたハンサムなマグル、あれがトム・リドル・シニアじゃ。メローピー・ゴーントが密《ひそ》かに胸《むね》を焦《こ》がしていた相手《あいて》じゃよ」

「それで、二人《ふたり》は結婚《けっこん》したんですか？」

ハリーは信《しん》じられない思《おも》いで言《い》った。あれほど恋《こい》に落《お》ちそうにもない組《く》み合《あ》わせは、ほかに想《そう》像《ぞう》もつかなかった。

「忘《わす》れているようじゃの」ダンブルドアが言《い》った。「メローピーは魔女《まじょ》じゃ。父親《ちちおや》におびえているときには、その魔力《まりょく》が充分《じゅうぶん》生《い》かされていたとは思《おも》えぬ。マールヴォロとモーフィンがアズカバンに入《はい》って安心《あんしん》し、生《う》まれて初《はじ》めて一人《ひとり》になり自由《じゆう》になったとき、メローピーはきっと自分《じぶん》の能《のう》力《りょく》を完全《かんぜん》に解《と》き放《はな》ち、十八年間《ねんかん》の絶望的《ぜつぼうてき》な生活《せいかつ》から逃《のが》れる手《て》はずを整《ととの》えることができたのじゃ」

「トム・リドルにマグルの女性《じょせい》を忘《わす》れさせ、かわりに自分《じぶん》と恋《こい》におちいるようにするため、メ

ロー ピーがどんな手段《しゅだん》を講《こう》じたか、考《かんが》えられるかの？」

『服従《ふくじゅう》の呪文《じゅもん》』？」ハリーが意見《いけん》を述《の》べた。

「それとも『愛《あい》の妙薬《みょうやく》』？」

「よろしい。わし自身《じしん》は、『愛《あい》の妙薬《みょうやく》』を使用《しよう》したと考《かんが》えたいところじゃ。そのほうがメローピーにとってはロマンチックに感《かん》じられたことじゃろうし、そして、暑《あつ》い日《ひ》にリドルが一人《ひとり》で乗《じょう》馬《ば》をしているときに、水《みず》を一杯飲《いっぱいの》むように勧《すす》めるのは、さほど難《むずか》しいことではなかったじゃろう。いずれにせよ、我々《われわれ》が今目撃《いまもくげき》した場面《ばめん》から数《すう》か月《げつ》のうちに、リトル・ハングルトンの村《むら》はとんでもない醜聞《しゅうぶん》で沸《わ》き返《かえ》ったのじゃ。大地主《おおじぬし》の息子《むすこ》がろくでなしの娘《むすめ》のメローピーとかけ落《お》ちしたとなれば、どんなゴシップになるかは想像《そうぞう》がつくじゃろう」

「しかし、村人《むらびと》の驚《おどろ》きは、マールヴォロの受《う》けた衝撃《しょうげき》に比《くら》べれば取《と》るに足《た》らんものじゃった。アズカバンから出所《しゅっしょ》したマールヴォロは、娘《むすめ》が温《あたた》かい食事《しょくじ》をテーブルに用意《ようい》して、父親《ちちおや》の帰《かえ》りを忠《ちゅう》実《じつ》に待《ま》っているものと期待《きたい》しておった。ところが、マールヴォロを待《ま》ち受《う》けていたのは、分厚《ぶあつ》いほこりと、娘《むすめ》が何《なに》をしたかを説明《せつめい》した別《わか》れの手紙《てがみ》じゃった」

「わしが探《さぐ》りえたことからすると、マールヴォロはそれから一度《いちど》も、娘《むすめ》の名前《なまえ》はおろか、その存《そん》在《ざい》さえも口《くち》にしなかった。娘《むすめ》の出奔《しゅっぽん》の衝撃《しょうげき》が、マールヴォロの命《いのち》を縮《ちぢ》めたのかもしれぬ――それとも、自分《じぶん》では食事《しょくじ》を準備《じゅんび》することさえできなかったのかもしれぬ。アズカバンがあの者《もの》を相当《そうとう》衰弱《すいじゃく》させていた。マールヴォロは、モーフィンが小屋《こや》に戻《もど》る姿《すがた》を見《み》ることはなかった」

「それで、メローピーは？　あの人《ひと》は……死《し》んだのですね？　ヴォルデモートは孤児院《こじいん》で育《そだ》ったのではなかったですか？」

「そのとおりじゃ」ダンブルドアが言《い》った。

「ここからはずいぶんと推量《すいりょう》を余儀《よぎ》なくされるが、何《なに》が起《お》こったかを論理的《ろんりてき》に推理《すいり》するのは難《むずか》しいことではあるまい。よいか、かけ落《お》ち結婚《けっこん》から数《すう》か月後《げつご》に、トム・リドルはリトル・ハングルトンの屋敷《やしき》に、妻《つま》を伴《ともな》わずに戻《もど》ってきた。リドルが『たぶらかされた』とか『だまされた』とか話《はな》していると、近所《きんじょ》でうわさが飛《と》び交《か》った。リドルが言《い》おうとしたのは、魔法《まほう》をかけられていたがそれが解《と》けたということだったのじゃろうと、わしはそう確信《かくしん》しておる。ただし、あえて言《い》うならば、リドルは頭《あたま》がおかしいと思《おも》われるのを恐《おそ》れ、とうていそういう言葉《ことば》を使《つか》うことができなかったのであろう。しかし、リドルの言《い》うことを聞《き》いた村人《むらびと》たちは、メローピーがトム・リドルに、妊娠《にんしん》しているとうそをついたために、リドルが結婚《けっこん》したのであろうと推量《すいりょう》したのじゃ」

「でもあの人《ひと》は**ほんとう**に赤《あか》ちゃんを産《う》みました」

「そうじゃ。しかしそれは、結婚《けっこん》してから一年後《ねんご》のことじゃ。トム・リドルは、まだ妊娠中《にんしんちゅう》のメ

ロー ピーを捨《す》てたのじゃ」

「何《なに》がおかしくなったのですか?」ハリーが聞《き》いた。

「どうして『愛《あい》の妙薬《みょうやく》』が効《き》かなくなったのですか?」

「またしても推量《すいりょう》にすぎんが」ダンブルドアが言《い》った。「しかし、わしはこうであったろうと思《おも》うのじゃが、メローピーは夫《おっと》を深《ふか》く愛《あい》しておったので、魔法《まほう》で夫《おっと》を隷従《れいじゅう》させ続《つづ》けることにたえられなかったのであろう。思《おも》うに、メローピーは薬《くすり》を飲《の》ませるのをやめるという選択《せんたく》をした。自分《じぶん》が夢中《むちゅう》だったものじゃから、夫《おっと》のほうもそのころまでには、自分《じぶん》の愛《あい》に応《こた》えてくれるようになっていると、おそらく、そう確信《かくしん》したのじゃろう。赤《あか》ん坊《ぼう》のために一緒《いっしょ》にいてくれるだろうと、あるいはそう考《かんが》えたのかもしれぬ。そうだとしたら、メローピーの考《かんが》えは、そのどちらも誤《あやま》りであった。リドルは妻《つま》を捨《す》て、二度《にど》と再《ふたた》び会《あ》うことはなかった。そして、自分《じぶん》の息子《むすこ》がどうなっているかを、一度《いちど》たりとも調《しら》べようとはせなんだ」

外《そと》は墨《すみ》を流《なが》したように真《ま》っ暗《くら》な空《そら》だった。ダンブルドアの部屋《へや》のランプが、前《まえ》よりいっそう明《あか》るくなったような気《き》がした。

「ハリー、今夜《こんや》はこのくらいでよいじゃろう」ややあって、ダンブルドアが言《い》った。

「はい、先生《せんせい》」ハリーが言《い》った。

ハリーは立《た》ち上《あ》がったが、立《た》ち去《さ》らなかった。

「先生《せんせい》……こんなふうにヴォルデモートの過去《かこ》を知《し》ることは、大切《たいせつ》なことですか？」

「非常《ひじょう》に大切《たいせつ》なことじゃと思《おも》う」ダンブルドアが言《い》った。

「そして、それは……それは予言《よげん》と何《なに》か関係《かんけい》があるのですか？」

「大《おお》いに関係《かんけい》しておる」

「そうですか」ハリーは少《すこ》し混乱《こんらん》したが、安心《あんしん》したことに変《か》わりなかった。

ハリーは帰《かえ》りかけたが、もう一つ疑問《ぎもん》が起《お》こって、振《ふ》り返《かえ》った。

「先生《せんせい》、ロンとハーマイオニーに、先生《せんせい》からお聞《き》きしたことを全部《ぜんぶ》話《はな》してもいいでしょうか？」

ダンブルドアは一瞬《いっしゅん》、ハリーを観察《かんさつ》するようにじっと見《み》つめ、それから口《くち》を開《ひら》いた。

「よろしい。ミスター・ウィーズリーとミス・グレンジャーは、信頼《しんらい》できる者《もの》たちであることを証明《しょうめい》してきた。しかし、ハリー、君《きみ》に頼《たの》んでおこう。この二人《ふたり》には、ほかの者《もの》にいっさい口外《こうがい》せぬようにと、伝《つた》えておくれ。わしがヴォルデモート卿《きょう》の秘密《ひみつ》をどれほど知《し》っておるか、または推量《すいりょう》しておるかという話《はなし》が広《ひろ》まるのは、よくないことじゃ」

「はい、先生《せんせい》。ロンとハーマイオニーだけにとどめるよう、僕《ぼく》が気《き》をつけます。おやすみなさい」

ハリーは、再《ふたた》びきびすを返《かえ》した。そしてドアの所《ところ》まで来《き》たとき、ハリーはある物《もの》を見《み》た。壊《こわ》れやすそうな銀《ぎん》の器具《きぐ》がたくさんのった細《ほそ》い脚《あし》のテーブルの一つに、醜《みにく》い大《おお》きな金《きん》の指輪《ゆびわ》があった。指輪《ゆびわ》にはまった黒《くろ》い大《おお》きな石《いし》が割《わ》れている。

「先生《せんせい》」ハリーは目《め》を見張《みは》った。「あの指輪《ゆびわ》は――」

「何《なん》じゃね？」ダンブルドアが言《い》った。

「スラグホーン先生《せんせい》を訪《たず》ねたあの夜《よる》、先生《せんせい》はこの指輪《ゆびわ》をはめていらっしゃいました」

「そのとおりじゃ」ダンブルドアが認《みと》めた。

「でも、あれは……先生《せんせい》、あれは、マールヴォロ・ゴーントがオグデンに見《み》せたのと、同《おな》じ指輪《ゆびわ》ではありませんか？」

「まったく同一《どういつ》じゃ」ダンブルドアが一礼《いちれい》した。

「でも、どうして……？　ずっと先生《せんせい》がお持《も》ちだったのですか？」

「いや、ごく最近手《さいきんて》に入《い》れたのじゃ」ダンブルドアが言《い》った。

「実《じつ》は、君《きみ》のおじ上《うえ》、おば上《うえ》の所《ところ》に君《きみ》を迎《むか》えに行《い》く数日前《すうじつまえ》にのう」

「それじゃ、先生《せんせい》が手《て》にけがなさったころですね？」

「そのころじゃ。そうじゃよ、ハリー」

ハリーは躊躇《ちゅうちょ》した。ダンブルドアはほほ笑《え》んでいた。

「先生《せんせい》、いったいどうやって――？」

「ハリー、もう遅《おそ》い時間《じかん》じゃ！　別《べつ》の機会《きかい》に話《はな》して聞《き》かせよう。おやすみ」

「おやすみなさい。先生《せんせい》」

第《だい》11章《しょう》　ハーマイオニーの配慮《はいりょ》

　ハーマイオニーが予測《よそく》したように、六年生《ねんせい》の自由時間《じゆうじかん》は、ロンが期待《きたい》したような至福《しふく》の休息時間《きゅうそくじかん》ではなく、山《やま》のように出《だ》される宿題《しゅくだい》を必死《ひっし》にこなすための時間《じかん》だった。毎日試験《まいにちしけん》を受《う》けるような勉強《べんきょう》をしなければならないだけでなく、授業《じゅぎょう》の内容《ないよう》もずっと厳《きび》しいものになっていた。このごろハリーは、マクゴナガル先生《せんせい》の言《い》うことが半分《はんぶん》もわからないほどだった。ハーマイオニーでさえ、一度《ど》か二度《ど》、マクゴナガル先生《せんせい》に説明《せつめい》のくり返《かえ》しを頼《たの》むことがあった。ハーマイオニーにとっては憤懣《ふんまん》の種《たね》だったが、「半純血《はんじゅんけつ》のプリンス」のおかげで、信《しん》じがたいことに、「魔法薬学《まほうやくがく》」が突然《とつぜん》ハリーの得意科目《とくいかもく》になった。

　今《いま》や無言呪文《むごんじゅもん》は、「闇《やみ》の魔術《まじゅつ》に対《たい》する防衛術《ぼうえいじゅつ》」ばかりでなく、「呪文学《じゅもんがく》」や「変身術《へんしんじゅつ》」でも要求《ようきゅう》されていた。談話室《だんわしつ》や食事《しょくじ》の場《ば》で周《まわ》りを見回《みまわ》すと、クラスメートが顔《かお》を紫色《むらさきいろ》にして、まるで「ウンのない人《ひと》」を飲《の》み過《す》ぎたかのように息張《いきば》っているのを、ハリーはよく見《み》かけた。実《じつ》は、声《こえ》を出《だ》さずに呪文《じゅもん》を唱《とな》えようとしてもがいているのだと、ハリーにもわかっていた。

戸外《こがい》に出《で》て、温室《おんしつ》に行《い》くのがせめてもの息抜《いきぬ》きだった。「薬草学《やくそうがく》」ではこれまでよりずっと危険《きけん》な植物《しょくぶつ》を扱《あつか》っていたが、授業中《じゅぎょうちゅう》、「有毒食虫蔓《ゆうどくしょくちゅうづる》」に背後《はいご》から突然捕《とつぜんつか》まったときには、少《すく》なくとも大《おお》きな声《こえ》を出《だ》して悪態《あくたい》をつくことができた。

膨大《ぼうだい》な量《りょう》の宿題《しゅくだい》と、がむしゃらに無言呪文《むごんじゅもん》を練習《れんしゅう》するためとに時間《じかん》を取《と》られ、結果的《けっかてき》に、ハリー、ロン、ハーマイオニーは、とてもハグリッドを訪《たず》ねる時間《じかん》などなかった。ハグリッドは、食事《しょくじ》のときに教職員《きょうしょくいん》テーブルに姿《すがた》を見《み》せなくなった。不吉《ふきつ》な兆候《ちょうこう》だ。それに、廊下《ろうか》や校庭《こうてい》でときどきすれちがっても、ハグリッドは不思議《ふしぎ》にも三人《にん》に気《き》づかず、挨拶《あいさつ》しても聞《き》こえないようだった。

「訪《たず》ねていって説明《せつめい》すべきよ」

二週目《しゅうめ》の土曜日《どようび》の朝食《ちょうしょく》で、教職員《きょうしょくいん》テーブルのハグリッド用《よう》の巨大《きょだい》な椅子《いす》がからっぽなのを見《み》ながら、ハーマイオニーが言《い》った。

「午前中《ごぜんちゅう》はクイディッチの選抜《せんばつ》だ！」ロンが言《い》った。

「**なんとその上《うえ》、**フリットウィックの『アグアメンティ、**水出《みずだ》し**』呪文《じゅもん》を練習《れんしゅう》しなくちゃ！どっちにしろ、何《なに》を説明《せつめい》するって言《い》うんだ？ハグリッドに、あんなバカくさい学科《がっか》は大嫌《だいきら》いだったなんて言《い》えるか？」

「大嫌《だいきら》いだったんじゃないわ！」ハーマイオニーが言《い》った。

「君《きみ》と一緒《いっしょ》にするなよ。僕《ぼく》は『尻尾爆発《しっぽばくはつ》スクリュート』を忘《わす》れちゃいないからな」

ロンが暗《くら》い顔《かお》で言《い》った。

「君《きみ》は、ハグリッドがあのまぬけな弟《おとうと》のことをくだくだ自慢《じまん》するのを聞《き》いてないからなぁ。はっきり言《い》うけど、僕《ぼく》たち実《じつ》は危《あや》ういところを逃《のが》れたんだぞ——あのままハグリッドの授業《じゅぎょう》を取《と》り続《つづ》けてたら、僕《ぼく》たちきっと、グロウプに靴《くつ》ひもの結《むす》び方《かた》を教《おし》えていたぜ」

「ハグリッドと口《くち》もきかないなんて、私《わたし》、いやだわ」

ハーマイオニーは落《お》ち着《つ》かないようだった。

「クィディッチのあとで行《い》こう」

ハリーがハーマイオニーを安心《あんしん》させた。ハリーもハグリッドと離《はな》れているのはさびしかった。もっともロンの言《い》うとおり、グロウプがいないほうが、自分《じぶん》たちの人生《じんせい》は安《やす》らかだろうと思《おも》った。

「だけど、選抜《せんばつ》は午前中《ごぜんちゅう》いっぱいかかるかもしれない。応募者《おうぼしゃ》が多《おお》いから」

キャプテンになってからの最初《さいしょ》の試練《しれん》を迎《むか》えるので、ハリーは少《すこ》し神経質《しんけいしつ》になっていた。

「どうして急《きゅう》に、こんなに人気《にんき》のあるチームになったのか、わかんないよ」

「まあ、ハリーったら、しょうがないわね」

ハーマイオニーが、今度《こんど》は突然《とつぜん》いらだった。

「クィディッチが人気者《にんきもの》なんじゃないわ。あなたよ！　あなたがこんなに興味《きょうみ》をそそったことはないし、率直《そっちょく》に言《い》って、こんなにセクシーだったことはないわ」

ロンは燻製《くんせい》ニシンの大《おお》きな一切《ひとき》れでむせた。ハーマイオニーはロンに軽蔑《けいべつ》したような一瞥《いちべつ》を投《な》げ、それからハリーに向《む》きなおった。

「あなたの言《い》っていたことが真実《しんじつ》だったって、今《いま》では誰《だれ》もが知《し》っているでしょう？　ヴォルデモートが戻《もど》ってきたと言《い》ったことも正《ただ》しかったし、この二年間《ねんかん》にあなたが二度《ど》もあの人《ひと》と戦《たたか》って、二度《ど》とも逃《のが》れたこともほんとうだと、魔法界全体《まほうかいぜんたい》が認《みと》めざるをえなかったわ。そして今《いま》はみんなが、あなたのことを、『選《えら》ばれし者《もの》』と呼《よ》んでいる――さあ、しっかりしてよ。みんながあなたに魅力《みりょく》を感《かん》じる理由《りゆう》がわからない？」

大広間《おおひろま》の天井《てんじょう》は冷《つめ》たい雨模様《あめもよう》だったにもかかわらず、ハリーはその場《ば》が急《きゅう》に暑《あつ》くなったような気《き》がした。

「その上《うえ》、あなたを情緒不安定《じょうちょふあんてい》のうそつきに仕立《した》て上《あ》げようと、魔法省《まほうしょう》がさんざん迫害《はくがい》したのに、それにもたえ抜《ぬ》いた。あの邪悪《じゃあく》な女《おんな》が、あなた自身《じしん》の血《ち》で刻《きざ》ませた痕《あと》がまだ見《み》えるわ。でもあなたは、とにかく節《せっ》を曲《ま》げなかった……」

「魔法省《まほうしょう》で脳《のう》みそが僕《ぼく》を捕《つか》まえたときの痕《あと》、まだ見《み》えるよ。ほら」

ロンは腕《うで》を振《ふ》ってそでをまくった。

「それに、夏《なつ》の間《あいだ》にあなたの背《せ》が三十センチも伸《の》びたことだって、悪《わる》くないわ」

ハーマイオニーはロンを無視《むし》したまま、話《はな》し終《お》えた。

「僕《ぼく》も背《せ》が高《たか》い」些細《ささい》なことのようにロンが言《い》った。

郵便《ゆうびん》ふくろうが到着《とうちゃく》し、雨粒《あまつぶ》だらけの窓《まど》からスィーッと入《はい》ってきて、みんなに水滴《すいてき》をばらまいた。大多数《だいたすう》の生徒《せいと》がいつもよりたくさんの郵便《ゆうびん》を受《う》け取《と》っていた。親《おや》は心配《しんぱい》して子供《こども》の様子《ようす》を知《し》りたがっていたし、逆《ぎゃく》に、家族《かぞく》は無事《ぶじ》だと子供《こども》に知《し》らせて、安心《あんしん》させようとしていた。

ハリーは学期《がっき》が始《はじ》まってから一度《いちど》も手紙《てがみ》を受《う》け取《と》っていなかった。定期的《ていきてき》に手紙《てがみ》をくれたただ一人《ひとり》の人《ひと》はもう死《し》んでしまった。ルーピンがときどき手紙《てがみ》をくれるのではと期待《きたい》していたが、今《いま》までずっと失望続《しつぼうつづ》きだった。

ところが、茶色《ちゃいろ》や灰色《はいいろ》のふくろうにまじって、雪《ゆき》のように白《しろ》いヘドウィグが円《えん》を描《えが》いていたので、ハリーは驚《おどろ》いた。大《おお》きな四角《しかく》い包《つつ》みを運《はこ》んで、ヘドウィグがハリーの前《まえ》に着地《ちゃくち》した。その直後《ちょくご》、まったく同《おな》じ包《つつ》みがロンの前《まえ》に着地《ちゃくち》したが、疲労困憊《ひろうこんぱい》した豆《まめ》ふくろうのピッグウィジョンが、その下敷《したじ》きになっていた。

「おっ！」

ハリーが声《こえ》を上《あ》げた。包《つつ》みを開《あ》けると、「フローリシュ・アンド・ブロッツ書店《しょてん》」からの、真《ま》新《あたら》しい『上級魔法薬《じょうきゅうまほうやく》』の教科書《きょうかしょ》が現《あらわ》れた。

「よかったわ」

ハーマイオニーがうれしそうに言《い》った。

「これであの落書《らくが》き入《い》りの教科書《きょうかしょ》を返《かえ》せるじゃない」

「気《き》はたしかか？」ハリーが言《い》った。

「僕《ぼく》はあれを放《はな》さない！　ほら、もうちゃんと考《かんが》えてある――」

ハリーはかばんから古本《ふるほん》の『上級魔法薬《じょうきゅうまほうやく》』を取《と》り出《だ》し、「ディフィンド！　裂《さ》けよ！」と唱《とな》えながら杖《つえ》で表紙《ひょうし》を軽《かる》くたたいた。表紙《ひょうし》がはずれた。新《あたら》しい教科書《きょうかしょ》にも同《おな》じことをした（ハーマイオニーは、なんて破廉恥《はれんち》なという顔《かお》をした）。次《つぎ》にハリーは表紙《ひょうし》を交換《こうかん》し、それぞれをたたいて「レパロ！　直《なお》れ！」と唱《とな》えた。

プリンスの本《ほん》は、新《あたら》しい教科書《きょうかしょ》のような顔《かお》をして、一方《いっぽう》、「フローリシュ・アンド・ブロッツ」の本《ほん》は、どこから見《み》ても中古本《ちゅうこぼん》のような顔《かお》ですましていた。

「スラグホーンには新《あたら》しいのを返《かえ》すよ。文句《もんく》はないはずだ。九ガリオンもしたんだから」

ハーマイオニーは怒《おこ》ったような、承服《しょうふく》できないという顔《かお》で唇《くちびる》を固《かた》く結《むす》んだ。しかし、三羽目《わめ》のふくろうが、目《め》の前《まえ》にその日《ひ》の「日刊予言者新聞《にっかんよげんしゃしんぶん》」を運《はこ》んできたので気《き》がそれ、急《いそ》いで新聞《しんぶん》を広《ひろ》げ、一面《めん》に目《め》を通《とお》した。

「誰《だれ》か知《し》ってる人《ひと》が死《し》んでるか？」

ロンはわざと気軽《きがる》な声《こえ》で聞《き》いた。ハーマイオニーが新聞《しんぶん》を広《ひろ》げるたびに、ロンは同《おな》じ質問《しつもん》をしていた。

「いいえ。でも吸魂鬼《きゅうこんき》の襲撃《しゅうげき》が増《ふ》えてるわ」ハーマイオニーが言《い》った。

「それに逮捕《たいほ》が一件《けん》」

「よかった。誰《だれ》？」

ハリーはベラトリックス・レストレンジを思《おも》い浮《う》かべながら聞《き》いた。

「スタン・シャンパイク」ハーマイオニーが答《こた》えた。

「えっ？」ハリーはびっくりした。

「『魔法使《まほうつか》いに人気《にんき》の、夜《ナイト》の騎士《ト》バスの車掌《しゃしょう》、スタンリー・シャンパイクは、死喰《しく》い人《びと》の活動《かつどう》をした疑《うたが》いで逮捕《たいほ》された。シャンパイク容疑者《ようぎしゃ》(21)は、昨夜遅《さくやおそ》く、クラッパムの自宅《じたく》の強制捜査《きょうせいそうさ》で身柄《みがら》を拘束《こうそく》された……』」

「スタン・シャンパイクが死喰《しく》い人《びと》？」

三年前《ねんまえ》に初《はじ》めて会《あ》った、にきび面《づら》の青年《せいねん》を思《おも》い出《だ》しながらハリーが言《い》った。

「バカな！」

『服従《ふくじゅう》の呪文《じゅもん》』をかけられてたかもしれないぞ」ロンがもっともなことを言《い》った。

「何《なん》でもありだもんな」

「そうじゃないみたい」ハーマイオニーが読《よ》みながら言《い》った。

「この記事《きじ》では、容疑者《ようぎしゃ》がパブで死喰《しく》い人《びと》の秘密《ひみつ》の計画《けいかく》を話《はな》しているのを、誰《だれ》かがもれ聞《き》いて、そのあとで逮捕《たいほ》されたって」

ハーマイオニーは困惑《こんわく》した顔《かお》で新聞《しんぶん》から目《め》を上《あ》げた。

「もし『服従《ふくじゅう》の呪文《じゅもん》』にかかっていたのなら、死喰《しく》い人《びと》の計画《けいかく》をそのあたりで吹聴《ふいちょう》したりしないじゃない？」

「あいつ、知《し》らないことまで知《し》ってるように見《み》せかけようとしたんだろうな」ロンが言《い》った。

「ヴィーラをナンパしようとして、自分《じぶん》は魔法大臣《まほうだいじん》になるって息巻《いきま》いてたやつじゃなかったか？」

「うん、そうだよ」ハリーが言《い》った。

「あいつら、いったい何《なに》を考《かんが》えてるんだか。スタンの言《い》うことを真《ま》に受《う》けるなんて」

「たぶん、何《なに》かしら手《て》を打《う》っているように見《み》せたいんじゃないかしら」

ハーマイオニーが顔《かお》をしかめた。

「みんな戦々恐々《せんせんきょうきょう》だし――パチル姉妹《しまい》のご両親《りょうしん》が、二人《ふたり》を家《いえ》に戻《もど》したがっているのを知《し》ってる？　それに、エロイーズ・ミジョンはもう引《ひ》き取《と》られたわ。お父《とう》さんが、昨晩《さくばん》連《つ》れて帰《かえ》ったの」

「ええっ？」

ロンが目《め》をグリグリさせてハーマイオニーを見《み》た。

「だけど、ホグワーツはあいつらの家《いえ》より安全《あんぜん》だぜ。そうじゃなくちゃ！　闇祓《やみばら》いはいるし、安《あん》全対策《ぜんたいさく》の呪文《じゅもん》がいろいろ追加《ついか》されたし、何《なに》しろ、ダンブルドアがいる！」

「ダンブルドアがいつもいらっしゃるとは思《おも》えないわ」

「日刊予言者新聞《にっかんよげんしゃしんぶん》」の上《うえ》から教職員《きょうしょくいん》テーブルをちらとのぞいて、ハーマイオニーが小声《こごえ》で言《い》った。

「気《き》がつかない？　ここ一週間《しゅうかん》、校長席《こうちょうせき》はハグリッドのと同《おな》じぐらい、ずっと空《から》だったわ」

ハリーとロンは教職員《きょうしょくいん》テーブルを見《み》た。校長席《こうちょうせき》は、なるほど空《から》だった。考《かんが》えてみれば、ハリーは一週間前《しゅうかんまえ》の個人教授《こじんきょうじゅ》以来《いらい》、ダンブルドアを見《み》ていなかった。

「騎士団《きしだん》に関《かん》する何《なに》かで、学校《がっこう》を離《はな》れていらっしゃるのだと思《おも》うわ」

ハーマイオニーが低《ひく》い声《こえ》で言《い》った。

「つまり……かなり深刻《しんこく》だってことじゃない？」

ハリーもロンも答《こた》えなかった。しかしハリーには、三人《にん》とも同《おな》じことを考《かんが》えているのがわかっていた。きのうの恐《おそ》ろしい事件《じけん》のことだ。ハンナ・アボットが「薬草学《やくそうがく》」の時間《じかん》に呼《よ》び出《だ》され、母親《ははおや》が死《し》んでいるのが見《み》つかったと知《し》らされたのだ。ハンナの姿《すがた》はそれ以来見《いらいみ》ていない。

五分後《ふんご》、グリフィンドールのテーブルを離《はな》れてクィディッチ競技場《きょうぎじょう》に向《む》かうときに、ラベンダー・ブラウンとパーバティ・パチルのそばを通《とお》った。二人《ふたり》の仲《なか》よしは気落《きお》ちした様子《ようす》でヒソヒソ話《はな》していたが、パチルの親《おや》が、双子姉妹《ふたごしまい》をホグワーツから連《つ》れ出《だ》したがっているというハーマイオニーの話《はなし》を思《おも》い出《だ》したので、ハリーは驚《おどろ》きはしなかった。しかし、ロンが二人《ふたり》のそばを通《とお》ったとき、突然《とつぜん》パーバティにこづかれたラベンダーが、振《ふ》り向《む》いてロンにニッコリ笑《わら》いかけたのには驚《おどろ》いた。ロンは目《め》をパチクリさせ、あいまいに笑《わら》い返《かえ》した。とたんにロンの歩《ある》き方《かた》が、肩《かた》をそびやかした感《かん》じになった。ハリーは笑《わら》いだしたいのをこらえた。マルフォイに鼻《はな》をへし折《お》られたとき、ロンが笑《わら》いをこらえてくれたことを思《おも》い出《だ》したのだ。しかしハーマイオニーは、肌寒《はだざむ》い霧《きり》雨《さめ》の中《なか》を競技場《きょうぎじょう》に歩《ある》いていく間《あいだ》ずっと、冷《つめ》たくてよそよそしかったし、二人《ふたり》と別《わか》れてスタンドに席《せき》を探《さが》しにいくときも、ロンに激励《げきれい》の言葉《ことば》一つかけなかった。

ハリーの予想《よそう》どおり、選抜《せんばつ》はほとんど午前中《ごぜんちゅう》いっぱいかかった。グリフィンドール生《せい》の半数《はんすう》が、選抜《せんばつ》を受《う》けたのではないかと思《おも》うほどだった。恐《おそ》ろしく古《ふる》い学校《がっこう》の箒《ほうき》を神経質《しんけいしつ》に握《にぎ》りしめた一年《ねん》生《せい》から、ほかに抜《ぬ》きん出《で》た背《せ》の高《たか》さで冷静沈着《れいせいちんちゃく》に睥睨《へいげい》する七年生《ねんせい》までがそろった。七年生《ねんせい》の一人《ひとり》は、毛髪《もうはつ》バリバリの大柄《おおがら》な青年《せいねん》で、ハリーは、ホグワーツ特急《とっきゅう》で出会《であ》った青年《せいねん》だとすぐにわかった。

「汽車《きしゃ》で会《あ》ったな。スラッギーじいさんのコンパートメントで」

青年《せいねん》は自信《じしん》たっぷりにそう言《い》うと、みんなから一歩進《ぼすす》み出《で》てハリーと握手《あくしゅ》した。

「コーマック・マクラーゲン。キーパー」

「君《きみ》、去年《きょねん》は選抜《せんばつ》を受《う》けなかっただろう?」

ハリーはマクラーゲンの横幅《よこはば》の広《ひろ》さに気《き》づき、このキーパーならまったく動《うご》かなくとも、ゴールポスト三本全部《ぼんぜんぶ》をブロックできるだろうと思《おも》った。

「選抜《せんばつ》のときは医務室《いむしつ》にいたんだ」

マクラーゲンは、少《すこ》しふんぞり返《かえ》るような雰囲気《ふんいき》で言《い》った。

「賭《か》けでドクシーの卵《たまご》を五百グラム食《く》った」

「そうか」ハリーが言《い》った。「じゃ……あっちで待《ま》っててくれ……」

ハリーは、ちょうどハーマイオニーが座《すわ》っているあたりの、競技場《きょうぎじょう》の端《はし》を指差《ゆびさ》した。マクラーゲンの顔《かお》にちらりといらだちがよぎったような気《き》がした。「スラッギーじいさん」のお気《き》に入《い》り同士《どうし》だからと、マクラーゲンが特別扱《とくべつあつか》いを期待《きたい》したのかもしれない。そうハリーは思《おも》った。

ハリーは基本的《きほんてき》なテストから始《はじ》めることに決《き》め、候補者《こうほしゃ》を十人《にん》一組《くみ》に分《わ》け、競技場《きょうぎじょう》を一周《しゅう》して飛《と》ぶように指示《しじ》した。これはいいやり方《かた》だった。最初《さいしょ》の十人《にん》は一年生《ねんせい》で、それまで、ろくに飛《と》んだこともないのが明白《めいはく》だった。たった一人《ひとり》だけ、何《なん》とか二、三秒以上空中《びょういじょうくうちゅう》に浮《う》いていられた少《しょう》年《ねん》がいたが、そのことに自分《じぶん》でも驚《おどろ》いて、たちまちゴールポストに衝突《しょうとつ》した。

二番目《ばんめ》のグループの女子生徒《じょしせいと》は、これまでハリーが出会《であ》った中《なか》でも一番愚《いちばんおろ》かしい連中《れんちゅう》で、ハリーがホイッスルを吹《ふ》くと、互《たが》いにしがみついてキャーキャー笑《わら》い転《ころ》げるばかりだった。ロミルダ・ベインもその一人《ひとり》だった。ハリーが競技場《きょうぎじょう》から退出《たいしゅつ》するように言《い》うと、みんな嬉々《きき》としてそれに従《したが》い、スタンドに座《すわ》ってほかの候補者《こうほしゃ》をヤジった。

第《だい》三のグループは、半周《はんしゅう》したところで玉突《たまつ》き事故《じこ》を起《お》こした。四組目《くみめ》はほとんどが箒《ほうき》さえ持《も》ってこなかった。五組目《くみめ》はハッフルパフ生《せい》だった。

「ほかにグリフィンドール以外《いがい》の生徒《せいと》がいるんだったら」

ハリーがほえた。いいかげんうんざりしていた。

「今《いま》すぐ出《で》ていってくれ！」

するとまもなく、小《ちい》さなレイブンクロー生《せい》が二、三人《にん》、プッと噴《ふ》き出《だ》し、競技場《きょうぎじょう》からかけ出《だ》していった。

二時間後《じかんご》、苦情《くじょう》たらたら、かんしゃく数件《すうけん》、コメット260の衝突《しょうとつ》で歯《は》を数本《すうほん》折《お》る事故《じこ》が一件《けん》のあと、ハリーは三人《にん》のチェイサーを見《み》つけた。すばらしい結果《けっか》でチームに返《かえ》り咲《ざ》いたケイティ・ベル、ブラッジャーをよけるのが特《とく》にうまかった新人《しんじん》のデメルザ・ロビンズ、それにジニー・ウィーズリーだ。ジニーは競争相手全員《きょうそうあいてぜんいん》を飛《と》び負《ま》かし、おまけに十七回《かい》もゴールを奪《うば》った。自分《じぶん》の選択《せんたく》に満足《まんぞく》だったが、一方《いっぽう》ハリーは、苦情《くじょう》たらたら組《ぐみ》に叫《さけ》び返《かえ》して声《こえ》がかれた上《うえ》、次《つぎ》はビーター選抜《せんばつ》に落《お》ちた連中《れんちゅう》との同《おな》じような戦《たたか》いにたえなければならなかった。

「これが最終決定《さいしゅうけってい》だ。さあ、キーパーの選抜《せんばつ》をするのにそこをどかないと、呪《のろ》いをかけるぞ」

ハリーが大声《おおごえ》を出《だ》した。

選抜《せんばつ》された二人《ふたり》のビーターは、どちらも、昔《むかし》のフレッドとジョージほどのさえはなかったが、ハリーはまあまあ満足《まんぞく》だった。ジミー・ピークスは小柄《こがら》だが胸《むね》のがっしりした三年生《ねんせい》で、ブラッジャーに凶暴《きょうぼう》な一撃《いちげき》を加《くわ》え、ハリーの後頭部《こうとうぶ》に卵大《たまごだい》のこぶをふくらませてくれた。リッチー・

クートはひ弱《よわ》そうに見《み》えるが、ねらいが的確《てきかく》だった。二人《ふたり》は観客《かんきゃく》スタンドに座《すわ》り、チームの最後《さいご》のメンバーの選抜《せんばつ》を見物《けんぶつ》した。

ハリーはキーパーの選抜《せんばつ》を意図的《いとてき》に最後《さいご》に回《まわ》した。競技場《きょうぎじょう》に人《ひと》が少《すく》なくなって、志願者《しがんしゃ》へのプレッシャーが軽《かる》くなるようにしたかったのだ。しかし、不幸《ふこう》なことに、落《お》ちた候補者《こうほしゃ》やら、ゆっくり朝食《ちょうしょく》をすませてから見物《けんぶつ》に加《くわ》わった大勢《おおぜい》の生徒《せいと》やらで、見物人《けんぶつにん》はかえって増《ふ》えていた。キーパー候補《こうほ》が順番《じゅんばん》にゴールポストに飛《と》んでいくたびに、観衆《かんしゅう》は応援半分《おうえんはんぶん》、ヤジり半分《はんぶん》で叫《さけ》んだ。ハリーはロンをちらりと見《み》た。ロンはこれまで、上《あ》がってしまうのが問題《もんだい》だった。先学期最後《せんがっきさいご》の試《し》合《あい》に勝《か》ったことで、そのくせが直《なお》っていればと願《ねが》っていたのだが、どうやら望《のぞ》みなしだった。ロンの顔《かお》は微妙《びみょう》に青《あお》くなっていた。

最初《さいしょ》の五人《にん》の中《なか》で、ゴールを三回守《かいまも》った者《もの》は一人《ひとり》としていなかった。コーマック・マクラーゲンは、五回《かい》のペナルティ・シュート中《ちゅう》四回《かい》までゴールを守《まも》ったので、ハリーはがっかりした。しかし、最後《さいご》の一回《かい》は、とんでもない方向《ほうこう》に飛《と》びついた。観衆《かんしゅう》に笑《わら》ったりヤジったりされ、マクラーゲンは歯《は》ぎしりして地上《ちじょう》に戻《もど》った。

ロンはクリーンスイープ11号《ごう》にまたがりながら、今《いま》にも失神《しっしん》しそうだった。

「がんばって！」

スタンドから叫《さけ》ぶ声《こえ》が聞《き》こえた。ハリーはハーマイオニーだろうと思《おも》って振《ふ》り向《む》いた。ところがラベンダー・ブラウンだった。ラベンダーが次《つぎ》の瞬間《しゅんかん》、両手《りょうて》で顔《かお》を覆《おお》ったが、ハリーも正直《しょうじき》そうしたい気分《きぶん》だった。しかし、キャプテンとして、少《すこ》しは骨《ほね》のあるところを見《み》せなければならないと、ロンのトライアルを直視《ちょくし》した。

ところが、心配無用《しんぱいむよう》だった。ロンはペナルティ・シュートに対《たい》して、一回《かい》、二回《かい》、三回《かい》、四回《かい》、五回《かい》と続《つづ》けてゴールを守《まも》った。うれしくて、観衆《かんしゅう》と一緒《いっしょ》に歓声《かんせい》を上《あ》げたいのをやっとこらえ、ハリーは、まことに残念《ざんねん》だがロンが勝《か》った、とマクラーゲンに告《つ》げようと振《ふ》り向《む》いた。そのとたん、マクラーゲンの真《ま》っ赤《か》な顔《かお》が、ハリーの目《め》と鼻《はな》の先《さき》にぬっと出《で》た。ハリーはあわてて一歩下《ぼさ》がった。

「ロンの妹《いもうと》のやつが、手《て》かげんしたんだ」

マクラーゲンが脅《おど》すように言《い》った。バーノンおじさんの額《ひたい》で、よくハリーが拝《おが》ませてもらったと同《おな》じような青筋《あおすじ》が、マクラーゲンのこめかみでヒクヒクしていた。

「守《まも》りやすいシュートだったんだ」

「くだらない」ハリーは冷《つめ》たく言《い》った。

「あの一球《きゅう》は、ロンが危《あや》うくミスするところだった」

マクラーゲンはもう一歩《ぽ》ハリーに詰《つ》め寄《よ》ったが、ハリーは今度《こんど》こそ動《うご》かなかった。

「もう一回《かい》やらせてくれ」

「だめだ」ハリーが言《い》った。

「君《きみ》はもうトライが終《お》わってる。四回守《かいまも》った。ロンは五回守《かいまも》った。ロンがキーパーだ。正々堂々《せいせいどうどう》勝《か》ったんだ。そこをどいてくれ」

一瞬《いっしゅん》、パンチを食《く》らうのではないかと思《おも》ったが、マクラーゲンは醜《みにく》いしかめっ面《つら》をしただけで矛《ほこ》を収《おさ》め、見《み》えない誰《だれ》かを脅《おど》すようにうなりながら、荒々《あらあら》しくその場《ば》を去《さ》った。

ハリーが振《ふ》り返《かえ》ると、新《あたら》しいチームがハリーに向《む》かってニッコリしていた。

「よくやった」ハリーがかすれ声《ごえ》で言《い》った。

「いい飛《と》びっぷりだった――」

「ロン、すばらしかったわ！」

今度《こんど》は正真正銘《しょうしんしょうめい》ハーマイオニーが、スタンドからこちらに向《む》かって走《はし》ってきた。一方《いっぽう》、ラベンダーはパーバティと腕《うで》を組《く》み、かなりぶすっとした顔《かお》で競技場《きょうぎじょう》から出《で》ていくところだった。ロンはすっかり気《き》をよくして、チーム全員《ぜんいん》とハーマイオニーにニッコリしながら、いつもよりさらに背《せ》が高《たか》くなったように見《み》えた。

第一回《だいかい》の本格的《ほんかくてき》な練習日《れんしゅうび》を次《つぎ》の木曜日《もくようび》と決《き》めてから、ハリー、ロン、ハーマイオニーはチームに別《わか》れを告《つ》げ、ハグリッドの小屋《こや》に向《む》かった。霧雨《きりさめ》はようやっと上《あ》がり、ぬれた太陽《たいよう》が今《いま》しも雲《くも》を割《わ》って顔《かお》を見《み》せようとしていた。ハリーは極端《きょくたん》に空腹《くうふく》を感《かん》じ、ハグリッドの所《ところ》に何《なに》か食《た》べる物《もの》があればいいと思《おも》った。

「僕《ぼく》、四回目《かいめ》のペナルティ・シュートはミスするかもしれないと思《おも》ったなぁ」

ロンはうれしそうに言《い》った。

「デメルザのやっかいなシュートだけど、見《み》たかな、ちょっとスピンがかかってた――」

「ええ、ええ、あなたすごかったわ」ハーマイオニーはおもしろがっているようだった。

「僕《ぼく》、とにかくあのマクラーゲンよりはよかったな」

ロンはいたく満足《まんぞく》げな声《こえ》で言《い》った。

「あいつ、五回目《かいめ》で変《へん》な方向《ほうこう》にドサッと動《うご》いたのを見《み》たか？　まるで『錯乱呪文《さくらんじゅもん》』をかけられたみたいに……」

ハーマイオニーの顔《かお》が、この一言《ひとこと》で深《ふか》いピンク色《いろ》に染《そ》まった。ハリーは驚《おどろ》いたが、ロンは何《なに》も気《き》づいていない。ほかのペナルティ・シュートの一つ一つを味《あじ》わうように、こと細《こま》かに説明《せつめい》するのに夢中《むちゅう》だった。

大《おお》きな灰色《はいいろ》のヒッポグリフ、バックビークがハグリッドの小屋《こや》の前《まえ》につながれていた。三人《にん》が近《ちか》づくと、鋭《するど》いくちばしを鳴《な》らして巨大《きょだい》な頭《あたま》をこちらに向《む》けた。

「どうしましょう」ハーマイオニーがおどおどしながら言《い》った。

「やっぱりちょっと怖《こわ》くない？」

「いいかげんにしろよ。あいつに乗《の》っただろう？」ロンが言《い》った。

ハリーが進《すす》み出《で》て、ヒッポグリフから目《め》を離《はな》さず、瞬《まばた》きもせずにおじぎをした。二、三秒後《びょうご》、バックビークも身体《からだ》を低《ひく》くしておじぎを返《かえ》した。

「元気《げんき》かい？」

ハリーはそっと挨拶《あいさつ》しながら近《ちか》づいて、頭《あたま》の羽《はね》をなでた。

「あの人《ひと》がいなくてさびしいか？　でも、ここではハグリッドと一緒《いっしょ》だから大丈夫《だいじょうぶ》だろう？ン？」

「おい！」大《おお》きな声《こえ》がした。

花柄《はながら》の巨大《きょだい》なエプロンをかけたハグリッドが、ジャガイモの袋《ふくろ》をさげて小屋《こや》の後《うし》ろからノッシノッシと現《あらわ》れた。すぐ後《うし》ろに従《したが》っていた飼《か》い犬《いぬ》の、超大型《ちょうおおがた》ボアハウンド犬《けん》のファングが、ほえ声《ごえ》をどろかせて飛《と》び出《だ》した。

「離《はな》れろ！　指《ゆび》を食《く》われるぞ――おっ、おめぇたちか」

ファングはハーマイオニーとロンにじゃれかかり、耳《みみ》をなめようとした。ハグリッドは立《た》ったまま一瞬《いっしゅん》三人《にん》を見《み》たが、すぐきびすを返《かえ》して大股《おおまた》で小屋《こや》に入《はい》り、戸《と》をバタンと閉《し》めた。

「ああ、どうしましょう！」ハーマイオニーが打《う》ちのめされたように言《い》った。

「心配《しんぱい》しないで」

ハリーは意《い》を決《けっ》したようにそう言《い》うなり、戸口《とぐち》まで行《い》って強《つよ》くたたいた。

「ハグリッド！　開《あ》けてくれ。話《はなし》がしたいんだ！」

中《なか》からは何《なん》の物音《ものおと》もしない。

「開《あ》けないなら戸《と》を吹《ふ》っ飛《と》ばすぞ！」ハリーは杖《つえ》を取《と》り出《だ》した。

「ハリー！」

ハーマイオニーはショックを受《う》けたように言《い》った。

「そんなことは絶対《ぜったい》――」

「ああ、やってやる！」ハリーが言《い》った。「下《さ》がって――」

しかし、あとの言葉《ことば》を言《い》わないうちに、ハリーが思《おも》ったとおり、またパッと戸《と》が開《ひら》いた。そこに、ハグリッドが仁王立《におうだ》ちで、ハリーをにらみつけていた。花模様《はなもよう》のエプロン姿《すがた》なのに、実《じつ》に恐《おそ》ろしげだった。

「俺《おれ》は先生《せんせい》だ！」

ハグリッドがハリーをどなりつけた。

「先生《せんせい》だぞ、ポッター！　俺《おれ》の家《いえ》の戸《と》を壊《こわ》すなんて脅《おど》すたぁ、よくも！」

「ごめんなさい、**先生**《せんせい》」

杖《つえ》をローブにしまいながら、ハリーは最後《さいご》の言葉《ことば》をことさら強《つよ》く言《い》った。

ハグリッドは雷《かみなり》に撃《う》たれたような顔《かお》をした。

「**おまえが**俺《おれ》を、『先生《せんせい》』って呼《よ》ぶようになったのはいつからだ？」

「僕《ぼく》が、『ポッター』って呼《よ》ばれるようになったのはいつからだい？」

「ほー、利口《りこう》なこった」ハグリッドがいがんだ。

「おもしれえ。俺《おれ》が一本取《いっぽんと》られたっちゅうわけか？　よーし、入《はい》れ。この恩知《おんし》らずの小童《こわっぱ》の……」

険悪《けんあく》な声《こえ》でボソボソ言《い》いながら、ハグリッドは脇《わき》によけて三人を通《とお》した。ハーマイオニーはびくびくしながら、ハリーの後《うし》ろについて急《いそ》いで入《はい》った。

「そんで？」

ハリー、ロン、ハーマイオニーが巨大《きょだい》な木《き》のテーブルに着《つ》くと、ハグリッドがむすっとして言《い》った。ファングはたちまちハリーのひざに頭《あたま》をのせ、ローブをよだれでべとべとにした。

「何《なん》のつもりだ？　俺《おれ》をかわいそうだと思《おも》ったのか？　俺《おれ》がさびしいだろうとか思《おも》ったのか？」

「ちがう」ハリーが即座《そくざ》に言《い》った。

「僕《ぼく》たち、会《あ》いたかったんだ」

「ハグリッドがいなくてさびしかったわ！」ハーマイオニーがおどおどと言《い》った。

「さびしかったって？」ハグリッドがフンと鼻《はな》を鳴《な》らした。

「ああ、そうだろうよ」

ハグリッドはドスドスと歩《ある》き回《まわ》り、ひっきりなしにブツブツ言《い》いながら、巨大《きょだい》な銅《どう》のやかんで紅茶《こうちゃ》を沸《わ》かした。やがてハグリッドは、マホガニー色《いろ》に煮《に》つまった紅茶《こうちゃ》が入《はい》ったバケツ大《だい》のマグカップと、手製《てせい》のロックケーキを一皿《さら》、三人《にん》の前《まえ》にたたきつけた。ハグリッドの手製《てせい》だろうが何《なん》だろうが、すきっ腹《ぱら》のハリーは、すぐに一つつまんだ。

「ハグリッド」ハーマイオニーがおずおずと言《い》った。

ハグリッドもテーブルに着《つ》き、ジャガイモの皮《かわ》をむきはじめたが、一つ一つに個人的《こじんてき》な恨《うら》みでもあるかのような、乱暴《らんぼう》なむき方《かた》だった。

「私《わたし》たち、ほんとに『魔法生物飼育学《まほうせいぶつしいくがく》』を続《つづ》けたかったのよ」

ハグリッドは、またしても大《おお》きくフンと言《い》った。ハリーは鼻《はな》クソがたしかにジャガイモに着地《ちゃくち》したような気《き》がして、夕食《ゆうしょく》をごちそうになる予定《よてい》がないことを、内心喜《ないしんよろこ》んだ。

「ほんとよ！」ハーマイオニーが言《い》った。

「でも、三人《にん》とも、どうしても時間割《じかんわり》にはまらなかったの！」

「ああ、そうだろうよ」ハグリッドが同《おな》じことを言《い》った。

ガボガボと変《へん》な音《おと》がして、三人《にん》はあたりを見回《みまわ》した。ハーマイオニーが小《ちい》さく悲鳴《ひめい》を上《あ》げた。部屋《へや》の隅《すみ》に大《おお》きな樽《たる》が置《お》いてあるのに、三人《にん》はたった今気《いまき》づいた。ロンは椅子《いす》から飛《と》び上《あ》がり、急《いそ》いで席《せき》を移動《いどう》して樽《たる》から離《はな》れた。樽《たる》の中《なか》には、三十センチはあろうかというウジ虫《むし》がいっぱい、ぬめぬめと白《しろ》い体《からだ》をくねらせていた。

「ハグリッド、あれは何《なに》？」

ハリーはむかつきを隠《かく》して、興味《きょうみ》があるような聞《き》き方《かた》をしようと努力《どりょく》したが、ロックケーキはやはり皿《さら》に戻《もど》した。

「幼虫《ようちゅう》のおっきいやつだ」ハグリッドが言《い》った。

「それで、育《そだ》つと何《なに》になるの……？」ロンは心配《しんぱい》そうに聞《き》いた。

「こいつらは育《そだ》たねえ」ハグリッドが言《い》った。

「アラゴグに食《く》わせるために捕《と》ったんだ」

そしてハグリッドは、出《だ》し抜《ぬ》けに泣《な》きだした。

「ハグリッド！」

ハーマイオニーが驚《おどろ》いて飛《と》び上《あ》がり、ウジ虫《むし》の樽《たる》をよけるのにテーブルを大回《おおまわ》りしながらも急《いそ》いで、ハグリッドの震《ふる》える肩《かた》に腕《うで》を回《まわ》した。

「どうしたの？」

「あいつの……ことだ……」

コガネムシのように黒《くろ》い目《め》から涙《なみだ》をあふれさせ、エプロンで顔《かお》をゴシゴシふきながら、ハグリッドはぐっと涙《なみだ》をこらえた。

「アラゴグ……あいつよ……死《し》にかけちょる……この夏《なつ》、具合《ぐあい》が悪《わる》くなって、よくならねえ……あいつに、もしものことが……俺《おれ》はどうしたらいいんだか……俺《おれ》たちはなげえこと一緒《いっしょ》だった……」

ハーマイオニーはハグリッドの肩《かた》をたたきながら、どう声《こえ》をかけていいやら途方《とほう》に暮《く》れた顔《かお》だった。ハリーにはその気持《きも》ちがよくわかった。たしかにいろいろあった……ハグリッドが凶暴《きょうぼう》な赤《あか》ちゃんドラゴンにテディベアをプレゼントしたり、針《はり》やら吸《す》い口《くち》を持《も》った大《おお》サソリに小声《こごえ》で歌《うた》を歌《うた》ってやったり、異父弟《いふてい》の野蛮《やばん》な巨人《きょじん》をしつけようとしたり。しかし、そうしたハグリッドの怪物幻想《かいぶつげんそう》の中《なか》でも、たぶん今度《こんど》のが一番不可解《いちばんふかかい》だ。あの口《くち》をきく大蜘蛛《おおぐも》、アラゴグ――禁じられた森《もり》の奥深《おくふか》くに棲《す》み、四年前《ねんまえ》ハリーとロンがからくもその手《て》を逃《のが》れた、あの大蜘蛛《おおぐも》。

「何《なに》か――何《なに》か私《わたし》たちにできることがあるかしら？」

ロンがとんでもないとばかり、しかめっ面《つら》で首《くび》をめちゃめちゃ横《よこ》に振《ふ》るのを無視《むし》して、ハーマイオニーが尋《たず》ねた。

「何《なに》もねえだろうよ、ハーマイオニー」

滝《たき》のように流《なが》れる涙《なみだ》を止《と》めようとして、ハグリッドが声《こえ》を詰《つ》まらせた。

「あのな、眷属《けんぞく》のやつらがな……アラゴグの家族《かぞく》だ……あいつが病気《びょうき》だもんで、ちいとおかしくなっちょる……落《お》ち着《つ》きがねえ……」

「ああ、僕《ぼく》たち、あいつらのそういうところを、ちょっと見《み》たよな」ロンが小声《こごえ》で言《い》った。

「……今《いま》んとこ、俺以外《おれいがい》のもんが、あのコロニーに近《ちか》づくのは安全《あんぜん》とは言《い》えねえ」

ハグリッドは、エプロンでチーンと鼻《はな》をかみ、顔《かお》を上《あ》げた。

「そんでも、ありがとよ、ハーマイオニー……そう言《い》ってくれるだけで……」

その後《ご》はだいぶ雰囲気《ふんいき》が軽《かる》くなった。ハリーもロンも、あのガルガンチュアのような危険極《きけんきわ》まりない肉食大蜘蛛《にくしょくおおぐも》に、大幼虫《だいようちゅう》を持《も》っていって食《た》べさせてあげたいなどというそぶりは見《み》せなかったのだが、ハグリッドは、当然二人《とうぜんふたり》にそういう気持《きも》ちがあるものと思《おも》い込《こ》んだらしく、いつものハグリッドに戻《もど》ったからだ。

「ウン、おまえさんたちの時間割《じかんわり》に俺《おれ》の授業《じゅぎょう》を突《つ》っ込《こ》むのは難《むずか》しかろうと、はじめっからわかっちょった」

三人《にん》に紅茶《こうちゃ》をつぎ足《た》しながら、ハグリッドがぶっきらぼうに言《い》った。

「たとえ『逆転時計《ぎゃくてんどけい》』を申《もう》し込《こ》んでもだ――」

「それはできなかったはずだわ」ハーマイオニーが言《い》った。

「この夏《なつ》、私《わたし》たちが魔法省《まほうしょう》に行《い》ったとき、『逆転時計《ぎゃくてんどけい》』の在庫《ざいこ》を全部壊《ぜんぶこわ》してしまったの。『日刊予《にっかんよ》言者新聞《げんしゃしんぶん》』に書《か》いてあったわ」

「ンム、そんなら」ハグリッドが言《い》った。

「どうやったって、できるはずはなかった……悪《わる》かったな。俺《おれ》は……ほれ――俺《おれ》はただ、アラゴグのことが心配《しんぱい》で……そんで、もしグラブリー‐プランク先生《せんせい》が教《おし》えとったらどうだったか、なんて考《かんが》えっちまって――」

三人《にん》は、ハグリッドのかわりに数回教《すうかいおし》えたことのあるグラブリー－プランク先生《せんせい》がどんなにひどい先生《せんせい》だったか、口《くち》をそろえてきっぱりうそをついた。結果的《けっかてき》に、夕暮《ゆうぐ》れ時《とき》、三人《にん》に手《て》を振《ふ》って送《おく》り出《だ》したハグリッドは、少《すこ》し機嫌《きげん》がよさそうだった。

「腹《はら》がへって死《し》にそうだよ」

戸《と》が閉《し》まったとたん、ハリーが言《い》った。三人《にん》は誰《だれ》もいない暗《くら》い校庭《こうてい》を急《いそ》いだ。奥歯《おくば》の一本《ぽん》がバリッと不吉《ふきつ》な音《おと》を立《た》てたときに、ハリーはロックケーキを放棄《ほうき》していた。

「しかも、今夜《こんや》はスネイプの罰則《ばっそく》がある。ゆっくり夕食《ゆうしょく》を食《た》べていられないな……」

城《しろ》に入《はい》るとコーマック・マクラーゲンが大広間《おおひろま》に入《はい》るところが見《み》えた。入口《いりぐち》の扉《とびら》を入《はい》るのに二回《かい》やり直《なお》していた。一回目《かいめ》は扉《とびら》の枠《わく》にぶつかって跳《は》ね返《かえ》った。ロンはご満悦《まんえつ》でゲラゲラ笑《わら》い、そのあとから肩《かた》をそびやかして入《はい》っていったが、ハリーはハーマイオニーの腕《うで》をつかんで引《ひ》き戻《もど》した。

「どうしたっていうの？」ハーマイオニーは予防線《よぼうせん》を張《は》った。

「なら、言《い》うけど」ハリーが小声《こごえ》で言《い》った。

「マクラーゲンは、**ほんとに**『錯乱呪文《さくらんじゅもん》』をかけられたみたいに見《み》える。それに、あいつは君《きみ》が座《すわ》っていた場所《ばしょ》のすぐ前《まえ》に立《た》っていた」

ハーマイオニーが赤《あか》くなった。

「ええ、しかたがないわ。私《わたし》がやりました」

ハーマイオニーがささやいた。

「でも、あなたは聞《き》いていないけど、あの人《ひと》がロンやジニーのことを何《なん》てけなしてたか！　とにかく、あの人《ひと》は性格《せいかく》が悪《わる》いわ。キーパーになれなかったときのあの人《ひと》の反応《はんのう》、見《み》たわよね——あんな人《ひと》はチームにいてほしくないはずよ」

「ああ、そうだと思《おも》う。でも、ハーマイオニー、それってずるくないか？　だって、君《きみ》は監督生《かんとくせい》、だろ？」

ハリーはニヤリと笑《わら》った。

「まあ、やめてよ」ハーマイオニーがピシャリと言《い》った。

「二人《ふたり》とも、何《なに》やってんだ？」

ロンがけげんな顔《かお》をして、大広間《おおひろま》への扉《とびら》からまた顔《かお》を出《だ》した。

「何《なん》でもない」

ハリーとハーマイオニーは同時《どうじ》にそう答《こた》え、急《いそ》いでロンのあとに続《つづ》いた。ローストビーフの匂《にお》いが、ハリーのすきっ腹《ぱら》をしめつけた。しかし、グリフィンドールのテーブルに向《む》かって三歩《ぽ》と歩《ある》かないうちに、スラグホーン先生《せんせい》が現《あらわ》れて行《ゆ》く手《て》をふさいだ。

「ハリー、ハリー、まさに会《あ》いたい人《ひと》のお出《で》ましだ！」

セイウチひげの先端《せんたん》をひねりながら、巨大《きょだい》な腹《はら》を突《つ》き出《だ》して、スラグホーンは機嫌《きげん》よく大声《おおごえ》で言《い》った。

「夕食前《ゆうしょくまえ》に君《きみ》を捕《つか》まえたかったんだ！　今夜《こんや》はここでなく、わたしの部屋《へや》で軽《かる》く一口《ひとくち》どうかね？　ちょっとしたパーティをやる。希望《きぼう》の星《ほし》が数人《すうにん》だ。マクラーゲンも来《く》るし、ザビニも、チャーミングなメリンダ・ボビンも来《く》る――メリンダはもうお知《し》り合《あ》いかね？　家族《かぞく》が大《おお》きな薬問屋《くすりどんや》チェーン店《てん》を所有《しょゆう》しているんだが――それに、もちろん、ぜひミス・グレンジャーにもお越《こ》しいただければ、大変《たいへん》うれしい」

スラグホーンは、ハーマイオニーに軽《かる》く会釈《えしゃく》して言葉《ことば》を切《き》った。ロンには、まるで存在《そんざい》しないかのように、目《め》もくれなかった。

「先生《せんせい》、うかがえません」ハリーが即座《そくざ》に答《こた》えた。

「スネイプ先生《せんせい》の罰則《ばっそく》を受《う》けるんです」

「おやおや！」

スラグホーンのがっくりした顔《かお》が滑稽《こっけい》だった。

「それはそれは。君《きみ》が来《く》るのを当《あ》てにしていたんだよ、ハリー！　あ、それではセブルスに会《あ》って、事情《じじょう》を説明《せつめい》するほかないようだ。きっと罰則《ばっそく》を延期《えんき》するよう説得《せっとく》できると思《おも》うね。よし、二人《ふたり》とも、それでは、あとで！」

スラグホーンはあたふたと大広間《おおひろま》を出《で》ていった。

「スネイプを説得《せっとく》するチャンスはゼロだ」

スラグホーンが声《こえ》の届《とど》かないほど離《はな》れたとたん、ハリーが言《い》った。

「一度《ど》、延期《えんき》されてるんだ。相手《あいて》がダンブルドアだから、スネイプは延期《えんき》したけど、ほかの人《ひと》ならしないよ」

「ああ、あなたが来《き》てくれたらいいのに。ひとりじゃ行《い》きたくないわ！」

ハーマイオニーが心配《しんぱい》そうに言《い》った。マクラーゲンのことを考《かんが》えているなと、ハリーには察《さっ》しがついた。

「ひとりじゃないと思《おも》うな。ジニーがたぶん呼《よ》ばれる」

スラグホーンに無視《むし》されたのがお気《き》に召《め》さない様子《ようす》のロンが、バシリと言《い》った。

夕食《ゆうしょく》の後《のち》、三人《にん》はグリフィンドール塔《とう》に戻《もど》った。大半《たいはん》の生徒《せいと》が夕食《ゆうしょく》を終《お》えていたので、談話室《だんわしつ》は混《こ》んでいたが、三人《にん》は空《あ》いているテーブルを見《み》つけて腰《こし》を下《お》ろした。スラグホーンと出会《であ》ってからずっと機嫌《きげん》が悪《わる》かったロンは、腕組《うでぐ》みをして天井《てんじょう》をにらんでいた。ハーマイオニーは、誰《だれ》かが椅子《いす》に置《お》いていった「夕刊予言者新聞《ゆうかんよげんしゃしんぶん》」に手《て》を伸《の》ばした。

「何《なに》か変《か》わったこと、ある？」ハリーが聞《き》いた。

「特《とく》には……」ハーマイオニーは新聞《しんぶん》を開《ひら》き、中《なか》のページを流《なが》し読《よ》みしていた。

「あ、ねえ、ロン、あなたのお父《とう》さんがここに――ご無事《ぶじ》だから大丈夫《だいじょうぶ》！」

ロンがギョッとして振《ふ》り向《む》いたので、ハーマイオニーがあわててつけ加《くわ》えた。

「お父《とう》さんがマルフォイの家《いえ》に行《い》ったって、そう書《か》いてあるだけ。『死喰《しく》い人《びと》の家《いえ》での、この二度目《どめ》の家宅捜索《かたくそうさく》は、何《なん》らの成果《せいか》も上《あ》げなかった模様《もよう》である。「偽《にせ》の防衛呪文《ぼうえいじゅもん》ならびに保護器具《ほごきぐ》の発見《はっけん》ならびに没収局《ぼっしゅうきょく》」のアーサー・ウィーズリー氏《し》は、自分《じぶん》のチームの行動《こうどう》は、ある秘密《ひみつ》の通《つう》報《ほう》にもとづいて行《おこな》ったものであると語《かた》った』」

「そうだ。僕《ぼく》の通報《つうほう》だ！」ハリーが言《い》った。

「キングズ・クロスで、マルフォイのことを話《はな》したんだ。ボージンに何《なに》かを修理《しゅうり》させたがっていたこと！　うーん、もしあいつの家《いえ》にないなら、その何《なん》だかわからない物《もの》を、ホグワーツに持《も》ってきたにちがいない――」

「だけど、ハリー、どうやったらそんなことができる？」

ハーマイオニーが驚《おどろ》いたような顔《かお》で新聞《しんぶん》を下《した》に置《お》いた。

「ここに着《つ》いたとき、私《わたし》たち全員検査《ぜんいんけんさ》されたでしょ？」

「そうなの？」ハリーはびっくりした。

「僕《ぼく》はされなかった！」

「ああ、そうね、たしかにあなたはちがうわ。遅《おく》れたことを忘《わす》れてた……あのね、フィルチが、私《わたし》たちが玄関《げんかん》ホールに入《はい》るときに、全員《ぜんいん》を『詮索《せんさく》センサー』でさわったの。闇《やみ》の品物《しなもの》なら見《み》つかっていたはずよ。事実《じじつ》、クラッブがミイラ首《くび》を没収《ぼっしゅう》されたのを知《し》ってるわ。だからね、マルフォイは危険《きけん》な物《もの》を持《も》ち込《こ》めるはずがないの！」

一瞬《いっしゅん》詰《つ》まったハリーは、ジニー・ウィーズリーがピグミーパフのアーノルドとたわむれているのを眺《なが》めながら、この反論《はんろん》をどうかわすかを考《かんが》えた。

「じゃあ、誰《だれ》かがふくろうであいつに送《おく》ってきたんだ」ハリーが言《い》った。

「母親《ははおや》か誰《だれ》か」

「ふくろうも全部《ぜんぶ》チェックされてます」ハーマイオニーが言《い》った。

「フィルチが、手当《てあ》たりしだいあちこち『詮索《せんさく》センサー』を突《つ》っ込《こ》みながら、そう言《い》ってたわ」

今度《こんど》こそほんとうに手詰《てづ》まりで、ハリーは何《なに》も言《い》えなかった。マルフォイが危険物《きけんぶつ》や闇《やみ》の物品《ぶっぴん》を学校《がっこう》に持《も》ち込《こ》む手段《しゅだん》はまったくないように見《み》えた。ハリーは望《のぞ》みをたくしてロンを見《み》たが、ロンは腕組《うでぐ》みをしてラベンダー・ブラウンをじっと見《み》ていた。

「マルフォイが使《つか》った方法《ほうほう》を、何《なに》か思《おも》いつか――？」

「ハリー、もうよせ」ロンが言《い》った。

「いいか、スラグホーンがばからしいパーティに僕《ぼく》とハーマイオニーを招待《しょうたい》したのは、何《なに》も僕《ぼく》のせいじゃない。僕《ぼく》たちが行《い》きたかったわけじゃないんだ！」ハリーはカッとなった。

「さーて、僕《ぼく》はどこのパーティにも呼《よ》ばれてないし」ロンが立《た》ち上《あ》がった。「寝室《しんしつ》に行《い》くよ」

ロンは男子寮《だんしりょう》に向《む》かって、床《ゆか》を踏《ふ》み鳴《な》らしながら去《さ》っていった。ハリーとハーマイオニーは、まじまじとその後《うし》ろ姿《すがた》を見送《みおく》った。

「ハリー？」

新《あたら》しいチェイサーのデメルザ・ロビンズが突然《とつぜん》ハリーのすぐ後《うし》ろに現《あらわ》れた。

「あなたに伝言《でんごん》があるわ」

「スラグホーン先生《せんせい》から？」ハリーは期待《きたい》して座《すわ》りなおした。

「いいえ……スネイプ先生《せんせい》から」

デメルザの答《こた》えでハリーは落胆《らくたん》した。

「今晩《こんばん》八時半《じはん》に先生《せんせい》の部屋《へや》に罰則《ばっそく》を受《う》けにきなさいって――あの――パーティへの招待《しょうたい》がいくつあっても、ですって。それから、くさった『レタス食い虫《フロバーワーム》』と、そうでない虫《むし》をより分《わ》ける仕事《しごと》だとあなたに知《し》らせるように言《い》われたわ。魔法薬《まほうやく》に使《つか》うためですって。それから――それから、先生《せんせい》がおっしゃるには、保護用手袋《ほごようてぶくろ》は持《も》ってくる必要《ひつよう》がないって」

「そう」

ハリーは腹《はら》を決《き》めたように言《い》った。

「ありがとう、デメルザ」

第《だい》12章《しょう》　シルバーとオパール

ダンブルドアはどこにいて、何《なに》をしていたのだろう？　それから二、三週間《しゅうかん》、ハリーは校長《こうちょう》先生《せんせい》の姿《すがた》を二度《ど》しか見《み》かけなかった。食事《しょくじ》に顔《かお》を見《み》せることさえほとんどなくなった。ダンブルドアが何日《なんにち》も続《つづ》けて学校《がっこう》を留守《るす》にしている、というハーマイオニーの考《かんが》えは当《あ》たっていると、ハリーは思《おも》った。ダンブルドアは、ハリーの個人教授《こじんきょうじゅ》を忘《わす》れてしまったのだろうか？　予言《よげん》に関《かん》する何《なに》かと結《むす》びつく授業《じゅぎょう》だというダンブルドアの言葉《ことば》に、ハリーは力《ちから》づけられ、なぐさめられたのだが、今《いま》はちょっと見捨《みす》てられたような気《き》がしていた。

十月の半《なか》ばに、学期最初《がっきさいしょ》のホグズミード行《い》きがやってきた。ますます厳《きび》しくなる学校周辺《がっこうしゅうへん》の警戒措置《けいかいそち》を考《かんが》えると、そういう外出《がいしゅつ》がまだ許可《きょか》されるだろうかと、ハリーは危《あや》ぶんでいたのだが、実施《じっし》されると知《し》ってうれしかった。数時間《すうじかん》でも学校《がっこう》を離《はな》れられるのは、いつもいい気分《きぶん》だった。

外出日《がいしゅつび》の朝《あさ》は荒《あ》れ模様《もよう》だったが、早《はや》く目《め》が覚《さ》めたハリーは、朝食《ちょうしょく》までの時間《じかん》を『上級魔法《じょうきゅうまほう》薬《やく》』の教科書《きょうかしょ》を読《よ》んで、ゆっくり過《す》ごした。普段《ふだん》はベッドに横《よこ》になって教科書《きょうかしょ》を読《よ》んだりはしない。ロンがいみじくも言《い》うように、ハーマイオニー以外《いがい》の者《もの》がそういう行動《こうどう》を取《と》るのは不道徳《ふどうとく》であり、ハーマイオニーだけはもともとそういう変人《へんじん》なのだ。しかしハリーは、プリンスの『上級《じょうきゅう》魔法薬《まほうやく》』はとうてい教科書《きょうかしょ》と呼《よ》べるものではないと感《かん》じていた。じっくりと読《よ》めば読《よ》むほど、どんなに多《おお》くのことが書《か》き込《こ》まれているかを、ハリーは思《おも》い知《し》らされるのだった。スラグホーンからの輝《かがや》かしい評価《ひょうか》を勝《か》ち取《と》らせてくれた便利《べんり》なヒントや、魔法薬《まほうやく》を作《つく》る近道《ちかみち》だけではないものが、そこにはあった。余白《よはく》に走《はし》り書《が》きしてあるちょっとした呪《のろ》いや呪詛《じゅそ》は独創的《どくそうてき》で、×印《じるし》で消《け》してあったり、書《か》きなおしたりしているところを見《み》ると、プリンス自身《じしん》が考案《こうあん》したものにちがいない。

ハリーはすでに、プリンスが発明《はつめい》した呪文《じゅもん》をいくつか試《ため》していた。足《あし》の爪《つめ》が驚《おどろ》くほど速《はや》く伸《の》びる呪詛《じゅそ》とか（廊下《ろうか》でクラッブに試《ため》したときは、とてもおもしろい見物《みもの》だった）、舌《した》を口《こう》がいに貼《は》りつけてしまう呪《のろ》いとか（油断《ゆだん》しているアーガス・フィルチに二度《にど》仕掛《しか》けて、やんやの喝采《かっさい》を受《う》けた）、それに一番役《いちばんやく》に立《た》つと思《おも》われるのが「マフリアート、耳《みみ》ふさぎ」の呪文《じゅもん》で、近《ちか》くにいる者《もの》の耳《みみ》に正体不明《しょうたいふめい》の雑音《ざつおん》を聞《き》かせ、授業中《じゅぎょうちゅう》に盗《ぬす》み聞《ぎ》きされることなく長時間私語《ちょうじかんしご》できるというすぐれものだ。

こういう呪文《じゅもん》をおもしろく思《おも》わないただ一人《ひとり》の人物《じんぶつ》は、ハーマイオニーだった。ハリーが近《ちか》くにいる誰《だれ》かにこの「**耳《みみ》ふさぎ呪文《じゅもん》**」を使《つか》うと、ハーマイオニーはその間中《あいだじゅう》、かたくなに非難《ひなん》の表《ひょう》情《じょう》を崩《くず》さず、口《くち》をきくことさえ拒絶《きょぜつ》した。

ベッドに背中《せなか》をもたせかけながら、プリンスが苦労《くろう》したらしい呪文《じゅもん》の走《はし》り書《が》きをもっとよくたしかめようと、ハリーは本《ほん》を斜《なな》めにして見《み》た。何回《なんかい》も×印《じるし》で消《け》したり書《か》きなおしたりして、最後《さいご》にそのページの隅《すみ》に詰《つ》め込《こ》むように書《か》かれている呪文《じゅもん》だ。

「**レビコーパス、身体浮上**《しんたいふじょう》**（無**《む》**）**」

風《かぜ》とみぞれが容赦《ようしゃ》なく窓《まど》をたたき、ネビルは大《おお》きないびきをかいている。ハリーはかっこ書《が》きを見《み》つめた。――「無《む》」……無言呪文《むごんじゅもん》の意味《いみ》にちがいない。ハリーは、まだ無言呪文《むごんじゅもん》そのものにてこずっていたので、この無言呪文《むごんじゅもん》だけがうまく使《つか》えるわけはないと思《おも》った。「闇《やみ》の魔術《まじゅつ》に対《たい》する防衛術《ぼうえいじゅつ》」の授業《じゅぎょう》のたびに、スネイプはハリーの無言呪文《むごんじゅもん》がなっていないと、容赦《ようしゃ》なく指摘《してき》していた。とは言《い》え、これまでのところ、プリンスのほうがスネイプよりずっと効果的《こうかてき》な先生《せんせい》だったのは明《あき》らかだ。

特《とく》にどこを指《さ》す気《き》もなく、ハリーは杖《つえ》を取《と》り上《あ》げてちょっと上《うえ》に振《ふ》り、頭《あたま》の中《なか》で「レビコーパス！」と唱《とな》えた。

「あぁぁぁぁぁぁあっ！」

閃光《せんこう》が走《はし》り、部屋中《へやじゅう》が、声《こえ》でいっぱいになった。ロンの叫《さけ》び声《ごえ》で、全員《ぜんいん》が目《め》を覚《さ》ましたのだ。ハリーはびっくり仰天《ぎょうてん》して『上級魔法薬《じょうきゅうまほうやく》』の本《ほん》を放《ほう》り投《な》げた。ロンはまるで見《み》えない釣《つ》り鉤《かぎ》でくるぶしを引《ひ》っかけられたように、逆《さか》さまに宙吊《ちゅうづ》りになっていた。

「ごめん！」ハリーが叫《さけ》んだ。ディーンもシェーマスも大笑《おおわら》いし、ネビルはベッドから落《お》ちて立《た》ち上《あ》がるところだった。「待《ま》ってて――下《お》ろしてやるから――」

魔法薬《まほうやく》の本《ほん》をあたふた拾《ひろ》い上《あ》げ、ハリーは大《おお》あわてでページをめくって、さっきのページを探《さが》した。やっとそのページを見《み》つけると、呪文《じゅもん》の下《した》に読《よ》みにくい文字《もじ》が詰《つ》め込《こ》んであった。これが反対呪文《はんたいじゅもん》でありますようにと祈《いの》りながら判読《はんどく》し、ハリーはその言葉《ことば》に全神経《ぜんしんけい》を集中《しゅうちゅう》した。

「リベラコーパス！　身体自由《しんたいじゆう》！」

また閃光《せんこう》が走《はし》り、ロンは、ベッドの上《うえ》に転落《てんらく》してぐしゃぐしゃになった。

「ごめん」

ハリーは弱々《よわよわ》しくくり返《かえ》した。ディーンとシェーマスは、まだ大笑《おおわら》いしていた。

「あしたは」ロンが布団《ふとん》に顔《かお》を押《お》しつけたまま言《い》った。「目覚《めざ》まし時計《どけい》をかけてくれたほうがありがたいけどな」

二人《ふたり》が、ウィーズリーおばさんの手編《てあ》みセーターを何枚《なんまい》も重《かさ》ね着《ぎ》し、マントやマフラーと手《て》袋《ぶくろ》を手《て》に持《も》って身支度《みじたく》をすませたころには、ロンのショックも収《おさ》まっていて、ハリーの新《あたら》しい呪《じゅ》文《もん》は最高《さいこう》におもしろいという意見《いけん》になっていた。事実《じじつ》、あまりおもしろいので、朝食《ちょうしょく》の席《せき》でハーマイオニーを楽《たの》しませようと、すぐさまその話《はなし》をした。

「……それでさ、また閃光《せんこう》が走《はし》って、僕《ぼく》は再《ふたた》びベッドに着地《ちゃくち》したのである！」

ソーセージを取《と》りながら、ロンはニヤリと笑《わら》った。

ハーマイオニーはニコリともせずにこの逸話《いつわ》を聞《き》いていたが、そのあと冷《ひ》ややかな非難《ひなん》のまなざしをハリーに向《む》けた。

「その呪文《じゅもん》は、もしかして、またあの魔法薬《まほうやく》の本《ほん》から出《で》たのかしら？」

ハリーはハーマイオニーをにらんだ。

「君《きみ》って、いつも最悪《さいあく》の結論《けつろん》に飛《と》びつくね？」

「そうなの？」

「さあ……うん、そうだよ。それがどうした？」

「するとあなたは、手《て》書《が》きの未知《みち》の呪文《じゅもん》をちょっと試《ため》してみよう、何《なに》が起《お》こるか見《み》てみようと思《おも》ったわけ？」

「手《て》書《が》きのどこが悪《わる》いって言《い》うんだ？」ハリーは、質問《しつもん》の一部《いちぶ》にしか答《こた》えたくなかった。

「理由《りゆう》は、魔法省《まほうしょう》が許可《きょか》していないかもしれないからです」ハーマイオニーが言《い》った。

「それに」ハリーとロンが「またかよ」とばかり目《め》をグリグリさせたので、ハーマイオニーがつけ加《くわ》えた。

「私《わたし》、プリンスがちょっとあやしげな人物《じんぶつ》だって思《おも》いはじめたからよ」

とたんにハリーとロンが、大声《おおごえ》でハーマイオニーをだまらせた。

「笑《わら》える冗談《じょうだん》さ！」

ソーセージの上《うえ》にケチャップの容器《ようき》を逆《さか》さまにかざしながら、ロンが言《い》った。

「単《たん》なるお笑《わら》いだよ、ハーマイオニー、それだけさ！」

「足首《あしくび》をつかんで人《ひと》を逆《さか》さ吊《づ》りすることが？」

ハーマイオニーが言《い》った。

「そんな呪文《じゅもん》を考《かんが》えるために時間《じかん》とエネルギーを費《つい》やすなんて、いったいどんな人《ひと》？」

「フレッドとジョージ」ロンが肩《かた》をすくめた。

「あいつらのやりそうなことさ。それに、えーと――」

「僕《ぼく》の父《とう》さん」ハリーが言《い》った。ふと思《おも》い出《だ》したのだ。

「えっ？」ロンとハーマイオニーが、同時《どうじ》に反応《はんのう》した。

「僕《ぼく》の父《とう》さんがこの呪文《じゅもん》を使《つか》った」ハリーが言《い》った。

「僕《ぼく》――ルーピンがそう教《おし》えてくれた」

最後《さいご》の部分《ぶぶん》はうそだった。ほんとうは、父親《ちちおや》がスネイプにこの呪文《じゅもん》を使《つか》うところを見《み》たのだが、「憂《うれ》いの篩《ふるい》」へのあの旅《たび》のことは、ロンとハーマイオニーに話《はな》していなかった。しかしハリーは今《いま》、あるすばらしい可能性《かのうせい》に思《おも》い当《あ》たった。「半純血《はんじゅんけつ》のプリンス」はもしかしたら――？

「あなたのお父《とう》さまも使《つか》ったかもしれないわ、ハリー」ハーマイオニーが言《い》った。「でも、お父《とう》さまだけじゃない。何人《なんにん》もの人《ひと》がこれを使《つか》っているところを、私《わたし》たち見《み》たわ。忘《わす》れたのかしら。人間《にんげん》を宙吊《ちゅうづ》りにして。眠《ねむ》ったまま、何《なに》もできない人《ひと》たちを浮《う》かべて移動《いどう》させていた」

ハリーは、目《め》を見張《みは》ってハーマイオニーを見《み》た。ハリーもそれを思《おも》い出《だ》して、気《き》が重《おも》くなった。クィディッチ・ワールドカップでの死喰《しく》い人《びと》の行動《こうどう》だった。ロンが助《たす》け舟《ぶね》を出《だ》した。

「あれはちがう」ロンは確信《かくしん》を持《も》って言《い》った。

「あいつらは悪用《あくよう》していた。ハリーとかハリーの父《とう》さんは、ただ冗談《じょうだん》でやったんだ。君《きみ》は王子《おうじ》さまが嫌《きら》いなんだよ、ハーマイオニー」

ロンはソーセージを厳《いか》めしくハーマイオニーに突《つ》きつけながら、つけ加《くわ》えた。

「王子《おうじ》が君《きみ》より魔法薬《まほうやく》がうまいから――」

「それとはまったく関係《かんけい》ないわ！」ハーマイオニーのほおが紅潮《こうちょう》した。

「私《わたし》はただ、何《なん》のための呪文《じゅもん》かも知《し》らないのに使《つか》ってみるなんて、とっても無責任《むせきにん》だと思《おも》っただけ。それから、まるで称号《しょうごう》みたいに『王子《おうじ》』って言《い》うのはやめて。きっとバカバカしいニックネームにすぎないんだから。それに、私《わたし》にはあまりいい人《ひと》だとは思《おも》えないわ」

「どうしてそういう結論《けつろん》になるのか、わからないな」ハリーが熱《あつ》くなった。

「もしプリンスが、死喰《しく》い人《びと》の走《はし》りだとしたら、得意《とくい》になって『半純血《はんじゅんけつ》』を名乗《なの》ったりしないだろう？」

そう言《い》いながら、ハリーは父親《ちちおや》が純血《じゅんけつ》だったことを思《おも》い出《だ》したが、その考《かんが》えを頭《あたま》から押《お》しのけた。それはあとで考《かんが》えよう……。

「死喰《しく》い人《びと》の全部《ぜんぶ》が純血《じゅんけつ》だとはかぎらない。純血《じゅんけつ》の魔法使《まほうつか》いなんて、あまり残《のこ》っていないわ」

ハーマイオニーが頑固《がんこ》に言《い》い張《は》った。

「純血《じゅんけつ》のふりをした、半純血《はんじゅんけつ》が大多数《だいたすう》だと思《おも》う。あの人《ひと》たちは、マグル生《う》まれだけを憎《にく》んでいるのよ。あなたとかロンなら、喜《よろこ》んで仲間《なかま》に入《い》れるでしょう」

「僕《ぼく》を死喰《しく》い人仲間《びとなかま》に入《い》れるなんてありえない！」

カッとしたロンが、今度《こんど》はハーマイオニーに向《む》かってフォークを振《ふ》り回《まわ》し、フォークから食《た》べかけのソーセージが吹《ふ》っ飛《と》んで、アーニー・マクミランの頭《あたま》にぶつかった。

「僕《ぼく》の家族《かぞく》は全員《ぜんいん》、血《ち》を裏切《うらぎ》った！　死喰《しく》い人《びと》にとっては、マグル生《う》まれと同《おな》じぐらい憎《にく》いんだ！」

「だけど、僕《ぼく》のことは喜《よろこ》んで迎《むか》えてくれるさ」

ハリーは皮肉《ひにく》な言《い》い方《かた》をした。

「連中《れんちゅう》が躍起《やっき》になって僕《ぼく》のことを殺《ころ》そうとしなけりゃ、大《だい》の仲良《なかよ》しになれるだろう」

これにはロンが笑《わら》った。ハーマイオニーでさえ、しぶしぶ笑《え》みをもらした。ちょうどそこへ、ジニーが現《あらわ》れて、気分転換《きぶんてんかん》になった。

「こんちわっ、ハリー、これをあなたに渡《わた》すようにって」

羊皮紙《ようひし》の巻《ま》き紙《がみ》に、見覚《みおぼ》えのある細長《ほそなが》い字《じ》でハリーの名前《なまえ》が書《か》いてある。

「ありがと、ジニー……ダンブルドアの次《つぎ》の授業《じゅぎょう》だ！」

巻《ま》き紙《がみ》を勢《いきお》いよく開《ひら》き、中身《なかみ》を急《いそ》いで読《よ》みながら、ハリーはロンとハーマイオニーに知《し》らせた。

「月曜《げつよう》の夜《よる》！」

ハリーは急《きゅう》に気分《きぶん》が軽《かる》くなり、うれしくなった。

「ジニー、ホグズミードに一緒《いっしょ》に行《い》かないか？」ハリーが誘《さそ》った。

「ディーンと行《い》くわ――向《む》こうで会《あ》うかもね」ジニーは手《て》を振《ふ》って離《はな》れながら答《こた》えた。

いつものように、フィルチが正面《しょうめん》の樫《かし》の木《き》の扉《とびら》の所《ところ》に立《た》って、ホグズミード行《い》きの許可《きょか》を得《え》ている生徒《せいと》の名前《なまえ》を照《て》らし合《あ》わせて印《しるし》をつけていた。フィルチが「詮索《せんさく》センサー」で全員《ぜんいん》を一人《ひとり》三回《かい》も検査《けんさ》するので、いつもよりずっと時間《じかん》がかかった。

「闇《やみ》の品物《しなもの》を外《そと》に持《も》ち出《だ》したら、何《なに》か問題《もんだい》あるのか？」

長細《ながぼそ》い「詮索《せんさく》センサー」を心配《しんぱい》そうにじろじろ見《み》ながら、ロンが問《と》いただした。

「帰《かえ》りに中《なか》に持《も》ち込《こ》む物《もの》をチェックすべきなんじゃないか？」

生意気《なまいき》の報《むく》いに、ロンは「センサー」で二、三回《かい》よけいにつつかれ、三人《にん》で風《かぜ》とみぞれの中《なか》に歩《あゆ》み出《だ》したときも、まだ痛《いた》そうに顔《かお》をしかめていた。

ホグズミードまでの道《みち》のりは、楽《たの》しいとは言《い》えなかった。ハリーは顔《かお》の下半分《したはんぶん》にマフラーを巻《ま》きつけたが、さらされている肌《はだ》がヒリヒリ痛《いた》み、すぐにかじかんだ。村《むら》までの道《みち》は、刺《さ》すような向《む》かい風《かぜ》に体《からだ》を折《お》り曲《ま》げて進《すす》む生徒《せいと》でいっぱいだった。暖《あたた》かい談話室《だんわしつ》で過《す》ごしたほうがよかったのではないかと、ハリーは一度《いちど》ならず思《おも》った。

やっとホグズミードに着いてみると、「ゾンコのいたずら専門店《せんもんてん》」に板《いた》が打《う》ちつけてあるのが見《み》えた。ハリーは、この遠足《えんそく》は楽《たの》しくないと、これで決《き》まったように思《おも》った。ロンは手袋《てぶくろ》に分厚《ぶあつ》く包《つつ》まれた手《て》で、「ハニーデュークス」の店《みせ》を指《さ》した。ありがたいことに開《あ》いている。ハリーとハーマイオニーは、ロンの進《すす》むあとをよろめきながらついて歩《ある》き、混《こ》んだ店《みせ》に入《はい》った。

「助《たす》かったぁ」

ヌガーの香《かお》りがする暖《あたた》かい空気《くうき》に包《つつ》まれ、ロンが身《み》を震《ふる》わせた。

「午後《ごご》はずっとここにいようよ」

「やあ、ハリー！」三人《にん》の後《うし》ろで声《こえ》がとどろいた。

「しまった」

ハリーがつぶやいた。三人《にん》が振《ふ》り返《かえ》ると、スラグホーン先生《せんせい》がいた。巨大《きょだい》な毛皮《けがわ》の帽子《ぼうし》に、おそろいの毛皮《けがわ》のえりのついたオーバーを着《き》て、砂糖漬《さとうづ》けパイナップルの大《おお》きな袋《ふくろ》を抱《かか》え、少《すく》なくとも店《みせ》の四分《ぶん》の一を占領《せんりょう》していた。

「ハリー、わたしのディナーをもう三回《かい》も逃《のが》したですぞ！」

ハリーの胸《むね》を機嫌《きげん》よくこづいて、スラグホーンが言《い》った。

「それじゃあいけないよ、君《きみ》。絶対《ぜったい》に君《きみ》を呼《よ》ぶつもりだ！ミス・グレンジャーは気《き》に入《い》ってくれている。そうだね？」

「はい」ハーマイオニーはしかたなく答《こた》えた。「ほんとうに――」

「だから、ハリー、来《こ》ないかね？」スラグホーンが詰《つ》め寄《よ》った。

「ええ、先生《せんせい》、僕《ぼく》、クィディッチの練習《れんしゅう》があったものですから」

ハリーが言《い》った。スラグホーンから紫《むらさき》のリボンで飾《かざ》った小《ち い》さな招待状《しょうたいじょう》が送《おく》られてきたときは、たしかに、いつも練習《れんしゅう》の予定《よてい》とかち合《あ》っていた。この戦略《せんりゃく》のおかげで、ロンは取《と》り残《のこ》されることがなく、ジニーと三人《にん》で、ハーマイオニーがマクラーゲンやザビニと一緒《いっしょ》に閉《と》じ込《こ》められている様子《ようす》を想像《そうぞう》しては、笑《わら》っていた。

「そりゃあ、そんなに熱心《ねっしん》に練習《れんしゅう》したのだから、むろん最初《さいしょ》の試合《しあい》に勝《か》つことを期待《きたい》してるよ！」スラグホーンが言《い》った。

「しかし、ちょっと息抜《いきぬ》きをしても悪《わる》くはない。さあ、月曜日《げつようび》の夜《よる》はどうかね。こんな天気《てんき》じゃあ、とても練習《れんしゅう》したいとは思《おも》わないだろう……」

「だめなんです、先生《せんせい》。僕《ぼく》――あの――その晩《ばん》、ダンブルドア先生《せんせい》との約束《やくそく》があって」

「今度《こんど》もついてない！」

スラグホーンが大《おお》げさに嘆《なげ》いた。

「ああ、まあ……永久《えいきゅう》にわたしをさけ続《つづ》けることはできないよ、ハリー！」

スラグホーンは堂々《どうどう》と手《て》を振《ふ》り、短《みじか》い足《あし》でよちよちと店《みせ》から出《で》ていった。ロンのことはまるで「ゴキブリ・ゴソゴソ豆板《まめいた》」の展示品《てんじひん》であるかのように、ほとんど見向《みむ》きもしなかった。

「今度《こんど》も逃《に》げおおせたなんて、信《しん》じられない」ハーマイオニーが頭《かぶり》を振《ふ》りながら言《い》った。

「そんなにひどいというわけでもないのよ……まあまあ楽《たの》しいときだってあるわ……」

しかしその時《とき》、ハーマイオニーはちらりとロンの表情《ひょうじょう》をとらえた。

「あ、見《み》て――『デラックス砂糖羽根《さとうはね》ペン』がある――これって何時間《なんじかん》も持《も》つわよ！」

ハーマイオニーが話題《わだい》を変《か》えてくれたことでホッとして、ハリーは新商品《しんしょうひん》の特大《とくだい》砂糖羽根《さとうはね》ペンに、普段見《ふだんみ》せないような強《つよ》い関心《かんしん》を示《しめ》して見《み》せた。しかしロンはふさぎ込《こ》んだままで、ハーマイオニーが次《つぎ》はどこに行《い》こうかと聞《き》いても肩《かた》をすくめるだけだった。

「『三本《さんぼん》の箒《ほうき》』に行《い》こうよ」ハリーが言《い》った。

「きっと暖《あたた》かいよ」

三人《にん》は、マフラーを顔《かお》に巻《ま》きなおし、菓子店《かしてん》を出《で》た。「ハニーデュークス」の甘《あま》い温《ぬく》もりのあとはなおさら冷《つめ》たい風《かぜ》が、顔《かお》をナイフのように刺《さ》した。通《とお》りは人影《ひとかげ》もまばらで、立《た》ち話《ばなし》をする人《ひと》もなく、誰《だれ》もが目的地《もくてきち》に急《いそ》いでいた。例外《れいがい》は少《すこ》し先《さき》にいる二人《ふたり》の男《おとこ》で、ハリーたちの行《ゆ》く手《て》の、

「三本《さんぼん》の箒《ほうき》」の前《まえ》に立《た》っていた。一人《ひとり》はとても背《せ》が高《たか》くやせている。雨《あめ》にぬれためがねを通《とお》して、ハリーが目《め》を細《ほそ》めて見《み》ると、ホグズミードにあるもう一軒《いっけん》のパブ、「ホッグズ・ヘッド」で働《はたら》くバーテンだとわかった。ハリー、ロン、ハーマイオニーが近《ちか》づくと、その男《おとこ》はマントのえりをきつく閉《し》めなおして立《た》ち去《さ》った。残《のこ》された背《せ》の低《ひく》い男《おとこ》は、腕《うで》に抱《かか》えた何《なに》かをぎこちなく扱《あつか》っている。すぐそばまで近《ちか》づいて初《はじ》めて、ハリーはその男《おとこ》が誰《だれ》かに気《き》づいた。

「マンダンガス！」

赤茶色《あかちゃいろ》のざんばら髪《がみ》にガニマタのずんぐりした男《おとこ》は、飛《と》び上《あ》がって、くたびれたトランクを落《お》とした。トランクがパックリと開《ひら》き、がらくた店《てん》のショーウィンドウをそっくり全部《ぜんぶ》ぶちまけたようなありさまになった。

「ああ、よう、アリー」

マンダンガス・フレッチャーは何《なん》でもない様子《ようす》を見事《みごと》にやりそこねた。

「いーや、かまわず行《い》っちくれ」

そしてはいつくばってトランクの中身《なかみ》をかき集《あつ》めはじめたが、「早《はや》くずらかりたい」という雰囲気丸出《ふんいきまるだ》しだった。

「こういうのを売《う》ってるの？」

マンダンガスが地面《じめん》を引《ひ》っかくようにして、汚《きたな》らしい雑多《ざった》な品物《しなもの》を拾《ひろ》い集《あつ》めるのを見《み》ながら、ハリーが聞《き》いた。

「ああ、ほれ、ちっとはかせがねえとな」マンダンガスが答《こた》えた。

「そいつをよこせ！」

ロンがかがんで何《なに》か銀色《ぎんいろ》の物《もの》を拾《ひろ》い上《あ》げていた。

「待《ま》てよ」

ロンが何《なに》か思《おも》い当《あ》たるように言《い》った。

「どっかで見《み》たような――」

「あんがとよ！」

マンダンガスは、ロンの手《て》からゴブレットをひったくり、トランクに詰《つ》め込《こ》んだ。

「さて、そんじゃみんな、またな――**イテッ！**」

ハリーがマンダンガスののどくびを押《お》さえ、パブの壁《かべ》に押《お》しつけた。片手《かたて》でしっかり押《お》さえながら、ハリーは杖《つえ》を取《と》り出《だ》した。

「ハリー！」ハーマイオニーが悲鳴《ひめい》を上《あ》げた。

「シリウスの屋敷《やしき》からあれを盗《ぬす》んだな」

ハリーはマンダンガスに鼻《はな》がくっつくほど顔《かお》を近《ちか》づけた。湿《し》気《け》たたばこや酒《さけ》のいやな臭《にお》いがした。

「あれにはブラック家《け》の家《か》紋《もん》がついている」

「俺《おれ》は――うんにゃ――何《なん》だって――？」

マンダンガスは泡《あわ》を食《く》ってブツブツ言《い》いながら、だんだん顔《かお》が紫色《むらさきいろ》になってきた。

「何《なに》をしたんだ？　シリウスが死《し》んだ夜《よる》、あそこに戻《もど》って根《ね》こそぎ盗《ぬす》んだのか？」

ハリーが歯《は》をむいてうなった。

「俺《おれ》は――うんにゃ――」

「それを渡《わた》せ！」

「ハリー、そんなことダメよ！」

ハーマイオニーがけたたましい声《こえ》を上《あ》げた。マンダンガスが青《あお》くなりはじめていた。

バーンと音《おと》がして、ハリーは自《じ》分《ぶん》の手《て》がマンダンガスののどからはじかれるのを感《かん》じた。あえぎながら早口《はやくち》でブツブツ言《い》い、落《お》ちたトランクをつかんで――**バチン**――マンダンガスは「姿《すがた》くらまし」した。

ハリーは、マンダンガスの行方《ゆくえ》を探《さが》してその場《ば》をぐるぐる回《まわ》りながら、声《こえ》をかぎりに悪態《あくたい》をついた。

「戻《もど》ってこい！　この盗《ぬす》っ人《と》――！」

「むだだよ、ハリー」

トンクスがどこからともなく現《あらわ》れた。くすんだ茶色《ちゃいろ》の髪《かみ》がみぞれでぬれている。

「マンダンガスは、今《いま》ごろたぶんロンドンにいる。わめいてもむだだよ」

「あいつはシリウスの物《もの》を盗《ぬす》んだ！　盗《ぬす》んだんだ！」

「そうだね。だけど」

トンクスは、この情報《じょうほう》にまったく動《どう》じないように見《み》えた。

「寒《さむ》い所《ところ》にいちゃだめだ」

トンクスは三人《にん》が「三本《さんぼん》の箒《ほうき》」の入口《いりぐち》を入《はい》るまで見張《みは》っていた。中《なか》に入《はい》るなり、ハリーはわめきだした。

「あいつはシリウスの物《もの》を盗《ぬす》んでいたんだ！」

「わかってるわよ、ハリー。だけどお願《ねが》いだから大声出《おおごえだ》さないで。みんなが見《み》てるわ」

ハーマイオニーが小声《こごえ》で言《い》った。

「あそこに座《すわ》って。飲《の》み物《もの》を持《も》ってきてあげる」

数分後《すうふんご》、ハーマイオニーがバタービールを三本《ぼん》持《も》ってテーブルに戻《もど》ってきたときも、ハリーはまだいきり立《た》っていた。

「騎士団《きしだん》はマンダンガスを抑《おさ》えきれないのか？」

ハリーはカッカしながら小声《こごえ》で言《い》った。

「せめて、あいつが本部《ほんぶ》にいるときだけでも、盗《ぬす》むのをやめさせられないのか？　固定《こてい》されてない物《もの》なら何《なん》でも、片《かた》っ端《ぱし》から盗《ぬす》んでるのに」

「シーッ！」ハーマイオニーが周《まわ》りを見回《みまわ》して、誰《だれ》も聞《き》いていないことをたしかめながら、必死《ひっし》で制止《せいし》した。魔法戦士《まほうせんし》が二人《ふたり》近《ちか》くに腰《こし》かけて、興味深《きょうみぶか》そうにハリーを見《み》つめていたし、ザビニはそう遠《とお》くない所《ところ》で柱《はしら》にもたれかかっていた。

「ハリー、私《わたし》だって怒《おこ》ると思《おも》うわ。あの人《ひと》が盗《ぬす》んでいるのは、あなたの物《もの》だってことを知《し》ってるし――」

ハリーはバタービールにむせた。自分《じぶん》がグリモールド・プレイス十二番地《ばんち》の所有者《しょゆうしゃ》であることを、一時的《いちじてき》に忘《わす》れていた。

「そうだ、あれは僕《ぼく》の物《もの》だ！」ハリーが言《い》った。

「どうりであいつ、僕《ぼく》を見《み》てまずいと思《おも》ったわけだ！　うん、こういうことが起《お》こっているって、ダンブルドアに言《い》おう。マンダンガスが怖《こわ》いのはダンブルドアだけだし」

「いい考《かんが》えだわ」

ハーマイオニーが小声《こごえ》で言《い》った。ハリーが静《しず》まってきたので、安堵《あんど》したようだ。

「ロン、何《なに》を見《み》つめてるの？」

「何《なん》でもない」

ロンはあわててバーから目《め》をそらしたが、ハリーにはわかっていた。曲線美《きょくせんび》の魅力的《みりょくてき》な女主人《おんなしゅじん》、マダム・ロスメルタに、ロンは長《なが》いこと密《ひそ》かに思《おも》いを寄《よ》せていて、今《いま》もその視線《しせん》をとらえようとしていたのだ。

「『何《なん》でもない』さんは、裏《うら》のほうで、ファイア・ウィスキーを補充《ほじゅう》していらっしゃると思《おも》いますわ」ハーマイオニーがいやみったらしく言《い》った。

ロンはこの突《つ》っ込《こ》みを無視《むし》して、バタービールをチビチビやりながら、威厳《いげん》ある沈黙《ちんもく》、と自分《じぶん》ではそう思《おも》い込《こ》んでいるらしい態度《たいど》を取《と》っていた。ハリーはシリウスのことを考《かんが》えていた――いずれにせよシリウスは、あの銀《ぎん》のゴブレットをとても憎《にく》んでいた。ハーマイオニーは、ロンとバーとに交互《こうご》に目《め》を走《はし》らせながら、いらいらと机《つくえ》を指《ゆび》でたたいていた。

ハリーが瓶《びん》の最後《さいご》の一滴《てき》を飲《の》み干《ほ》したとたん、ハーマイオニーが言《い》った。

「今日《きょう》はもうこれでおしまいにして、学校《がっこう》に帰《かえ》らない？」
二人《ふたり》はうなずいた。楽《たの》しい遠足《えんそく》とは言《い》えなかったし、天気《てんき》もここにいる間《あいだ》にどんどん悪《わる》くなっていた。マントをきっちり体《からだ》に巻《ま》きつけなおし、マフラーをととのえて手袋《てぶくろ》をはめた三人《にん》は、友達《ともだち》と一緒《いっしょ》にパブを出《で》ていくケイティ・ベルのあとに続《つづ》いて、ハイストリート通《どお》りを戻《もど》りはじめた。凍《こお》ったみぞれの道《みち》をホグワーツに向《む》かって一歩《いっぽ》一歩《いっぽ》踏《ふ》みしめながら、ハリーはふとジニーのことを考《かんが》えた。ジニーには出会《であ》わなかった。当然《とうぜん》だ、とハリーは思《おも》った。ディーンと二人《ふたり》でマダム・パディフットの喫茶店《きっさてん》にとっぷり閉《と》じこもっているんだ。あの幸《しあわ》せなカップルのたまり場《ば》に。ハリーは顔《かお》をしかめ、前《まえ》かがみになって渦巻《うずま》くみぞれに突《つ》っ込《こ》むように歩《ある》き続《つづ》けた。

ケイティ・ベルと友達《ともだち》の声《こえ》が風《かぜ》に運《はこ》ばれて、後《うし》ろを歩《ある》いていたハリーの耳《みみ》に届《とど》いていたが、しばらくしてハリーは、その声《こえ》が叫《さけ》ぶような大声《おおごえ》になったのに気《き》づいた。ハリーは目《め》を細《ほそ》めて、二人《ふたり》のぼんやりした姿《すがた》を見《み》ようとした。ケイティが手《て》に持《も》っている何《なに》かをめぐって、二人《ふたり》が口論《こうろん》していた。

「リーアン、あなたには関係《かんけい》ないわ！」ケイティの声《こえ》が聞《き》こえた。
小道《こみち》の角《かど》を曲《ま》がると、みぞれはますます激《はげ》しく吹《ふ》きつけ、ハリーのめがねを曇《くも》らせた。手袋《てぶくろ》をした手《て》でめがねをふこうとしたとたん、リーアンがケイティの持《も》っている包《つつ》みをぐいとつかんだ。ケイティが引《ひ》っ張《ぱ》り返《かえ》し、包《つつ》みが地面《じめん》に落《お》ちた。

その瞬間《しゅんかん》、ケイティが宙《ちゅう》に浮《う》いた。ロンのようにくるぶしから吊《つ》り下《さ》がった滑稽《こっけい》な姿《すがた》ではなく、飛《と》び立《た》つ瞬間《しゅんかん》のように優雅《ゆうが》に両手《りょうて》を伸《の》ばしている。しかし、何《なに》かおかしい、何《なに》か不気味《ぶきみ》だ……激《はげ》しい風《かぜ》にあおられた髪《かみ》が顔《かお》を打《う》っているが、両目《りょうめ》を閉《と》じ、うつろな表情《ひょうじょう》だ。ハリー、ロン、ハーマイオニーもリーアンも、その場《ば》にくぎづけになって見《み》つめた。

やがて、地上《ちじょう》二メートルの空中《くうちゅう》で、ケイティが恐《おそ》ろしい悲鳴《ひめい》を上《あ》げた。両目《りょうめ》をカッと見開《みひら》き、何《なに》を見《み》たのか、何《なに》を感《かん》じたのか、ケイティはその何《なに》かのせいで、恐《おそ》ろしい苦悶《くもん》にさいなまれている。ケイティは叫《さけ》び続《つづ》けた。リーアンも悲鳴《ひめい》を上《あ》げ、ケイティのくるぶしをつかんで地上《ちじょう》に引《ひ》き戻《もど》そうとした。ハリー、ロン、ハーマイオニーもかけ寄《よ》って助《たす》けようとした。しかし、みんなで脚《あし》をつかんだ瞬間《しゅんかん》、ケイティが四人《にん》の上《うえ》に落下《らっか》してきた。ハリーとロンが何《なん》とかそれを受《う》け止《と》めはしたが、ケイティがあまりに激《はげ》しく身《み》をよじるので、とても抱《だ》きとめていられなかった。地面《じめん》に下《お》ろすと、ケイティはそこでのたうち回《まわ》り、絶叫《ぜっきょう》し続《つづ》けた。誰《だれ》の顔《かお》もわからないようだ。

ハリーは周《まわ》りを見回《みまわ》した。まったく人気《ひとけ》がない。

「ここにいてくれ！」

ほえたける風《かぜ》の中《なか》、ハリーは大声《おおごえ》を張《は》り上《あ》げた。

「助《たす》けを呼《よ》んでくる！」

ハリーは学校《がっこう》に向《む》かって疾走《しっそう》した。今《いま》のケイティのようなありさまは見《み》たことがないし、何《なに》が原因《げんいん》かも思《おも》いつかなかった。小道《こみち》のカーブを飛《と》ぶように回《まわ》り込《こ》んだとき、後脚《あとあし》で立《た》ち上《あ》がった巨《きょ》大《だい》な熊《くま》のようなものに衝突《しょうとつ》して跳《は》ね返《かえ》された。

「ハグリッド！」

生《い》け垣《がき》にはまり込《こ》んだ体《からだ》を解《と》き放《はな》ちながら、ハリーは息《いき》をはずませて言《い》った。

「ハリー！」

眉毛《まゆげ》にもひげにもみぞれをためたハグリッドは、いつものぼさぼさしたビーバー皮《がわ》のでかいオーバーを着《き》ていた。

「グロウプに会《あ》いにいってきたとこだ。あいつはほんとに進歩《しんぽ》してな、おまえさん、きっと――」

「ハグリッド、あっちにけが人《にん》がいる。呪《のろ》いか何《なに》かにやられた――」

「あー？」

風《かぜ》のうなりでハリーの言《い》ったことが聞《き》き取《と》れず、ハグリッドは身《み》をかがめた。

「呪《のろ》いをかけられたんだ！」ハリーが大声《おおごえ》を上《あ》げた。

「呪《のろ》い？　誰《だれ》がやられた――ロンやハーマイオニーじゃねえだろうな？」

「ちがう、二人《ふたり》じゃない。ケイティ・ベルだ――こっち……」

二人《ふたり》は小道《こみち》をかけ戻《もど》った。ケイティを囲《かこ》む小《ちい》さな集団《しゅうだん》を見《み》つけるのに、そう時間《じかん》はかからなかった。ケイティはまだ地《じ》べたで身《み》もだえし、叫《さけ》び続《つづ》けていた。ロン、ハーマイオニー、リーアンが、ケイティを落《お》ち着《つ》かせようとしていた。

「下《さ》がっとれ！」ハグリッドが叫《さけ》んだ。「見《み》せてみろ！」

「ケイティがどうにかなっちゃったの！」リーアンがすすり泣《な》いた。

「何《なに》が起《お》こったのかわからない――」

ハグリッドは一瞬《いっしゅん》ケイティを見《み》つめ、それから一言《ひとこと》も言《い》わずに身《み》をかがめてケイティを抱《だ》き取《と》り、城《しろ》のほうに走《はし》り去《さ》った。数秒後《すうびょうご》には、耳《みみ》をつんざくようなケイティの悲鳴《ひめい》が聞《き》こえなくなり、ただ風《かぜ》のうなりだけが残《のこ》った。

ハーマイオニーは、泣《な》きじゃくっているケイティの友達《ともだち》の所《ところ》へかけ寄《よ》り、肩《かた》を抱《だ》いた。

「リーアン、だったわね？」

友達《ともだち》がうなずいた。

「突然起《とつぜんお》こったことなの？　それとも――？」

「包《つつ》みが破《やぶ》れたときだったわ」

リーアンは、地面《じめん》に落《お》ちて今《いま》やぐしょぬれになっている茶色《ちゃいろ》の紙包《かみづつ》みを指差《ゆびさ》しながら、すすり上《あ》げた。破《やぶ》れた包《つつ》みの中《なか》に、緑色《みどりいろ》がかった光《ひか》る物《もの》が見《み》える。ロンは手《て》を伸《の》ばしてかがんだが、ハリーがその腕《うで》をつかんで引《ひ》き戻《もど》した。

「さわるな！」

ハリーがしゃがんだ。装飾的《そうしょくてき》なオパールのネックレスが、紙包《かみづつ》みからはみ出《だ》してのぞいていた。

「見《み》たことがある」ハリーはじっと見《み》つめながら言《い》った。

「ずいぶん前《まえ》になるけど、『ボージン・アンド・バークス』に飾《かざ》ってあった。説明書《せつめいが》きに、呪《のろ》われているって書《か》いてあった。ケイティはこれにさわったにちがいない」

ハリーは、激《はげ》しく震《ふる》えだしたリーアンを見上《みあ》げた。

「ケイティはどうやってこれを手《て》に入《い》れたの？」

「ええ、そのことで口論《こうろん》になったの。ケイティは『三本《さんぼん》の箒《ほうき》』のトイレから出《で》てきたとき、それを持《も》っていて、ホグワーツの誰《だれ》かを驚《おどろ》かす物《もの》だって、それを自分《じぶん》が届《とど》けなきゃならないって言《い》ったわ。その時《とき》の顔《かお》がとても変《へん》だった……あっ、あっ、きっと『服従《ふくじゅう》の呪文《じゅもん》』にかかっていたんだわ。私《わたし》、それに気《き》がつかなかった！」

リーアンは体《からだ》を震《ふる》わせて、またすすり泣《な》きはじめた。ハーマイオニーはやさしくその肩《かた》をたたいた。

「リーアン、ケイティは誰《だれ》からもらったかを言《い》ってなかった？」

「ううん……教《おし》えてくれなかったわ……それで私《わたし》、あなたはバカなことをやっている、学校《がっこう》には持《も》っていくなって言《い》ったの。でも全然《ぜんぜん》聞《き》き入《い》れなくて、そして……それで私《わたし》がひったくろうとして……それで――それで――」リーアンが絶望的《ぜつぼうてき》な泣《な》き声《ごえ》を上《あ》げた。

「みんな学校《がっこう》に戻《もど》ったほうがいいわ」

ハーマイオニーが、リーアンの肩《かた》を抱《だ》いたまま言《い》った。

「ケイティの様子《ようす》がわかるでしょう。さあ……」

ハリーは一瞬《いっしゅん》迷《まよ》ったが、マフラーを顔《かお》からはずし、ロンが息《いき》をのむのもかまわず、慎重《しんちょう》にマフラーでネックレスを覆《おお》って拾《ひろ》い上《あ》げた。

「これをマダム・ポンフリーに見《み》せる必要《ひつよう》がある」ハリーが言《い》った。

ハーマイオニーとリーアンを先《さき》に立《た》てて歩《ある》きながら、ハリーは必死《ひっし》に考《かんが》えをめぐらしていた。校庭《こうてい》に入《はい》ったとき、もはや自分《じぶん》の胸《むね》だけにとどめておけずに、ハリーは口《くち》に出《だ》した。

「マルフォイがこのネックレスのことを知《し》っている。四年前《ねんまえ》、『ボージン・アンド・バークス』のショーケースにあった物《もの》だ。僕《ぼく》がマルフォイや父親《ちちおや》から隠《かく》れているとき、マルフォイはこれをしっかり見《み》ていた。僕《ぼく》たちがあいつの跡《あと》をつけて行《い》った日《ひ》に、あいつが買《か》ったのはこれなんだ！ これを覚《おぼ》えていて、買《か》いに戻《もど》ったんだ！」

「さあ――どうかな、ハリー」ロンが遠慮《えんりょ》がちに言《い》った。

「『ボージン・アンド・バークス』に行《い》くやつはたくさんいるし……それに、あのケイティの友達《ともだち》、ケイティが女子《じょし》トイレであれを手《て》に入《い》れたって言《い》わなかったか？」

「女子《じょし》トイレから出《で》てきたときにあれを持《も》っていたって言《い》った。トイレの中《なか》で手《て》に入《い》れたとはかぎらない――」

「マクゴナガルが来《く》る！」ロンが警告《けいこく》するように言《い》った。

ハリーは顔《かお》を上《あ》げた。たしかにマクゴナガル先生《せんせい》が、みぞれの渦巻《うずま》く中《なか》を、みんなを迎《むか》えに石段《いしだん》をかけ下《お》りてくるところだった。

「ハグリッドの話《はなし》では、ケイティ・ベルがあのようになったのを、あなたたち四人《にん》が目撃《もくげき》したと――さあ、今《いま》すぐ上《うえ》の私《わたし》の部屋《へや》に！　ポッター、何《なに》を持《も》っているのですか？」

「ケイティが触《ふ》れた物《もの》です」ハリーが言《い》った。

「なんとまあ」

マクゴナガル先生《せんせい》は警戒《けいかい》するような表情《ひょうじょう》で、ハリーからネックレスを受《う》け取《と》った。

「いえいえ、フィルチ、この生徒《せいと》たちは私《わたくし》と一緒《いっしょ》です！」

マクゴナガル先生《せんせい》が急《いそ》いで言《い》った。フィルチが待《ま》ってましたとばかり「詮索《せんさく》センサー」を高々《たかだか》と掲《かか》げ、玄関《げんかん》ホールの向《む》こうからドタドタやってくるところだった。

「このネックレスを、すぐにスネイプ先生《せんせい》の所《ところ》へ持《も》っていきなさい。ただし、けっしてさわらないよう。マフラーに包《つつ》んだままですよ！」

ハリーもほかの三人《にん》と一緒《いっしょ》に、マクゴナガル先生《せんせい》に従《したが》って上階《じょうかい》の先生《せんせい》の部屋《へや》に行《い》った。窓《まど》ガラスにみぞれが打《う》ちつけ、窓枠《まどわく》の中《なか》でガタガタ揺《ゆ》れていた。火格子《ひごうし》の上《うえ》で火《ひ》がはぜているにもかかわらず、部屋《へや》は薄寒《うすざむ》かった。マクゴナガル先生《せんせい》はドアを閉《し》め、さっと机《つくえ》のむこう側《がわ》に回《まわ》って、ハリー、ロン、ハーマイオニー、そしてまだすすり泣《な》いているリーアンと向《む》き合《あ》った。

「それで？」先生《せんせい》は鋭《するど》い口調《くちょう》で言《い》った。「何《なに》があったのですか？」

おえつを抑《おさ》えるのに何度《なんど》も言葉《ことば》を切《き》りながら、リーアンはたどたどしくマクゴナガル先生《せんせい》に話《はな》した。ケイティが「三本《さんぼん》の箒《ほうき》」のトイレに入《はい》り、どこの店《みせ》の物《もの》ともわからない包《つつ》みを手《て》にして戻《もど》ってきたこと、ケイティの表情《ひょうじょう》が少《すこ》し変《へん》だったこと、得体《えたい》の知《し》れない物《もの》を届《とど》けると約束《やくそく》することが適切《てきせつ》かどうかで口論《こうろん》になったこと、口論《こうろん》のはてに包《つつ》みの奪《うば》い合《あ》いになり、包《つつ》みが破《やぶ》れて開《ひら》いたこと。そこまで話《はな》すと、リーアンは感情《かんじょう》がたかぶり、それ以上一言《いじょうひとこと》も聞《き》き出《だ》せない状態《じょうたい》だった。

「けっこうです」マクゴナガル先生《せんせい》の口調《くちょう》は、冷《つめ》たくはなかった。

「リーアン、医務室《いむしつ》においでなさい。そして、マダム・ポンフリーから何《なに》かショックに効《き》く物《もの》をもらいなさい」

リーアンが部屋《へや》を出《で》ていったあと、マクゴナガル先生《せんせい》はハリー、ロン、ハーマイオニーに顔《かお》を向《む》けた。

「ケイティがネックレスに触《ふ》れたとき、何《なに》が起《お》こったのですか？」

「宙《ちゅう》に浮《う》きました」ロンやハーマイオニーが口《くち》を開《ひら》かないうちに、ハリーが言《い》った。

「それから悲鳴《ひめい》を上《あ》げはじめて、そのあとに落下《らっか》しました。先生《せんせい》、ダンブルドア校長《こうちょう》にお目《め》にかかれますか？」

「ポッター、校長先生《こうちょうせんせい》は月曜日《げつようび》までお留守《るす》です」マクゴナガル先生《せんせい》が驚《おどろ》いた表情《ひょうじょう》で言《い》った。

「留守《るす》？」ハリーは憤慨《ふんがい》したようにくり返《かえ》した。

「そうです、ポッター、お留守《るす》です！」マクゴナガル先生《せんせい》はピシッと言《い》った。

「しかし、今回《こんかい》の恐《おそ》ろしい事件《じけん》に関《かん》してのあなたの言《い》い分《ぶん》でしたら、私《わたくし》に言《い》ってもかまわないはずです！」

ハリーは一瞬《いっしゅん》迷《まよ》った。マクゴナガル先生《せんせい》は、秘密《ひみつ》を打《う》ち明《あ》けやすい人《ひと》ではない。ダンブルドアには、いろいろな意味《いみ》でもっと畏縮《いしゅく》させられるが、それでも、どんなに突拍子《とっぴょうし》もない説《せつ》でも嘲笑《ちょうしょう》される可能性《かのうせい》が少《すく》ないように思《おも》われた。しかし、今度《こんど》のことは生死《せいし》に関《かか》わる。笑《わら》い者《もの》になることなど心配《しんぱい》している場合《ばあい》ではない。

「先生《せんせい》、僕《ぼく》は、ドラコ・マルフォイがケイティにネックレスを渡《わた》したのだと思《おも》います」

ハリーの脇《わき》で、明《あき》らかに当惑《とうわく》したロンが、鼻《はな》をこすり、一方《いっぽう》ハーマイオニーは、ハリーとの間《あいだ》に少《すこ》し距離《きょり》を置《お》きたくてしかたがないかのように、足《あし》をもじもじさせた。

「ポッター、それは由々《ゆゆ》しき告発《こくはつ》です」

衝撃《しょうげき》を受《う》けたように間《ま》を置《お》いたあと、マクゴナガル先生《せんせい》が言《い》った。

「証拠《しょうこ》がありますか？」

「いいえ」ハリーが言《い》った。

「でも……」そしてハリーは、マルフォイを追跡《ついせき》して「ボージン・アンド・バークス」に行《い》ったこと、三人《にん》が盗《ぬす》み聞《ぎ》きしたマルフォイとボージンの会話《かいわ》のことを話《はな》した。

ハリーが話《はな》し終《お》わったとき、マクゴナガル先生《せんせい》はやや混乱《こんらん》した表情《ひょうじょう》だった。

「マルフォイは、『ボージン・アンド・バークス』に何《なに》か修理《しゅうり》する物《もの》を持《も》っていったのですか?」

「ちがいます、先生《せんせい》。ボージンから何《なに》かを修理《しゅうり》する方法《ほうほう》を聞《き》き出《だ》したかっただけです。物《もの》は持《も》っていませんでした。でもそれが問題《もんだい》ではなくて、マルフォイは同時《どうじ》に何《なに》かを買《か》ったんです。僕《ぼく》はそれがあのネックレスだと――」

「マルフォイが、似《に》たような包《つつ》みを持《も》って店《みせ》から出《で》てくるのを見《み》たのですか?」

「いいえ、先生《せんせい》。マルフォイはボージンに、それを店《みせ》で保管《ほかん》しておくようにと言《い》いました――」

「でも、ハリー」ハーマイオニーが口《くち》を挟《はさ》んだ。

「ボージンがマルフォイに、品物《しなもの》を持《も》って行《い》ってはどうかと言《い》ったとき、マルフォイは『いいや』って――」

「それは、自分《じぶん》がさわりたくなかったからだ。はっきりしてる!」ハリーがいきり立《た》った。

「マルフォイは実《じつ》はこう言《い》ったわ。『そんな物《もの》を持《も》って通《とお》りを歩《ある》いたら、どういう目《め》で見《み》られると思《おも》うんだ?』」ハーマイオニーが言《い》った。

「そりゃ、ネックレスを手《て》に持《も》ってたら、ちょっと間《ま》が抜《ぬ》けて見《み》えるだろうな」

ロンが口《くち》を挟《はさ》んだ。

「ロンったら」ハーマイオニーがお手上《てあ》げだという口調《くちょう》で言《い》った。

「ちゃんと包《つつ》んであるはずだから、さわらなくてすむでしょうし、マントの中《なか》に簡単《かんたん》に隠《かく》せるから、誰《だれ》にも見《み》えないはずだわ！　マルフォイが『ボージン・アンド・バークス』に何《なに》を保管《ほかん》しておいたにせよ、騒《さわ》がしい物《もの》かかさ張《ば》る物《もの》よ。それを運《はこ》んで道《みち》を歩《ある》いたら人目《ひとめ》を引《ひ》くことになるような、そういう何《なに》かだわ――それに、いずれにせよ」

ハーマイオニーは、ハリーに反論《はんろん》される前《まえ》に、声《こえ》を張《は》り上《あ》げてぐいぐい話《はなし》を進《すす》めた。

「私《わたし》がボージンにネックレスのことを聞《き》いたのを、覚《おぼ》えている？　マルフォイが何《なに》を取《と》り置《お》くように頼《たの》んだのか調《しら》べようとして店《みせ》に入《はい》ったとき、ネックレスがあるのを見《み》たわ。ところが、ボージンは簡単《かんたん》に値段《ねだん》を教《おし》えてくれた。もう売約済《ばいやくず》みだなんて言《い》わなかった――」

「そりゃ、君《きみ》がとてもわざとらしかったから、あいつは五秒《びょう》もたたないうちに君《きみ》のねらいを見《み》破《やぶ》ったんだ。もちろん君《きみ》には教《おし》えなかっただろうさ――どっちにしろ、マルフォイは、あとで誰《だれ》かに引《ひ》き取《と》りに行《い》かせることだって――」

「もうけっこう！」

ハーマイオニーが憤然《ふんぜん》と反論《はんろん》しようとして口《くち》を開《ひら》きかけると、マクゴナガル先生《せんせい》が言《い》った。

「ポッター、話《はな》してくれたことはありがたく思《おも》います。しかし、あのネックレスが売《う》られたと思《おも》われる店《みせ》に行《い》ったという、ただそれだけで、ミスター・マルフォイに嫌疑《けんぎ》をかけることはできません。同《おな》じことが、ほかの何百人《なんにん》という人《ひと》に対《たい》しても言《い》えるでしょう――」

「――僕《ぼく》もそう言《い》ったんだ――」ロンがブツブツつぶやいた。

「――いずれにせよ、今年《ことし》は厳重《げんじゅう》な警護対策《けいごたいさく》を施《ほどこ》してあります。あのネックレスが私《わたくし》たちの知《し》らないうちに校内《こうない》に入《はい》るということは、とても考《かんが》えられません――」

「――でも――」

「――さらにです――」マクゴナガル先生《せんせい》は、威厳《いげん》ある最後通告《さいごつうこく》の雰囲気《ふんいき》で言《い》った。

「ミスター・マルフォイは今日《きょう》、ホグズミードに行《い》きませんでした」

ハリーは空気《くうき》が抜《ぬ》けたように、ポカンと先生《せんせい》を見《み》つめた。

「どうしてご存《ぞん》じなんですか、先生《せんせい》？」

「なぜなら、私《わたくし》が罰則《ばっそく》を与《あた》えたからです。変身術《へんしんじゅつ》の宿題《しゅくだい》を、二度《ど》も続《つづ》けてやってこなかったのです。そういうことですから、ポッター、あなたが私《わたくし》に疑念《ぎねん》を話《はな》してくれたことには礼《れい》を言《い》います」

マクゴナガル先生《せんせい》は、三人《にん》の前《まえ》を決然《けつぜん》と歩《ある》きながら言《い》った。

「しかし私《わたくし》はもう、ケイティ・ベルの様子《ようす》を見《み》に医務室《いむしつ》に行《い》かなければなりません。三人《にん》とも、お帰《かえ》りなさい」

マクゴナガル先生《せんせい》は、部屋《へや》のドアを開《あ》けた。三人《にん》とも、それ以上何《いじょうなに》も言《い》わずに並《なら》んで出《で》ていくしかなかった。

ハリーは、二人《ふたり》がマクゴナガルの肩《かた》を持《も》ったことに腹《はら》を立《た》てていた。にもかかわらず、事件《じけん》の話《はなし》が始《はじ》まると、どうしても話《はなし》に加《くわ》わりたくなった。

「それで、ケイティは誰《だれ》にネックレスをやるはずだったと思《おも》う？」

階段《かいだん》を上《のぼ》って談話室《だんわしつ》に向《む》かいながらロンが言《い》った。

「いったい誰《だれ》かしら」ハーマイオニーが言《い》った。

「誰《だれ》にせよ、九死《きゅうし》に一生《いっしょう》だわ。誰《だれ》だってあの包《つつ》みを開《あ》けたら、必《かなら》ずネックレスに触《ふ》れてしまったでしょうから」

「対象《たいしょう》になる人《ひと》は大勢《おおぜい》いたはずだ」ハリーが言《い》った。「ダンブルドア——死喰《しく》い人《びと》はきっと始末《しまつ》したいだろうな。ねらう相手《あいて》としては順位《じゅんい》の高《たか》い一人《ひとり》にちがいない。それともスラグホーン——ダンブルドアは、ヴォルデモートが本気《ほんき》であの人《ひと》を手《て》に入《い》れたがっていたと考《かんが》えている。だから、あの人《ひと》がダンブルドアにくみしたとなれば、連中《れんちゅう》はうれしくないよ。それとも——」

「あなたかも」ハーマイオニーは心配《しんぱい》そうだった。

「ありえない」ハリーが言《い》った。

「それなら、ケイティは道《みち》でちょっと振《ふ》り返《かえ》って僕《ぼく》に渡《わた》せばよかったじゃないか。僕《ぼく》は、『三本《さんぼん》の箒《ほうき》』からずっとケイティの後《うし》ろにいた。ホグワーツの外《そと》で渡《わた》すほうが合理的《ごうりてき》だろ？　何《なに》しろフィルチが、出入《でい》りする者全員《ものぜんいん》を検査《けんさ》してる。城《しろ》の中《なか》に持《も》ち込《こ》めなんて、どうしてマルフォイはケイティにそう言《い》いつけたんだろう？」

「ハリー、マルフォイはホグズミードにいなかったのよ！」

ハーマイオニーはいらいらのあまり地団駄《じだんだ》を踏《ふ》んでいた。

「なら、共犯者《きょうはんしゃ》を使《つか》ったんだ」ハリーが言《い》った。

「クラッブかゴイル――それとも、考《かんが》えてみれば、死喰《しく》い人《びと》だったかもしれない。マルフォイにはクラッブやゴイルよりもっとましな仲間《なかま》がたくさんいるはずだ。マルフォイはもうその一員《いちいん》なんだし――」

ロンとハーマイオニーは顔《かお》を見合《みあ》わせた。明《あき》らかに「この人《ひと》とは議論《ぎろん》してもむだ」という目《め》つきだった。

「ディリグロウト」

「太《ふと》った婦人《レディ》」の所《ところ》まで来《き》て、ハーマイオニーがはっきり唱《とな》えた。

肖像画《しょうぞうが》がパッと開《ひら》き、三人《にん》を談話室《だんわしつ》に入《い》れた。中《なか》はかなり混《こ》んでいて、湿《しめ》った服《ふく》の臭《にお》いがした。悪天候《あくてんこう》のせいで、ホグズミードから早《はや》めに帰《かえ》ってきた生徒《せいと》が多《おお》いようだった。しかし、恐怖《きょうふ》や憶測《おくそく》でざわついてはいない。ケイティの悲運《ひうん》のニュースは、明《あき》らかにまだ広《ひろ》まっていなかった。

「よく考《かんが》えてみりゃ、あれはうまい襲《おそ》い方《かた》じゃなかったよ、ほんと」

暖炉《だんろ》のそばのいいひじかけ椅子《いす》の一つに座《すわ》っていた一年生《ねんせい》を、気楽《きらく》に追《お》い立《た》てて自分《じぶん》が座《すわ》りながら、ロンが言《い》った。

「呪《のろ》いは城《しろ》までたどり着《つ》くことさえできなかった。成功《せいこう》まちがいなしってやつじゃないな」

「そのとおりよ」

ハーマイオニーが足《あし》でロンをつついて立《た》たせ、椅子《いす》を一年生《ねんせい》に返《かえ》してやった。

「熟慮《じゅくりょ》の策《さく》とはとても言《い》えないわね」

「だけど、マルフォイはいつから世界《せかい》一の策士《さくし》になったって言《い》うんだい？」

ハリーが反論《はんろん》した。

ロンもハーマイオニーも答《こた》えなかった。

第《だい》13章《しょう》　リドルの謎《なぞ》

次《つぎ》の日《ひ》、ケイティは「聖《せい》マンゴ魔《ま》法《ほう》疾《しっ》患《かん》傷《しょう》害《がい》病《びょう》院《いん》」に移《うつ》され、ケイティが呪《のろ》いをかけられたというニュースは、すでに学《がっ》校《こう》中《じゅう》に広《ひろ》まっていた。しかし、ニュースの詳《しょう》細《さい》は混《こん》乱《らん》していて、ハリー、ロン、ハーマイオニー、そしてリーアン以《い》外《がい》は、ねらわれた標《ひょう》的《てき》がケイティ自《じ》身《しん》ではなかったことを、誰《だれ》も知《し》らないようだった。

「ああ、それにもちろん、マルフォイも知《し》ってるよ」とハリーが言《い》ったが、ロンとハーマイオニーは、ハリーが「マルフォイ死《し》喰《く》い人《びと》説《せつ》」を持《も》ち出《だ》すたびに、聞《き》こえないふりをするという新《しん》方《ほう》針《しん》に従《したが》い続《つづ》けていた。

ダンブルドアがどこにいるにせよ、月《げつ》曜《よう》の個《こ》人《じん》教《きょう》授《じゅ》に間《ま》に合《あ》うように戻《もど》るのだろうかと、ハリーは気《き》になった。しかし、別《べつ》段《だん》の知《し》らせがなかったので、八時《じ》にダンブルドアの校《こう》長《ちょう》室《しつ》の前《まえ》に立《た》ってドアをたたくと、入《はい》るように言《い》われた。ダンブルドアはいつになくつかれた様《よう》子《す》で座《すわ》っていた。手《て》は相《あい》変《か》わらず黒《くろ》く焼《や》け焦《こ》げていたが、ハリーに腰《こし》かけるようにうながしながら、ダンブルドアはほほ笑《え》んだ。「憂《うれ》いの篩《ふるい》」が再《ふたた》び机《つくえ》に置《お》いてあり、天井《てんじょう》に点々《てんてん》と銀色《ぎんいろ》の光《ひかり》を投《な》げかけていた。

「わしの留守中《るすちゅう》、忙《いそが》しかったようじゃのう」ダンブルドアが言《い》った。「ケイティの事件《じけん》を目撃《もくげき》したのじゃな」

「はい、先生《せんせい》。ケイティの様子《ようす》は？」

「まだ思《おも》わしくない。しかし、比較的幸運《ひかくてきこううん》じゃった。ネックレスは皮膚《ひふ》のごくわずかな部分《ぶぶん》をかすっただけらしく、手袋《てぶくろ》に小《ちい》さな穴《あな》が開《あ》いておった。首《くび》にでもかけておったら、もしくは手袋《てぶくろ》なしでつかんでいたら、ケイティは死《し》んでおったじゃろう。たぶん即死《そくし》じゃ。幸《さいわ》いスネイプ先生《せんせい》の処置《しょち》のおかげで、呪《のろ》いが急速《きゅうそく》に広《ひろ》がるのは食《く》い止《と》められた――」

「どうして？」

ハリーが即座《そくざ》に聞《き》いた。

「どうしてマダム・ポンフリーじゃないんですか？」

「生意気《なまいき》な！」

壁《かべ》の肖像《しょうぞう》画の一枚《まい》が低《ひく》い声《こえ》で言《い》った。両腕《りょううで》に顔《かお》を伏《ふ》せて眠《ねむ》っているように見《み》えたフィニアス・ナイジェラス・ブラック、シリウスの高祖父《こうそふ》が、顔《かお》を上《あ》げている。

「わしの時代《じだい》だったら、生徒《せいと》にホグワーツのやり方《かた》に口《くち》を挟《はさ》ませたりしないものを」

「そうじゃな、フィニアス、ありがとう」

ダンブルドアがしずめるように言《い》った。

「スネイプ先生《せんせい》は、マダム・ポンフリーよりずっとよく闇《やみ》の魔術《まじゅつ》を心得《こころえ》ておられるのじゃよ、ハリー。いずれにせよ、聖《せい》マンゴのスタッフが、一時間《じかん》ごとにわしに報告《ほうこく》をよこしておる。ケイティはやがて完全《かんぜん》に回復《かいふく》するじゃろうと、わしは希望《きぼう》を持《も》っておる」

「この週末《しゅうまつ》はどこにいらしたのですか、先生《せんせい》？」

図《ず》に乗《の》り過《す》ぎかもしれないと思《おも》う気持《きも》ちは強《つよ》かったが、ハリーはあえて質問《しつもん》した。フィニアス・ナイジェラスも明《あき》らかにそう思《おも》ったらしく、低《ひく》く舌打《したう》ちして非難《ひなん》した。

「今《いま》はむしろ言《い》わずにおこうぞ」ダンブルドアが言《い》った。

「しかしながら、時《とき》が来《く》れば君《きみ》に話《はな》すことになるじゃろう」

「話《はな》してくださるんですか？」ハリーが驚《おどろ》いた。

「いかにも、そうなるじゃろう」

そう言《い》うと、ダンブルドアはローブの中《なか》から新《あら》たな銀色《ぎんいろ》の思《おも》い出《で》の瓶《びん》を取《と》り出《だ》し、杖《つえ》で軽《かる》くたたいてコルク栓《せん》を開《あ》けた。

「先生《せんせい》」ハリーが遠慮《えんりょ》がちに言《い》った。

「ホグズミードでマンダンガスに出会《であ》いました」

「おう、そうじゃ。マンダンガスが君《きみ》の遺産《いさん》に、手《て》くせの悪《わる》い侮辱《ぶじょく》を加《くわ》えておるということは、すでに気《き》づいておる」

ダンブルドアがわずかに顔《かお》をしかめた。

「あの者《もの》は、君《きみ》が『三本《さんぼん》の箒《ほうき》』の外《そと》で声《こえ》をかけて以来《いらい》、地下《ちか》にもぐってしもうた。おそらく、わしと顔《かお》を合《あ》わせるのを恐《おそ》れてのことじゃろう。しかし、これ以上《いじょう》、シリウスの昔《むかし》の持《も》ち物《もの》を持《も》ち逃《に》げすることはできぬゆえ、安心《あんしん》するがよい」

「あの卑劣《ひれつ》な汚《けが》れた老《お》いぼれめが、ブラック家伝来《けでんらい》の家宝《かほう》を盗《ぬす》んでいるのか？」

フィニアス・ナイジェラスが激怒《げきど》して、荒々《あらあら》しく額《がく》から出《で》ていった。グリモールド・プレイス十二番地《ばんち》の自分《じぶん》の肖像画《しょうぞうが》を訪《たず》ねていったにちがいない。

「先生《せんせい》」しばらくして、ハリーが聞《き》いた。

「ケイティの事件《じけん》のあとに、僕《ぼく》がドラコ・マルフォイについて言《い》ったことを、マクゴナガル先生《せんせい》からお聞《き》きになりましたか？」

「君《きみ》が疑《うたが》っているということを、先生《せんせい》が話《はな》してくださった。いかにも」

ダンブルドアが言《い》った。

「それで、校長先生《こうちょうせんせい》は――？」

「ケイティの事件《じけん》に関《かか》わったと思《おも》われる者《もの》は誰《だれ》であれ、取《と》り調《しら》べるようわしが適切《てきせつ》な措置《そち》を取《と》る」ダンブルドアが言《い》った。

「しかし、わしの今《いま》の関心事《かんしんごと》は、ハリー、我々《われわれ》の授業《じゅぎょう》じゃ」

ハリーは少《すこ》し恨《うら》めしく思《おも》った。この授業《じゅぎょう》がそんなに重要《じゅうよう》なら、一回目《かいめ》と二回目《かいめ》の間《あいだ》がどうしてこんなに空《あ》いたのだろう？　しかしハリーは、ドラコ・マルフォイのことはもう何《なに》も言《い》わず、ダンブルドアを見《み》つめた。ダンブルドアは新《あたら》しい思《おも》い出《で》を「憂《うれ》いの篩《ふるい》」に注《そそ》ぎ込《こ》み、今回《こんかい》もまた、すらりとした指《ゆび》の両手《りょうて》に石《いし》の水盆《すいぼん》を挟《はさ》んで、渦《うず》を巻《ま》かせはじめた。

「覚《おぼ》えておるじゃろうが、ヴォルデモート卿《きょう》の生《お》い立《た》ちの物語《ものがたり》は、ハンサムなマグルのトム・リドルが、妻《つま》である魔女《まじょ》のメロープを捨《す》てて、リトル・ハングルトンの屋敷《やしき》に戻《もど》ったところまで終《お》わっていた。メロープはひとりロンドンに取《と》り残《のこ》され、後《のち》にヴォルデモート卿《きょう》となる赤《あか》ん坊《ぼう》が生《う》まれるのを待《ま》っておった」

「ロンドンにいたことを、どうしてご存《ぞん》じなのですか、先生《せんせい》？」

「カラクタカス・バークという者《もの》の証言《しょうげん》があるからじゃ」ダンブルドアが答《こた》えた。

「奇妙《きみょう》な偶然《ぐうぜん》じゃが、この者《もの》が、我々《われわれ》がたった今話《いまはな》しておった、ネックレスの出所《しゅっしょ》である店《みせ》の設《せつ》立《りつ》に関与《かんよ》しておる」

ダンブルドアが以前《いぜん》にもそうするのを、ハリーは見《み》たことがあったが、ダンブルドアは、砂金《さきん》取《と》りが篩《ふるい》をすすいで金《きん》を見《み》つけるように、「憂《うれ》いの篩《ふるい》」の中身《なかみ》を揺《ゆ》すった。渦《うず》の中《なか》から、銀色《ぎんいろ》の物体《ぶったい》が小《ちい》さな老人《ろうじん》の姿《すがた》になって立《た》ち上《あ》がり、石盆《せきぼん》の中《なか》をゆっくりと回転《かいてん》した。ゴーストのように銀色《ぎんいろ》だが、よりしっかりした実体《じったい》があり、ぼさぼさの髪《かみ》で両目《りょうめ》が完全《かんぜん》に覆《おお》われていた。

「ええ、おもしろい状況《じょうきょう》でそれを手《て》に入《い》れましてね。クリスマスの少《すこ》し前《まえ》、若《わか》い魔女《まじょ》から買《か》ったのですが、ああ、もうずいぶん前《まえ》のことです。非常《ひじょう》に金《かね》に困《こま》っていると言《い》ってましたですが、まあ、それは一目瞭然《いちもくりょうぜん》で。ボロを着《き》て、おなかが相当大《そうとうおお》きくて……赤《あか》ん坊《ぼう》が産《う》まれる様子《ようす》でね、ええ。スリザリンのロケットだと言《い》っておりましたよ。まあ、その手《て》の話《はなし》は、わたしども、しょっちゅう聞《き》かされていますからね。『ああ、これはマーリンのだ。これは、そのお気《き》に入《い》りのティーポットだ』とか。しかし、この品《しな》を見《み》ると、スリザリンの印《しるし》がちゃんとある。簡単《かんたん》な呪《じゅ》文《もん》を一つ二つかけただけで、真実《しんじつ》を知《し》るには充分《じゅうぶん》でしたな。もちろん、そうなると、これは値《ね》がつけられないほどです。その女《おんな》はどのくらい価値《かち》のあるものかまったく知《し》らないようでした。十ガリオンで喜《よろこ》びましてね。こんなうまい商売《しょうばい》は、またとなかったですな！」

ダンブルドアは、「憂《うれ》いの篩《ふるい》」をことさら強《つよ》く一回振《かいふ》った。するとカラクタカス・バークは、出《で》てきたときと同《おな》じように、渦巻《うずま》く記憶《きおく》の物質《ぶっしつ》の中《なか》に沈《しず》み込《こ》んだ。

「たった十ガリオンしかやらなかった？」ハリーは憤慨《ふんがい》した。

「カラクタカス・バークは、気前《きまえ》のよさで有名《ゆうめい》なわけではない」ダンブルドアが言《い》った。

「そこで、出産《しゅっさん》を間近《まぢか》にしたメローピーが、たったひとりでロンドンにおり、金《かね》に窮《きゅう》する状態《じょうたい》だったことがわかるわけじゃ。困窮《こんきゅう》のあまり、唯一《ゆいいつ》の価値《かち》ある持《も》ち物《もの》であった、マールヴォロ家《け》の家宝《かほう》の一つのロケットを、手放《てばな》さねばならぬほどじゃった」

「でも、魔法《まほう》を使《つか》えたはずだ！」ハリーは急《せ》き込《こ》んで言《い》った。

「魔法《まほう》で、自分《じぶん》の食《た》べ物《もの》やいろいろな物《もの》を、手《て》に入《い》れることができたはずでしょう？」

「ああ」ダンブルドアが言《い》った。

「できたかもしれぬ。しかし、わしの考《かんが》えでは――これはまた推量《すいりょう》じゃが、おそらく当《あ》たっているじゃろう――夫《おっと》に捨《す》てられたとき、メローピーは魔法《まほう》を使《つか》うのをやめてしもうたのじゃ。もう魔女《まじょ》でいることを望《のぞ》まなかったのじゃろう。もちろん、報《むく》われない恋《こい》と、それに伴《ともな》う絶望《ぜつぼう》とで、魔力《まりょく》が枯《か》れてしまったことも考《かんが》えられる。ありうることじゃ。いずれにせよ、これから君《きみ》が見《み》ることじゃが、メローピーは、自分《じぶん》の命《いのち》を救《すく》うために杖《つえ》を上《あ》げることさえ、拒《こば》んだのじゃ」

「子供《こども》のために生《い》きようとさえしなかったのですか？」

ダンブルドアは眉《まゆ》を上《あ》げた。

「もしや、ヴォルデモート卿《きょう》を哀《あわ》れに思《おも》うのかね？」

「いいえ」ハリーは急《いそ》いで答《こた》えた。

「でも、メローピーは選《えら》ぶことができたのではないですか？　僕《ぼく》の母《はは》とちがって」

「君《きみ》の母上《ははうえ》も、選《えら》ぶことができたのじゃ」ダンブルドアはやさしく言《い》った。「いかにも、メローピー・リドルは、自分《じぶん》を必要《ひつよう》とする息子《むすこ》がいるのに、死《し》を選《えら》んだ。しかし、ハリー、メローピーをあまり厳《きび》しく裁《さば》くではない。長《なが》い苦《くる》しみのはてに、弱《よわ》りきっていた。そして、元来《がんらい》、君《きみ》の母上《ははうえ》ほどの勇気《ゆうき》を、持《も》ち合《あ》わせてはいなかった。さあ、それでは、ここに立《た》って……」

「どこへ行《い》くのですか？」

ダンブルドアが机《つくえ》の前《まえ》に並《なら》んで立《た》つのに合《あ》わせて、ハリーが聞《き》いた。

「今回《こんかい》は」ダンブルドアが言《い》った。「わしの記憶《きおく》に入《はい》るのじゃ。細部《さいぶ》にわたって緻密《ちみつ》であり、しかも、正確《せいかく》さにおいて満足《まんぞく》できるものであることがわかるはずじゃ。ハリー、先《さき》に行《い》くがよい……」

ハリーは「憂《うれ》いの篩《ふるい》」にかがみ込《こ》んだ。記憶《きおく》のヒヤリとする表面《ひょうめん》に顔《かお》を突《つ》っ込《こ》み、再《ふたた》び暗闇《くらやみ》の中《なか》を落《お》ちていった……何秒《なんびょう》かたち、足《あし》が固《かた》い地面《じめん》を打《う》った。目《め》を開《あ》けると、ダンブルドアと二人《ふたり》、にぎやかな古《ふる》めかしいロンドンの街角《まちかど》に立《た》っていた。

「わしじゃ」

ダンブルドアはほがらかに先方《せんぽう》を指差《ゆびさ》した。背《せ》の高《たか》い姿《すがた》が、牛乳《ぎゅうにゅう》を運《はこ》ぶ馬車《ばしゃ》の前《まえ》を横切《よこぎ》ってやって来《く》る。

若《わか》いアルバス・ダンブルドアの長《なが》い髪《かみ》とあごひげは鳶色《とびいろ》だった。道《みち》を横切《よこぎ》ってハリーたちのそばに来《く》ると、ダンブルドアは悠々《ゆうゆう》と歩道《ほどう》を歩《ある》きだした。濃紫《こむらさき》のビロードの、派手《はで》なカットの三《み》つぞろいを着《き》た姿《すがた》が、大勢《おおぜい》の物《もの》めずらしげな人《ひと》の目《め》を集《あつ》めていた。

「先生《せんせい》、すてきな服《ふく》だ」

ハリーが思《おも》わず口走《くちばし》った。しかしダンブルドアは、若《わか》き日《ひ》の自分《じぶん》のあとについて歩《ある》きながら、クスクス笑《わら》っただけだった。三人《にん》は短《みじか》い距離《きょり》を歩《ある》いた後《のち》、鉄《てつ》の門《もん》を通《とお》り、殺風景《さっぷうけい》な中庭《なかにわ》に入《はい》った。

その奥《おく》に、高《たか》い鉄柵《てっさく》に囲《かこ》まれたかなり陰気《いんき》な四角《しかく》い建物《たてもの》がある。若《わか》きダンブルドアは石段《いしだん》を数段《すうだん》上《あ》がり、正面《しょうめん》のドアを一回《かい》ノックした。しばらくして、エプロン姿《すがた》のだらしない身《み》なりの若《わか》い女《じょ》性《せい》がドアを開《あ》けた。

「こんにちは。ミセス・コールとお約束《やくそく》があります。こちらの院長《いんちょう》でいらっしゃいますな？」

「ああ」ダンブルドアの異常《いじょう》な格好《かっこう》をじろじろ観察《かんさつ》しながら、当惑顔《とうわくがお》の女性《じょせい》が言《い》った。

「あ……ちょっくら……**ミセス・コール！**」女性《じょせい》が後《うし》ろを振《ふ》り向《む》いて大声《おおごえ》で呼《よ》んだ。

遠《とお》くのほうで、何《なに》か大声《おおごえ》で応《こた》える声《こえ》が聞《き》こえた。女性《じょせい》はダンブルドアに向《む》きなおった。

「入《はい》んな。すぐ来《く》るで」

ダンブルドアは白黒《しろくろ》タイルが貼《は》ってある玄関《げんかん》ホールに入《はい》った。全体《ぜんたい》にみすぼらしい所《ところ》だったが、しみ一つなく清潔《せいけつ》だった。ハリーと老《ろう》ダンブルドアは、そのあとからついていった。背後《はいご》の玄関《げんかん》ドアがまだ閉《し》まりきらないうちに、やせた女性《じょせい》が、わずらわしいことが多過《おおす》ぎるという表情《ひょうじょう》でせかせかと近《ちか》づいてきた。とげとげしい顔《かお》つきは、不親切《ふしんせつ》というより心配事《しんぱいごと》の多《おお》い顔《かお》だった。ダンブルドアのほうに近《ちか》づきながら、振《ふ》り返《かえ》って、エプロンをかけた別《べつ》のヘルパーに何《なに》か話《はな》している。

「……それから上《うえ》にいるマーサにヨードチンキを持《も》っていってておあげ。ビリー・スタッブズはかさぶたをいじってるし、エリック・ホエイリーはシーツが膿《うみ》だらけで——もう手《て》いっぱいなのに、

「今度《こんど》は水《みず》ぼうそうだわ」

女性《じょせい》は誰《だれ》に言《い》うともなくしゃべりながら、ダンブルドアに目《め》をとめた。とたんに、たった今《いま》キリンが玄関《げんかん》から入《はい》ってきたのを見《み》たかのように、あぜんとして、女性《じょせい》はその場《ば》にくぎづけになった。

「こんにちは」

ダンブルドアが手《て》を差《さ》し出《だ》した。ミセス・コールはポカンと口《くち》を開《あ》けただけだった。

「アルバス・ダンブルドアと申《もう》します。お手紙《てがみ》で面会《めんかい》をお願《ねが》いしましたところ、今日《きょう》ここにお招《まね》きをいただきました」

ミセス・コールは目《め》を瞬《しばたた》いた。どうやらダンブルドアが幻覚《げんかく》ではないと結論《けつろん》を出《だ》したらしく、弱々《よわよわ》しい声《こえ》で言《い》った。

「ああ、そうでした。ええ——ええ、では——私《わたし》の事務室《じむしつ》にお越《こ》しいただきましょう。そうしましょう」

ミセス・コールはダンブルドアを小《ちい》さな部屋《へや》に案内《あんない》した。事務所兼居間《じむしょけんいま》のような所《ところ》だ。玄関《げんかん》ホールと同《おな》じくみすぼらしく、古《ふる》ぼけた家具《かぐ》はてんでんバラバラだった。客《きゃく》にぐらぐらした椅子《いす》に座《すわ》るよううながし、自分《じぶん》は雑然《ざつぜん》とした机《つくえ》のむこう側《がわ》に座《すわ》って、落《お》ち着《つ》かない様子《ようす》でダンブルドアをじろじろ見《み》た。

「ここにおうかがいしましたのは、お手紙《てがみ》にも書《か》きましたように、トム・リドルについて、将来《しょうらい》のことをご相談《そうだん》するためです」ダンブルドアが言《い》った。

「ご家族《かぞく》の方《かた》で？」ミセス・コールが聞《き》いた。

「いいえ、私《わたし》は教師《きょうし》です」ダンブルドアが言《い》った。

「私《わたし》の学校《がっこう》にトムを入学《にゅうがく》させるお話《はなし》で参《まい》りました」

「では、どんな学校《がっこう》ですの？」

「ホグワーツという名《な》です」ダンブルドアが言《い》った。

「それで、なぜトムにご関心《かんしん》を？」

「トムは、我々《われわれ》が求《もと》める能力《のうりょく》を備《そな》えていると思《おも》います」

「奨学金《しょうがくきん》を獲得《かくとく》した、ということですか？　どうしてそんなことが？　あの子《こ》は一度《いちど》も試験《しけん》を受《う》けたことがありません」

「いや、トムの名前《なまえ》は、生《う》まれたときから我々《われわれ》の学校《がっこう》に入《はい》るように記《しる》されていましてね――」

「誰《だれ》が登録《とうろく》を？　ご両親《りょうしん》が？」

ミセス・コールは、都合《つごう》の悪《わる》いことに、まちがいなく鋭《するど》い女性《じょせい》だった。ダンブルドアも明《あき》らかにそう思《おも》ったらしい。というのも、ダンブルドアがビロードの背広《せびろ》のポケットから杖《つえ》をするりと取《と》り出《だ》し、同時《どうじ》にミセス・コールの机《つくえ》から、まっさらな紙《かみ》を一枚《まい》取《と》り上《あ》げたのが、ハリーに見《み》えたからだ。

「どうぞ」

ダンブルドアはその紙《かみ》をミセス・コールに渡《わた》しながら杖《つえ》を一回《かい》振《ふ》った。

「これですべてが明《あき》らかになると思《おも》いますよ」

ミセス・コールの目《め》が一瞬《いっしゅん》ぼんやりして、それから元《もと》に戻《もど》り、白紙《はくし》をしばらくじっと見《み》つめた。

「すべて完璧《かんぺき》に整《ととの》っているようです」

紙《かみ》を返《かえ》しながら、ミセス・コールが落《お》ち着《つ》いて言《い》った。そしてふと、ついさっきまではなかったはずのジンの瓶《びん》が一本《ぽん》と、グラスが二個《こ》置《お》いてあるのに目《め》をとめた。

「あー——ジンを一杯《ぱい》いかがですか？」ことさらに上品《じょうひん》な声《こえ》だった。

「いただきます」ダンブルドアがニッコリした。

ジンにかけては、ミセス・コールがうぶではないことが、たちまち明《あき》らかになった。二つのグラスにたっぷりとジンを注《そそ》ぎ、自分《じぶん》の分《ぶん》を一気《いっき》に飲《の》み干《ほ》した。あけすけに唇《くちびる》をなめながら、ミセス・コールは初《はじ》めてダンブルドアに笑顔《えがお》を見《み》せた。その機会《きかい》を逃《のが》すダンブルドアではなかった。

「トム・リドルの生《お》い立《た》ちについて、何《なに》かお話《はな》しいただけませんでしょうか？　この孤児院《こじいん》で生《う》まれたのだと思《おも》いますが？」

「そうですよ」

ミセス・コールは自分《じぶん》のグラスにまたジンを注《そそ》いだ。

「あのことは、何《なに》よりはっきり覚《おぼ》えていますとも。何《なに》しろ私《わたし》が、ここで仕事《しごと》を始《はじ》めたばかりでしたからね。大晦日《おおみそか》の夜《よる》、そりゃ、あなた、身《み》を切《き》るような冷《つめ》たい雪《ゆき》でしたよ。ひどい夜《よる》で。その女性《じょせい》は、当時《とうじ》の私《わたし》とあまり変《か》わらない年《とし》ごろで、玄関《げんかん》の石段《いしだん》をよろめきながら上《あ》がってきました。まあ、何《なに》も珍《めずら》しいことじゃありませんけどね。中《なか》に入《い》れてやり、一時間後《じかんご》に赤《あか》ん坊《ぼう》が産《う》まれました。それで、それから一時間後《じかんご》に、その人《ひと》は亡《な》くなりました」

ミセス・コールは大仰《おおぎょう》にうなずくと、再《ふたた》びたっぷりのジンをぐい飲《の》みした。

「亡《な》くなる前《まえ》に、その方《かた》は何《なに》か言《い》いましたか？」ダンブルドアが聞《き》いた。「たとえば、父親《ちちおや》のことを何《なに》か？」

「まさにそれなんですよ。言《い》いましたとも」

ジンを片手《かたて》に、熱心《ねっしん》な聞《き》き手《て》を得《え》て、ミセス・コールは、今《いま》やかなり興《きょう》に乗《の》った様子《ようす》だった。

「私《わたし》にこう言《い》いましたよ。『この子《こ》がパパに似《に》ますように』。正直《しょうじき》な話《はなし》、その願《ねが》いは正解《せいかい》でしたね。

何《なに》せ、その女性《じょせい》は美人《びじん》とは言《い》えませんでしてね——それから、その子《こ》の名前《なまえ》は、父親《ちちおや》のトムと、自分《じぶん》の父親《ちちおや》のマールヴォロを取《と》ってつけてくれと言《い》いました——ええ、わかってますとも、おかしな名前《なまえ》ですよね？　私《わたし》たちは、その女性《じょせい》がサーカス出身《しゅっしん》ではないかと思《おも》ったくらいでしたよ——それから、その男《おとこ》の子《こ》の姓《せい》はリドルだと言《い》いました。そして、それ以上《いじょう》は一言《ひとこと》も言《い》わずに、まもなく亡《な》くなりました」

「さて、私《わたし》たちは言《い》われたとおりの名前《なまえ》をつけました。あのかわいそうな女性《じょせい》にとっては、それがとても大切《たいせつ》なことのようでしたからね。しかし、トムだろうが、マールヴォロだろうが、リドルの一族《いちぞく》だろうが、誰《だれ》もあの子《こ》を探《さが》しにきませんでしたし、親《しん》せきも来《き》やしませんでした。それで、あの子《こ》はこの孤児院《こじいん》に残《のこ》り、それからずっと、ここにいるんですよ」

ミセス・コールはほとんど無意識《むいしき》に、もう一杯《ぱい》たっぷりとジンを注《そそ》いだ。ほお骨《ぼね》の高《たか》い位置《いち》に、ピンクの丸《まる》い点《てん》が二つ現《あらわ》れた。それから言葉《ことば》が続《つづ》いた。

「おかしな男《おとこ》の子《こ》ですよ」

「ええ」ダンブルドアが言《い》った。「そうではないかと思《おも》いました」

「赤《あか》ん坊《ぼう》のときもおかしかったんですよ。そりゃ、あなた、ほとんど泣《な》かないんですから。そして、少《すこ》し大《おお》きくなると、あの子《こ》は……変《へん》でねえ」

「変《へん》というと、どんなふうに？」ダンブルドアがおだやかに聞《き》いた。

「そう、あの子《こ》は――」

しかし、ミセス・コールは言葉《ことば》を切《き》った。ジンのグラスの上《うえ》から、ダンブルドアを詮索《せんさく》するようにちらりと見《み》たまなざしには、あいまいにぼやけたところがまるでなかった。

「あの子《こ》はまちがいなく、あなたの学校《がっこう》に入学《にゅうがく》できると、そうおっしゃいました？」

「まちがいありません」ダンブルドアが言《い》った。

「私《わたし》が何《なに》を言《い》おうと、それは変《か》わりませんね？」

「何《なに》をおっしゃろうとも」ダンブルドアが言《い》った。

「あの子《こ》を連《つ》れていきますね？　どんなことがあっても？」

「どんなことがあろうと」ダンブルドアが重々《おもおも》しく言《い》った。

信用《しんよう》すべきかどうか考《かんが》えているように、ミセス・コールは目《め》を細《ほそ》めてダンブルドアを見《み》た。どうやら信用《しんよう》すべきだと判断《はんだん》したらしく、一気《いっき》にこう言《い》った。

「あの子《こ》はほかの子供《こども》たちをおびえさせます」

「いじめっ子《こ》だと？」ダンブルドアが聞《き》いた。

「そうにちがいないでしょうね」

ミセス・コールはちょっと顔《かお》をしかめた。

「しかし、現場《げんば》をとらえるのが非常《ひじょう》に難《むずか》しい。事件《じけん》がいろいろあって……気味《きみ》の悪《わる》いことがいろいろ……」

ダンブルドアは深追《ふかお》いしなかった。しかしハリーには、ダンブルドアが興味《きょうみ》を持《も》っていることがわかった。ミセス・コールはまたしてもぐいとジンを飲《の》み、バラ色《いろ》のほおがますます赤《あか》くなった。

「ビリー・スタッブズのウサギ……まあ、トムはやっていないと、口《くち》ではそう言《い》いましたし、私《わたし》も、あの子《こ》がどうやってあんなことができたのかがわかりません。でも、ウサギが自分《じぶん》で天井《てんじょう》の垂木《たるき》から首《くび》を吊《つ》りますか？」

「そうは思《おも》いませんね。ええ」ダンブルドアが静《しず》かに言《い》った。

「でも、あの子《こ》がどうやってあそこに上《のぼ》ってそれをやったのかが、判《はん》じ物《もの》でしてね。私《わたし》が知《し》っているのは、その前《まえ》の日《ひ》に、あの子《こ》とビリーが口論《こうろん》したことだけですよ。それから――」

ミセス・コールはまたジンをぐいとやった。今度《こんど》はあごにちょっぴり垂《た》れこぼした。

「夏《なつ》の遠足《えんそく》のとき――ええ、一年《ねん》に一回《かい》、子供《こども》たちを連《つ》れていくんですよ。田舎《いなか》とか海辺《うみべ》に――それで、エイミー・ベンソンとデニス・ビショップは、それからずっと、どこかおかしくなりましてね。ところがこの子《こ》たちから聞《き》き出《だ》せたことといえば、トム・リドルと一緒《いっしょ》に洞窟《どうくつ》に入《はい》ったということだけでした。トムは探検《たんけん》に行《い》っただけだと言《い》い張《は》りましたが、何《なに》かがそこで起《お》こったんですよ。まちがいありません。それに、まあ、いろいろありました。おかしなことが……」

ミセス・コールはもう一度《いちど》ダンブルドアを見《み》た。ほおは紅潮《こうちょう》していても、その視線《しせん》はしっかりしていた。

「あの子《こ》がいなくなっても、残念《ざんねん》がる人《ひと》は多《おお》くないでしょう」

「当然《とうぜん》おわかりいただけると思《おも》いますが、トムを永久《えいきゅう》に学校《がっこう》に置《お》いておくというわけではありませんが？」

ダンブルドアが言《い》った。

「ここに帰《かえ》ってくることになります。少《すく》なくとも毎年夏休《まいとしなつやす》みに」

「ああ、ええ、それだけでも、さびた火《ひ》かき棒《ぼう》で鼻《はな》をぶんなぐられるよりはまし、というやつですよ」

ミセス・コールは小《ちい》さくしゃっくりしながら言《い》った。ジンの瓶《びん》は三分《ぶん》の二が空《から》になっていたのに、立《た》ち上《あ》がったときかなりシャンとしているので、ハリーは感心《かんしん》した。

「あの子《こ》にお会《あ》いになりたいのでしょうね？」

「ぜひ」ダンブルドアも立《た》ち上《あ》がった。

ミセス・コールは事務所《じむしょ》を出《で》て石《いし》の階段《かいだん》へとダンブルドアを案内《あんない》し、通《とお》りすがりにヘルパーや子供《こども》たちに指示《しじ》を出《だ》したり、叱《しか》ったりした。孤児《こじ》たちは、みんな同《おな》じ灰色《はいいろ》のチュニックを着《き》ている。まあまあ世話《せわ》が行《い》き届《とど》いているように見《み》えたが、子供《こども》たちが育《そだ》つ場所《ばしょ》としては、ここが暗《くら》い所《ところ》であるのは否定《ひてい》できなかった。

「ここです」

ミセス・コールは、二番目《ばんめ》の踊《おど》り場《ば》を曲《ま》がり、長《なが》い廊下《ろうか》の最初《さいしょ》のドアの前《まえ》で止《と》まった。ドアを二度《ど》ノックして、彼女《かのじょ》は部屋《へや》に入《はい》った。

「トム？　お客《きゃく》さまですよ。こちらはダンバートンさん――失礼《しつれい》、ダンダーボアさん。この方《かた》はあなたに――まあ、ご本人《ほんにん》からお話《はな》ししていただきましょう」

ハリーと二人《ふたり》のダンブルドアが部屋《へや》に入《はい》ると、ミセス・コールがその背後《はいご》でドアを閉《し》めた。殺《さっ》風景《ぷうけい》な小《ちい》さな部屋《へや》で、古《ふる》い洋《よう》だんす、木製《もくせい》の椅子《いす》一脚《きゃく》、鉄製《てっせい》の簡易《かんい》ベッドしかない。灰色《はいいろ》の毛布《もうふ》の上《うえ》に、少年《しょうねん》が本《ほん》を手《て》に、両脚《りょうあし》を伸《の》ばして座《すわ》っていた。

トム・リドルの顔《かお》には、ゴーント一家《いっか》の片鱗《へんりん》さえない。メローピーの末期《まつご》の願《ねが》いは叶《かな》った。ハンサムな父親《ちちおや》のミニチュア版《ばん》だった。十一歳《さい》にしては背《せ》が高《たか》く、黒髪《くろかみ》で青白《あおじろ》い。少年《しょうねん》はわずかに目《め》を細《ほそ》めて、ダンブルドアの異常《いじょう》な格好《かっこう》をじっと見《み》つめた。一瞬《いっしゅん》の沈黙《ちんもく》が流《なが》れた。

「はじめまして、トム」

ダンブルドアが近《ちか》づいて、手《て》を差《さ》し出《だ》した。

少年《しょうねん》は躊躇《ちゅうちょ》したが、その手《て》を取《と》って握手《あくしゅ》した。ダンブルドアは、固《かた》い木《き》の椅子《いす》をリドルのかたわらに引《ひ》き寄《よ》せて座《すわ》り、二人《ふたり》は病院《びょういん》の患者《かんじゃ》と見舞《みま》い客《きゃく》のような格好《かっこう》になった。

「私《わたし》はダンブルドア教授《きょうじゅ》だ」

「『教授《きょうじゅ》』？」

リドルがくり返《かえ》した。警戒《けいかい》の色《いろ》が走《はし》った。

「『ドクター』と同《おな》じようなものですか？　何《なに》しに来《き》たんですか？　あの女《おんな》が僕《ぼく》を看《み》るように言《い》ったんですか？」

リドルは、今《いま》しがたミセス・コールがいなくなったドアを指差《ゆびさ》していた。

「いやいや」ダンブルドアがほほ笑《え》んだ。

「信《しん》じないぞ」リドルが言《い》った。

「あいつは僕《ぼく》を診察《しんさつ》させたいんだろう？　真実《しんじつ》を言《い》え！」

最後《さいご》の言葉《ことば》に込《こ》められた力《ちから》の強《つよ》さは、衝撃的《しょうげきてき》でさえあった。命令《めいれい》だった。これまで何度《なんど》もそう言《い》って命令《めいれい》してきたような響《ひび》きがあった。リドルは目《め》を見開《みひら》き、ダンブルドアをねめつけていた。ダンブルドアは、ただ心地《ここち》よくほほ笑《え》み続《つづ》けるだけで、何《なに》も答《こた》えなかった。数秒後《すうびょうご》、リドルはにらむのをやめたが、その表情《ひょうじょう》はむしろ、前《まえ》よりもっと警戒《けいかい》しているように見《み》えた。

「あなたは誰《だれ》ですか？」

「君《きみ》に言《い》ったとおりだよ。私《わたし》はダンブルドア教授《きょうじゅ》で、ホグワーツという学校《がっこう》に勤《つと》めている。私《わたし》の学校《がっこう》への入学《にゅうがく》をすすめにきたのだが――君《きみ》が来《き》たいのなら、そこが君《きみ》の新《あたら》しい学校《がっこう》になる」

この言葉《ことば》に対《たい》するリドルの反応《はんのう》は、まったく驚《おどろ》くべきものだった。ベッドから飛《と》び降《お》り、憤激《ふんげき》した顔《かお》でダンブルドアから遠《とお》ざかった。

「だまされないぞ！　精神病院《せいしんびょういん》だろう。そこから来《き》たんだろう？　『教授《きょうじゅ》』、ああ、そうだろうさ――フン、僕《ぼく》は行《い》かないぞ、わかったか？　あの老《お》いぼれ猫《ねこ》のほうが精神病院《せいしんびょういん》に入《はい》るべきなんだ。僕《ぼく》はエイミー・ベンソンとかデニス・ビショップなんかのチビたちに何《なん》にもしてない。聞《き》いてみろよ。あいつらもそう言《い》うから！」

「私《わたし》は精神病院《せいしんびょういん》から来《き》たのではない」ダンブルドアは辛抱強《しんぼうづよ》く言《い》った。

「私《わたし》は先生《せんせい》だよ。おとなしく座《すわ》ってくれれば、ホグワーツのことを話《はな》して聞《き》かせよう。もちろん、君《きみ》が学校《がっこう》に来《き》たくないというなら、誰《だれ》も無理強《むりじ》いはしない――」

「やれるもんならやってみろ」リドルが鼻先《はなさき》で笑《わら》った。

「ホグワーツは」

ダンブルドアは、リドルの最後《さいご》の言葉《ことば》を聞《き》かなかったかのように話《はなし》を続《つづ》けた。

「特別《とくべつ》な能力《のうりょく》を持《も》った者《もの》のための学校《がっこう》で――」

「僕《ぼく》は狂《くる》っちゃいない！」

「君《きみ》が狂《くる》っていないことは知《し》っておる。ホグワーツは狂《くる》った者《もの》の学校《がっこう》ではない。魔法学校《まほうがっこう》なのだ」

沈黙《ちんもく》が訪《おとず》れた。リドルは凍《こお》りついていた。無表情《むひょうじょう》だったが、その目《め》はすばやくダンブルドアの両目《りょうめ》を交互《こうご》にちらちらと見《み》て、どちらかの目《め》がうそをついていないかを見極《みきわ》めようとしているかのようだった。

「魔法《まほう》？」リドルがささやくようにくり返《かえ》した。

「そのとおり」ダンブルドアが言《い》った。

「じゃ……じゃ、僕《ぼく》ができるのは魔法《まほう》？」

「君《きみ》は、どういうことができるのかね？」

「いろんなことさ」

リドルがささやくように言《い》った。首《くび》からやせこけたほおへと、たちまち興奮《こうふん》の色《いろ》が上《のぼ》ってくる。熱《ねつ》があるかのように見《み》えた。

「物《もの》をさわらずに動《うご》かせる。訓練《くんれん》しなくとも、動物《どうぶつ》に僕《ぼく》の思《おも》いどおりのことをさせられる。僕《ぼく》を困《こま》らせるやつにはいやなことが起《お》こるようにできる。そうしたければ、傷《きず》つけることだってできるんだ」

脚《あし》が震《ふる》えてリドルは前《まえ》のめりに倒《たお》れ、またベッドの上《うえ》に座《すわ》った。頭《あたま》を垂《た》れ、祈《いの》りのときのような姿勢《しせい》で、リドルは両手《りょうて》を見《み》つめた。

「僕《ぼく》はほかの人《ひと》とはちがうんだって、知《し》っていた」

震《ふる》える自分《じぶん》の指《ゆび》に向《む》かって、リドルはささやいた。

「僕《ぼく》は特別《とくべつ》だって、わかっていた。何《なに》かあるって、ずっと知《し》っていたんだ」

「ああ、君《きみ》の言《い》うとおり」

ダンブルドアはもはやほほ笑《え》んではいなかった。リドルをじっと観察《かんさつ》していた。

「君《きみ》は魔法使《まほうつか》いだ」

リドルは顔《かお》を上《あ》げた。表情《ひょうじょう》がまるで変《か》わっていた。激《はげ》しい喜《よろこ》びが現《あらわ》れている。しかし、なぜかその顔《かお》は、よりハンサムに見《み》えるどころか、むしろ端正《たんせい》な顔立《かおだ》ちが粗野《そや》に見《み》え、ほとんど獣性《じゅうせい》をむき出《だ》した表情《ひょうじょう》だった。

「あなたも魔法使《まほうつか》いなのか？」

「いかにも」

「証明《しょうめい》しろ」

即座《そくざ》にリドルが言《い》った。「真実《しんじつ》を言《い》え」と言《い》ったときと同《おな》じ命令口調《めいれいくちょう》だった。

ダンブルドアは眉《まゆ》を上《あ》げた。

「君《きみ》に異存《いぞん》はないだろうと思《おも》うが、もし、ホグワーツへの入学《にゅうがく》を受《う》け入《い》れるつもりなら——」

「もちろんだ！」

「それなら、私《わたし》を『教授《きょうじゅ》』または『先生《せんせい》』と呼《よ》びなさい」

ほんの一瞬《いっしゅん》、リドルの表情《ひょうじょう》が硬《かた》くなった。それから、がらりと人《ひと》が変《か》わったようにていねいな声《こえ》で言《い》った。

「すみません、先生《せんせい》。あの——教授《きょうじゅ》、どうぞ、僕《ぼく》に見《み》せていただけませんか——？」

ハリーは、ダンブルドアが絶対断《ぜったいことわ》るだろうと思《おも》った。ホグワーツで実例《じつれい》を見《み》せる時間《じかん》が充分《じゅうぶん》ある、今二人《いまふたり》がいる建物《たてもの》はマグルでいっぱいだから、慎重《しんちょう》でなければならないと、リドルにそう言《い》いきかせるだろうと思《おも》った。ところが、驚《おどろ》いたことに、ダンブルドアは背広《せびろ》の内《うち》ポケットから杖《つえ》を取《と》り出《だ》し、隅《すみ》にあるみすぼらしい洋《よう》だんすに向《む》けて、気軽《きがる》にヒョイと一振《ひとふ》りした。洋《よう》だんすが炎上《えんじょう》した。

リドルは飛《と》び上《あ》がった。ハリーは、リドルがショックと怒《いか》りでほえたけるのも無理《むり》はないと思《おも》った。リドルの全財産《ぜんざいさん》がそこに入《はい》っていたにちがいない。しかし、リドルがダンブルドアに食《く》ってかかったときにはもう、炎《ほのお》は消《き》え、洋《よう》だんすはまったく無傷《むきず》だった。

リドルは、洋《よう》だんすとダンブルドアを交互《こうご》に見《み》つめ、それから貪欲《どんよく》な表情《ひょうじょう》で杖《つえ》を指差《ゆびさ》した。

「そういう物《もの》はどこで手《て》に入《い》れられますか？」

「すべて時《とき》が来《く》れば」ダンブルドアが言《い》った。

「何《なに》か、君《きみ》の洋《よう》だんすから出《で》たがっているようだが」

なるほど、中《なか》からかすかにカタカタという音《おと》が聞《き》こえた。リドルは初《はじ》めておびえた顔《かお》をした。

「扉《とびら》を開《あ》けなさい」ダンブルドアが言《い》った。

リドルは躊躇《ちゅうちょ》したが、部屋《へや》の隅《すみ》まで歩《ある》いていって洋《よう》だんすの扉《とびら》をパッと開《あ》けた。すり切《き》れた洋《よう》服《ふく》のかかったレールの上《うえ》にある、一番上《いちばんうえ》の棚《たな》に、小《ちい》さなダンボールの箱《はこ》があり、まるでネズミが数匹捕《すうひきと》らわれて中《なか》で暴《あば》れているかのように、ガタガタ音《おと》を立《た》てて揺《ゆ》れていた。

「それを出《だ》しなさい」ダンブルドアが言《い》った。

リドルは震《ふる》えている箱《はこ》を下《お》ろした。気《き》がくじけた様子《ようす》だった。

「その中《なか》に、君《きみ》が持《も》っていてはいけない物《もの》が何《なに》か入《はい》っているかね？」

リドルは、抜《ぬ》け目《め》のない目《め》で、ダンブルドアを長《なが》い間《あいだ》じっと見《み》つめた。

「はい、そうだと思《おも》います、先生《せんせい》」リドルはやっと、感情《かんじょう》のない声《こえ》で答《こた》えた。

「開《あ》けなさい」ダンブルドアが言《い》った。

リドルはふたを取《と》り、中身《なかみ》を見《み》もせずにベッドの上《うえ》にあけた。ハリーはもっとすごい物《もの》を期待《きたい》していたが、あたりまえの小《ちい》さながらくたがごちゃごちゃ入《はい》っているだけだった。ヨーヨー、銀《ぎん》の指《ゆび》ぬき、色《いろ》のあせたハーモニカなどだ。箱《はこ》から出《だ》されると、がらくたは震《ふる》えるのをやめ、薄《うす》い毛布《もうふ》の上《うえ》でじっとしていた。

「それぞれの持《も》ち主《ぬし》に謝《あやま》って、返《かえ》しなさい」

ダンブルドアは、杖《つえ》を上着《うわぎ》に戻《もど》しながら静《しず》かに言《い》った。

「きちんとそうしたかどうか、私《わたし》にはわかるのだよ。注意《ちゅうい》しておくが、ホグワーツでは盗《ぬす》みは許《ゆる》されない」

リドルは恥《は》じ入《い》る様子《ようす》をさらさら見《み》せなかった。冷《つめ》たい目《め》で値踏《ねぶ》みするようにダンブルドアを見《み》つめ続《つづ》けていたが、やがて感情《かんじょう》のない声《こえ》で言《い》った。

「はい、先生《せんせい》」

「ホグワーツでは」

ダンブルドアは言葉《ことば》を続《つづ》けた。

「魔法《まほう》を使《つか》うことを教《おし》えるだけでなく、それを制御《せいぎょ》することも教《おし》える。君《きみ》は――きっと意図《いと》せずしてだと思《おも》うが――我々《われわれ》の学校《がっこう》では教《おし》えることも許《ゆる》すこともないやり方《かた》で、自分《じぶん》の力《ちから》を使《つか》ってきた。魔法力《まほうりょく》におぼれてしまう者《もの》は、君《きみ》が初《はじ》めてでもないし最後《さいご》でもない。しかし、覚《おぼ》えておきなさい。ホグワーツでは生徒《せいと》を退学《たいがく》させることができるし、魔法省《まほうしょう》は――そう、魔法省《まほうしょう》というものがあるのだ――法《ほう》を破《やぶ》る者《もの》を最《もっと》も厳《きび》しく罰《ばっ》する。新《あら》たに魔法使《まほうつか》いとなる者《もの》は、魔法界《まほうかい》に入《はい》るにあたって、我《われ》らの法律《ほうりつ》に従《したが》うことを受《う》け入《い》れねばならない」

「はい、先生《せんせい》」リドルがまた言《い》った。

リドルが何《なに》を考《かんが》えているかを知《し》るのは不可能《ふかのう》だった。盗品《とうひん》の宝物《たからもの》をダンボール箱《ばこ》に戻《もど》すリドルの顔《かお》は、まったく無表情《むひょうじょう》だった。しまい終《お》わると、リドルはダンブルドアを見《み》て、そっけなく言《い》った。

「僕《ぼく》はお金《かね》を持《も》っていません」

「それはたやすく解決《かいけつ》できる」

ダンブルドアはポケットから革《かわ》の巾着《きんちゃく》を取《と》り出《だ》した。

「ホグワーツには、教科書《きょうかしょ》や制服《せいふく》を買《か》うのに援助《えんじょ》の必要《ひつよう》な者《もの》のための資金《しきん》がある。君《きみ》は呪文《じゅもん》の本《ほん》などいくつかを、古本《ふるほん》で買《か》わなければならないかもしれん。それでも――」

「呪文《じゅもん》の本《ほん》はどこで買《か》いますか？」

ダンブルドアに礼《れい》も言《い》わずにずっしりとした巾着《きんちゃく》を受《う》け取《と》り、分厚《ぶあつ》いガリオン金貨《きんか》を調《しら》べながら、リドルが口《くち》を挟《はさ》んだ。

「ダイアゴン横丁《よこちょう》で」ダンブルドアが言《い》った。「ここに君《きみ》の教科書《きょうかしょ》や教材《きょうざい》のリストがある。どこに何《なに》があるか探《さが》すのを、私《わたし》が手伝《てつだ》おう――」

「一緒《いっしょ》に来《く》るんですか？」リドルが顔《かお》を上《あ》げて聞《き》いた。

「いかにも、君《きみ》がもし――」

「あなたは必要《ひつよう》ない」リドルが言《い》った。

「自分《じぶん》ひとりでやるのに慣《な》れている。いつでもひとりでロンドンを歩《ある》いてるんだ。そのダイアゴン横丁《よこちょう》とかいう所《ところ》にはどうやって行《い》くんだ？――先生《せんせい》？」

ダンブルドアの目《め》を見《み》たとたん、リドルは最後《さいご》の言葉《ことば》をつけ加《くわ》えた。

ハリーは、ダンブルドアがリドルに付《つ》き添《そ》うと主張《しゅちょう》するだろうと思《おも》った。しかし、ハリーはまた驚《おどろ》かされた。ダンブルドアは教材《きょうざい》リストの入《はい》った封筒《ふうとう》をリドルに渡《わた》し、孤児院《こじいん》から「もれ鍋《なべ》」への行《い》き方《かた》をはっきり教《おし》えたあと、こう言《い》った。

「周《まわ》りのマグル——魔法族《まほうぞく》ではない者《もの》のことだが——その者《もの》たちには見《み》えなくとも、君《きみ》には見《み》えるはずだ。バーテンのトムを訪《たず》ねなさい——君《きみ》と同《おな》じ名前《なまえ》だから覚《おぼ》えやすいだろう——」

リドルはうるさいハエを追《お》い払《はら》うかのように、いらいらと顔《かお》を引《ひ》きつらせた。

「『トム』という名前《なまえ》が嫌《きら》いなのかね？」

「トムっていう人《ひと》はたくさんいる」

リドルがつぶやいた。それから、抑《おさ》えきれない疑問《ぎもん》が思《おも》わず口《くち》をついて出《で》たように、リドルが聞《き》いた。

「僕《ぼく》の父《とう》さんは魔法使《まほうつか》いだったの？　その人《ひと》もトム・リドルだったって、みんなが教《おし》えてくれた」

「残念《ざんねん》ながら、私《わたし》は知《し》らない」ダンブルドアはおだやかな声《こえ》で言《い》った。

「母《かあ》さんは魔法《まほう》が使《つか》えたはずがない。使《つか》えたら、死《し》ななかったはずだ」

ダンブルドアにというよりむしろ自分《じぶん》に向《む》かって、リドルが言《い》った。

「父《とう》さんのほうにちがいない。それで——僕《ぼく》の物《もの》を全部《ぜんぶ》そろえたら——そのホグワーツとかに、いつ行《い》くんですか？」

「細《こま》かいことは、封筒《ふうとう》の中《なか》の羊皮紙《ようひし》の二枚目《まいめ》にある」ダンブルドアが言《い》った。「君《きみ》は、九月一日《がっついたち》にキングズ・クロス駅《えき》から出発《しゅっぱつ》する。その中《なか》に汽車《きしゃ》の切符《きっぷ》も入《はい》っている」

リドルがうなずいた。ダンブルドアは立《た》ち上《あ》がって、また手《て》を差《さ》し出《だ》した。その手《て》を握《にぎ》りながらリドルが言《い》った。

「僕《ぼく》は蛇《へび》と話《はなし》ができる。遠足《えんそく》で田舎《いなか》に行《い》ったときにわかったんだ——向《む》こうから僕《ぼく》を見《み》つけて、僕《ぼく》にささやきかけたんだ。魔法使《まほうつか》いにとってあたりまえなの？」

一番不思議《いちばんふしぎ》なこの力《ちから》をこの時《とき》まで伏《ふ》せておき、圧倒《あっとう》してやろうと考《かんが》えていたことが、ハリーには読《よ》めた。

「稀《まれ》ではある」一瞬迷《いっしゅんまよ》った後《のち》、ダンブルドアが答《こた》えた。「しかし、例《れい》がないわけではない」気軽《きがる》な口調《くちょう》ではあったが、ダンブルドアの目《め》が興味深《きょうみぶか》そうにリドルの顔《かお》を眺《なが》め回《まわ》した。大人《おとな》と子供《こども》、その二人《ふたり》が、一瞬《いっしゅん》見《み》つめ合《あ》って立《た》っていた。やがて握手《あくしゅ》が解《と》かれ、ダンブルドアはドアのそばに立《た》った。

「さようなら、トム。ホグワーツで会《あ》おう」

「もうよいじゃろう」

ハリーの脇《わき》にいる白髪《はくはつ》のダンブルドアが言《い》った。たちまち二人《ふたり》は、再《ふたた》び無重力《むじゅうりょく》の暗闇《くらやみ》を昇《のぼ》り、現在《げんざい》の校長室《こうちょうしつ》に正確《せいかく》に着地《ちゃくち》した。

「お座《すわ》り」ハリーのかたわらに着地《ちゃくち》したダンブルドアが言《い》った。

ハリーは言《い》われるとおりにした。今見《いまみ》たばかりのことで、頭《あたま》がいっぱいだった。

「あいつは、僕《ぼく》の場合《ばあい》よりずっと早《はや》く受《う》け入《い》れた――あの、先生《せんせい》があいつに、君《きみ》は魔法使《まほうつか》いだって知《し》らせたときのことですけれど」ハリーが言《い》った。「ハグリッドにそう言《い》われたとき、僕《ぼく》は最初信《さいしょしん》じなかった」

「そうじゃ。リドルは完全《かんぜん》に受《う》け入《い》れる準備《じゅんび》ができておった。つまり自分《じぶん》が――あの者《もの》の言葉《ことば》を借《か》りるならば――『特別《とくべつ》』だということを」

「先生《せんせい》はもうおわかりだったのですか――あの時《とき》に？」ハリーが聞《き》いた。

「わしがあの時《とき》、開闢《かいびゃく》以来《いらい》の危険《きけん》な闇《やみ》の魔法使《まほうつか》いに出会《であ》ったということを、わかっていたかとな？」

ダンブルドアが言《い》った。

「いや、今現在《いまげんざい》あるような者《もの》に成長《せいちょう》しようとは、思《おも》わなんだ。しかし、リドルに非常《ひじょう》に興味《きょうみ》を持《も》ったことはたしかじゃ。わしは、あの者《もの》から目《め》を離《はな》すまいと意《い》を固《かた》めて、ホグワーツに戻《もど》った。リドルには身寄《みよ》りもなく友人《ゆうじん》もなかったのじゃから、いずれにせよ、そうすべきではあったのじゃが。しかし、本人《ほんにん》のためだけではなく、ほかの者《もの》のためにそうすべきであるということは、すでにその時《とき》に感《かん》じておった」

「あの者《もの》の力《ちから》は、君《きみ》も聞《き》いたように、あの年端《としは》もゆかぬ魔法使《まほうつか》いにしては、驚《おどろ》くほど高度《こうど》に発達《はったつ》しておった。そして──最《もっと》も興味深《きょうみぶか》いことに、さらに不吉《ふきつ》なことに──リドルはすでに、その力《ちから》を何《なん》らかの方法《ほうほう》で操《あやつ》ることができるとわかっており、意識的《いしきてき》にその力《ちから》を行使《こうし》しはじめておった。君《きみ》も見《み》たように、若《わか》い魔法使《まほうつか》いにありがちな、行《い》き当《あ》たりばったりの試《こころ》みではなく、あの者《もの》はすでに、魔法《まほう》を使《つか》ってほかの者《もの》を怖《こわ》がらせ、罰《ばっ》し、制御《せいぎょ》していた。首《くび》をくくったウサギや、洞窟《どうくつ》に誘《さそ》い込《こ》まれた少年《しょうねん》、少女《しょうじょ》のちょっとした逸話《いつわ》が、それを如実《にょじつ》に示《しめ》しておる……『**そうしたければ、傷《きず》つけることだってできるんだ**』……」

「それに、あいつは蛇語使《へびごつか》いだった」ハリーが口《くち》を挟《はさ》んだ。

「いかにも。稀有《けう》な能力《のうりょく》であり、闇《やみ》の魔術《まじゅつ》につながるものと考《かんが》えられている能力《のうりょく》じゃ。しかし、知《し》ってのとおり、偉大《いだい》にして善良《ぜんりょう》な魔法使《まほうつか》いの中《なか》にも蛇語使《へびごつか》いはおる。事実《じじつ》、蛇《へび》と話《はな》せるという あの者《もの》の能力《のうりょく》を、わしはそれほど懸念《けねん》してはおらなかった。むしろ、残酷《ざんこく》さ、秘密主義《ひみつしゅぎ》、支配欲《しはいよく》という、あの者《もの》の明白《めいはく》な本能《ほんのう》のほうがずっと心配《しんぱい》じゃった」

「またしても知《し》らぬうちに時間《じかん》が過《す》ぎてしもうた」

窓《まど》から見《み》えるまっ暗《くら》な空《そら》を示《しめ》しながら、ダンブルドアが言《い》った。

「しかしながら、別《わか》れる前《まえ》に、我々《われわれ》が見《み》た場面《ばめん》のいくつかの特徴《とくちょう》について、注意《ちゅうい》をうながしておきたい。将来《しょうらい》の授業《じゅぎょう》で話《はな》し合《あ》う事柄《ことがら》に、大《おお》いに関係《かんけい》するからじゃ」

「第一《だいいち》に、ほかにも『トム』という名《な》を持《も》つ者《もの》がおるとわしが言《い》ったときの、リドルの反応《はんのう》に気《き》づいたことじゃろうな？」

ハリーはうなずいた。

「自分《じぶん》とほかの者《もの》を結《むす》びつけるものに対《たい》して、リドルは軽蔑《けいべつ》を示《しめ》した。自分《じぶん》を凡庸《ぼんよう》にするものに対《たい》してじゃ。あの時《とき》でさえあの者《もの》は、ちがうもの、別《べつ》なもの、悪名高《あくめいだか》きものになりたがっていた。あの会話《かいわ》からほんの数年《すうねん》のうちに、知《し》ってのとおり、あの者《もの》は自分《じぶん》の名前《なまえ》を捨《す》てて『ヴォルデモート卿《きょう》』の仮面《かめん》を創《つく》り出《だ》し、今《いま》にいたるまでの長《なが》い年月《としつき》、その陰《かげ》に隠《かく》れてきた」

「君《きみ》はまちがいなく気《き》づいたと思《おも》うが、トム・リドルはすでに、非常《ひじょう》に自己充足的《じこじゅうそくてき》で、秘密主《ひみつしゅ》義《ぎ》で、また友人《ゆうじん》を持《も》っていないことが明《あき》らかじゃったの？　ダイアゴン横丁《よこちょう》に行《い》くのに、あの者《もの》は手助《てだす》けも付《つ》き添《そ》いも欲《ほっ》しなかった。自分《じぶん》ひとりでやることを好《この》んだ。成人《せいじん》したヴォルデモートも同《おな》じじゃ。死喰《しく》い人《びと》の多《おお》くが、自分《じぶん》はヴォルデモート卿《きょう》の信用《しんよう》を得《え》ているとか、自分《じぶん》だけが近《ちか》しいとか、理解《りかい》しているとまで主張《しゅちょう》する。その者《もの》たちはあざむかれておる。ヴォルデモート卿《きょう》は友人《ゆうじん》を持《も》ったことがないし、また持《も》ちたいと思《おも》ったこともないと、わしはそう思《おも》う」

「最後《さいご》に――ハリー、眠《ねむ》いじゃろうが、このことにはしっかり注意《ちゅうい》してほしい――若《わか》き日《ひ》のトム・リドルは、戦利品《せんりひん》を集《あつ》めるのが好《す》きじゃった。部屋《へや》に隠《かく》していた盗品《とうひん》の箱《はこ》を見《み》たじゃろう。いじめの犠牲者《ぎせいしゃ》から取《と》り上《あ》げた物《もの》じゃ。ことさらに不快《ふかい》な魔法《まほう》を行使《こうし》した、いわば記念品《きねんひん》と言《い》える。このカササギのごとき蒐集傾向《しゅうしゅうけいこう》を覚《おぼ》えておくがよい。これが、特《とく》に後《のち》になって重要《じゅうよう》になるからじゃ」

「さて、今度《こんど》こそ就寝《しゅうしん》の時間《じかん》じゃ」

ハリーは立《た》ち上《あ》がった。歩《ある》きながら、前回《ぜんかい》、マールヴォロ・ゴーントの指輪《ゆびわ》が置《お》いてあった小《ちい》さなテーブルが目《め》にとまったが、指輪《ゆびわ》はもうなかった。

「ハリー、何《なん》じゃ？」

ハリーが立《た》ち止《ど》まったので、ダンブルドアが聞《き》いた。

「指輪《ゆびわ》がなくなっています」ハリーは振《ふ》り向《む》いて言《い》った。

「でも、ハーモニカとか、そういう物《もの》をお持《も》ちなのではないかと思《おも》ったのですが」

ダンブルドアは半月《はんげつ》めがねの上《うえ》からハリーをのぞいて、ニッコリした。

「なかなか鋭《するど》いのう、ハリー。しかし、あのハーモニカはあくまでもただのハーモニカじゃった」

この謎《なぞ》のような言葉《ことば》とともに、ダンブルドアはハリーに手《て》を振《ふ》った。ハリーは、もう帰《かえ》りなさいと言《い》われたのだと理解《りかい》した。

第《だい》14章《しょう》　フェリックス・フェリシス

次《つぎ》の日《ひ》、ハリーの最初《さいしょ》の授業《じゅぎょう》は「薬草学《やくそうがく》」だった。朝食《ちょうしょく》の席《せき》では盗《ぬす》み聞《ぎ》きされる恐《おそ》れがあるので、ロンとハーマイオニーにダンブルドアの授業《じゅぎょう》のことを話《はな》せなかった。温室《おんしつ》に向《む》かって野菜《やさい》畑《ばたけ》を歩《ある》いているときに、ハリーは二人《ふたり》にくわしく話《はな》して聞《き》かせた。週末《しゅうまつ》の過酷《かこく》な風《かぜ》はやっと治《おさ》まっていたが、また不気味《ぶきみ》な霧《きり》が立《た》ち込《こ》めていたので、いくつかある温室《おんしつ》の中《なか》から目的《もくてき》の温室《おんしつ》を探《さが》すのに、普段《ふだん》より少《すこ》しよけいに時間《じかん》がかかった。

「ウワー、ぞっとするな。少年《しょうねん》の『例《れい》のあの人《ひと》』か」

ロンが小声《こごえ》で言《い》った。三人《にん》は今学期《こんがっき》の課題《かだい》である「スナーガラフ」の節《ふし》くれだった株《かぶ》の周《まわ》りに陣取《じんど》り、保護手袋《ほごてぶくろ》をつけるところだった。

「だけど、ダンブルドアがどうしてそんなものを見《み》せるのか、僕《ぼく》にはまだわかんないな。そりゃ、おもしろいけどさ、でも、何《なん》のためだい？」

「さあね」

ハリーはマウスピースをはめながら言《い》った。

「だけど、ダンブルドアは、それが全部《ぜんぶ》重要《じゅうよう》で、僕《ぼく》が生《い》き残《のこ》るのに役《やく》に立《た》つって言《い》うんだ」

「すばらしいと思《おも》うわ」ハーマイオニーが熱《ねつ》っぽく言《い》った。

「できるだけヴォルデモートのことを知《し》るのは、とても意味《いみ》のあることよ。そうでなければ、あの人《ひと》の弱点《じゃくてん》を見《み》つけられないでしょう？」

「それで、この前《まえ》のスラグホーン・パーティはどうだったの？」

マウスピースをはめたまま、ハリーがもごもごと聞《き》いた。

「ええ、まあまあおもしろかったわよ」

ハーマイオニーが今度《こんど》は保護用《ほごよう》のゴーグルをかけながら言《い》った。

「そりゃ、先生《せんせい》は昔《むかし》の生徒《せいと》だった有名人《ゆうめいじん》のことをだらだら話《はな》すけど。それに、マクラーゲンをそれこそちーやほーやするけど。だってあの人《ひと》はいろいろなコネがあるから。でも、ほんとうにおいしい食《た》べ物《もの》があったし、それにグウェノグ・ジョーンズに紹介《しょうかい》してくれたわ」

「グウェノグ・ジョーンズ？」

ロンの目《め》が、ゴーグルの下《した》で丸《まる》くなった。

「あのグウェノグ・ジョーンズ？　ホリヘッド・ハーピーズの？」

「そうよ」ハーマイオニーが答《こた》えた。

「個人的《こじんてき》には、あの人《ひと》ちょっと自意識過剰《じいしきかじょう》だと思《おも》ったけど、でも――」

「そこ、おしゃべりが多過《おおす》ぎる！」

ピリッとした声《こえ》がして、スプラウト先生《せんせい》が怖《こわ》い顔《かお》をして忙《いそが》しげに三人《にん》のそばにやってきた。

「あなたたち、遅《おく》れてますよ。ほかの生徒《せいと》は全員取《ぜんいんと》りかかってますし、ネビルはもう最初《さいしょ》の種《たね》を取《と》り出《だ》しました」

三人《にん》が振《ふ》り向《む》くと、たしかに、ネビルは唇《くちびる》から血《ち》を流《なが》し、顔《かお》の横《よこ》に何《なん》か所《しょ》かひどい引《ひ》っかき傷《きず》を作《つく》ってはいたが、グレープフルーツ大《だい》の緑《みどり》の種《たね》をつかんで座《すわ》っていた。種《たね》はピクピクと気持《きも》ちの悪《わる》い脈《みゃく》を打《う》っている。

「オーケー、先生《せんせい》、僕《ぼく》たち今《いま》から始《はじ》めます！」

ロンが言《い》ったが、先生《せんせい》が行《い》ってしまうと、こっそりつけ加《くわ》えた。

「『耳《みみ》ふさぎ呪文《じゅもん》』を使《つか》うべきだったな、ハリー」

「いいえ、使《つか》うべきじゃないわ！」

ハーマイオニーが即座《そくざ》に言《い》った。プリンスやその呪文《じゅもん》のことが出《で》るといつもそうなのだが、今《こん》度《ど》もたいそうご機嫌斜《きげんなな》めだった。

「さあ、それじゃ……始《はじ》めましょう……」

ハーマイオニーは不安《ふあん》そうに二人《ふたり》を見《み》た。三人《にん》とも深《ふか》く息《いき》を吸《す》って、節《ふし》くれだった株《かぶ》に飛《と》びかかった。

植物《しょくぶつ》はたちまち息《いき》を吹《ふ》き返《かえ》した。先端《せんたん》から長《なが》いとげだらけのイバラのような蔓《つる》が飛《と》び出《だ》し、鞭《むち》のように空《くう》を切《き》った。その一本《ぽん》がハーマイオニーの髪《かみ》にからみつき、ロンが剪定《せんてい》ばさみでそれをたたき返《かえ》した。ハリーは、蔓《つる》を二本首尾《ほんしゅび》よくつかまえて結《むす》び合《あ》わせた。触手《しょくしゅ》のような枝《えだ》と枝《えだ》のまん中《なか》に穴《あな》が開《あ》いた。ハーマイオニーが勇敢《ゆうかん》にも片腕《かたうで》を穴《あな》に突《つ》っ込《こ》んだ。すると穴《あな》が罠《わな》のように閉《と》じて、ハーマイオニーのひじをとらえた。ハリーとロンが蔓《つる》を引《ひ》っ張《ぱ》ったりねじったりして、その穴《あな》をまた開《ひら》かせ、ハーマイオニーは腕《うで》を引《ひ》っ張《ぱ》り出《だ》した。その指《ゆび》に、ネビルのと同《おな》じような種《たね》が握《にぎ》りしめられていた。とたんにトゲトゲした蔓《つる》は株《かぶ》の中《なか》に引《ひ》っ込《こ》み、節《ふし》くれだった株《かぶ》は、何食《なにく》わぬ顔《かお》で、木材《もくざい》の塊《かたまり》のようにおとなしくなった。

「あのさ、自分《じぶん》の家《いえ》を持《も》ったら、僕《ぼく》の庭《にわ》にはこんなの植《う》える気《き》がしないな」

ゴーグルを額《ひたい》に押《お》し上《あ》げ、顔《かお》の汗《あせ》をぬぐいながら、ロンが言《い》った。

「ボウルを渡《わた》してちょうだい」

ピクピク脈《みゃく》を打《う》っている種《たね》を、腕《うで》をいっぱいに伸《の》ばしてできるだけ離《はな》して持《も》ちながら、ハーマイオニーが言《い》った。ハリーが渡《わた》すと、ハーマイオニーは気持《きも》ち悪《わる》そうに種《たね》をその中《なか》に入《い》れた。

「びくびくしていないで、種《たね》をしぼりなさい。新鮮《しんせん》なうちが一番《いちばん》なんですから！」

スプラウト先生《せんせい》が遠《とお》くから声《こえ》をかけた。

「とにかく」

ハーマイオニーは、たった今《いま》、木《き》の株《かぶ》が三人《にん》を襲撃《しゅうげき》したことなど忘《わす》れたかのように、中断《ちゅうだん》した会話《かいわ》を続《つづ》けた。

「スラグホーンはクリスマス・パーティをやるつもりよ、ハリー。これはどうあがいても逃《に》げられないわね。だって、あなたが来《こ》られる夜《よる》にパーティを開《ひら》こうとして、あなたがいつなら空《あ》いているかを調《しら》べるように、私《わたし》に頼《たの》んだんですもの」

ハリーはうめいた。一方《いっぽう》ロンは、種《たね》を押《お》しつぶそうと、立《た》ち上《あ》がって両手《りょうて》でボウルの中《なか》の種《たね》を押《お》さえ込《こ》み、力任《ちからまか》せに押《お》していたが、怒《おこ》ったように言《い》った。

「それで、そのパーティは、またスラグホーンのお気《き》に入《い》りだけのためなのか？」

「スラグ・クラブだけ。そうね」ハーマイオニーが言《い》った。

種《たね》がロンの手《て》の下《した》から飛《と》び出《だ》して温室《おんしつ》のガラスにぶつかり、跳《は》ね返《かえ》ってスプラウト先生《せんせい》の後頭部《こうとうぶ》に当《あ》たり、先生《せんせい》の古《ふる》い継《つ》ぎだらけの帽子《ぼうし》を吹《ふ》っ飛《と》ばした。ハリーが種《たね》を取《と》って戻《もど》ってくると、ハーマイオニーが言《い》い返《かえ》していた。

「いいこと、私《わたし》が名前《なまえ》をつけたわけじゃないわ。『スラグ・クラブ』なんて――」

「『スラグ・ナメクジ・クラブ』」

ロンが、マルフォイ級《きゅう》の意地《いじ》の悪《わる》い笑《わら》いを浮《う》かべてくり返《かえ》した。

「ナメクジ集団《しゅうだん》じゃなあ。まあ、パーティを楽《たの》しんでくれ。いっそマクラーゲンとくっついたらどうだい。そしたらスラグホーンが、君《きみ》たちをナメクジの王様《おうさま》と女王様《じょおうさま》にできるし――」

「お客《きゃく》さまを招待《しょうたい》できるの」

ハーマイオニーは、なぜかゆで上《あ》がったように真《ま》っ赤《か》になった。

「それで、私《わたし》、あなたもどうかって誘《さそ》うつもりだった。でも、そこまでバカバカしいって思《おも》うんだったら、どうでもいいわ！」

ハリーは突然《とつぜん》、種《たね》がもっと遠《とお》くまで飛《と》んでくれればよかったのに、と思《おも》った。そうすればこの二人《ふたり》のそばにいなくてすむ。二人《ふたり》ともハリーに気《き》づいていなかったが、ハリーは種《たね》の入《はい》ったボウルを取《と》り、考《かんが》えられるかぎりやかましく激《はげ》しい方法《ほうほう》で、種《たね》を割《わ》りはじめた。残念《ざんねん》なことに、それでも会話《かいわ》は細大《さいだい》もらさず聞《き》こえてきた。

「僕《ぼく》を誘《さそ》うつもりだった？」ロンの声《こえ》ががらりと変《か》わった。

「そうよ」ハーマイオニーが怒《おこ》ったように言《い》った。

「でも、どうやらあなたは、私《わたし》がマクラーゲンとくっついたほうが……」

一瞬《いっしゅん》、間《ま》が空《あ》いた。ハリーは、しぶとく跳《は》ね返《かえ》す種《たね》を移植《いしょく》ごてでたたき続《つづ》けていた。

「いや、そんなことはない」ロンがとても小《ちい》さな声《こえ》で言《い》った。

ハリーは種《たね》をたたきそこねてボウルをたたいてしまい、ボウルが割《わ》れた。

「レパロ、直《なお》せ」

ハリーが杖《つえ》で破片《はへん》をつついてあわてて唱《とな》えると、破片《はへん》は飛《と》び上《あ》がって元《もと》どおりになった。しかし、割《わ》れた音《おと》でロンとハーマイオニーは、ハリーの存在《そんざい》に目覚《めざ》めたようだった。ハーマイオニーは取《と》り乱《みだ》した様子《ようす》で、スナーガラフの種《たね》から汁《しる》をしぼる正《ただ》しいやり方《かた》を見《み》つけるのに、あわてて『世界《せかい》の肉食《にくしょく》植物《しょくぶつ》』の本《ほん》を探《さが》しはじめた。ロンのほうは、ばつが悪《わる》そうな顔《かお》だったが、同時《どうじ》にかなり満足《まんぞく》げだった。

「それ、よこして、ハリー」ハーマイオニーが急《せ》き立《た》てた。

「何《なに》か鋭《するど》い物《もの》で穴《あな》を開《あ》けるようにって書《か》いてあるわ……」

ハリーはボウルに入《はい》った種《たね》を渡《わた》し、ロンと二人《ふたり》でゴーグルをつけなおしてもう一度《いちど》株《かぶ》に飛《と》びかかった。

それほど驚《おどろ》いたわけではなかった……首《くび》をしめにかかってくるとげだらけの蔓《つる》と格闘《かくとう》しながら、ハリーはそう思《おも》った。遅《おそ》かれ早《はや》かれこうなるという気《き》がしていた。ただ、自分《じぶん》がそれをどう感《かん》じるかが、はっきりわからなかった……。

自分《じぶん》とチョウは、気《き》まずくて互《たが》いに目《め》を合《あ》わすことさえできなくなっているし、話《はなし》をすることなどありえない。もしロンとハーマイオニーがつき合《あ》うようになって、それから別《わか》れたら……？　二人《ふたり》の友情《ゆうじょう》はそれでも続《つづ》くだろうか？　三年生《ねんせい》のとき、二人《ふたり》が数週間《すうしゅうかん》、互《たが》いに口《くち》をきかなくなったときのことを、ハリーは思《おも》い出《だ》した。何《なん》とか二人《ふたり》の距離《きょり》を埋《う》めようとするのに一苦労《ひとくろう》だった。

逆《ぎゃく》に、もし二人《ふたり》が別《わか》れなかったらどうだろう？　ビルとフラーのようになったら、そして二人《ふたり》のそばにいるのが気《き》まずくていたたまれないほどになったら、自分《じぶん》は永久《えいきゅう》に閉《し》め出《だ》されてしまうのだろうか？

「やったあ！」

木《き》の株《かぶ》から二つ目《め》の種《たね》を引《ひ》っ張《ぱ》り出《だ》して、ロンが叫《さけ》んだ。ちょうどハーマイオニーが一個目《こめ》をやっと割《わ》ったときで、ボウルは、イモムシのようにうごめく薄緑色《うすみどりいろ》の塊茎《かいけい》でいっぱいになっていた。

それからあとは、スラグホーンのパーティに触《ふ》れることなく授業《じゅぎょう》が終《お》わった。その後《ご》の数日間《すうじつかん》、ハリーは二人《ふたり》の友人《ゆうじん》をより綿密《めんみつ》に観察《かんさつ》していたが、ロンもハーマイオニーも特《とく》にこれまでとちがうようには見《み》えなかった。ただし、互《たが》いに対《たい》して、少《すこ》し礼儀正《れいぎただ》しくなったようだった。パーティの夜《よる》、スラグホーンの薄明《うすあ》かりの部屋《へや》で、バタービールに酔《よ》うとどうなるか、様子《ようす》を見《み》るほかないだろう、とハリーは思《おも》った。むしろ今《いま》は、もっと差《さ》し迫《せま》った問題《もんだい》がある。

ケイティ・ベルはまだ聖《せい》マンゴ病院《びょういん》で、退院《たいいん》の見込《みこ》みが立《た》っていなかった。つまり、ハリーが九月以来《がついらい》、入念《にゅうねん》に訓練《くんれん》を重《かさ》ねてきた有望《ゆうぼう》なグリフィンドール・チームから、チェイサーが一人欠《ひとりか》けてしまったことになる。ケイティが戻《もど》ることを望《のぞ》んで、ハリーは代理《だいり》の選手《せんしゅ》を選《えら》ぶのを先延《さきの》ばしにしてきた。しかし、対《たい》スリザリンの初戦《しょせん》が迫《せま》っていた。ケイティは試合《しあい》に間《ま》に合《あ》わないと、ハリーもついに観念《かんねん》せざるをえなかった。

あらためて全寮生《ぜんりょうせい》から選抜《せんばつ》するのはたえられなかった。クィディッチそのものとは関係《かんけい》のない問題《もんだい》で気《き》が重《おも》かったが、ある日《ひ》の「変身術《へんしんじゅつ》」の授業《じゅぎょう》のあとで、ハリーはディーン・トーマスをつかまえた。大多数《だいたすう》の生徒《せいと》が出《で》てしまったあとも、教室《きょうしつ》には黄色《きいろ》い小鳥《ことり》が数羽《すうわ》、さえずりながら飛《と》び回《まわ》っていた。全部《ぜんぶ》ハーマイオニーが創《つく》り出《だ》したものだ。ほかには誰《だれ》も、空中《くうちゅう》から羽根《はね》一枚創《まいつく》り出《だ》せはしなかった。

「君《きみ》、まだチェイサーでプレーする気《き》があるかい？」

「えっ――？　ああ、もちろんさ！」

ディーンが興奮《こうふん》した。ディーンの肩越《かたご》しに、シェーマス・フィネガンがふてくされて、教科書《きょうかしょ》をかばんに突《つ》っ込《こ》んでいるのが見《み》えた。できればディーンにプレーを頼《たの》みたくなかった理由《りゆう》の一つは、シェーマスが気《き》を悪《わる》くすることがわかっていたからだ。しかしハリーは、チームのために最善《さいぜん》のことをしなければならず、選抜《せんばつ》のとき、ディーンはシェーマスより飛《と》び方《かた》がうまかった。

「それじゃ、君《きみ》が入《はい》ってくれ」ハリーが言《い》った。「今晩練習《こんばんれんしゅう》だ。七時《じ》から」

「よし」ディーンが言《い》った。「ばんざい、ハリー！　びっくりだ。ジニーに早《はや》く教《おし》えよう！」

ディーンは教室《きょうしつ》からかけ出《だ》していった。ハリーとシェーマスだけが残《のこ》った。ただでさえ気《き》まずいのに、ハーマイオニーのカナリアが二人《ふたり》の頭上《ずじょう》を飛《と》びながら、シェーマスの頭《あたま》に落《お》とし物《もの》をしていった。

ケイティの代理《だいり》を選《えら》んだことでふてくされたのは、シェーマスだけではなかった。ハリーが自《じ》分《ぶん》の同級生《どうきゅうせい》を二人《ふたり》も選《えら》んだということで、談話室《だんわしつ》はブツクサだらけだった。ハリーはこれまでの学生生活《がくせいせいかつ》で、もっとひどい陰口《かげぐち》にたえてきたので、特別気《とくべつき》にはならなかったが、それでも、来《きた》るべきスリザリン戦《せん》に勝《か》たなければならないという、プレッシャーが増《ま》したことはたしかだった。グリフィンドールが勝《か》てば、寮生全員《りょうせいぜんいん》が、ハリーを批判《ひはん》したことは忘《わす》れ、はじめからすばらしいチームだと思《おも》っていたと言《い》うだろう。ハリーにはよくわかっていた。もし負《ま》ければ……まあね、とハリーは心《こころ》の中《なか》で苦笑《にがわら》いした……。それでも、もっとひどいブックサにたえたこともあるんだ……。

その晩《ばん》、ディーンが飛《と》ぶのを見《み》たハリーは、自分《じぶん》の選択《せんたく》を後悔《こうかい》する理由《りゆう》がなくなった。ディーンはジニーやデメルザともうまくいった。ビーターのピークスとクートは尻上《しりあ》がりにうまくなっていた。問題《もんだい》はロンだった。

ハリーにははじめからわかっていたことだが、ロンは神経質《しんけいしつ》になったり自信喪失《じしんそうしつ》したりで、プレーにむらがあった。そういう昔《むかし》からのロンの不安定《ふあんてい》さが、シーズン開幕戦《かいまくせん》が近《ちか》づくにしたがって、残念《ざんねん》ながらぶり返《かえ》していた。六回《かい》もゴールを抜《ぬ》かれて——その大部分《だいぶぶん》がジニーの得点《とくてん》だったが——ロンのプレーはだんだん荒《あ》れ、とうとう攻《せ》めてくるデメルザ・ロビンズの口《くち》にパンチを食《く》らわせるところまで来《き》てしまった。

「ごめん、デメルザ、事故《じこ》だ、事故《じこ》、ごめんよ！」

デメルザがそこいら中《じゅう》に血《ち》をボタボタ垂《た》らしながらジグザグと地上《ちじょう》に戻《もど》る後《うし》ろから、ロンが叫《さけ》んだ。

「僕《ぼく》、ちょっと――」

「――パニックした？」ジニーが怒《おこ》った。「このヘボ。ロン、デメルザの顔見《かおみ》てよ！」

デメルザの隣《となり》に着地《ちゃくち》して腫《は》れ上《あ》がった唇《くちびる》を調《しら》べながら、ジニーがどなり続《つづ》けた。

「僕《ぼく》が治《なお》すよ」

ハリーは二人《ふたり》のそばに着地《ちゃくち》し、デメルザの口《くち》に杖《つえ》を向《む》けて唱《とな》えた。

「エピスキー、唇《くちびる》癒《い》えよ。それから、ジニー、ロンのことをヘボなんて呼《よ》ぶな。君《きみ》はチームのキャプテンじゃないんだし――」

「あら、あなたが忙《いそが》し過《す》ぎて、ロンのことをヘボ呼《よ》ばわりできないみたいだったから、誰《だれ》かがそうしなくちゃって思《おも》って――」

ハリーは噴《ふ》き出《だ》したいのをこらえた。

「みんな、空《そら》へ。さあ、行《い》こう……」

全体的《ぜんたいてき》に、練習《れんしゅう》は今学期《こんがっき》最悪《さいあく》の一つだった。しかしハリーは、これだけ試合《しあい》が迫《せま》ったこの時期《じき》に、ばか正直《しょうじき》は最善《さいぜん》の策《さく》ではないと思《おも》った。

「みんな、いいプレーだった。スリザリンをペシャンコにできるぞ」

ハリーは激励《げきれい》した。チェイサーとビーターは、自分《じぶん》のプレーにまあまあ満足《まんぞく》した顔《かお》で更衣室《こういしつ》を出《で》た。

「僕《ぼく》のプレー、ドラゴンのクソ山盛《やまも》りみたいだった」

ジニーが出《で》ていって、ドアが閉《し》まったとたん、ロンがうつろな声《こえ》で言《い》った。

「そうじゃないさ」ハリーがきっぱりと言《い》った。

「ロン、選抜《せんばつ》した中《なか》で、君《きみ》が一番《いちばん》いいキーパーなんだ。唯一《ゆいいつ》の問題《もんだい》は君《きみ》の精神面《せいしんめん》さ」

城《しろ》に帰《かえ》るまでずっと、ハリーは怒涛《どとう》のごとく激励《げきれい》し続《つづ》け、城《しろ》の三階《かい》まで戻《もど》ったときには、ロンはほんの少《すこ》し元気《げんき》が出《で》たようだった。ところが、グリフィンドール塔《とう》に戻《もど》るいつもの近道《ちかみち》を通《とお》ろうと、ハリーがタペストリーを押《お》し開《あ》けたとき、二人《ふたり》は、ディーンとジニーが固《かた》く抱《だ》き合《あ》って、のりづけされたように激《はげ》しくキスしている姿《すがた》を目撃《もくげき》してしまった。

大《おお》きくてうろこだらけの何《なに》かが、ハリーの胃《い》の中《なか》で目《め》を覚《さ》まし、胃壁《いへき》に爪《つめ》を立《た》てているような気《き》がした。頭《あたま》にカッと血《ち》が上《のぼ》り、思慮分別《しりょふんべつ》が吹《ふ》っ飛《と》んで、ディーンに呪《のろ》いをかけてぐにゃぐにゃのゼリーの塊《かたまり》にしてやりたいという野蛮《やばん》な衝動《しょうどう》でいっぱいになった。突然《とつぜん》の狂気《きょうき》と戦《たたか》いながら、ハリーはロンの声《こえ》を遠《とお》くに聞《き》いた。

「おい！」

ディーンとジニーが離《はな》れて振《ふ》り返《かえ》った。

「何《なん》なの？」ジニーが言《い》った。

「自分《じぶん》の妹《いもうと》が、公衆《こうしゅう》の面前《めんぜん》でいちゃいちゃしているのを見《み》たくないね！」

「あなたたちがじゃまするまでは、ここには誰《だれ》もいなかったわ！」ジニーが言《い》った。

ディーンは気《き》まずそうな顔《かお》だった。ばつが悪《わる》そうにニヤッとハリーに笑《わら》いかけたが、ハリーは笑《わら》い返《かえ》さなかった。新《あたら》しく生《う》まれた体内《たいない》の怪物《かいぶつ》が、ディーンを即刻《そっこく》チームから退団《たいだん》させろとわめいていた。

「あ……ジニー、来《こ》いよ」ディーンが言《い》った。「談話室《だんわしつ》に帰《かえ》ろう……」

「先《さき》に帰《かえ》って！」ジニーが言《い》った。「私《わたし》は大好《だいす》きなお兄《にい》さまとお話《はなし》があるの！」

ディーンは、その場《ば》に未練《みれん》はない、という顔《かお》でいなくなった。

「さあ」

ジニーが長《なが》い赤毛《あかげ》を顔《かお》から振《ふ》りはらい、ロンをにらみつけた。

「はっきり白黒《しろくろ》をつけましょう。私《わたし》が誰《だれ》とつき合《あ》おうと、その人《ひと》と何《なに》をしようと、ロン、あなたには関係《かんけい》ないわ――」

「あるさ！」

ロンも同《おな》じぐらい腹《はら》を立《た》てていた。

「いやだね、みんなが僕《ぼく》の妹《いもうと》のことを何《なん》て呼《よ》ぶか――」

「何《なん》て呼《よ》ぶの？」ジニーが杖《つえ》を取《と》り出《だ》した。

「**何《なん》て呼《よ》ぶって言《い》うの？**」

「ジニー、ロンは別《べつ》に他意《たい》はないんだ――」

ハリーは反射的《はんしゃてき》にそう言《い》ったが、怪物《かいぶつ》はロンの言葉《ことば》を支持《しじ》してほえたけっていた。

「いいえ、他意《たい》があるわ！」

ジニーはメラメラ燃《も》え上《あ》がり、ハリーに向《む》かってどなった。

「**自分《じぶん》**がまだ、一度《いちど》もいちゃついたことがないから、**自分《じぶん》**がもらった最高《さいこう》のキスが、ミュリエルおばさんのキスだから――」

「だまれ！」ロンは赤《あか》をすっ飛《と》ばして焦《こ》げ茶色《ちゃいろ》の顔《かお》で大声《おおごえ》を出《だ》した。

「だまらないわ！」ジニーも我《われ》を忘《わす》れて叫《さけ》んだ。

「あなたがヌラーと一緒《いっしょ》にいるところを、私《わたし》、いつも見《み》てたわ。彼女《かのじょ》を見《み》るたびに、ほっぺたにキスしてくれないかって、あなたはそう思《おも》ってた。情《なさ》けないわ！　世《よ》の中《なか》に出《で》て、少《すこ》しは自分《じぶん》でもいちゃついてみなさいよ！　そしたら、ほかの人《ひと》がやってもそんなに気《き》にならないでしょうよ！」

ロンも杖《つえ》を引《ひ》っ張《ぱ》り出《だ》した。ハリーは二人《ふたり》の間《あいだ》に割《わ》って入《はい》った。

「自分《じぶん》が何《なに》を言《い》ってるか、わかってないな！」

ロンは、両手《りょうて》を広《ひろ》げて立《た》ちふさがっているハリーをさけて、まっすぐにジニーをねらおうとしながらほえた。

「僕《ぼく》が公衆《こうしゅう》の面前《めんぜん》でやらないからといって――！」

ジニーは嘲《あざけ》るようにヒステリックに笑《わら》い、ハリーを押《お》しのけようとした。

「ピッグウィジョンにでもキスしてたの？　それともミュリエルおばさんの写真《しゃしん》を枕《まくら》の下《した》にでも入《い》れてるの？」

「こいつめ――」

オレンジ色《いろ》の閃光《せんこう》が、ハリーの左腕《ひだりうで》の下《した》を通《とお》り、わずかにジニーをそれた。ハリーはロンを壁《かべ》に押《お》しつけた。

「バカなことはやめろ――」

「ハリーはチョウ・チャンとキスしたわ！」

ジニーは今《いま》にも泣《な》きだしそうな声《こえ》で叫《さけ》んだ。

「それに、ハーマイオニーはビクトール・クラムとキスした。ロン、あなただけが、それが何《なん》だかいやらしいもののように振《ふ》る舞《ま》うのよ。あなたが十二歳《さい》の子供並《こどもな》みの経験《けいけん》しかないからだわ！」

その捨《す》てゼリフとともに、ジニーは嵐《あらし》のように荒《あ》れ狂《くる》って去《さ》っていった。ハリーはすぐにロンを放《はな》した。ロンは殺気立《さっきだ》っていた。二人《ふたり》は荒《あら》い息《いき》をしながら、そこに立《た》っていた。そこへフィルチの飼《か》い猫《ねこ》のミセス・ノリスが、物陰《ものかげ》から現《あらわ》れ、張《は》りつめた空気《くうき》を破《やぶ》った。

「行《い》こう」

フィルチが不格好《ぶかっこう》にドタドタ歩《ある》く足音《あしおと》が耳《みみ》に入《はい》ったので、ハリーが言《い》った。

二人《ふたり》は階段《かいだん》を上《のぼ》り、八階《かい》の廊下《ろうか》を急《いそ》いだ。

「おい、どけよ！」

ロンが小《ちい》さな女《おんな》の子《こ》をどなりつけると、女《おんな》の子《こ》はびっくり仰天《ぎょうてん》して飛《と》び上《あ》がり、ヒキガエルの卵《たまご》の瓶《びん》を落《お》とした。

ハリーはガラスの割《わ》れる音《おと》もほとんど気《き》づかなかった。右《みぎ》も左《ひだり》もわからなくなり、めまいがした。雷《かみなり》に撃《う》たれるというのは、きっとこんな感《かん》じなのだろう。ロンの妹《いもうと》だからなんだ、とハリーは自分《じぶん》に言《い》い聞《き》かせた。ディーンにキスしているところを見《み》たくなかったのは、単《たん》に、ジニーがロンの妹《いもうと》だからなんだ……。

しかし、頼《たの》みもしないのに、ある幻想《げんそう》がハリーの心《こころ》に忍《しの》び込《こ》んだ。あの同《おな》じ人気《ひとけ》のない廊下《ろうか》で、自分《じぶん》がジニーにキスしている……胸《むね》の怪物《かいぶつ》が満足《まんぞく》げにのどを鳴《な》らした……その時《とき》、ロンがタペストリーのカーテンを荒々《あらあら》しく開《あ》け、杖《つえ》を取《と》り出《だ》してハリーに向《む》かって叫《さけ》ぶ。「信頼《しんらい》を裏切《うらぎ》った」……「友達《ともだち》だと思《おも》ってたのに」……。

「ハーマイオニーはクラムにキスしたと思《おも》うか？」

「太《ふと》った婦人《レディ》」に近《ちか》づいたとき、唐突《とうとつ》にロンが問《と》いかけた。ハリーは後《うし》ろめたい気持《きも》ちでドキリとし、ロンが踏《ふ》み込《こ》む前《まえ》の廊下《ろうか》の幻想《げんそう》を追《お》い払《はら》った。ジニーと二人《ふたり》きりの廊下《ろうか》の幻想《げんそう》を――。

「えっ？」ハリーはぼうっとしたまま言《い》った。

「ああ……んー……」

正直《しょうじき》に答《こた》えれば「そう思《おも》う」だった。しかし、そうは言《い》いたくなかった。しかし、ロンは、ハリーの表情《ひょうじょう》から、最悪《さいあく》の事態《じたい》を察《さっ》したようだった。

「ディリグロウト」

ロンは暗《くら》い声《こえ》で「太《ふと》った婦人《レディ》」に言《い》った。そして二人《ふたり》は、肖像画《しょうぞうが》の穴《あな》を通《とお》り、談話室《だんわしつ》に入《はい》った。二人《ふたり》とも、ジニーのこともハーマイオニーのことも、二度《にど》と口《くち》にしなかった。事実《じじつ》その夜《よる》は、二人《ふたり》とも互《たが》いにほとんど口《くち》をきかず、それぞれの思《おも》いにふけりながら、だまってベッドに入《はい》った。ハリーは、長《なが》いこと目《め》がさえて、四本柱《ほんばしら》のベッドの天蓋《てんがい》を見《み》つめながら、ジニーへの感情《かんじょう》はまったく兄《あに》のようなものだと、自分《じぶん》を納得《なっとく》させようとした。この夏中《なつじゅう》、兄《あに》と妹《いもうと》のように暮《く》らしたではないか？　クィディッチをしたり、ロンをからかったり、ビルとヌラーのことで笑《わら》ったり。ハリーは何年《なんねん》も前《まえ》からジニーのことを知《し》っていた……保護者《ほごしゃ》のような気持《きも》ちになるのは、自然《しぜん》なことだ……ジニーのために目《め》を光《ひか》らせたくなるのは当然《とうぜん》だ……ジニーにキスしたことで、ディーンの手足《てあし》をバラバラに引《ひ》き裂《さ》いてやりたいのも……いや、だめだ……兄《あに》としてのそういう特別《とくべつ》の感情《かんじょう》を、抑制《よくせい》しなければ……。

ロンがブーッと大《おお》きくいびきをかいた。

ジニーはロンの妹《いもうと》だ。ハリーはしっかり自分《じぶん》に言《い》い聞《き》かせた。ロンの妹《いもうと》なんだ。近《ちか》づいてはいけない人《ひと》だ。どんなことがあっても、自分《じぶん》はロンとの友情《ゆうじょう》を危険《きけん》にさらしはしないだろう。ハリーは枕《まくら》をたたいてもっと心地《ここち》よい形《かたち》に整《ととの》え、自分《じぶん》の想《おも》いがジニーの近《ちか》くに迷《まよ》い込《こ》まないように必死《ひっし》に努力《どりょく》しながら、眠気《ねむけ》が襲《おそ》うのを待《ま》った。

次《つぎ》の朝目《あさめ》が覚《さ》めたとき、ハリーは少《すこ》しぼうっとしていた。ロンがビーターの棍棒《こんぼう》を持《も》ってハリーを追《お》いかけてくる一連《いちれん》の夢《ゆめ》を見《み》て、頭《あたま》が混乱《こんらん》していたが、昼《ひる》ごろには、夢《ゆめ》のロンと現実《げんじつ》のロンを取《と》り替《か》えられたらいいのに、と思《おも》うようになっていた。

ロンはジニーとディーンを冷《つめ》たく無視《むし》したばかりでなく、ハーマイオニーをも氷《こおり》のように冷《つめ》たい意地悪《いじわる》さで無視《むし》し、ハーマイオニーはわけがわからず傷《きず》ついた。その上《うえ》、ロンは一夜《いちや》にして平《へい》均的《きんてき》な「尻尾爆発《しっぽばくはつ》スクリュート」のようになり、爆発寸前《ばくはつすんぜん》で、今《いま》にもしっぽで打《う》ちかかってきそうだった。

ハリーは、ロンとハーマイオニーを仲《なか》なおりさせようと、一日中努力《いちにちじゅうどりょく》したがむだだった。とうとう、ハーマイオニーは、いたく憤慨《ふんがい》して寝室《しんしつ》へと去《さ》り、ロンは、自分《じぶん》に目《め》をつけたと言《い》って、おびえる一年生《ねんせい》の何人《なんにん》かをどなりつけて悪態《あくたい》をついた末《すえ》、肩《かた》を怒《いか》らせて男子寮《だんしりょう》に歩《ある》いていった。

ロンの攻撃性《こうげきせい》が数日《すうじつ》たっても治《おさ》まらなかったのには、ハリーも愕然《がくぜん》とした。さらに悪《わる》いことに、時《とき》を同《おな》じくしてキーパーとしての技術《ぎじゅつ》が一段《いちだん》と落《お》ち込《こ》み、ロンはますます攻撃的《こうげきてき》になった。

土曜日《どようび》の試合《しあい》を控《ひか》えた最後《さいご》のクィディッチの練習《れんしゅう》では、チェイサーがロンめがけて放《はな》つゴールシュートを、一つとして防《ふせ》げなかった。それなのに誰《だれ》かれかまわず大声《おおごえ》でどなりつけ、とうとうデメルザ・ロビンズを泣《な》かせてしまった。

「だまれよ。デメルザをかまうな！」

ピークスが叫《さけ》んだ。ロンの背丈《せたけ》の三分《ぶん》の二しかなくとも、ピークスにはもちろん重《おも》い棍棒《こんぼう》があった。

「**いいかげんにしろ!**」

ハリーが声《こえ》を張《は》り上《あ》げた。ジニーがロンの方向《ほうこう》をにらみつけているのを見《み》たハリーは、ジニーが「コウモリ鼻糞《はなくそ》の呪《のろ》い」の達人《たつじん》だという評判《ひょうばん》を思《おも》い出《だ》し、手《て》に負《お》えない結果《けっか》になる前《まえ》にと、飛《と》び上《あ》がって間《あいだ》に入《はい》った。

「ピークス、戻《もど》ってブラッジャーをしまってくれ。デメルザ、しっかりしろ、今日《きょう》のプレーはとてもよかったぞ。ロン……」

ハリーは、ほかの選手《せんしゅ》が声《こえ》の届《とど》かない所《ところ》まで行《い》くのを待《ま》ってから、言葉《ことば》を続《つづ》けた。

「君《きみ》は僕《ぼく》の親友《しんゆう》だ。だけどほかのメンバーにあんなふうな態度《たいど》を取《と》り続《つづ》けるなら、僕《ぼく》は君《きみ》をチームから追《お》い出《だ》す」

一瞬《いっしゅん》ハリーは、ロンが自分《じぶん》をなぐるのではないかと本気《ほんき》でそう思《おも》った。しかし、もっと悪《わる》いことが起《お》こった。ロンは箒《ほうき》の上《うえ》にぺちゃっとつぶれたように見《み》えた。闘志《とうし》がすっかり消《き》え失《う》せていた。

「僕《ぼく》、やめる。僕《ぼく》って最低《さいてい》だ」

「君《きみ》は最低《さいてい》なんかじゃないし、やめない!」

ハリーはロンの胸《むな》ぐらをつかんで激《はげ》しい口調《くちょう》で言《い》った。

「好調《こうちょう》なときは、君《きみ》は何《なん》だって止《と》められる。精神《せいしん》の問題《もんだい》だ！」

「僕《ぼく》のこと、弱虫《よわむし》だって言《い》うのか？」

「ああ、そうかもしれない！」

一瞬《いっしゅん》、二人《ふたり》はにらみ合《あ》った。そして、ロンがつかれたように頭《かぶり》を振《ふ》った。

「別《べつ》なキーパーを見《み》つける時間《じかん》がないことはわかってる。だから、明日《あす》はプレーするよ。だけど、もし負《ま》けたら、それに負《ま》けるに決《き》まってるけど、僕《ぼく》はチームから身《み》を引《ひ》く」

ハリーが何《なん》と言《い》っても事態《じたい》は変《か》わらなかった。夕食《ゆうしょく》の間中《あいだじゅう》、ハリーはロンの自信《じしん》を高《たか》めようと努力《どりょく》したが、ロンはハーマイオニーに意地《いじ》の悪《わる》い不機嫌《ふきげん》な態度《たいど》を取《と》ることに忙《いそが》しくて、気《き》づいてくれなかった。

ハリーはその晩《ばん》、談話室《だんわしつ》でもがんばったが、ロンがチームを抜《ぬ》けたらチーム全体《ぜんたい》が落胆《らくたん》するだろうというハリーの説《せつ》もどうやらあやしくなってきた。ほかの選手《せんしゅ》たちが部屋《へや》の隅《すみ》に集合《しゅうごう》して、まちがいなくロンについてブツブツ文句《もんく》を言《い》い、険悪《けんあく》な目《め》つきでロンを見《み》たりしていたのだ。

とうとうハリーは、今度《こんど》は怒《おこ》ってみて、ロンを挑発《ちょうはつ》しようとした。闘争心《とうそうしん》に火《ひ》をつけ、うまくいけばゴールを守《まも》れる態度《たいど》にまで持《も》っていこうとしたのだが、この戦略《せんりゃく》も、激励《げきれい》より効果《こうか》が上《あ》がったようには見《み》えなかった。ロンは相変《あいか》わらず絶望《ぜつぼう》し、しょげきって寝室《しんしつ》に戻《もど》った。

ハリーは、長《なが》いこと暗《くら》い中《なか》で目《め》を開《あ》けていた。来《きた》るべき試合《しあい》に負《ま》けたくなかった。キャプテンとして最初《さいしょ》の試合《しあい》だからということだけではない。ドラコ・マルフォイへの疑惑《ぎわく》をまだ証明《しょうめい》することはできなかったが、せめてクィディッチでは、マルフォイを絶対《ぜったい》打《う》ち破《やぶ》ると決心《けっしん》していたからだ。しかし、ロンのプレーがここ数回《すうかい》の練習《れんしゅう》と同《おな》じ調子《ちょうし》なら、勝利《しょうり》の可能性《かのうせい》は非常《ひじょう》に低《ひく》い……。

何《なに》かロンの気持《きも》ちを引《ひ》き立《た》たせるものがありさえすれば……絶好調《ぜっこうちょう》でプレーさせることができれば……ロンにとってほんとうにいい日《ひ》なのだと保証《ほしょう》する何《なに》かがあれば……。

すると、その答《こた》えが、一発《いっぱつ》で、急《きゅう》に輝《かがや》かしい啓示《けいじ》となってひらめいた。

次《つぎ》の日《ひ》の朝食《ちょうしょく》は、例《れい》によって前哨戦《ぜんしょうせん》だった。スリザリン生《せい》はグリフィンドール・チームの選手《せんしゅ》が大広間《おおひろま》に入《はい》ってくるたびに、一人一人《ひとりひとり》にヤジとブーイングを浴《あ》びせた。ハリーが天井《てんじょう》をちらりと見《み》ると、晴《は》れた薄青《うすあお》の空《そら》だ。幸先《さいさき》がいい。

グリフィンドールのテーブルは赤《あか》と金色《きんいろ》の塊《かたまり》となって、ハリーとロンが近《ちか》づくのを歓声《かんせい》で迎《むか》えた。ハリーはニヤッと笑《わら》って手《て》を振《ふ》ったが、ロンは弱々《よわよわ》しく顔《かお》をしかめ、頭《かぶり》を振《ふ》った。

「元気《げんき》を出《だ》して、ロン！」ラベンダーが遠《とお》くから声《こえ》をかけた。

「あなた、きっとすばらしいわ！」

ロンはラベンダーを無視《むし》した。

「紅茶《こうちゃ》か？」ハリーがロンに聞《き》いた。「コーヒーか？　かぼちゃジュースか？」

「何《なん》でもいい」

ロンはむっつりとトーストを一口《ひとくち》かみ、ふさぎ込《こ》んで言《い》った。

数分後《すうふんご》にハーマイオニーがやってきた。ロンの最近《さいきん》のふゆかいな行動《こうどう》に、すっかりいや気《け》が差《さ》したハーマイオニーは、二人《ふたり》とは別《べつ》に朝食《ちょうしょく》に下《お》りてきたのだが、テーブルに着《つ》く途中《とちゅう》で足《あし》を止《と》めた。

「二人《ふたり》とも、調子《ちょうし》はどう？」ロンの後頭部《こうとうぶ》を見《み》ながら、ハーマイオニーが遠慮《えんりょ》がちに聞《き》いた。

「いいよ」

ハリーは、ロンにかぼちゃジュースのグラスを渡《わた》すほうに気《き》を取《と》られながら、そう答《こた》えた。

「ほら、ロン、飲《の》めよ」

ロンはグラスを口元《くちもと》に持《も》っていった。その時《とき》ハーマイオニーが鋭《するど》い声《こえ》を上《あ》げた。

「ロン、それ飲《の》んじゃダメ！」

ハリーもロンも、ハーマイオニーを見上《みあ》げた。

「どうして？」ロンが聞《き》いた。

ハーマイオニーは、自分《じぶん》の目《め》が信《しん》じられないという顔《かお》で、ハリーをまじまじと見《み》ていた。

「あなた、今《いま》、その飲《の》み物《もの》に何《なに》か入《い》れたわ」

「何《なん》だって？」ハリーが問《と》い返《かえ》した。

「聞《き》こえたはずよ。私見《わたしみ》たわよ。ロンの飲《の》み物《もの》に、今《いま》、何《なに》か注《そそ》いだわ。今《いま》、手《て》にその瓶《びん》を持《も》っているはずよ！」

「何《なに》を言《い》ってるのかわからないな」

ハリーは、急《いそ》いで小《ちい》さな瓶《びん》をポケットにしまいながら言《い》った。

「ロン、危《あぶ》ないわ。それを飲《の》んじゃダメ！」

ハーマイオニーが、警戒《けいかい》するようにまた言《い》った。しかしロンは、グラスを取《と》り上《あ》げて一気《いっき》に飲《の》み干《ほ》した。

「ハーマイオニー、僕《ぼく》に命令《めいれい》するのはやめてくれ」

ハーマイオニーはなんて破廉恥《はれんち》なという顔《かお》をしてかがみ込《こ》み、ハリーにだけ聞《き》こえるようにささやき声《ごえ》で非難《ひなん》した。

「あなた、退校処分《たいこうしょぶん》になるべきだわ。ハリー、あなたがそんなことする人《ひと》だとは思《おも》わなかったわ！」

「自分《じぶん》のことは棚《たな》に上《あ》げて」ハリーがささやき返《かえ》した。

「最近誰《さいきんだれ》かさんを『錯乱《さくらん》』させやしませんでしたか？」

ハーマイオニーは、荒々《あらあら》しく二人《ふたり》から離《はな》れて、席《せき》に着《つ》いた。ハリーはハーマイオニーが去《さ》っていくのを見《み》ても後悔《こうかい》しなかった。クィディッチがいかに真剣勝負《しんけんしょうぶ》であるかを、ハーマイオニーは心《こころ》から理解《りかい》したことがないんだ。それからハリーは、舌《した》なめずりしているロンに顔《かお》を向《む》けた。

「そろそろ時間《じかん》だ」ハリーは快活《かいかつ》に言《い》った。

競技場《きょうぎじょう》に向《む》かう二人《ふたり》の足元《あしもと》で、凍《こお》りついた草《くさ》が音《おと》を立《た》てた。

「こんなにいい天気《てんき》なのは、ラッキーだな、え？」ハリーがロンに声《こえ》をかけた。

「ああ」ロンは半病人《はんびょうにん》のような青《あお》い顔《かお》で答《こた》えた。

ジニーとデメルザは、もうクィディッチのユニフォームに着替《きが》え、更衣室《こういしつ》で待機《たいき》していた。

「最高《さいこう》のコンディションだわ」ジニーがロンを無視《むし》して言《い》った。

「それに、何《なに》があったと思《おも》う？　あのスリザリンのチェイサーのベイジー――きのう練習中《れんしゅうちゅう》に、頭《あたま》にブラッジャーを食《く》らって、痛《いた》くてプレーできないんですって！　それに、もっといいことがあるの――マルフォイも病気《びょうき》で休場《きゅうじょう》！」

「何《なん》だって？」

ハリーはいきなり振《ふ》り向《む》いてジニーを見《み》つめた。

「あいつが、病気《びょうき》？　どこが悪《わる》いんだ？」

「さあね。でも私《わたし》たちにとってはいいことだわ」ジニーが明《あか》るく言《い》った。

「向《む》こうは、かわりにハーパーがプレーする。私《わたし》と同学年《どうがくねん》で、あいつ、バカよ」

ハリーはあいまいに笑《わら》いを返《かえ》したが、真紅《しんく》のユニフォームに着替《きが》えながら、心《こころ》はクィディッチからまるで離《はな》れていた。マルフォイは前《まえ》にけがを理由《りゆう》にプレーできないと主張《しゅちょう》したことがあった。あの時《とき》は、全試合《ぜんしあい》のスケジュールがスリザリンに有利《ゆうり》になるように変更《へんこう》されるのをねらったものだった。今度《こんど》は、なぜ代理《だいり》を立《た》てても満足《まんぞく》なのだろう？　ほんとうに病気《びょうき》なのか、それとも仮病《けびょう》なのか？

「あやしい、だろ？」ハリーは声《こえ》をひそめてロンに言《い》った。

「マルフォイがプレーしないなんて」

「僕《ぼく》ならラッキー、と言《い》うね」ロンは少《すこ》し元気《げんき》になったようだった。

「それにベイジーも休場《きゅうじょう》だ。あっちのチームの得点王《とくてんおう》だぜ。僕《ぼく》はあいつと対抗《たいこう》したいとは――おい！」

キーパーのグローブを着ける途中《とちゅう》で、ロンは急《きゅう》に動《うご》きを止《と》め、ハリーをじっと見《み》た。

「何《なん》だ？」

「僕《ぼく》……君《きみ》……」

ロンは声《こえ》を落《お》とし、怖《こわ》さと興奮《こうふん》とが入《い》りまじった顔《かお》をした。

「僕《ぼく》の飲《の》み物《もの》……かぼちゃジュース……君《きみ》、もしや……？」

ハリーは眉《まゆ》を吊《つ》り上《あ》げただけで、それには答《こた》えず、こう言《い》った。

「あと五分《ふん》ほどで試合開始《しあいかいし》だ。ブーツをはいたほうがいいぜ」

選手《せんしゅ》は、歓声《かんせい》とブーイングの湧《わ》き上《あ》がる競技場《きょうぎじょう》に進《すす》み出《で》た。スタンドの片側《かたがわ》は赤《あか》と金色一色《きんいろいっしょく》、反対側《はんたいがわ》は一面《いちめん》の緑《みどり》と銀色《ぎんいろ》だった。ハッフルパフ生《せい》とレイブンクロー生《せい》の多《おお》くも、どちらかに味方《みかた》した。叫《さけ》び声《ごえ》と拍手《はくしゅ》の最中《さなか》、ルーナ・ラブグッドの有名《ゆうめい》な獅子頭帽子《ししがしらぼうし》の咆哮《ほうこう》が、ハリーにははっきりと聞《き》き取《と》れた。

ハリーは、ボールを木箱《きばこ》から放《はな》す用意《ようい》をして待《ま》っているレフェリーのマダム・フーチの所《ところ》へ進《すす》んだ。

「キャプテン、握手《あくしゅ》」

マダム・フーチが言《い》った。ハリーは新《あたら》しいスリザリンのキャプテン、ウルクハートに片手《かたて》を握《にぎ》りつぶされた。

「箒《ほうき》に乗《の》って。ホイッスルの合図《あいず》で……三――二――一……」

ホイッスルが鳴《な》り、ハリーも選手《せんしゅ》たちも凍《こお》った地面《じめん》を強《つよ》くけった。試合開始《しあいかいし》だ。

ハリーは競技場《きょうぎじょう》の円周《えんしゅう》を回《まわ》るように飛《と》び、スニッチを探《さが》しながら、ずっと下《した》をジグザグに飛《と》んでいるハーパーを監視《かんし》した。すると、いつもの解説者《かいせつしゃ》とは水《みず》と油《あぶら》ほどに不調和《ふちょうわ》な声《こえ》が聞《き》こえてきた。

「さあ、始《はじ》まりました。今年《ことし》ポッターが組織《そしき》したチームには、我々全員《われわれぜんいん》が驚《おどろ》いたと思《おも》います。ロナルド・ウィーズリーは去年《きょねん》、キーパーとしてむらがあったので、多《おお》くの人《ひと》がロンはチームからはずされると思《おも》ったわけですが、もちろん、キャプテンとの個人的《こじんてき》な友情《ゆうじょう》が役《やく》に立《た》ちました……」

解説《かいせつ》の言葉《ことば》は、スリザリン側《がわ》からのヤジと拍手《はくしゅ》で迎《むか》えられた。ハリーは箒《ほうき》から首《くび》を伸《の》ばし、解説者《かいせつしゃ》の演台《えんだい》を見《み》た。やせて背《せ》の高《たか》い、鼻《はな》がつんと上《うえ》を向《む》いたブロンドの青年《せいねん》がそこに立《た》ち、かつてはリー・ジョーダンの物《もの》だった魔法《まほう》のメガホンに向《む》かってしゃべっていた。ハッフルパフの選手《せんしゅ》で、ハリーが心底嫌《しんそこきら》いなザカリアス・スミスだとわかった。

「あ、スリザリンが最初《さいしょ》のゴールをねらいます。ウルクハートが競技場《きょうぎじょう》を矢《や》のように飛《と》んでいきます。そして――」

ハリーの胃《い》がひっくり返《かえ》った。

「――ウィーズリーがセーブしました。まあ、時《とき》にはラッキーなこともあるでしょう。たぶん……」

「そのとおりだ、スミス。ラッキーさ」

ハリーはひとりでニヤニヤしながらつぶやき、チェイサーたちの間《あいだ》に飛《と》び込《こ》んで、逃《に》げ足《あし》の速《はや》いスニッチの手《て》がかりを探《さが》してあたりに目《め》を配《くば》った。

ゲーム開始後《かいしご》三十分《ぷん》がたち、グリフィンドールは六十対《たい》ゼロでリードしていた。ロンはほんとうに目《め》を見張《みは》るような守《まも》りを何度《なんど》も見《み》せ、何回《なんかい》かはグローブのほんの先端《せんたん》で守《まも》ったこともあった。そしてジニーはグリフィンドールの六回《かい》のゴールシュート中《ちゅう》、四回《かい》を得点《とくてん》していた。これでザカリアスは、ウィーズリー兄妹《きょうだい》がハリーのえこひいきのおかげでチームに入《はい》ったのではないかと、声高《こわだか》に言《い》うことが事実上《じじつじょう》できなくなり、かわりにピークスとクートを槍玉《やりだま》に挙《あ》げだした。

「もちろん、クートはビーターとしての普通《ふつう》の体型《たいけい》とは言《い》えません」

ザカリアスは高慢《こうまん》ちきに言《い》った。

「ビーターたるものは普通《ふつう》もっと筋肉《きんにく》が――」

「あいつにブラッジャーを打《う》ってやれ！」

クートがそばを飛《と》び抜《ぬ》けたとき、ハリーが声《こえ》をかけたが、クートはニヤリと笑《わら》って、次《つぎ》のブラッジャーで、ちょうどハリーとすれちがったハーパーをねらった。ブラッジャーが標的《ひょうてき》に当《あ》たったことを意味《いみ》するゴツンという鈍《にぶ》い音《おと》を聞《き》いて、ハリーは喜《よろこ》んだ。

グリフィンドールは破竹《はちく》の勢《いきお》いだった。続《つづ》けざまに得点《とくてん》し、競技場《きょうぎじょう》の反対側《はんたいがわ》ではロンが続《つづ》けざまに、いとも簡単《かんたん》にゴールをセーブした。今《いま》やロンは笑顔《えがお》になっていた。特《とく》に見事《みごと》なセーブは、観衆《かんしゅう》があのお気《き》に入《い》りの応援歌《おうえんか》「♪ウィーズリーは我《わ》が王者《おうじゃ》」のコーラスで迎《むか》え、ロンは高《たか》い所《ところ》から指揮《しき》するまねをした。

「あいつは今日《きょう》、自分《じぶん》が特別《とくべつ》だと思《おも》っているようだな？」

意地《いじ》の悪《わる》い声《こえ》がして、ハリーは危《あや》うく箒《ほうき》からたたき落《お》とされそうになった。ハーパーが故意《こい》にハリーに体当《たいあ》たりしたのだ。

「おまえのダチ、血《ち》を裏切《うらぎ》る者《もの》め……」

マダム・フーチは背中《せなか》を向《む》けていた。下《した》でグリフィンドール生《せい》が怒《おこ》って叫《さけ》んだが、マダム・フーチが振《ふ》り返《かえ》ってハーパーを見《み》たときには、とっくに飛《と》び去《さ》ってしまっていた。ハリーは肩《かた》の痛《いた》みをこらえて、ハーパーのあとを追《お》いかけた。ぶつかり返《かえ》してやる……。

「さあ、スリザリンのハーパー、スニッチを見《み》つけたようです！」

ザカリアス・スミスがメガホンを通《とお》してしゃべった。

「そうです。まちがいなく、ポッターが見《み》ていない何《なに》かを見《み》ました！」

スミスはまったくアホだ、とハリーは思《おも》った。二人《ふたり》が衝突《しょうとつ》したのに気《き》づかなかったのか？　しかし次《つぎ》の瞬間《しゅんかん》、ハリーは自分《じぶん》の胃袋《いぶくろ》が空《そら》から落下《らっか》したような気《き》がした――スミスが正《ただ》しくてハリーがまちがっていた。ハーパーは、やみくもに飛《と》ばしていたわけではなかった。ハリーが見《み》つけられなかった物《もの》を見《み》つけたのだ。スニッチは、二人《ふたり》の頭上《ずじょう》の真《ま》っ青《さお》に澄《す》んだ空《そら》に、まぶしく輝《かがや》きながら高々《たかだか》と飛《と》んでいた。

ハリーは加速《かそく》した。風《かぜ》が耳元《みみもと》でヒューヒューと鳴《な》り、スミスの解説《かいせつ》も観衆《かんしゅう》の声《こえ》もかき消《け》してしまった。しかしハーパーはまだハリーの先《さき》を飛《と》び、グリフィンドールはまだ百点《てん》しか先行《せんこう》していない。ハーパーが先《さき》に目標《もくひょう》に着《つ》けば、グリフィンドールは負《ま》ける……そして今《いま》、ハーパーは目《もく》標《ひょう》まであと数十《すう》センチと迫《せま》り、手《て》を伸《の》ばした……。

「おい、ハーパー！」ハリーは夢中《むちゅう》で叫《さけ》んだ。

「マルフォイは君《きみ》が代理《だいり》で来《く》るのに、いくら払《はら》った？」

なぜそんなことを口走《くちばし》ったのか、ハリーは自分《じぶん》でもわからなかったが、ギクリとしたハーパーは、スニッチをつかみそこね、指《ゆび》の間《あいだ》をすり抜《ぬ》けたスニッチを飛《と》び越《こ》してしまった。そしてハリーは、パタパタ羽《は》ばたく小《ちい》さな球《たま》めがけて腕《うで》を大《おお》きく振《ふ》り、キャッチした。

「**やった！**」

ハリーが叫《さけ》んだ。スニッチを高々《たかだか》と掲《かか》げ、ハリーは矢《や》のように地上《ちじょう》へと飛《と》んだ。状況《じょうきょう》がわかったとたん、観衆《かんしゅう》から大歓声《だいかんせい》が湧《わ》き起《お》こり、試合終了《しあいしゅうりょう》を告《つ》げるホイッスルがほとんど聞《き》こえないほどだった。

「ジニー、どこに行《い》くんだ？」ハリーが叫《さけ》んだ。

選手《せんしゅ》たちが空中《くうちゅう》で塊《かたまり》になって抱《だ》きつき合《あ》い、ハリーが身動《みうご》きできないでいると、ジニーだけがそこを通《とお》り越《こ》して飛《と》んでいった。そして大音響《だいおんきょう》とともに、ジニーは解説者《かいせつしゃ》の演台《えんだい》に突《つ》っ込《こ》んだ。観衆《かんしゅう》が悲鳴《ひめい》を上《あ》げ、大笑《おおわら》いする中《なか》、グリフィンドール・チームが壊《こわ》れた演台《えんだい》の脇《わき》に着地《ちゃくち》してみると、木《こ》っ端微塵《ぱみじん》の下敷《したじ》きになって、ザカリアスが弱々《よわよわ》しく動《うご》いていた。カンカンに怒《おこ》ったマクゴナガル先生《せんせい》に、ジニーがけろりと答《こた》える声《こえ》がハリーの耳《みみ》に聞《き》こえてきた。

「ブレーキをかけ忘《わす》れちゃって。すみません、先生《せんせい》」

ハリーは笑《わら》いながら選手《せんしゅ》たちから離《はな》れ、ジニーを抱《だ》きしめた。しかしすぐに放《はな》し、ジニーのまなざしをさけながら、かわりに、歓声《かんせい》を上《あ》げているロンの背中《せなか》をバンとたたいた。仲間割《なかまわ》れをすべて水《みず》に流《なが》したグリフィンドール・チームは、腕《うで》を組《く》み拳《こぶし》を突《つ》き上《あ》げて、サポーターに手《て》を振《ふ》りながら競技場《きょうぎじょう》から退出《たいしゅつ》した。

更衣室《こういしつ》はお祭《まつ》り気分《きぶん》だった。

「談話室《だんわしつ》でパーティだ！　シェーマスがそう言《い》ってた！」ディーンが嬉々《きき》として叫《さけ》んだ。

「行《い》こう、ジニー！　デメルザ！」

ロンとハリーの二人《ふたり》が、最後《さいご》に更衣室《こういしつ》に残《のこ》った。外《そと》に出《で》ようとしたちょうどその時《とき》、ハーマイオニーが入《はい》ってきた。両手《りょうて》でグリフィンドールのスカーフをねじりながら、困惑《こんわく》した、しかしきっぱり決心《けっしん》した顔《かお》だった。

「ハリー、お話《はなし》があるの」ハーマイオニーが大《おお》きく息《いき》を吸《す》った。

「あなた、やってはいけなかったわ。スラグホーンの言《い》ったことを聞《き》いたはずよ。違法《いほう》だわ」

「どうするつもりなんだ？　僕《ぼく》たちを突《つ》き出《だ》すのか？」ロンが詰《つ》め寄《よ》った。

「二人《ふたり》ともいったい何《なん》の話《はなし》だ？」

ニヤリ笑《わら》いを二人《ふたり》に見《み》られないように、背中《せなか》を向《む》けたままユニフォームをかけながら、ハリーが言《い》った。

「何《なん》の話《はなし》か、あなたにははっきりわかっているはずよ！」

ハーマイオニーがかん高《だか》い声《こえ》を上《あ》げた。

「朝食《ちょうしょく》のとき、ロンのジュースに幸運《こううん》の薬《くすり》を入《い》れたでしょう！『フェリックス・フェリシス』よ！」

「入《い》れてない」ハリーは二人《ふたり》に向《む》きなおった。

「入《い》れたわ、ハリー。それだから何《なに》もかもラッキーだったのよ。スリザリンの選手《せんしゅ》は欠場《けつじょう》するし、ロンは全部《ぜんぶ》セーブするし！」

「僕《ぼく》は入《い》れてない！」

ハリーは、今度《こんど》は大《おお》きくニヤリと笑《わら》った。上着《うわぎ》のポケットに手《て》を入《い》れ、ハリーは、今朝《けさ》ハーマイオニーが自分《じぶん》の手中《しゅちゅう》にあるのを目撃《もくげき》したはずの、小《ちい》さな瓶《びん》を取《と》り出《だ》した。金色《きんいろ》の水薬《みずぐすり》がたっぷりと入《はい》っていて、コルク栓《せん》はしっかりろうづけされたままだった。

「僕《ぼく》が入《い》れたと、ロンに思《おも》わせたかったんだ。だから、君《きみ》が見《み》ている時《とき》を見計《みはか》らって、入《い》れるふりをした」

ハリーはロンを見《み》た。

「ラッキーだと思《おも》い込《こ》んで、君《きみ》は全部《ぜんぶ》セーブした。すべて君自身《きみじしん》がやったことなんだ」

ハリーは薬《くすり》をポケットに戻《もど》した。

「僕《ぼく》のかぼちゃジュースには、ほんとうに何《なに》も入《はい》ってなかったのか？」ロンがあぜんとして言《い》った。

「だけど天気《てんき》はよかったし……それにベイジーはプレーできなかったし……僕《ぼく》、ほんとのほんとに、幸運薬《こううんやく》を盛《も》られなかったの？」

ハリーは入《い》れていないと首《くび》を振《ふ》った。ロンは一瞬《いっしゅん》ポカンと口《くち》を開《あ》け、それからハーマイオニーを振《ふ》り返《かえ》って声色《こわいろ》をまねた。

「ロンのジュースに、今朝《けさ》『フェリックス・フェリシス』を入《い》れたでしょう。それだから、ロンは全部《ぜんぶ》セーブしたのよ！　どうだ！　ハーマイオニー、助《たす》けなんかなくたって、僕《ぼく》はゴールを守《まも》れるんだ！」

「あなたができないなんて、一度《いちど》も言《い》ってないわ――ロン、あなただって、薬《くすり》を入《い》れられたと思《おも》ったじゃない！」

しかしロンはもう、ハーマイオニーの前《まえ》を大股《おおまた》で通《とお》り過《す》ぎ、箒《ほうき》を担《かつ》いで出《で》ていってしまった。

「えーっと」

突然訪《とつぜんおとず》れた沈黙《ちんもく》の中《なか》で、ハリーが言《い》った。こんなふうに裏目《うらめ》に出《で》るとは思《おも》いもよらなかった。

「じゃ……それじゃ、パーティに行《い》こうか？」

「行《い》けばいいわ！」

ハーマイオニーは瞬《まばた》きして涙《なみだ》をこらえながら言《い》った。

「ロンなんて、私《わたし》、**もううんざり**。私《わたし》がいったい何《なに》をしたって言《い》うの……」

そしてハーマイオニーも、嵐《あらし》のように更衣室《こういしつ》から出《で》ていった。

ハリーは人混《ひとご》みの中《なか》を重《おも》い足取《あしど》りで城《しろ》に向《む》かった。校庭《こうてい》を行《い》く大勢《おおぜい》の人《ひと》が、ハリーに祝福《しゅくふく》の言葉《ことば》をかけた。しかし、ハリーは虚脱感《きょだつかん》に襲《おそ》われていた。ロンが試合《しあい》に勝《か》てば、ハーマイオニーとの仲《なか》はたちまち戻《もど》るだろうと信《しん》じきっていた。ハーマイオニーは、いったい何《なに》をしたかと聞《き》いたが、ビクトール・クラムとキスしたからロンが怒《おこ》っているのだと、どうやって説明《せつめい》すればいいのか見当《けんとう》もつかなかった。何《なに》しろその罪《つみ》を犯《おか》したのは、ずっと昔《むかし》のことなのだ。


ハリーが到着《とうちゃく》したとき、グリフィンドールの祝賀《しゅくが》パーティは宴《えん》もたけなわだったが、ハリーはハーマイオニーの姿《すがた》を見《み》つけることができなかった。ハリーの登場《とうじょう》で、新《あら》たに歓声《かんせい》と拍手《はくしゅ》が湧《わ》き、ハリーはたちまち、祝《いわ》いの言葉《ことば》を述《の》べる群集《ぐんしゅう》に囲《かこ》まれてしまった。試合《しあい》の様子《ようす》を逐一《ちくいち》聞《き》きたがるクリービー兄弟《きょうだい》を振《ふ》りきったり、ハリーのどんなつまらない話《はなし》にも笑《わら》ったりまつげをパチパチさせたりする大勢《おおぜい》の女《おんな》の子《こ》たちに囲《かこ》まれてしまったりで、ロンを見《み》つけるまでに時間《じかん》がかかった。スラグホーンのクリスマス・パーティに一緒《いっしょ》に行《い》きたいと、しつこくほのめかすロミルダ・ベインをやっと振《ふ》り払《はら》い、人混《ひとご》みをかき分《わ》けて飲《の》み物《もの》のテーブルのほうに行《い》こうとしていたハリーは、ジニーにばったり出会《であ》った。ピグミーパフのアーノルドを肩《かた》にのせ、足元《あしもと》ではクルックシャンクスが、期待顔《きたいがお》で鳴《な》いている。

「ロンを探《さが》してるの？」

ジニーはわが意《い》を得《え》たりとばかりニヤニヤしている。

「あそこよ、あのいやらしい偽善者《ぎぜんしゃ》」

ハリーはジニーが指《さ》した部屋《へや》の隅《すみ》を見《み》た。そこに、部屋中《へやじゅう》から丸見《まるみ》えになって、ロンがラベンダー・ブラウンと、どの手《て》がどちらの手《て》かわからないほど密接《みっせつ》にからみ合《あ》って立《た》っていた。

「ラベンダーの顔《かお》を食《た》べてるみたいに見《み》えない？」ジニーは冷静《れいせい》そのものだった。「でもロンは、テクニックを磨《みが》く必要《ひつよう》があるわね。いい試合《しあい》だったわ、ハリー」

ジニーはハリーの腕《うで》を軽《かる》くたたいた。ハリーは胃《い》の中《なか》が急《きゅう》にザワーッと騒《さわ》ぐのを感《かん》じた。しかし、ジニーはバタービールのおかわりをしにいってしまった。クルックシャンクスが黄色《きいろ》い目《め》をアーノルドから離《はな》さずに、後《うし》ろからトコトコついていった。

ハリーは、すぐには顔《かお》を現《あらわ》しそうにないロンから目《め》を離《はな》した。ちょうどその時《とき》、肖像画《しょうぞうが》の穴《あな》が閉《し》まった。そこから豊《ゆた》かな栗色《くりいろ》の髪《かみ》がすっと消《き》えるのを見《み》たような気《き》がして、ハリーは気持《きも》ちが沈《しず》んだ。

ロミルダ・ベインをまたまたかわし、ハリーはすばやく前進《ぜんしん》して「太《ふと》った婦人《レディ》」の肖像画《しょうぞうが》を押《お》し開《あ》けた。外《そと》の廊下《ろうか》は誰《だれ》もいないように見《み》えた。

「ハーマイオニー？」

鍵《かぎ》のかかっていない最初《さいしょ》の教室《きょうしつ》で、ハリーはハーマイオニーを見《み》つけた。さえずりながらハーマイオニーの頭《あたま》の周《まわ》りに小《ちい》さな輪《わ》を作《つく》っている黄色《きいろ》い小鳥《ことり》たちのほかは、誰《だれ》もいない教室《きょうしつ》で、ぽつんと先生《せんせい》の机《つくえ》に腰《こし》かけていた。今《いま》しがた創《つく》り出《だ》した小鳥《ことり》にちがいない。こんな時《とき》にこれだけの呪文《じゅもん》を使《つか》うハーマイオニーに、ハリーはほとほと感心《かんしん》した。

「ああ、ハリー、こんばんは」

ハーマイオニーの声《こえ》は、今《いま》にも壊《こわ》れそうだった。

「ちょっと練習《れんしゅう》していたの」

「うん……小鳥《ことり》たち……あの……とってもいいよ……」ハリーが言《い》った。

ハリーは、何《なん》と言葉《ことば》をかけていいやらわからなかった。ハーマイオニーがロンに気《き》づかずに、パーティがあまり騒々《そうぞう》しいから出《で》てきただけという可能性《かのうせい》はあるだろうか、とハリーが考《かんが》えていたその時《とき》、ハーマイオニーが不自然《ふしぜん》に高《たか》い声《こえ》で言《い》った。

「ロンは、お祝《いわ》いを楽《たの》しんでるみたいね」

「あー……そうかい？」ハリーが言《い》った。

「ロンを見《み》なかったようなふりはしないで」ハーマイオニーが言《い》った。

「あの人《ひと》、特《とく》に隠《かく》していた様子《ようす》は――」

背後《はいご》のドアが突然《とつぜん》開《ひら》いた。ハリーは凍《こお》りつく思《おも》いがした。ロンがラベンダーの手《て》を引《ひ》いて、笑《わら》いながら入《はい》ってきたのだ。

「あっ」ハリーとハーマイオニーに気《き》づいて、ロンがギクリと急停止《きゅうていし》した。

「あらっ！」ラベンダーはクスクス笑《わら》いながらあとずさりして部屋《へや》から出《で》ていった。その後《うし》ろでドアが閉《し》まった。

恐《おそ》ろしい沈黙《ちんもく》がふくれ上《あ》がり、うねった。ハーマイオニーはロンをじっと見《み》たが、ロンはハーマイオニーを見《み》ようとせず、からいばりと照《て》れくささが奇妙《きみょう》にまじり合《あ》った態度《たいど》でハリーに声《こえ》をかけた。

「よう、ハリー！　どこに行《い》ったのかと思《おも》ったよ」

ハーマイオニーは、机《つくえ》からするりと降《お》りた。金色《きんいろ》の小鳥《ことり》の小《ち》さな群《む》れが、さえずりながらハーマイオニーの頭《あたま》の周囲《しゅうい》を回《まわ》り続《つづ》けていたので、ハーマイオニーはまるで羽《はね》の生《は》えた不思議《ふしぎ》な太陽《たいよう》系《けい》の模型《もけい》のように見《み》えた。

「ラベンダーを外《そと》に待《ま》たせておいちゃいけないわ」ハーマイオニーが静《しず》かに言《い》った。

「あなたがどこに行《い》ったのかと思《おも》うでしょう」

ハーマイオニーは背筋《せすじ》を伸《の》ばして、ゆっくりとドアのほうへ歩《ある》いていった。ハリーがロンをちらりと見《み》ると、この程度《ていど》ですんでホッとした、という顔《かお》をしていた。

「オパグノ！　襲《おそ》え！」

出口《でぐち》から鋭《するど》い声《こえ》が飛《と》んできた。

ハリーがすばやく振《ふ》り返《かえ》ると、ハーマイオニーが荒々《あらあら》しい形相《ぎょうそう》で、杖《つえ》をロンに向《む》けていた。小鳥《ことり》の小《ちい》さな群《む》れが、金色《きんいろ》の丸《まる》い弾丸《だんがん》のように、次々《つぎつぎ》とロンめがけて飛《と》んできた。ロンは悲鳴《ひめい》を上《あ》げて両手《りょうて》で顔《かお》を隠《かく》したが、小鳥《ことり》の群《む》れは襲《おそ》いかかり、肌《はだ》という肌《はだ》をところかまわずつっつき、引《ひ》っかいた。

「やめさせろ！」

ロンが早口《はやくち》に叫《さけ》んだ。しかしハーマイオニーは、復讐《ふくしゅう》の怒《いか》りに燃《も》える最後《さいご》の一瞥《いちべつ》を投《な》げ、力任《ちからまか》せにドアを開《あ》けて姿《すがた》を消《け》した。ハリーは、ドアがバタンと閉《し》まる前《まえ》に、すすり泣《な》く声《こえ》を聞《き》いたような気《き》がした。

第《だい》15章《しょう》　破《やぶ》れぬ誓《ちか》い

凍《こお》りついた窓《まど》に、今日《きょう》も雪《ゆき》が乱舞《らんぶ》していた。クリスマスがかけ足《あし》で近《ちか》づいてくる。ハグリッドはすでに、例年《れいねん》の大広間用《おおひろまよう》の十二本《ほん》のクリスマスツリーをひとりで運《はこ》び込《こ》んでいた。柊《ひいらぎ》とティンセルの花飾《はなかざ》りが階段《かいだん》の手《て》すりに巻《ま》きつけられ、鎧《よろい》の兜《かぶと》の中《なか》からは永久《えいきゅう》に燃《も》えるろうそくが輝《かがや》き、廊下《ろうか》には大《おお》きな宿木《やどりぎ》の塊《かたまり》が一定間隔《いっていかんかく》を置《お》いて吊《つ》り下《さ》げられた。宿木《やどりぎ》の下《した》には、ハリーが通《とお》りかかるたびに大勢《おおぜい》の女《おんな》の子《こ》が群《む》れをなして集《あつ》まってきて、廊下《ろうか》が渋滞《じゅうたい》した。しかし、これまでひんぱんに夜間《やかん》に出歩《である》いていたおかげで、幸《さいわ》い城《しろ》の抜《ぬ》け道《みち》に関《かん》しては並々《なみなみ》ならぬ知識《ちしき》を持《も》っていたハリーは、授業《じゅぎょう》と授業《じゅぎょう》の間《あいだ》にも、あまり苦労《くろう》せずに宿木《やどりぎ》のない通路《つうろ》を移動《いどう》できた。

かつてのロンなら、ハリーが遠回《とおまわ》りしなければならないことで嫉妬心《しっとしん》をあおられたかもしれないが、今《いま》はむしろ大《おお》はしゃぎで、何《なに》もかも笑《わら》い飛《と》ばすだけだった。こんなふうに笑《わら》ったり冗談《じょうだん》を飛《と》ばしたりする新《あたら》しいロンのほうが、それまで数週間《すうしゅうかん》にわたってハリーがたえてきた、ふさぎ込《こ》み攻撃型《こうげきがた》のロンより、ハリーにとってはずっと好《この》ましかった。しかし、改善型《かいぜんがた》ロンには大《おお》きな代償《だいしょう》がついていた。第一《だいいち》に、ハリーは、ラベンダー・ブラウンが始終現《しじゅうあらわ》れるのをがまんしなければならなかった。ラベンダーはどうやら、ロンにキスしていない間《あいだ》はむだな瞬間《しゅんかん》だと考《かんが》えているらしい。第二《だいに》に、ハリーは、二人《ふたり》の親友《しんゆう》が二度《にど》と互《たが》いに口《くち》をききそうもない状況《じょうきょう》を、またしても経験《けいけん》するはめになった。

ハーマイオニーの小鳥《ことり》に襲《おそ》われ、手《て》や腕《うで》にまだ引《ひ》っかき傷《きず》や切《き》り傷《きず》がついているロンは、言《い》い訳《わけ》がましく恨《うら》みがましい態度《たいど》を取《と》っていた。

「文句《もんく》は言《い》えないはずだ」ロンがハリーに言《い》った。

「あいつはクラムといちゃいちゃした。それで、僕《ぼく》にだっていちゃついてくれる相手《あいて》がいるのが、あいつにもわかったってことさ。そりゃ、ここは自由《じゆう》の国《くに》だからね。僕《ぼく》は何《なん》にも悪《わる》いことはしてない」

ハリーは何《なに》も答《こた》えず、翌日《よくじつ》の午前中《ごぜんちゅう》にある「呪文学《じゅもんがく》」の授業《じゅぎょう》までに読《よ》まなければならない本《ほん》（『精《せい》の探求《たんきゅう》』）に没頭《ぼっとう》しているふりをした。ロンともハーマイオニーとも友達《ともだち》でいようと決意《けつい》していたハリーは、口《くち》を固《かた》く閉《と》じていることが多《おお》くなった。

「僕《ぼく》はハーマイオニーに何《なん》の約束《やくそく》もしちゃいない」ロンがもごもご言《い》った。「そりゃあ、まあ、スラグホーンのクリスマス・パーティにあいつと行《い》くつもりだったさ。でもあいつは一度《いちど》だって口《くち》に出《だ》して……単《たん》なる友達《ともだち》さ……僕《ぼく》はフリー・エージェントだ……」

ハリーはロンに見《み》られていると感《かん》じながら、『精《せい》の探求《たんきゅう》』のページをめくった。ロンの声《こえ》はだんだん小《ちい》さくなってつぶやきになり、暖炉《だんろ》の火《ひ》がはぜる大《おお》きな音《おと》でほとんど聞《き》こえなかったが、「クラム」とか「文句《もんく》は言《い》えない」という言葉《ことば》だけは聞《き》こえたような気《き》がした。

ハーマイオニーは時間割《じかんわり》がぎっしり詰《つ》まっていたので、いずれにせよハリーは、夜《よる》にならないとハーマイオニーとまともに話《はなし》ができる状態《じょうたい》ではなかった。ロンは、夜《よる》になるとラベンダーに固《かた》く巻《ま》きついていたので、ハリーが何《なに》をしているかにも気《き》づいていなかった。ハーマイオニーは、ロンが談話室《だんわしつ》にいるかぎりそこにいることを拒否《きょひ》していたので、ハリーはだいたい図書館《としょかん》でハーマイオニーに会《あ》った。ということは、二人《ふたり》がヒソヒソ話《ばなし》をするということでもあった。

「誰《だれ》とキスしようが、まったく自由《じゆう》よ」

司書《ししょ》のマダム・ピンスが背後《はいご》の本棚《ほんだな》をうろついているときに、ハーマイオニーが声《こえ》をひそめて言《い》った。

「まったく気《き》にしないわ」

ハーマイオニーが羽根《はね》ペンを取《と》り上《あ》げて、強烈《きょうれつ》に句点《くてん》を打《う》ったので、羊皮紙《ようひし》に穴《あな》が開《あ》いた。ハリーは何《なに》も言《い》わなかった。あまりにも声《こえ》を使《つか》わないので、そのうち声《こえ》が出《で》なくなるのではないかと思《おも》った。『上級魔法薬《じょうきゅうまほうやく》』の本《ほん》にいっそう顔《かお》を近《ちか》づけ、ハリーは「万年万能薬《まんねんばんのうやく》」についてのノートを取《と》り続《つづ》け、ときどきペンを止《と》めては、リバチウス・ボラージの文章《ぶんしょう》に書《か》き加《くわ》えられている、プリンスの有用《ゆうよう》な追加情報《ついかじょうほう》を判読《はんどく》した。

「ところで」しばらくして、ハーマイオニーがまた言《い》った。

「気《き》をつけないといけないわよ」

「最後《さいご》にもう一回《かい》だけ言《い》うけど」

四十五分《ふん》もの沈黙《ちんもく》のあとで、ハリーの声《こえ》は少《すこ》しかすれていた。

「この本《ほん》を返《かえ》すつもりはない。プリンスから学《まな》んだことのほうが、スネイプやスラグホーンからこれまで教《おそ》わってきたことより――」

「私《わたし》、そのバカらしいプリンスとかいう人《ひと》のことを、言《い》ってるんじゃないわ」

ハーマイオニーは、その本《ほん》に無礼《ぶれい》なことを言《い》われたかのように、険悪《けんあく》な目《め》つきで教科書《きょうかしょ》を見《み》た。

「ちょっと前《まえ》に起《お》こったことを話《はな》そうとしてたのよ。ここに来《く》る前《まえ》に女子《じょし》トイレに行《い》ったら、そこに十人《にん》ぐらい女子《じょし》が集《あつ》まっていたの。あのロミルダ・ベインもいたわ。あなたに気《き》づかれずにほれ薬《ぐすり》を盛《も》る方法《ほうほう》を話《はな》していたの。全員《ぜんいん》が、あなたにスラグホーン・パーティに連《つ》れていってほしいと思《おも》っていて、みんながフレッドとジョージの店《みせ》から『愛《あい》の妙薬《みょうやく》』を買《か》ったみたい。それ、たぶん効《き》くと思《おも》うわ――」

「なら、どうして取《と》り上《あ》げなかったんだ？」ハリーが詰《つ》め寄《よ》った。

ここ一番《いちばん》という肝心《かんじん》なときに、規則遵守熱《きそくじゅんしゅねつ》がハーマイオニーを見捨《みす》てたのは尋常《じんじょう》ではないと思《おも》われた。

「あの人《ひと》たち、トイレでは薬《くすり》を持《も》っていなかったの」ハーマイオニーがさげすむように言《い》った。「戦術《せんじゅつ》を話《はな》し合《あ》っていただけ。さすがの『プリンス』も」

ハーマイオニーはまたしても険悪《けんあく》な目《め》つきで本《ほん》を見《み》た。

「十種類以上《じゅるいいじょう》のほれ薬《ぐすり》が一度《いちど》に使《つか》われたら、その解毒剤《げどくざい》をでっち上《あ》げることなど夢《ゆめ》にも思《おも》いつかないでしょうから、私《わたし》なら一緒《いっしょ》に行《い》く人《ひと》を誰《だれ》か誘《さそ》うわね――そうすればほかの人《ひと》たちは、まだチャンスがあるなんて考《かんが》えなくなるでしょう――あしたの夜《よる》よ。みんな必死《ひっし》になっているわ」

「誰《だれ》も招《まね》きたい人《ひと》がいない」ハリーがつぶやいた。

ハリーは今《いま》でも、さけうるかぎりジニーのことは考《かんが》えまいとしていた。その実《じつ》、ジニーはしょっちゅうハリーの夢《ゆめ》に現《あらわ》れていた。夢《ゆめ》の内容《ないよう》からして、ロンが「開心術《かいしんじゅつ》」を使《つか》うことができないのは、心底《しんそこ》ありがたかった。

「まあ、とにかく飲《の》み物《もの》には気《き》をつけなさい。ロミルダ・ベインは本気《ほんき》みたいだったから」

ハーマイオニーが厳《きび》しく言《い》った。

ハーマイオニーは、「数占《かずうらな》い」のレポートを書《か》いていた長《なが》い羊皮紙《ようひし》の巻《ま》き紙《がみ》をたくし上《あ》げ、羽根《はね》ペンの音《おと》を響《ひび》かせ続《つづ》けた。ハリーはそれを見《み》ながら、心《こころ》は遠《とお》くへと飛《と》んでいた。

「待《ま》てよ」ハリーはふと思《おも》い当《あ》たった。

「フィルチが、『ウィーズリー・ウィザード・ウィーズ』で買《か》った物《もの》は何《なん》でも禁止《きんし》にしたはずだけど？」

「それで？　フィルチが禁止《きんし》した物《もの》を、気《き》にした人《ひと》なんているかしら？」

ハーマイオニーは、レポートに集中《しゅうちゅう》したままで言《い》った。

「だけど、ふくろうは全部検査《ぜんぶけんさ》されてるんじゃないのか？　だから、その女《おんな》の子《こ》たちが、ほれ薬《ぐすり》を学校《がっこう》に持《も》ち込《こ》めたっていうのは、どういうわけだ？」

「フレッドとジョージが、香水《こうすい》と咳止《せきど》め薬《ぐすり》に偽装《ぎそう》して送《おく》ってきたの。あの店《みせ》の『ふくろう通信販売《つうしんはんばい》サービス』の一環《いっかん》よ」

「ずいぶんくわしいじゃないか」

ハーマイオニーは、今《いま》しがたハリーの『上級魔法薬《じょうきゅうまほうやく》』の本《ほん》を見《み》たと同《おな》じ目《め》つきで、ハリーを見《み》た。

「夏休《なつやす》みに、あの二人《ふたり》が、私《わたし》とジニーに見《み》せてくれた瓶《びん》の裏《うら》に、全部書《ぜんぶか》いてありました」

ハーマイオニーが冷《つめ》たく言《い》った。

「私《わたし》、誰《だれ》かの飲《の》み物《もの》に薬《くすり》を入《い》れて回《まわ》るようなまねはしません……入《い》れるふりもね。それも同罪《どうざい》だわ……」

「ああ、まあ、それは置《お》いといて」ハリーは急《いそ》いで言《い》った。

「要《よう》するに、フィルチはだまされてるってことだな？　女《おんな》の子《こ》たちが何《なに》かに偽装《ぎそう》した物《もの》を学校《がっこう》に持《も》ち込《こ》んでいるわけだ！　それなら、マルフォイだってネックレスを学校《がっこう》に持《も》ち込《こ》めないわけは――？」

「まあ、ハリー……また始《はじ》まった……」

「ねえ、持《も》ち込《こ》めないわけはないだろう？」ハリーが問《と》い詰《つ》めた。

「あのね」ハーマイオニーはため息《いき》をついた。

「『詮索《せんさく》センサー』は呪《のろ》いとか呪詛《じゅそ》、隠蔽《いんぺい》の呪文《じゅもん》を見破《みやぶ》るわけでしょう？　闇《やみ》の魔術《まじゅつ》や闇《やみ》の物品《ぶっぴん》を見《み》つけるために使《つか》われるの。ネックレスにかかっていた強力《きょうりょく》な呪《のろ》いなら、たちまち見《み》つけ出《だ》したはずだわ。でも、単《たん》に瓶《びん》と中身《なかみ》がちがっているだけの物《もの》は、認識《にんしき》しないでしょうね――それに、いずれにせよ『愛《あい》の妙薬《みょうやく》』は闇《やみ》の物《もの》でもないし、危険《きけん》でも――」

「君《きみ》は簡単《かんたん》にそう言《い》うけど――」

ハリーは、ロミルダ・ベインのことを考《かんが》えながら言《い》った。

「――それじゃ、それが咳止《せきど》め薬《ぐすり》じゃないと見破《みやぶ》るかどうかは、フィルチしだいっていうわけだ。だけどあいつはあんまり優秀《ゆうしゅう》な魔法使《まほうつか》いじゃないし、薬《くすり》の見分《みわ》けがつくかどうか、あやしい――」

ハーマイオニーはハッと身《み》を固《かた》くした。ハリーにも聞《き》こえた。誰《だれ》かが、二人《ふたり》のすぐ後《うし》ろの暗《くら》い本棚《ほんだな》の間《あいだ》で動《うご》いたのだ。二人《ふたり》がじっとしていると、まもなく物陰《ものかげ》から、ハゲタカのような容貌《ようぼう》のマダム・ピンスが現《あらわ》れた。落《お》ちくぼんだほおに羊皮紙《ようひし》のような肌《はだ》、そして高《たか》い鉤鼻《かぎばな》が、手《て》にしたランプで情《なさ》け容赦《ようしゃ》なく照《て》らし出《だ》されている。

「図書館《としょかん》の閉館時間《へいかんじかん》です」マダム・ピンスが言《い》った。「借《か》りた本《ほん》はすべて返《かえ》すように。元《もと》の棚《たな》に――この不心得者《ふこころえもの》！　その本《ほん》に何《なに》をしでかしたんです？」

「図書館《としょかん》の本《ほん》じゃありません。僕《ぼく》のです！」

あわててそう言《い》いながら、ハリーは机《つくえ》に置《お》いてあった『上級魔法薬《じょうきゅうまほうやく》』の本《ほん》をひっこめようとしたが、マダム・ピンスが鉤爪《かぎづめ》のような手《て》で本《ほん》につかみかかってきた。

「荒《あ》らした！」マダム・ピンスがうなるように言《い》った。

「穢《けが》した！　汚《よご》した！」

「教科書《きょうかしょ》に書《か》き込《こ》みしてあるだけです！」ハリーは本《ほん》を引《ひ》っ張《ぱ》り返《かえ》して取《と》り戻《もど》した。

マダム・ピンスは発作《ほっさ》を起《お》こしそうだった。ハーマイオニーは急《いそ》いで荷物《にもつ》をまとめ、ハリーの腕《うで》をがっちりつかんで無理《むり》やり連《つ》れ出《だ》した。

「気《き》をつけないと、あの人《ひと》、あなたを図書館出入《としょかんでい》り禁止《きんし》にするわよ。どうしてそんなおろかしい本《ほん》を持《も》ち込《こ》む必要《ひつよう》があったの？」

「ハーマイオニー、あいつが狂《くる》ってるのは僕《ぼく》のせいじゃない。それともあいつ、君《きみ》がフィルチの悪口《わるぐち》を言《い》ったのを盗《ぬす》み聞《ぎ》きしたのかな？　あいつらの間《あいだ》に何《なに》かあるんじゃないかって、僕《ぼく》、前々《まえまえ》から疑《うたぐ》ってたんだけど――」

「まあ、ハ、ハ、ハだわ……」

あたりまえに話《はな》せるようになったのが楽《たの》しくて、二人《ふたり》はランプに照《て》らされた人気《ひとけ》のない廊下《ろうか》を談話室《だんわしつ》に向《む》かって歩《ある》きながら、フィルチとマダム・ピンスがはたして密《ひそ》かに愛《あい》し合《あ》っているかどうかを議論《ぎろん》した。

「ボーブル、玉飾《たまかざ》り」

ハリーは「太《ふと》った婦人《レディ》」に向《む》かって、クリスマス用《よう》の新《あたら》しい合言葉《あいことば》を言《い》った。

「クリスマスおめでとう」

「太《ふと》った婦人《レディ》」はいたずらっぽく笑《わら》い、パッと開《ひら》いて二人《ふたり》を入《い》れた。

「あら、ハリー！」肖像画《しょうぞうが》の穴《あな》から出《で》てきたとたん、ロミルダ・ベインが言《い》った。

「ギリーウォーターはいかが？」

ハーマイオニーがハリーを振《ふ》り返《かえ》って、「ほぅらね！」という目《め》つきをした。

「いらない」ハリーが急《いそ》いで言《い》った。「あんまり好《す》きじゃないんだ」

「じゃ、とにかくこっちを受《う》け取《と》って」

ロミルダがハリーの手《て》に箱《はこ》を押《お》しつけた。

「『大鍋《おおなべ》チョコレート』、ファイア・ウィスキー入《い》りなの。おばあさんが送《おく》ってくれたんだけど、私《わたし》、好《す》きじゃないから」

「ああ――そう――ありがとう」

ほかに何《なん》とも言《い》いようがなくて、ハリーはそう言《い》った。

「あー――僕《ぼく》、ちょっとあっちへ、あの人《ひと》と……」

ハリーの声《こえ》が先細《さきぼそ》りになり、あわててハーマイオニーの後《うし》ろにくっついてその場《ば》を離《はな》れた。

「言《い》ったとおりでしょ」ハーマイオニーがずばりと言《い》った。

「早《はや》く誰《だれ》かに申《もう》し込《こ》めば、それだけ早《はや》くみんながあなたを解放《かいほう》して、あなたは――」

突然《とつぜん》、ハーマイオニーの顔《かお》が無表情《むひょうじょう》になった。ロンとラベンダーが、一つのひじかけ椅子《いす》でからまり合《あ》っているのを目《め》にしたのだ。

「じゃ、おやすみなさい、ハリー」

まだ七時《じ》なのに、ハーマイオニーはそう言《い》うなり、あとは一言《ひとこと》も発《はっ》せず女子寮《じょしりょう》に戻《もど》っていった。ベッドに入《はい》りながら、ハリーは、あと一日分《にちぶん》の授業《じゅぎょう》とスラグホーンのパーティがあるだけだと自分《じぶん》をなぐさめた。その後《ご》は、ロンと一緒《いっしょ》に「隠《かく》れ穴《あな》」に出発《しゅっぱつ》だ。休暇《きゅうか》の前《まえ》にロンとハーマイオニーが仲《なか》なおりするのは、今《いま》や不可能《ふかのう》に思《おも》われた。でも、たぶん、どうにかして、休暇《きゅうか》の間《あいだ》に二人《ふたり》とも冷静《れいせい》になって、自分《じぶん》たちの態度《たいど》を反省《はんせい》することも……。

ハリーははじめから高望《たかのぞ》みしてはいなかった。そして翌日《よくじつ》、二人《ふたり》と一緒《いっしょ》に受《う》ける「変身術《へんしんじゅつ》」の授業《じゅぎょう》をたえ抜《ぬ》いたあとは、期待《きたい》はますます低《ひく》くなるばかりだった。

授業《じゅぎょう》では、人《ひと》の変身《へんしん》という非常《ひじょう》に難《むずか》しい課題《かだい》を始《はじ》めたばかりで、自分《じぶん》の眉《まゆ》の色《いろ》を変《か》える術《じゅつ》を、鏡《かがみ》の前《まえ》で練習《れんしゅう》していた。ロンの一回目《かいめ》は惨憺《さんたん》たる結果《けっか》で、どうやったものやら、見事《みごと》なカイザルひげが生《は》えてしまった。ハーマイオニーは薄情《はくじょう》にもそれを笑《わら》った。ロンはその復讐《ふくしゅう》に、マクゴナガル先生《せんせい》が質問《しつもん》するたび、ハーマイオニーが椅子《いす》に座《すわ》ったまま上下《じょうげ》にピョコピョコする様子《ようす》を、残酷《ざんこく》にも正確《せいかく》にまねして見《み》せた。ラベンダーとパーバティはさかんにおもしろがり、ハーマイオニーはまた涙《なみだ》がこぼれそうになった。

ベルが鳴《な》ったとたん、ハーマイオニーは学用品《がくようひん》を半分《はんぶん》も残《のこ》したまま、教室《きょうしつ》から飛《と》び出《だ》していった。今《いま》はロンよりハーマイオニーのほうが助《たす》けを必要《ひつよう》としていると判断《はんだん》したハリーは、ハーマイオニーが置《お》き去《ざ》りにした荷物《にもつ》をかき集《あつ》め、あとを追《お》った。

やっと追《お》いついたときは、ハーマイオニーが下《した》の階《かい》の女子《じょし》トイレから出《で》てくるところだった。ルーナ・ラブグッドが、その背中《せなか》をたたくともなくたたきながら付《つ》き添《そ》っていた。

「ああ、ハリー、こんにちは」ルーナが言《い》った。「あんたの片方《かたほう》の眉《まゆ》、真《ま》っ黄色《きいろ》になってるって知《し》ってた?」

「やあ、ルーナ。ハーマイオニー、これ、忘《わす》れていったよ……」

ハリーは、ハーマイオニーの本《ほん》を数冊《すうさつ》差《さ》し出《だ》した。

「ああ、そうね」

ハーマイオニーは声《こえ》を詰《つ》まらせながら受《う》け取《と》り、急《いそ》いで横《よこ》を向《む》いて、羽根《はね》ペン入《い》れで目《め》をぬぐっていたことを隠《かく》そうとした。

「ありがとう、ハリー。私《わたし》、もう行《い》かなくちゃ……」

ハリーがなぐさめの言葉《ことば》をかける間《ま》も与《あた》えず、ハーマイオニーは急《いそ》いで去《さ》っていった。もっとも、ハリーはかける言葉《ことば》も思《おも》いつかなかった。

「ちょっと落《お》ち込《こ》んでるみたいだよ」ルーナが言《い》った。「最初《さいしょ》は『嘆《なげ》きのマートル』がいるのかと思《おも》ったんだけど、ハーマイオニーだったもン。ロン・ウィーズリーのことを何《なん》だか言《い》ってた……」

「ああ、けんかしたんだよ」ハリーが言《い》った。

「ロンて、ときどきとってもおもしろいことを言《い》うよね？」

二人《ふたり》で廊下《ろうか》を歩《ある》きながら、ルーナが言《い》った。

「だけど、あの人《ひと》、ちょっとむごいとこがあるな。あたし、去年気《きょねんき》がついたもン」

「そうだね」ハリーが言《い》った。

ルーナは言《い》いにくい真実《しんじつ》をずばりと言《い》う、いつもの才能《さいのう》を発揮《はっき》した。ハリーは、ほかにルーナのような人《ひと》に会《あ》ったことがなかった。

「ところで、今学期《こんがっき》は楽《たの》しかった？」

「うん、まあまあだよ」ルーナが言《い》った。

「DA《ディーエー》がなくて、ちょっとさびしかった。でも、ジニーがよくしてくれたもン。この間《あいだ》、変身術《へんしんじゅつ》のクラスで、男子《だんし》が二人《ふたり》、あたしのことを『おかしなルーニー』って呼《よ》んだとき、ジニーがやめさせてくれた――」

「今晩《こんばん》、僕《ぼく》と一緒《いっしょ》にスラグホーンのパーティに来《こ》ないか？」

止《と》める間《ま》もなく、言葉《ことば》が口《くち》をついて出《で》た。他人《たにん》がしゃべっているのを聞《き》くように、ハリーは自《じ》分《ぶん》の言葉《ことば》を聞《き》いた。

ルーナは驚《おどろ》いて、飛《と》び出《だ》した目《め》をハリーに向《む》けた。

「スラグホーンのパーティ？　あんたと？」

「うん」ハリーが言《い》った。「客《きゃく》を連《つ》れていくことになってるんだ。それで君《きみ》さえよければ……つまり……」

ハリーは、自分《じぶん》がどういうつもりなのかをはっきりさせておきたかった。

「つまり、単《たん》なる友達《ともだち》として、だけど。でも、もし気《き》が進《すす》まないなら……」

ハリーはすでに、ルーナが行《い》きたくないと言《い》ってくれることを半分期待《はんぶんきたい》していた。

「ううん、一緒《いっしょ》に行《い》きたい。友達《ともだち》として！」

ルーナは、これまでに見《み》せたことのない笑顔《えがお》でニッコリした。

「今《いま》までだぁれも、パーティに誘《さそ》ってくれた人《ひと》なんかいないもン。友達《ともだち》として！　あんた、だから眉《まゆ》を染《そ》めたの？　パーティ用《よう》に？　あたしもそうするべきかな？」

「いや」ハリーがきっぱりと言《い》った。「これは失敗《しっぱい》したんだ。ハーマイオニーに頼《たの》んで直《なお》してもらうよ。じゃ、玄関《げんかん》ホールで八時《じ》に落《お》ち合《あ》おう」

「ハッハーン！」

頭上《ずじょう》でかん高《だか》い声《こえ》がして、二人《ふたり》は飛《と》び上《あ》がった。二人《ふたり》とも気《き》づかなかったが、ピーブズがシャンデリアから逆《さか》さまにぶら下《さ》がって、二人《ふたり》に向《む》かって意地悪《いじわる》くニヤニヤしていた。たった今《いま》、二人《ふたり》がその下《した》を通《とお》り過《す》ぎたのだった。

「ポッティがルーニーをパーティに誘《さそ》った！　ポッティはルーニーが好《す》～き！　ポッティはル～～～ニーが好《す》～～～き！」

そしてピーブズは、「ポッティはルーニーが好《す》き！」とかん高《だか》くはやしたてながら、高笑《たかわら》いとともにズームして消《き》えた。

「内緒《ないしょ》にしてくれてうれしいよ」ハリーが言《い》った。

案《あん》の定《じょう》、あっという間《ま》に学校中《がっこうじゅう》に、ハリー・ポッターがルーナ・ラブグッドをスラグホーンのパーティに連《つ》れていく、ということが知《し》れ渡《わた》ったようだった。

「君《きみ》は誰《だれ》だって誘《さそ》えたんだ！」

夕食《ゆうしょく》の席《せき》で、ロンが信《しん》じられないという顔《かお》で言《い》った。

「誰《だれ》だって！　なのに、ルーニー・ラブグッドを選《えら》んだのか？」

「ロン、そういう呼《よ》び方《かた》をしないで」

友達《ともだち》の所《ところ》に行《い》く途中《とちゅう》だったジニーが、ハリーの後《うし》ろで立《た》ち止《ど》まり、ピシャリと言《い》った。

「ハリー、あなたがルーナを誘《さそ》ってくれて、ほんとにうれしいわ。あの子《こ》、とっても興奮《こうふん》してる」

そしてジニーは、ディーンが座《すわ》っているテーブルの奥《おく》のほうに歩《ある》いていった。ルーナを誘《さそ》ったことをジニーが喜《よろこ》んでくれたのはうれしいと、ハリーは自分《じぶん》を納得《なっとく》させようとしたが、そう単《たん》純《じゅん》には割《わ》り切《き》れなかった。テーブルのずっと離《はな》れた所《ところ》で、ハーマイオニーがシチューをもてあそびながら、ひとりで座《すわ》っていた。ハリーは、ロンがハーマイオニーを盗《ぬす》み見《み》ているのに気《き》づいた。

「謝《あやま》ったらどうだ」ハリーはぶっきらぼうに意見《いけん》した。

「何《なん》だよ。それでまたカナリアの群《む》れに襲《おそ》われろって言《い》うのか？」ロンがブツブツ言《い》った。

「何《なん》のためにハーマイオニーのものまねをする必要《ひつよう》があった？」

「僕《ぼく》の口《くち》ひげを笑《わら》った！」

「僕《ぼく》も笑《わら》ったさ。あんなにバカバカしいもの見《み》たことがない」

しかし、ロンは聞《き》いてはいないようだった。ちょうどその時《とき》、ラベンダーがパーバティと一緒《いっしょ》にやってきたのだ。ハリーとロンの間《あいだ》に割《わ》り込《こ》んで、ラベンダーはロンの首《くび》に両腕《りょううで》を回《まわ》した。

「こんばんは、ハリー」

パーバティもハリーと同《おな》じように、この二人《ふたり》の友人《ゆうじん》の態度《たいど》には当惑気味《とうわくぎみ》で、うんざりした顔《かお》をしていた。

「やあ」ハリーが答《こた》えた。「元気《げんき》かい？　それじゃ、君《きみ》はホグワーツにとどまることになったんだね？　ご両親《りょうしん》が連《つ》れ戻《もど》したがっているって聞《き》いたけど」

「しばらくはそうしないようにって、何《なん》とか説得《せっとく》したわ」パーバティが言《い》った。「あのケイティのことで、親《おや》がとってもパニックしちゃったんだけど、でも、あれからは何《なに》も起《お》こらないし……あら、こんばんは、ハーマイオニー！」

パーバティはことさらニッコリした。「変身術《へんしんじゅつ》」の授業《じゅぎょう》でハーマイオニーを笑《わら》ったことを後《うし》ろめたく思《おも》っているのだろうと、ハリーは察《さっ》した。振《ふ》り返《かえ》ると、ハーマイオニーもニッコリを返《かえ》している。あろうことか、もっと明《あか》るくニッコリだ。女《おんな》ってやつは、時《とき》に非常《ひじょう》に不可思議《ふかしぎ》だ。

「こんばんは、パーバティ！」

ハーマイオニーは、ロンとラベンダーを完璧《かんぺき》に無視《むし》しながら言《い》った。

「夜《よる》はスラグホーンのパーティに行《い》くの？」

「招待《しょうたい》なしよ」パーバティは憂《ゆう》うつそうに言《い》った。「でも、行《い》きたいわ。とってもすばらしいみたいだし……あなたは行《い》くんでしょう？」

「ええ、八時《じ》にコーマックと待《ま》ち合《あ》わせて、二人《ふたり》で――」

詰《つ》まった流《なが》しから吸引《きゅういん》カップを引《ひ》き抜《ぬ》くような音《おと》がして、ロンの顔《かお》が現《あらわ》れた。ハーマイオニーはと言《い》えば、見《み》ざる聞《き》かざるを決《き》め込《こ》んだ様子《ようす》だった。

「――一緒《いっしょ》にパーティに行《い》くの」

「コーマックと？」パーバティが聞《き》き返《かえ》した。

「コーマック・マクラーゲン、なの？」

「そうよ」ハーマイオニーがやさしい声《こえ》で言《い》った。

「**もう少《すこ》しで**」

ハーマイオニーが、やけに言葉《ことば》に力《ちから》を入《い》れた。

「グリフィンドールのキーパーになるところだった人《ひと》よ」

「それじゃ、あの人《ひと》とつき合《あ》ってるの？」パーバティが目《め》を丸《まる》くした。

「あら――そうよ――知《し》らなかった？」

ハーマイオニーがおよそ彼女《かのじょ》らしくないクスクス笑《わら》いをした。

「まさか！」パーバティは、このゴシップ種《だね》をもっと知《し》りたくてうずうずしていた。

「ウワー、あなたって、クィディッチ選手《せんしゅ》が好《す》きなのね？　最初《さいしょ》はクラム、今度《こんど》はマクラーゲン……」

「私《わたし》が好《す》きなのは、ほんとうにいいクィディッチ選手《せんしゅ》よ」

ハーマイオニーがほほ笑《え》んだまま訂正《ていせい》した。

「じゃ、またね……もうパーティに行《い》く支度《したく》をしなくちゃ……」

ハーマイオニーは行《い》ってしまった。ラベンダーとパーバティは、すぐさま額《ひたい》を突《つ》き合《あ》わせ、マクラーゲンについて聞《き》いていたもろもろの話《はなし》から、ハーマイオニーについて想像《そうぞう》していたあらゆることにいたるまで、この新《あたら》しい展開《てんかい》を検討《けんとう》しはじめた。ロンは奇妙《きみょう》に無表情《むひょうじょう》で、何《なに》も言《い》わなかった。ハリーは一人《ひとり》だまって、女性《じょせい》とは、復讐《ふくしゅう》のためならどこまで深《ふか》く身《み》を落《お》とすことができるものなのかと、しみじみ考《かんが》えていた。

その晩《ばん》、八時《じ》にハリーが玄関《げんかん》ホールに行《い》くと、尋常《じんじょう》でない数《かず》の女子生徒《じょしせいと》がうろうろしていて、ハリーがルーナに近《ちか》づくのを恨《うら》みがましく見《み》つめていた。ルーナはスパンコールのついた銀色《ぎんいろ》のローブを着《き》ていて、見物人《けんぶつにん》の何人《なんにん》かがそれをクスクス笑《わら》っていた。しかし、そのほかは、ルーナはなかなかすてきだった。とにかくハリーは、ルーナがオレンジ色《いろ》のカブのイヤリングを着《つ》けてもいないし、バタービールのコルク栓《せん》をつないだネックレスも「メラメラめがね」もかけていないことがうれしかった。

「やあ」ハリーが声《こえ》をかけた。「それじゃ、行《い》こうか？」

「うん」ルーナがうれしそうに言《い》った。「パーティはどこなの？」

「スラグホーンの部屋《へや》だよ」

ハリーは、見《み》つめたり陰口《かげぐち》をきいたりする群《む》れから離《はな》れ、大理石《だいりせき》の階段《かいだん》を先《さき》に立《た》って上《のぼ》りながら答《こた》えた。

「吸血鬼《きゅうけつき》が来《く》る予定《よてい》だって、君《きみ》、聞《き》いてる？」

「ルーファス・スクリムジョール？」ルーナが聞《き》き返《かえ》した。

「僕《ぼく》――えっ？」ハリーは面食《めんく》らった。「魔法大臣《まほうだいじん》のこと？」

「そう。あの人《ひと》、吸血鬼《きゅうけつき》なんだ」ルーナはあたりまえという顔《かお》で言《い》った。

「スクリムジョールがコーネリウス・ファッジにかわったときに、パパがとっても長《なが》い記事《きじ》を書《か》いたんだけど、魔法省《まほうしょう》の誰《だれ》かが手《て》を回《まわ》して、パパに発行《はっこう》させないようにしたんだもン。もちろん、ほんとうのことがもれるのがいやだったんだよ！」

ルーファス・スクリムジョールが吸血鬼《きゅうけつき》というのは、まったくありえないと思《おも》ったが、ハリーは何《なに》も反論《はんろん》しなかった。父親《ちちおや》の奇妙《きみょう》な見解《けんかい》を、ルーナが事実《じじつ》と信《しん》じて受《う》け売《う》りするのに慣《な》れっこになっていたからだ。

二人《ふたり》はすでに、スラグホーンの部屋《へや》のそばまで来《き》ていた。笑《わら》い声《ごえ》や音楽《おんがく》、にぎやかな話《はな》し声《ごえ》が、一足《ひとあし》ごとにだんだん大《おお》きくなってきた。

はじめからそうなっていたのか、それともスラグホーンが魔法《まほう》でそう見《み》せかけているのか、その部屋《へや》はほかの先生《せんせい》の部屋《へや》よりずっと広《ひろ》かった。天井《てんじょう》と壁《かべ》はエメラルド、紅《くれない》、そして金色《きんいろ》の垂《た》れ幕《まく》のひだ飾《かざ》りで優美《ゆうび》に覆《おお》われ、全員《ぜんいん》が大《おお》きなテントの中《なか》にいるような感《かん》じがした。中《なか》は混《こ》み合《あ》ってムンムンしていた。

天井《てんじょう》の中央《ちゅうおう》から凝《こ》った装飾《そうしょく》を施《ほどこ》した金色《きんいろ》のランプが下《さ》がり、中《なか》には本物《ほんもの》の妖精《ようせい》が、それぞれにきらびやかな光《ひかり》を放《はな》ちながらパタパタ飛《と》び回《まわ》っていて、ランプの赤《あか》い光《ひかり》が部屋中《へやじゅう》を満《み》たしていた。マンドリンのような音《おと》に合《あ》わせて歌《うた》う大《おお》きな歌声《うたごえ》が、部屋《へや》の隅《すみ》のほうから流《なが》れ、年長《ねんちょう》の魔法戦士《まほうせんし》が数人話《すうにんはな》し込《こ》んでいる所《ところ》には、パイプの煙《けむり》が漂《ただよ》っていた。

何人《なんにん》かの屋敷《やしき》しもべ妖精《ようせい》が、キーキー言《い》いながら客《きゃく》のひざ下《した》あたりで動《うご》き回《まわ》っていたが、食《た》べ物《もの》をのせた重《おも》そうな銀《ぎん》の盆《ぼん》の下《した》に隠《かく》されてしまい、まるで小《ちい》さなテーブルがひとりで動《うご》いているように見《み》えた。

「これはこれは、ハリー！」

ハリーとルーナが、混《こ》み合《あ》った部屋《へや》に入《はい》るや否《いな》や、スラグホーンの太《ふと》い声《こえ》が響《ひび》いた。

「さあ、さあ、入《はい》ってくれ。君《きみ》に引《ひ》き合《あ》わせたい人物《じんぶつ》が大勢《おおぜい》いる！」

スラグホーンはゆったりしたビロードの上着《うわぎ》を着《き》て、おそろいのビロードの房《ふさ》つき帽子《ぼうし》をかぶっていた。一緒《いっしょ》に「姿《すがた》くらまし」したいのかと思《おも》うほどがっちりとハリーの腕《うで》をつかみ、スラグホーンは、何《なに》か目論見《もくろみ》がありそうな様子《ようす》でハリーをパーティのまっただ中《なか》へと導《みちび》いた。ハリーはルーナの手《て》をつかみ、一緒《いっしょ》に引《ひ》っ張《ぱ》っていった。

「ハリー、こちらはわたしの昔《むかし》の生徒《せいと》でね、エルドレド・ウォープルだ。『血兄弟《ちきょうだい》――吸血鬼《きゅうけつき》たちとの日々《ひび》』の著者《ちょしゃ》だ――そして、もちろん、その友人《ゆうじん》のサングィニだ」

小柄《こがら》でめがねをかけたウォープルは、ハリーの手《て》をぐいとつかみ、熱烈《ねつれつ》に握手《あくしゅ》した。吸血鬼《きゅうけつき》のサングィニは、背《せ》が高《たか》くやつれていて、目《め》の下《した》に黒《くろ》いくまがあったが、首《くび》を傾《かたむ》けただけの挨拶《あいさつ》だった。かなりたいくつしている様子《ようす》だ。興味津々《きょうみしんしん》の女子生徒《じょしせいと》がその周《まわ》りにガヤガヤ群《むら》がって、興奮《こうふん》していた。

「ハリー・ポッター、喜《よろこ》ばしいかぎりです！」

ウォープルは近視《きんし》の目《め》を近《ちか》づけて、ハリーの顔《かお》をのぞきこんだ。

「つい先日《せんじつ》、スラグホーン先生《せんせい》にお聞《き》きしたばかりですよ。**我々《われわれ》すべてが待《ま》ち望《のぞ》んでいる、ハリー・ポッターの伝記《でんき》はどこにあるのですか？**　とね」

「あ」ハリーが言《い》った。「そうですか？」

「ホラスの言《い》ったとおり、謙虚《けんきょ》な人《ひと》だ！」ウォープルが言《い》った。

「しかし、まじめな話《はなし》――」態度《たいど》ががらりと変《か》わって、急《きゅう》に事務的《じむてき》になった。「私自身《わたしじしん》が喜《よろこ》んで書《か》きますがね――みんなが君《きみ》のことを知《し》りたいと、渇望《かつぼう》していますよ。君《きみ》、渇《かっ》望《ぼう》ですよ！　なに、二、三回《かい》インタビューさせてくれれば、そう、一回《かい》につき四、五時間《じかん》ってところですね、そうしたらもう、数《すう》か月《げつ》で本《ほん》が完成《かんせい》しますよ。君《きみ》のほうはほとんど何《なに》もしなくていい。お約束《やくそく》しますよ――ご心配《しんぱい》なら、ここにいるサングィニに聞《き》いてみて――**サングィニ！　ここにいなさい！**」

ウォープルが急《きゅう》に厳《きび》しい口調《くちょう》になった。吸血鬼《きゅうけつき》は、かなり飢《う》えた目《め》つきで、周囲《しゅうい》の女《おんな》の子《こ》たちの群《む》れにじりじり近《ちか》づいていた。

「さあ、肉《にく》入《い》りパイを食《た》べなさい」

そばを通《とお》った屋敷《やしき》しもべ妖精《ようせい》から一つ取《と》って、サングィニの手《て》に押《お》しつけると、ウォープルはまたハリーに向《む》きなおった。

「いやあ、君《きみ》、どんなにいい金《かね》になるか、考《かんが》えても――」

「まったく興味《きょうみ》ありません」ハリーはきっぱり断《ことわ》った。

「それに、友達《ともだち》を見《み》かけたので、失礼《しつれい》します」

ハリーはルーナを引《ひ》っ張《ぱ》って人混《ひとご》みの中《なか》に入《はい》っていった。たった今《いま》、長《なが》く豊《ゆた》かな栗色《くりいろ》の髪《かみ》が、「妖女《ようじょ》シスターズ」のメンバーと思《おぼ》しき二人《ふたり》の間《あいだ》に消《き》えるのを、ほんとうに見《み》かけたのだ。

「ハーマイオニー、**ハーマイオニー！**」

「ハリー！　ここにいたの。よかった！　こんばんは、ルーナ！」

「何《なに》があったんだ？」ハリーが聞《き》いた。

ハーマイオニーは、「悪魔《あくま》の罠《わな》」のしげみと格闘《かくとう》して逃《のが》れてきたばかりのように、見《み》るからにぐしゃぐしゃだった。

「ああ、逃《に》げてきたところなの――つまり、コーマックを置《お》いてきたばかりなの」

ハリーがけげんな顔《かお》で見《み》つめ続《つづ》けていたので、ハーマイオニーが「宿木《やどりぎ》の下《した》に」と説明《せつめい》を加《くわ》えた。

「あいつと来《き》た罰《ばつ》だ」ハリーは厳《きび》しい口調《くちょう》で言《い》った。

「ロンが一番《いちばん》いやがると思《おも》ったの」ハーマイオニーが冷静《れいせい》に言《い》った。「ザカリアス・スミスではどうかと思《おも》ったこともちょっとあったけど、全体《ぜんたい》として考《かんが》えると――」

「スミスなんかまで考《かんが》えたのか？」ハリーはむかついた。

「ええ、そうよ。そっちを選《えら》んでおけばよかったと思《おも》いはじめたわ。マクラーゲンって、グロウプでさえ紳士《しんし》に見《み》えてくるような人《ひと》。あっちに行《い》きましょう。あいつがこっちに来《く》るのが見《み》えるわ。何《なに》しろ大《おお》きいから……」

三人《にん》は、途中《とちゅう》で蜂蜜酒《はちみつしゅ》のゴブレットをすくい取《と》って、部屋《へや》の反対側《はんたいがわ》へと移動《いどう》した。そこに、トレローニー先生《せんせい》がぽつんと立《た》っているのに気《き》づいたときには、もう遅《おそ》かった。

「こんばんは」ルーナが、礼儀正《れいぎただ》しくトレローニー先生《せんせい》に挨拶《あいさつ》した。

「おや、こんばんは」

トレローニー先生《せんせい》は、やっとのことでルーナに焦点《しょうてん》を合《あ》わせた。ハリーは今度《こんど》もまた、安物《やすもの》の料理用《りょうりよう》シェリー酒《しゅ》の臭《にお》いをかぎ取《と》った。

「あたくしの授業《じゅぎょう》で、最近《さいきん》お見《み》かけしないわね……」

「はい、今年《ことし》はフィレンツェです」ルーナが言《い》った。

「ああ、そうそう」

トレローニー先生《せんせい》は腹立《はらだ》たしげに、酔《よ》っ払《ぱら》いらしい忍《しの》び笑《わら》いをした。

「あたくしは、むしろ『駄馬《だば》さん』とお呼《よ》びしますけれどね。あたくしが学校《がっこう》に戻《もど》ったからには、ダンブルドア校長《こうちょう》があんな馬《うま》を追《お》い出《だ》してしまうだろうと、そう思《おも》いませんでしたこと？　でも、ちがう……クラスを分《わ》けるなんて……侮辱《ぶじょく》ですわ、そうですとも、侮辱《ぶじょく》。ご存《ぞん》じかしら……」

酩酊気味《めいていぎみ》のトレローニー先生《せんせい》には、ハリーの顔《かお》も見分《みわ》けられないようだった。フィレンツェへの激烈《げきれつ》な批判《ひはん》を煙幕《えんまく》にして、ハリーはハーマイオニーに顔《かお》を近《ちか》づけて話《はな》した。

「はっきりさせておきたいことがある。キーパーの選抜《せんばつ》に君《きみ》が干渉《かんしょう》したこと、ロンに話《はな》すつもりか？」

ハーマイオニーは眉《まゆ》を吊《つ》り上《あ》げた。

「私《わたし》がそこまでいやしくなると思《おも》うの？」

ハリーは見透《みす》かすようにハーマイオニーを見《み》た。

「ハーマイオニー、マクラーゲンを誘《さそ》うことができるくらいなら――」

「それとこれとは別《べつ》です」ハーマイオニーは重々《おもおも》しく言《い》った。

「キーパーの選抜《せんばつ》に何《なに》が起《お》こりえたか、起《お》こりえなかったか、ロンにはいっさい言《い》うつもりはないわ」

「そんならいい」ハリーが力強《ちからづよ》く言《い》った。「何《なに》しろ、もしロンがまたぼろぼろになったら、次《つぎ》の試合《しあい》は負《ま》ける――」

「クィディッチ！」ハーマイオニーの声《こえ》が怒《おこ》っていた。「男《おとこ》の子《こ》って、それしか頭《あたま》にないの？コーマックは私《わたし》のことを一度《いちど》も聞《き》かなかったわ。ただの一度《いちど》も。私《わたし》がお聞《き》かせいただいたのは、『コーマック・マクラーゲンのすばらしいセーブ百選《ひゃくせん》』、連続《れんぞく》ノンストップ。ずーっとよ――あ、いや、こっちに来《く》るわ！」

ハーマイオニーの動《うご》きの速《はや》さと来《き》たら、「姿《すがた》くらまし」したかのようだった。ここと思《おも》えばまたあちら、次《つぎ》の瞬間《しゅんかん》、バカ笑《わら》いしている二人《ふたり》の魔女《まじょ》の間《あいだ》に割《わ》り込《こ》んで、サッと消《き》えてしまった。

「ハーマイオニーを見《み》なかったか？」

一分後《ぷんご》に、人混《ひとご》みをかき分《わ》けてやってきたマクラーゲンが聞《き》いた。

「いいや」そう言《い》うなり、ハリーはルーナが誰《だれ》と話《はな》していたかを一瞬《いっしゅん》忘《わす》れて、あわててルーナの会話《かいわ》に加《くわ》わった。

「ハリー・ポッター！」

初《はじ》めてハリーの存在《そんざい》に気《き》づいたトレローニー先生《せんせい》が、深《ふか》いビブラートのかかった声《こえ》で言《い》った。

「あ、こんばんは」ハリーは気《き》のない挨拶《あいさつ》をした。

「まあ、あなた！」

よく聞《き》こえるささやき声《ごえ》で、先生《せんせい》が言《い》った。

「あのうわさ！　あの話《はなし》！『選《えら》ばれし者《もの》』！　もちろん、あたくしには前々《まえまえ》からわかっていたことです……ハリー、予兆《よちょう》がよかったためしがありませんでした……でも、どうして『占《うらな》い学《がく》』を取《と》らなかったのかしら？　あなたこそ、ほかの誰《だれ》よりも、この科目《かもく》が最《もっと》も重要《じゅうよう》ですわ！」

「ああ、シビル、我々《われわれ》はみんな、自分《じぶん》の科目《かもく》こそ最重要《さいじゅうよう》と思《おも》うものだ！」

大《おお》きな声《こえ》がして、トレローニー先生《せんせい》の横《よこ》にスラグホーン先生《せんせい》が現《あらわ》れた。真《ま》っ赤《か》な顔《かお》にビロードの帽子《ぼうし》をななめにかぶり、片手《かたて》に蜂蜜酒《はちみつしゅ》、もう一方《いっぽう》の手《て》に大《おお》きなミンスパイを持《も》っている。

「しかし、『魔法薬学《まほうやくがく》』でこんなに天分《てんぶん》のある生徒《せいと》は、ほかに思《おも》い当《あ》たらないね！」

スラグホーンは、酔《よ》って血走《ちばし》ってはいたが、愛《いと》しげなまなざしでハリーを見《み》た。

「何《なに》しろ、直感的《ちょっかんてき》で──母親《ははおや》と同《おな》じだ！　これほどの才能《さいのう》の持《も》ち主《ぬし》は、数《かぞ》えるほどしか教《おし》えたことがない。いや、まったくだよ、シビル──このセブルスでさえ──」

ハリーはぞっとした。スラグホーンが片腕《かたうで》を伸《の》ばしたかと思《おも》うと、どこからともなく呼《よ》び出《だ》したかのように、スネイプをそばに引《ひ》き寄《よ》せた。

「こそこそ隠《かく》れずに、セブルス、一緒《いっしょ》にやろうじゃないか！」

スラグホーンが楽《たの》しげにしゃっくりした。

「たった今《いま》、ハリーが魔法薬《まほうやく》の調合《ちょうごう》に関《かん》してずば抜《ぬ》けていると、話《はな》していたところだ。もちろん、ある程度君《ていどきみ》のおかげでもあるな。五年間《ねんかん》も教《おし》えたのだから！」

両肩《りょうかた》をスラグホーンの腕《うで》にからめ取《と》られ、スネイプは暗《くら》い目《め》を細《ほそ》くして、鉤鼻《かぎばな》の上《うえ》からハリーを見下《みお》ろした。

「おかしいですな。我輩《わがはい》の印象《いんしょう》では、ポッターにはまったく何《なに》も教《おし》えることができなかったが」

「ほう、それでは天性《てんせい》の能力《のうりょく》ということだ！」スラグホーンが大声《おおごえ》で言《い》った。「最初《さいしょ》の授業《じゅぎょう》で、ハリーがわたしに渡《わた》してくれた物《もの》を見《み》せたかったね。『生《い》ける屍《しかばね》の水薬《みずぐすり》』——一回目《かいめ》であれほどの物《もの》を仕上《しあ》げた生徒《せいと》は一人《ひとり》もいない——セブルス、君《きみ》でさえ——」

「なるほど？」

ハリーをえぐるように見《み》たまま、スネイプが静《しず》かに言《い》った。ハリーはある種《しゅ》の動揺《どうよう》を感《かん》じた。新《あたら》しく見出《みいだ》された魔法薬《まほうやく》の才能《さいのう》の源《みなもと》を、スネイプに調査《ちょうさ》されることだけは絶対《ぜったい》にさけたい。

「ハリー、ほかにはどういう科目《かもく》を取《と》っておるのだったかね？」スラグホーンが聞《き》いた。

「『闇《やみ》の魔術《まじゅつ》に対《たい》する防衛術《ぼうえいじゅつ》』、『呪文学《じゅもんがく》』、『変身術《へんしんじゅつ》』、『薬草学《やくそうがく》』……」

「つまり、闇祓《やみばら》いに必要《ひつよう》な科目《かもく》のすべてか」スネイプがせせら笑《わら》いを浮《う》かべて言《い》った。

「ええ、まあ、それが僕《ぼく》のなりたいものです」ハリーは挑戦的《ちょうせんてき》に言《い》った。

「それこそ偉大《いだい》な闇祓《やみばら》いになることだろう！」スラグホーンが太《ふと》い声《こえ》を響《ひび》かせた。

「あんた、闇祓《やみばら》いになるべきじゃないと思《おも》うな、ハリー」ルーナが唐突《とうとつ》に言《い》った。みんながルーナを見《み》た。「闇祓《やみばら》いって、ロットファングの陰謀《いんぼう》の一部《いちぶ》だよ。みんな知《し》っていると思《おも》ったけどな。魔法省《まほうしょう》を内側《うちがわ》から倒《たお》すために、闇《やみ》の魔術《まじゅつ》と歯槽膿漏《しそうのうろう》とか組《く》み合《あ》わせて、いろいろやっているんだもン」

ハリーは噴《ふ》き出《だ》して、蜂蜜酒《はちみつしゅ》を半分鼻《はんぶんはな》から飲《の》んでしまった。まったく、このためだけにでも、ルーナを連《つ》れてきた価値《かち》があった。むせて酒《さけ》をこぼし、それでもニヤニヤしながらゴブレットから顔《かお》を上《あ》げたその時《とき》、ハリーは、さらに気分《きぶん》を盛《も》り上《あ》げるために仕組《しく》まれたかのようなものを目《め》にした。ドラコ・マルフォイが、アーガス・フィルチに耳《みみ》をつかまれ、こっちに引《ひ》っ張《ぱ》ってこられる姿《すがた》だ。

「スラグホーン先生《せんせい》」

あごを震《ふる》わせ、飛《と》び出《だ》した目《め》にいたずら発見《はっけん》の異常《いじょう》な情熱《じょうねつ》の光《ひかり》を宿《やど》したフィルチが、ゼイゼイ声《ごえ》で言《い》った。

「こいつが上《うえ》の階《かい》の廊下《ろうか》をうろついているところを見《み》つけました。先生《せんせい》のパーティに招《まね》かれたのに、出《で》かけるのが遅《おく》れたと主張《しゅちょう》していきます。こいつに招待状《しょうたいじょう》をお出《だ》しになりましたですか？」

マルフォイは、憤慨《ふんがい》した顔《かお》でフィルチの手《て》を振《ふ》りほどいた。

「ああ、僕《ぼく》は招《まね》かれていないとも！」マルフォイが怒《おこ》ったように言《い》った。「勝手《かって》に押《お》しかけようとしていたんだ。これで満足《まんぞく》したか？」

「何《なに》が満足《まんぞく》なものか！」

言葉《ことば》とはちぐはぐに、フィルチの顔《かお》には歓喜《かんき》の色《いろ》が浮《う》かんでいた。

「おまえは大変《たいへん》なことになるぞ。そうだとも！　校長先生《こうちょうせんせい》がおっしゃらなかったかな？　許可《きょか》なく夜間《やかん》にうろつくなと。え、どうだ？」

「かまわんよ、フィルチ、かまわん」スラグホーンが手《て》を振《ふ》りながら言《い》った。

「クリスマスだ。パーティに来《き》たいというのは罪《つみ》ではない。今回《こんかい》だけ、罰《ばっ》することは忘《わす》れよう。ドラコ、ここにいてよろしい」

フィルチの憤慨《ふんがい》と失望《しつぼう》の表情《ひょうじょう》は、完全《かんぜん》に予想《よそう》できたことだ。しかし、マルフォイを見《み》て、なぜ、とハリーはいぶかった。なぜマルフォイもほとんど同《おな》じくらい失望《しつぼう》したように見《み》えるのだろう？

それに、マルフォイを見《み》るスネイプの顔《かお》が、怒《おこ》っていると同時《どうじ》に、それに……そんなことがありうるのだろうか？……少《すこ》し恐《おそ》れているのはなぜだろう？

しかし、ハリーが目《め》で見《み》たことを心《こころ》に充分《じゅうぶん》刻《きざ》む間《ま》もなく、フィルチは小声《こごえ》で何《なに》かつぶやきながら、きびすを返《かえ》してベタベタと歩《ある》き去《さ》り、マルフォイは笑顔《えがお》を作《つく》ってスラグホーンの寛大《かんだい》さに感謝《かんしゃ》していたし、スネイプの顔《かお》は再《ふたた》び不可解《ふかかい》な無表情《むひょうじょう》に戻《もど》っていた。

「何《なん》でもない、何《なん》でもない」スラグホーンは、マルフォイの感謝《かんしゃ》を手《て》を振《ふ》っていなした。

「どの道《みち》、君《きみ》のおじいさんを知《し》っていたのだし……」

「祖父《そふ》はいつも先生《せんせい》のことを高《たか》く評価《ひょうか》していました」マルフォイがすばやく言《い》った。

「魔法薬《まほうやく》にかけては、自分《じぶん》が知《し》っている中《なか》で一番《いちばん》だと……」

ハリーはマルフォイをまじまじと見《み》た。何《なに》もおべんちゃらに関心《かんしん》を持《も》ったからではない。マルフォイが、スネイプに対《たい》しても同《おな》じことをするのをずっと見《み》てきたハリーだ。ただ、よく見《み》ると、マルフォイはほんとうに病気《びょうき》ではないかと思《おも》えたのだ。マルフォイをこんなに間近《まぢか》で見《み》たのはしばらくぶりだった。目《め》の下《した》に黒《くろ》いくまができているし、明《あき》らかに顔色《かおいろ》がすぐれない。

「話《はなし》がある、ドラコ」突然《とつぜん》スネイプが言《い》った。

「まあ、まあ、セブルス」スラグホーンがまたしゃっくりした。

「クリスマスだ。あまり厳《きび》しくせず……」

「我輩《わがはい》は寮監《りょうかん》でしてね。どの程度《ていど》厳《きび》しくするかは、我輩《わがはい》が決《き》めることだ」

スネイプがそっけなく言《い》った。

「ついて来《こ》い、ドラコ」

スネイプが先《さき》に立《た》ち、二人《ふたり》が去《さ》った。マルフォイは恨《うら》みがましい顔《かお》だった。ハリーは一瞬《いっしゅん》、心《こころ》を決《き》めかねて動《うご》けなかったが、それからルーナに言《い》った。

「すぐ戻《もど》るから、ルーナ――えーと――トイレ」

「いいよ」ルーナがほがらかに言《い》った。

急《いそ》いで人混《ひとご》みをかき分《わ》けながら、ハリーは、ルーナがトレローニー先生《せんせい》に、ロットファングの陰謀話《いんぼうばなし》を続《つづ》けるのを聞《き》いたような気《き》がした。先生《せんせい》はこの話題《わだい》に真剣《しんけん》に興味《きょうみ》を持《も》ったようだった。

パーティからいったん離《はな》れてしまえば、廊下《ろうか》はまったく人気《ひとけ》がなかったので、ポケットから「透明《とうめい》マント」を出《だ》して身《み》につけるのはたやすいことだった。むしろスネイプとマルフォイを見《み》つけるほうが難《むずか》しかった。

ハリーは廊下《ろうか》を走《はし》った。足音《あしおと》は、背後《はいご》のスラグホーンの部屋《へや》から流《なが》れてくる音楽《おんがく》や、声高《こわだか》な話《はな》し声《ごえ》にかき消《け》された。スネイプは、地下《ちか》にある自分《じぶん》の部屋《へや》にマルフォイを連《つ》れていったのかもしれない……それともスリザリンの談話室《だんわしつ》まで付《つ》き添《そ》っていったのか……いずれにせよ、ハリーは、ドアというドアに耳《みみ》を押《お》しつけながら廊下《ろうか》を疾走《しっそう》した。

廊下《ろうか》の一番端《いちばんはし》の教室《きょうしつ》に着《つ》いて鍵穴《かぎあな》にかがみ込《こ》んだとき、中《なか》から話《はな》し声《ごえ》が聞《き》こえたのには心《こころ》が躍《おど》った。

「……ミスは許《ゆる》されないぞ、ドラコ。なぜなら、君《きみ》が退学《たいがく》になれば——」

「僕《ぼく》はあれにはいっさい関係《かんけい》ない、わかったか？」

「君《きみ》が我輩《わがはい》にほんとうのことを話《はな》しているのならいいのだが。何《なに》しろあれは、お粗末《そまつ》で愚《おろ》かしいものだった。すでに君《きみ》が関《かか》わっているという嫌疑《けんぎ》がかかっている」

「誰《だれ》が疑《うたが》っているんだ？」マルフォイが怒《おこ》ったように言《い》った。

「もう一度《いちど》だけ言《い》う。僕《ぼく》はやってない。いいか？　あのベルのやつ、誰《だれ》も知《し》らない敵《てき》がいるにちがいない——そんな目《め》で僕《ぼく》を見《み》るな！　おまえが今何《いまなに》をしているのか、僕《ぼく》にはわかっている。バカじゃないんだから。だけどその手《て》は効《き》かない——僕《ぼく》はおまえを阻止《そし》できるんだ！」

一瞬《いっしゅん》だまったのち、スネイプが静《しず》かに言《い》った。

「ああ……ベラトリックスおばさんが君《きみ》に『閉心術《へいしんじゅつ》』を教《おし》えているのか、なるほど。ドラコ、君《きみ》は自分《じぶん》の主君《しゅくん》に対《たい》して、どんな考《かんが》えを隠《かく》そうとしているのかね？」

「僕《ぼく》はあの人《ひと》に対《たい》して何《なん》にも隠《かく》そうとしちゃいない。ただおまえがしゃしゃり出《で》るのがいやなんだ！」

ハリーは一段《いちだん》と強《つよ》く鍵穴《かぎあな》に耳《みみ》を押《お》しつけた……これまで常《つね》に尊敬《そんけい》を示《しめ》し、好意《こうい》まで示《しめ》していたスネイプに対《たい》して、マルフォイがこんな口《くち》のきき方《かた》をするなんて、いったい何《なに》があったんだろう？

「なれば、そういう理由《りゆう》で今学期《こんがっき》は我輩《わがはい》をさけてきたというわけか？　我輩《わがはい》が干渉《かんしょう》するのを恐《おそ》れてか？　わかっているだろうが、我輩《わがはい》の部屋《へや》に来《く》るようにと何度《なんど》言《い》われても来《こ》なかった者《もの》は、ドラコ――」

「罰則《ばっそく》にすればいいだろう！　ダンブルドアに言《い》いつければいい！」マルフォイが嘲《あざけ》った。

また沈黙《ちんもく》が流《なが》れた。そしてスネイプが言《い》った。

「君《きみ》にはよくわかっていることと思《おも》うが、我輩《わがはい》はそのどちらもするつもりはない」

「それなら、自分《じぶん》の部屋《へや》に呼《よ》びつけるのはやめたほうがいい！」

「よく聞《き》け」

スネイプの声《こえ》が非常《ひじょう》に低《ひく》くなり、耳《みみ》をますます強《つよ》く鍵穴《かぎあな》に押《お》しつけないと聞《き》こえなかった。

「我輩《わがはい》は君《きみ》を助《たす》けようとしているのだ。君《きみ》を護《まも》ると、君《きみ》の母親《ははおや》に誓《ちか》った。ドラコ、我輩《わがはい》は『破《やぶ》れぬ誓《ちか》い』をした――」

「それじゃ、それを破《やぶ》らないといけないみたいだな。何《なに》しろ僕《ぼく》は、おまえの保護《ほご》なんかいらない！　僕《ぼく》の仕事《しごと》だ。あの人《ひと》が僕《ぼく》に与《あた》えたんだ。僕《ぼく》がやる。計略《けいりゃく》があるし、うまくいくんだ。ただ、考《かんが》えていたより時間《じかん》がかかっているだけだ！」

「どういう計略《けいりゃく》だ？」

「おまえの知《し》ったことじゃない！」

「何《なに》をしようとしているのか話《はな》してくれれば、我輩《わがはい》が手助《てだす》けすることも――」

「必要《ひつよう》な手助《てだす》けは全部《ぜんぶ》ある。余計《よけい》なお世話《せわ》だ。僕《ぼく》は一人《ひとり》じゃない！」

「今夜《こんや》は明《あき》らかに一人《ひとり》だったな。見張《みは》りも援軍《えんぐん》もなしに廊下《ろうか》をうろつくとは、愚《ぐ》の骨頂《こっちょう》だ。そういうのは初歩的《しょほてき》なミスだ――」

「おまえがクラッブとゴイルに罰則《ばっそく》を課《か》さなければ、僕《ぼく》と一緒《いっしょ》にいるはずだった！」

「声《こえ》を落《お》とせ！」

スネイプが吐《は》きすてるように言《い》った。マルフォイは興奮《こうふん》して声《こえ》が高《たか》くなっていた。

「君《きみ》の友達《ともだち》のクラッブとゴイルが『闇《やみ》の魔術《まじゅつ》に対《たい》する防衛術《ぼうえいじゅつ》』のO・W・L《ふくろう》に今度《こんど》こそパスするつもりなら、現在《げんざい》より多少《たしょう》まじめに勉強《べんきょう》する必要《ひつよう》が――」

「それがどうした？」マルフォイが言《い》った。「『闇《やみ》の魔術《まじゅつ》に対《たい》する防衛術《ぼうえいじゅつ》』――そんなもの全部《ぜんぶ》茶《ちゃ》番《ばん》じゃないか。見《み》せかけの芝居《しばい》だろう？　まるで我々《われわれ》が闇《やみ》の魔術《まじゅつ》から身《み》を護《まも》る必要《ひつよう》があるみたいに――」

「成功《せいこう》のためには不可欠《ふかけつ》な芝居《しばい》だぞ、ドラコ！」スネイプが言《い》った。「我輩《わがはい》が演《えん》じ方《かた》を心得《こころえ》ていなかったら、この長《なが》の年月《ねんげつ》、我輩《わがはい》がどんなに大変《たいへん》なことになっていたと思《おも》うのだ？　よく聞《き》け！　君《きみ》は慎重《しんちょう》さを欠《か》き、夜間《やかん》にうろついて捕《つか》まった。クラッブやゴイルごときの援助《えんじょ》を頼《たよ》りにしているなら――」

「あいつらだけじゃない。僕《ぼく》にはほかの者《もの》もついている。もっと上等《じょうとう》なのが！」

「なれば、我輩《わがはい》を信用《しんよう》するのだ。さすれば我輩《わがはい》が――」

「おまえが何《なに》をねらっているか、知《し》っているぞ！　僕《ぼく》の栄光《えいこう》を横取《よこど》りしたいんだ！」

三度目《どめ》の沈黙《ちんもく》のあと、スネイプが冷《ひ》ややかに言《い》った。

「君《きみ》は子供《こども》のようなことを言《い》う。父親《ちちおや》が逮捕《たいほ》され収監《しゅうかん》されたことが、君《きみ》を動揺《どうよう》させたことはわかる。しかし――」

ハリーは不意《ふい》を突《つ》かれた。マルフォイの足音《あしおと》がドアのむこう側《がわ》に聞《き》こえ、ハリーは飛《と》びのいた。そのとたんにドアがパッと開《ひら》いた。マルフォイが荒々《あらあら》しく廊下《ろうか》に出《で》て、大股《おおまた》にスラグホーンの部屋《へや》の前《まえ》を通《とお》り過《す》ぎ、廊下《ろうか》のむこう端《はし》を曲《ま》がって見《み》えなくなった。

スネイプがゆっくりと中《なか》から現《あらわ》れた。ハリーはうずくまったまま、息《いき》をつくことさえためらっていた。底《そこ》のうかがい知《し》れない表情《ひょうじょう》で、スネイプはパーティに戻《もど》っていった。ハリーは「マント」に隠《かく》れてその場《ば》に座《すわ》り込《こ》み、激《はげ》しく考《かんが》えをめぐらしていた。

第《だい》16章《しょう》　冷《ひ》え冷《び》えとしたクリスマス

「それじゃ、スネイプは援助《えんじょ》を申《もう》し出《で》ていたのか？　スネイプが、ほんとうに、あいつに援助《えんじょ》を申《もう》し出《で》ていたのか？」

「もう一回《かい》おんなじことを聞《き》いたら——」ハリーが言《い》った。

「この芽《め》キャベツを突《つ》っ込《こ》むぞ。君《きみ》の——」

「たしかめてるだけだよ！」ロンが言《い》った。

二人《ふたり》はウィーズリーおばさんの手伝《てつだ》いで「隠《かく》れ穴《あな》」の台所《だいどころ》の流《なが》しの前《まえ》に立《た》ち、山積《やまづ》みになった芽《め》キャベツの外皮《そとかわ》をむいていた。目《め》の前《まえ》の窓《まど》の外《そと》には雪《ゆき》が舞《ま》っている。

「ああ、スネイプはあいつに援助《えんじょ》を申《もう》し出《で》ていた！」ハリーが言《い》った。

「マルフォイの母親《ははおや》に、あいつを護《まも》ると約束《やくそく》したって、『破《やぶ》れぬ約束《やくそく》』とか何《なん》とかだって、そう言《い》ってた」

「『破《やぶ》れぬ誓《ちか》い』？」ロンがドキッとした顔《かお》をした。

「まさか、ありえないよ……たしかか？」

「ああ、たしかだ」ハリーが答《こた》えた。

「なんで？　その誓《ちか》いって何《なん》だ？」

「えー、『破《やぶ》れぬ誓《ちか》い』は、破《やぶ》れない……」

「あいにくと、それくらいのことは僕《ぼく》にだってわかるさ。それじゃ、破《やぶ》ったらどうなるんだ？」

「死《し》ぬ」ロンの答《こた》えは単純《たんじゅん》だった。

「僕《ぼく》が五つぐらいのとき、フレッドとジョージが、僕《ぼく》にその誓《ちか》いをさせようとしたんだ。僕《ぼく》、ほとんど誓《ちか》いかけてさ、フレッドと手《て》を握《にぎ》り合《あ》ったりとかしてたんだよ。そしたらパパがそれを見《み》つけて、めっちゃ怒《おこ》った」

ロンは、昔《むかし》を思《おも》い出《だ》すような遠《とお》い目《め》つきをした。

「パパがママみたいに怒《おこ》るのを見《み》たのは、そのとき一回《かい》こっきりだ。フレッドなんか、ケツの左《ひだり》半分《はんぶん》がそれ以来《いらい》何《なん》となく調子《ちょうし》が出《で》ないって言《い》ってる」

「そうか、まあ、フレッドの左《ひだり》っケツは置《お》いといて――」

「何《なに》かおっしゃいましたかね？」

フレッドの声《こえ》がして、双子《ふたご》が台所《だいどころ》に入《はい》ってきた。

「あぁぁー、ジョージ、見《み》ろよ。こいつらナイフなんぞ使《つか》ってるぜ。哀《あわ》れじゃないか」

「あと二か月《げつ》ちょっとで、僕《ぼく》は十七歳《さい》だ」ロンが不機嫌《ふきげん》に言《い》った。

「そしたら、こんなの、魔法《まほう》でできるんだ！」

「しかしながら、それまでは――」

ジョージが台所《だいどころ》の椅子《いす》に座《すわ》り、テーブルに足《あし》をのせながら言《い》った。

「俺《おれ》たちはこうして高《たか》みの見物《けんぶつ》。君《きみ》たちが正《ただ》しいナイフの――うぉっとっと」

「おまえたちのせいだぞ！」

ロンは血《ち》の出《で》た親指《おやゆび》をなめながら怒《おこ》った。

「今《いま》に見《み》てろ。十七歳《さい》になったら――」

「きっと、これまでその影《かげ》すらなかった魔法《まほう》の技《わざ》で、俺《おれ》たちをくらくらさせてくださるだろうよ」

フレッドがあくびした。

「ところで、ロナルドよ。これまで影《かげ》すらなかった技《わざ》といえば」ジョージが言《い》った。

「ジニーから聞《き》いたが、何事《なにごと》だい？　君《きみ》と若《わか》いレディで、名前《なまえ》は――情報《じょうほう》にまちがいがなければ――ラベンダー・ブラウンとか？」

ロンはかすかにピンクに染《そ》まったが、芽《め》キャベツに視線《しせん》を戻《もど》したときの顔《かお》はまんざらでもなさそうだった。

「関係《かんけい》ないだろ」

「これはスマートな反撃《はんげき》で」フレッドが言《い》った。

「そのスマートさをどう解釈《かいしゃく》すべきか、とほうにくれるよ。いや、なに、我々《われわれ》が知《し》りたかったのは……どうしてそんなことが起《お》こったんだ？」

「どういう意味《いみ》だ？」

「その女性《じょせい》は、事故《じこ》か何《なに》かにあったのか？」

「えっ？」

「あー、いかにしてそれほどの脳障害《のうしょうがい》を受《う》けたのか？　あ、気《き》をつけろ！」

ウィーズリーおばさんがちょうど台所《だいどころ》に入《はい》ってきて、ロンが芽《め》キャベツ用《よう》のナイフをフレッドに投《な》げつけるところを目撃《もくげき》した。フレッドは面倒《めんどう》くさそうに杖《つえ》を振《ふ》って、それを紙飛行機《かみひこうき》に変《か》えた。

「ロン！」おばさんがカンカンになった。

「ナイフを投《な》げつけるところなんか、二度《にど》と見《み》せないでちょうだい！」

「わかったよ」ロンが言《い》った。「見《み》つからないようにするさ」

芽《め》キャベツの山《やま》のほうに向《む》きなおりながら、ロンがちょろりとつけ足《た》した。

「フレッド、ジョージ。リーマスが今晩《こんばん》やってくるの。それで、二人《ふたり》には悪《わる》いんだけどね、ビルをあなたたちの部屋《へや》に押《お》し込《こ》まないと」

「かまわないよ」ジョージが言《い》った。

「それで、チャーリーは帰《かえ》ってこないから、ハリーとロンが屋根裏部屋《やねうらべや》。それから、フラーとジニーが一緒《いっしょ》の部屋《へや》になれば――」

「――そいつぁ、ジニーにとっちゃ、いいクリスマスだぞ――」フレッドがつぶやいた。

「――それでみんなくつろげるでしょう。まあ、とにかく全員寝《ぜんいんね》る所《ところ》だけはあるわ」

ウィーズリーおばさんが少《すこ》しわずらわしげに言《い》った。

「じゃあ、パーシーが仏頂面《ぶっちょうづら》をぶら下《さ》げてこないことだけは、確実《かくじつ》なんだね？」

フレッドが聞《き》いた。

ウィーズリーおばさんは、答《こた》える前《まえ》に背《せ》を向《む》けた。

「ええ、あの子《こ》は、きっと忙《いそが》しいのよ。魔法省《まほうしょう》で」

「さもなきゃ、世界《せかい》一のまぬけだ」

ウィーズリーおばさんが台所《だいどころ》を出《で》ていくときに、フレッドが言《い》った。

「そのどっちかさ。さあ、それじゃ、ジョージ、出《で》かけるとするか」

「二人《ふたり》とも、何《なに》するつもりなんだ？」ロンが聞《き》いた。

「芽《め》キャベツ、手伝《てつだ》ってくれないのか？　ちょっと杖《つえ》を使《つか》ってくれたら、僕《ぼく》たちも自由《じゆう》になれるぞ！」

「いや、そのようなことは、できませんね」フレッドがまじめな口調《くちょう》で言《い》った。

「魔法《まほう》を使《つか》わずに芽《め》キャベツのむき方《かた》を学習《がくしゅう》することは、人格形成《じんかくけいせい》に役《やく》に立《た》つ。マグルやスクイブの苦労《くろう》を理解《りかい》できるようになる――」

「――それに、ロン、助《たす》けてほしいときには――」

ジョージが紙飛行機《かみひこうき》をロンに投《な》げ返《かえ》しながら言《い》い足《た》した。

「ナイフを投《な》げつけたりはしないものだ。後学《こうがく》のために言《い》っておきますがね。俺《おれ》たちは村《むら》に行《い》く。雑貨屋《ざっかや》にかわいい娘《むすめ》が働《はたら》いていて、俺《おれ》のトランプ手品《てじな》がすんばらしいと思《おも》っているわけだ……まるで魔法《まほう》みたいだとね……」

「クソ、あいつら」

フレッドとジョージが雪深《ゆきぶか》い中庭《なかにわ》を横切《よこぎ》って出《で》ていくのを見《み》ながら、ロンが険悪《けんあく》な声《こえ》で言《い》った。

「あの二人《ふたり》なら十秒《びょう》もかからないんだぜ。そしたら僕《ぼく》たちも出《で》かけられるのに」

「僕《ぼく》は行《い》けない」ハリーが言《い》った。

「ここにいる間《あいだ》は出歩《である》かないって、ダンブルドアに約束《やくそく》したんだ」

「ああ、そう」ロンが言《い》った。

芽《め》キャベツを二、三個《こ》むいてから、またロンが言《い》った。

「君《きみ》が聞《き》いたスネイプとマルフォイの言《い》い争《あらそ》いのこと、ダンブルドアに言《い》うつもりか？」

「ウン」ハリーが答《こた》えた。

「やめさせることができる人《ひと》なら、誰《だれ》にだって言《い》うし、ダンブルドアはその筆頭《ひっとう》だからね。君《きみ》のパパにも、もう一度《いちど》話《はなし》をするかもしれない」

「だけど、マルフォイが実際何《じっさいなに》をやっているのかってことを、聞《き》かなかったのは残念《ざんねん》だ」

「聞《き》けたはずがないんだ。そうだろ？　そこが肝心《かんじん》なんだ。マルフォイはスネイプに話《はな》すのを拒《こば》んでいたんだから」

二人《ふたり》はしばらくだまり込《こ》んだが、やがてロンが言《い》った。

「みんなが何《なん》て言《い》うか、もち、君《きみ》にはわかってるよな？　パパもダンブルドアもみんなも？　スネイプは、実《じつ》はマルフォイを助《たす》けるつもりがない。ただ、マルフォイのたくらみを聞《き》き出《だ》そうとしただけだって」

「スネイプの言《い》い方《かた》を聞《き》いてないからだ」ハリーがピシャリと言《い》った。

「どんな役者《やくしゃ》だって、たとえスネイプでも、演技《えんぎ》でああはできない」

「ああ……一応《いちおう》言《い》ってみただけさ」ロンが言《い》った。

ハリーは顔《かお》をしかめてロンを見《み》た。

「だけど、君《きみ》は、僕《ぼく》が正《ただ》しいと思《おも》ってるだろ？」

「ああ、そうだとも！」ロンがあわてて言《い》った。

「そう思《おも》う、ほんと！　だけど、みんなは、スネイプが騎士団《きしだん》の団員《だんいん》だって、そう信《しん》じてるだろ？」

ハリーは答《こた》えなかった。ハリーの新《あたら》しい証拠《しょうこ》に対《たい》して、真《ま》っ先《さき》にそういう反論《はんろん》が出《で》てきそうだと、ハリーもとうに考《かんが》えていた。今度《こんど》はハーマイオニーの声《こえ》が聞《き》こえてきた。

「ハリー、当然《とうぜん》、スネイプは、援助《えんじょ》を申《もう》し出《で》るふりをしたんだわ。何《なに》をたくらんでいるのかマルフォイにしゃべらせようという計略《けいりゃく》よ……」

しかし、この声《こえ》はハリーの想像《そうぞう》にすぎなかった。ハーマイオニーには、立《た》ち聞《ぎ》きの内容《ないよう》を教《おし》える機会《きかい》がなかったのだから。ハリーがスラグホーンのパーティに戻《もど》ったときには、ハーマイオニーはとっくにそこから消《き》えていたということを、怒《おこ》ったマクラーゲンから聞《き》かされた。談話室《だんわしつ》にハリーが帰《かえ》ったときには、ハーマイオニーはもう寮《りょう》の寝室《しんしつ》に戻《もど》ってしまっていた。翌日《よくじつ》の朝早《あさはや》くロンと二人《ふたり》で「隠《かく》れ穴《あな》」に出発《しゅっぱつ》するときも、ハーマイオニーに「メリークリスマス」と声《こえ》をかけ、休暇《きゅうか》から戻《もど》ったら、重要《じゅうよう》なニュースがあると告《つ》げるのがやっとだった。それでさえ、ハーマイオニーに聞《き》こえていたかどうか、定《さだ》かにはわからなかった。ちょうどその時《とき》ハリーの後《うし》ろで、ロンとラベンダーが、完全《かんぜん》に無言《むごん》のさよならを交《か》わしていたからだ。

それでも、ハーマイオニーでさえ否定《ひてい》できないことが一つある。マルフォイは絶対《ぜったい》に何《なに》かたくらんでいる。そしてスネイプはそれを知《し》っている。だから、ロンにはもう何度《なんど》も言《い》ったセリフだが、ハリーは、「僕《ぼく》の言《い》ったとおりだろ」と当然《とうぜん》言《い》えると思《おも》った。

ハリーが、魔法省《まほうしょう》で長時間仕事《ちょうじかんしごと》をしていたウィーズリーおじさんと話《はなし》をする機会《きかい》もないまま、クリスマスイブがやってきた。ジニーが豪勢《ごうせい》に飾《かざ》り立《た》てて、紙鎖《かみぐさり》が爆発《ばくはつ》したようなにぎやかな居間《いま》に、ウィーズリー一家《いっか》と来客《らいきゃく》たちが座《すわ》っていた。フレッド、ジョージ、ハリー、ロンの四人《にん》だけが、クリスマスツリーのてっぺんに飾《かざ》られた天使《てんし》の正体《しょうたい》を知《し》っていた。実《じつ》は、クリスマス・ディナー用《よう》のにんじんを引《ひ》き抜《ぬ》いていたフレッドのかかとにかみついた、庭小人《にわこびと》なのだ。失神呪文《しっしんじゅもん》をかけられて金色《きんいろ》に塗《ぬ》られた上《うえ》、ミニチュアのチュチュに押《お》し込《こ》まれ、背中《せなか》に小《ちい》さな羽《はね》を接着《ちゃく》されて上《うえ》から全員《ぜんいん》をにらみつけていたが、ジャガイモのようなでかいはげ頭《あたま》にかなり毛深《けぶか》い足《あし》の姿《すがた》は、ハリーがこれまで見《み》た中《なか》で最《もっと》も醜《みにく》い天使《てんし》だった。
大《おお》きな木製《もくせい》のラジオから、クリスマス番組《ばんぐみ》で歌《うた》う、ウィーズリーおばさんごひいきの歌手《かしゅ》、セレスティナ・ワーベックのわななくような歌声《うたごえ》が流《なが》れていた。全員《ぜんいん》がそれを聞《き》いているはずだったが、フラーはセレスティナの歌《うた》がたいくつだと思《おも》ったらしく、隅《すみ》のほうで大声《おおごえ》で話《はな》していた。ウィーズリーおばさんは、苦々《にがにが》しい顔《かお》で何度《なんど》も杖《つえ》をボリュームのつまみに向《む》け、セレスティナの歌声《うたごえ》はそのたびに大《おお》きくなった。「♪大鍋《おおなべ》は灼熱《しゃくねつ》の恋《こい》にあふれ」のかなりにぎやかなジャズの音《おと》に隠《かく》れて、フレッドとジョージは、ジニーと爆発《ばくはつ》スナップ・ゲームを始《はじ》めた。ロンは何《なに》かヒントになるようなものはないかと、ビルとフラーにちらちら目《め》を走《はし》らせていた。一方《いっぽう》、以前《いぜん》よりやせてみすぼらしいなりのリーマス・ルーピンは、暖炉《だんろ》のそばに座《すわ》って、セレスティナの声《こえ》など聞《き》こえないかのように、じっと炎《ほのお》を見《み》つめていた。

ああ、わたしの大鍋《おおなべ》を混《ま》ぜてちょうだい
ちゃんと混《ま》ぜてちょうだいね
煮《に》えたぎる愛《あい》は強烈《きょうれつ》よ
今夜《こんや》はあなたを熱《あつ》くするわ

「十八歳《さい》のときに、私《わたし》たちこの曲《きょく》で踊《おど》ったの！」

編《あ》み物《もの》で目《め》をぬぐいながら、ウィーズリーおばさんが言《い》った。

「あなた、覚《おぼ》えてらっしゃる？」

「ムフニャ？」みかんの皮《かわ》をむきながら、こっくりこっくりしていたおじさんが言《い》った。

「ああ、そうだね……すばらしい曲《きょく》だ……」

おじさんは気《き》を取《と》り直《なお》して背筋《せすじ》を伸《の》ばし、隣《となり》に座《すわ》っていたハリーに顔《かお》を向《む》けた。

「すまんね」おじさんは、ラジオのほうをぐいと首《くび》で指《さ》しながら言《い》った。セレスティナの歌《うた》が大《だい》コーラスになっていた。「もうすぐ終《お》わるから」

「大丈夫《だいじょうぶ》ですよ」ハリーはニヤッとした。「魔法省《まほうしょう》では忙《いそが》しかったんですか？」

「実《じつ》に」おじさんが言《い》った。

「実績《じっせき》が上《あ》がっているなら忙《いそが》しくてもかまわんのだがね。この二、三か月《げつ》の間《あいだ》に逮捕《たいほ》が三件《けん》だが、本物《ほんもの》の死喰《しく》い人《びと》が一件《けん》でもあったかどうか疑《うたが》わしい――ハリー、これは他言無用《たごんむよう》だよ」

おじさんは急《きゅう》に目《め》が覚《さ》めたように、急《いそ》いでつけ加《くわ》えた。

「まだ、スタン・シャンパイクを拘束《こうそく》してるんじゃないでしょうね？」ハリーが尋《たず》ねた。

「残念《ざんねん》ながら」おじさんが言《い》った。「ダンブルドアがスタンのことで、スクリムジョールに直接《ちょくせつ》抗議《こうぎ》しようとしたのは知《し》っているんだが……まあ、実際《じっさい》にスタンの面接《めんせつ》をした者《もの》は全員《ぜんいん》、スタンが死喰《しく》い人《びと》なら、このみかんだってそうだという意見《いけん》で一致《いっち》する……しかし、トップの連中《れんちゅう》は、何《なに》か進展《しんてん》があると見《み》せかけたい。『三件逮捕《けんたいほ》』と言《い》えば『三件誤認逮捕《けんごにんたいほ》して釈放《しゃくほう》』より聞《き》こえがいい……くどいようだが、これもまた極秘《ごくひ》でね……」

「何《なん》にも言《い》いません」ハリーが言《い》った。しばらくの間《あいだ》、ハリーは考《かんが》えを整理《せいり》しながら、どうやって切《き》り出《だ》したものかと迷《まよ》っていた。セレスティナ・ワーベックが「♪あなたの魔力《まりょく》がわたしのハートを盗《ぬす》んだ」というバラードを歌《うた》いだした。

「ウィーズリーおじさん、学校《がっこう》に出発《しゅっぱつ》するとき駅《えき》で僕《ぼく》がお話《はな》ししたこと、覚《おぼ》えていらっしゃいますね？」

「ハリー、調《しら》べてみたよ」おじさんが即座《そくざ》に答《こた》えた。「私《わたし》が出向《でむ》いて、マルフォイ宅《たく》を捜索《そうさく》した。何《なに》も出《で》てこなかった。壊《こわ》れた物《もの》もまともな物《もの》もふくめて、場《ば》ちがいな物《もの》は何《なに》もなかった」

「ええ、知《し》っています。『日刊予言者《にっかんよげんしゃ》』で、おじさんが捜索《そうさく》したことを読《よ》みました……でも、今度《こんど》はちょっとちがうんです……そう、別《べつ》のことです……」

そして ハリーは、立《た》ち聞《ぎ》きしたマルフォイとスネイプの会話《かいわ》の内容《ないよう》を、おじさんにすべて話《はな》した。話《はな》しながら、ルーピンが少《すこ》しこちらを向《む》いて、一言《ひとこと》ももらさずに聞《き》いているのに気《き》づいた。話《はな》し終《お》わったとき、沈黙《ちんもく》が訪《おとず》れた。セレスティナのささやくような歌声《うたごえ》だけが聞《き》こえた。

ああ、かわいそうなわたしのハート　どこへ行《い》ったの？
魔法《まほう》にかかって　わたしを離《はな》れたの……

「こうは思《おも》わないかね、ハリー」おじさんが言《い》った。「スネイプはただ、そういうふりを――」

「援助《えんじょ》を申《もう》し出《で》るふりをして、マルフォイのたくらみを聞《き》き出《だ》そうとした？」

ハリーは早口《はやくち》に先取《さきど》りした。

「ええ、そうおっしゃるだろうと思《おも》いました。でも、僕《ぼく》たちにはどっちだか判断《はんだん》できないでしょう？」

「私《わたし》たちは判断《はんだん》する必要《ひつよう》がないんだ」

ルーピンが意外《いがい》なことを言《い》った。ルーピンは、今度《こんど》は暖炉《だんろ》に背《せ》を向《む》けて、おじさんを挟《はさ》んでハリーと向《む》かい合《あ》っていた。

「それはダンブルドアの役目《やくめ》だ。ダンブルドアがセブルスを信用《しんよう》している。それだけで我々《われわれ》にとっては充分《じゅうぶん》なのだ」

「でも」ハリーが言《い》った。

「たとえば――たとえばだけど、スネイプのことでダンブルドアがまちがっていたら――」

「みんなそう言《い》った。何度《なんど》もね。結局《けっきょく》、ダンブルドアの判断《はんだん》を信《しん》じるかどうかだ。私《わたし》は信《しん》じる。だから私《わたし》はセブルスを信《しん》じる」

「でも、ダンブルドアだって、まちがいはある」ハリーが言《い》い張《は》った。

「ダンブルドア自身《じしん》がそう言《い》った。それに、ルーピンは――」

ハリーはまっすぐにルーピンの目《め》を見《み》つめた。

「――ほんとのこと言《い》って、スネイプが好《す》きなの？」

「セブルスが好《す》きなわけでも嫌《きら》いなわけでもない」ルーピンが言《い》った。

「いや、ハリー、これはほんとうのことだよ」

ハリーが疑《うたが》わしげな顔《かお》をしたので、ルーピンが言葉《ことば》をつけ加《くわ》えた。

「ジェームズ、シリウス、セブルスの間《あいだ》に、あれだけいろいろなことがあった以上《いじょう》、おそらくけっして親友《しんゆう》にはなれないだろう。あまりに苦々《にがにが》しさが残《のこ》る。しかし、ホグワーツで教《おし》えた一年《ねん》間《かん》のことを、私《わたし》は忘《わす》れていない。セブルスは毎月《まいつき》、トリカブト系《けい》の脱狼薬《だつろうやく》を煎《せん》じてくれた。完璧《かんぺき》に。おかげで私《わたし》は、満月《まんげつ》のときのいつもの苦《くる》しみを味《あじ》わわずにすんだ」

「だけどあいつ、ルーピンは狼人間《おおかみにんげん》だって『偶然《ぐうぜん》』もらして、あなたが学校《がっこう》を去《さ》らなければならないようにしたんだ！」ハリーは憤慨《ふんがい》して言《い》った。

ルーピンは肩《かた》をすくめた。

「どうせもれることだった。セブルスが私《わたし》の職《しょく》を欲《ほっ》していたことはたしかだが、薬《くすり》に細工《さいく》すれば、私《わたし》にもっとひどいダメージを与《あた》えることもできた。スネイプは私《わたし》を健全《けんぜん》に保《たも》ってくれた。それには感謝《かんしゃ》すべきだ」

「きっと、ダンブルドアの目《め》が光《ひか》っている所《ところ》で薬《くすり》に細工《さいく》するなんて、できやしなかったんだ！」

ハリーが言《い》った。

「君《きみ》はあくまでもセブルスを憎《にく》みたいんだね、ハリー」ルーピンはかすかに笑《え》みをもらした。

「私《わたし》には理解《りかい》できる。父親《ちちおや》がジェームズで、名付《なづ》け親《おや》がシリウスなのだから、君《きみ》は古《ふる》い偏見《へんけん》を受《う》け継《つ》いでいるわけだ。もちろん君《きみ》は、アーサーや私《わたし》に話《はな》したことを、ダンブルドアに話《はな》せばいい。ただ、ダンブルドアが君《きみ》と同《おな》じ意見《いけん》を持《も》つと期待《きたい》はしないことだね。それに、君《きみ》の話《はなし》を聞《き》いてダンブルドアが驚《おどろ》くだろうという期待《きたい》も持《も》たないことだ。セブルスはダンブルドアの命《めい》を受《う》けて、ドラコに質問《しつもん》したのかもしれない」

……あなたが裂《さ》いた　わたしのハートを
返《かえ》して、返《かえ》して、わたしのハートを！

セレスティナはかん高《だか》い音《おと》を長々《ながなが》と引《ひ》き伸《の》ばして歌《うた》い終《お》え、ラジオから割《わ》れるような拍手《はくしゅ》が聞《き》こえてきた。ウィーズリーおばさんも夢中《むちゅう》で拍手《はくしゅ》した。

「終《お》わりましたか？」フラーが大《おお》きな声《こえ》で言《い》った。「ああ、よかった。なんていどい——！」

「それじゃ、寝酒《ねざけ》に一杯《ぱい》飲《の》もうか？」ウィーズリーおじさんが声《こえ》を張《は》り上《あ》げてそう言《い》いながら、勢《いきお》いよく立《た》ち上《あ》がった。「エッグノッグが欲《ほ》しい人《ひと》？」

「最近《さいきん》は何《なに》をしてるの？」

おじさんが急《いそ》いでエッグノッグを取《と》りにいき、みんなが伸《の》びをしておしゃべりを始《はじ》めたので、ハリーはルーピンに聞《き》いた。

「ああ、地下《ちか》にもぐっている」ルーピンが言《い》った。

「ほとんど文字《もじ》どおりね。だから、ハリー、手紙《てがみ》が書《か》けなかったんだ。君《きみ》に手紙《てがみ》を出《だ》すこと自体《じたい》、正体《しょうたい》をばらすことになる」

「どういうこと？」

「仲間《なかま》と一緒《いっしょ》に棲《す》んでいる。同類《どうるい》とね」ルーピンが言《い》った。

ハリーがわからないような顔《かお》をしたので、ルーピンが「狼人間《おおかみにんげん》とだ」とつけ加《くわ》えた。

「ほとんど全員《ぜんいん》がヴォルデモート側《がわ》でね。ダンブルドアがスパイを必要《ひつよう》としていたし、私《わたし》は……おあつらえ向《む》きだった」

声《こえ》に少《すこ》し皮肉《ひにく》な響《ひび》きがあった。自分《じぶん》でもそれに気《き》づいたのか、ルーピンはやや温《あたた》かくほほ笑《え》みながら言葉《ことば》を続《つづ》けた。

「不平《ふへい》を言《い》っているわけではないんだよ。必要《ひつよう》な仕事《しごと》だし、私《わたし》ほどその仕事《しごと》にふさわしい者《もの》はいないだろう？　ただ、連中《れんちゅう》の信用《しんよう》を得《え》るのは難《むずか》しい。私《わたし》が魔法使《まほうつか》いのただ中《なか》で生《い》きようとしてきたことは、まあ、隠《かく》しようもない。ところが連中《れんちゅう》は通常《つうじょう》の社会《しゃかい》をさけ、周辺《しゅうへん》で生《い》きてきた。盗《ぬす》んだり――時《とき》には殺《ころ》したり――食《く》っていくためにね」

「どうして連中《れんちゅう》はヴォルデモートが好《す》きなの？」

「あの人《ひと》の支配《しはい》なら、自分《じぶん》たちは、もっとましな生活《せいかつ》ができると考《かんが》えている」

ルーピンが言《い》った。

「グレイバックがいるかぎり、論《ろん》ばくするのは難《むずか》しい」

「グレイバックって、誰《だれ》？」

「聞《き》いたことがないのか？」

ルーピンは、発作的《ほっさてき》にひざの上《うえ》で拳《こぶし》を握《にぎ》りしめた。

「フェンリール・グレイバックは、現在生《げんざいい》きている狼人間《おおかみにんげん》の中《なか》で、おそらく最《もっと》も残忍《ざんにん》なやつだ。できるだけ多《おお》くの人間《にんげん》をかみ、汚染《おせん》することを自分《じぶん》の使命《しめい》だと考《かんが》えている。魔法使《まほうつか》いを打《う》ち負《ま》かすのに充分《じゅうぶん》な数《かず》の狼人間《おおかみにんげん》を作《つく》り出《だ》したいというわけだ。ヴォルデモートは、自分《じぶん》に仕《つか》えればかわりに獲物《えもの》を与《あた》えると約束《やくそく》した。グレイバックは子供専門《こどもせんもん》でね……若《わか》いうちにかめ、とやつは言《い》う。そして親《おや》から引《ひ》き離《はな》して育《そだ》て、普通《ふつう》の魔法使《まほうつか》いを憎《にく》むように育《そだ》て上《あ》げる。ヴォルデモートは、息子《むすこ》や娘《むすめ》たちをグレイバックに襲《おそ》わせるぞ、と言《い》って魔法使《まほうつか》いたちを脅《おど》した。そういう脅《おど》しは通《つう》常《じょう》効《き》き目《め》があるものだ」

ルーピンは、一瞬《いっしゅん》、間《ま》を置《お》いて言葉《ことば》を続《つづ》けた。

「私《わたし》をかんだのはグレイバックだ」

「えっ？」ハリーは驚《おどろ》いた。「それ――それじゃ、ルーピンが子供《こども》だったときなの？」

「そうだ。父《ちち》がグレイバックを怒《おこ》らせてね。私《わたし》を襲《おそ》った狼人間《おおかみにんげん》が誰《だれ》なのか、私《わたし》は長《なが》いこと知《し》らなかった。変身《へんしん》するのがどんな気持《きも》ちなのかがわかってからは、きっと自分《じぶん》を制《せい》しきれなかったのだろうと、その狼人間《おおかみにんげん》を哀《あわ》れにさえ思《おも》ったものだ。しかし、グレイバックはちがう。満月《まんげつ》の夜《よる》、やつは確実《かくじつ》に襲《おそ》えるようにと、獲物《えもの》の近《ちか》くに身《み》を置《お》く。すべて計画的《けいかくてき》なのだ。そして、ヴォルデモートが狼人間《おおかみにんげん》を操《あやつ》るのに使《つか》っているのが、この男《おとこ》なのだ。虚勢《きょせい》を張《は》ってもしかたがないから言《い》うが、グレイバックが、狼人間《おおかみにんげん》は人《ひと》の血《ち》を流《なが》す権利《けんり》があり、普通《ふつう》のやつらに復讐《ふくしゅう》しなければならないと力説《りきせつ》する前《まえ》で、私流《わたしりゅう》の理性的《りせいてき》な議論《ぎろん》など大《たい》して力《ちから》がないんだ」

「でも、ルーピンは普通《ふつう》の魔法使《まほうつか》いだ！」ハリーは激《はげ》しい口調《くちょう》で言《い》った。

「ただ、ちょっと──問題《もんだい》を抱《かか》えているだけだ」

ルーピンが突然笑《とつぜんわら》いだした。

「君《きみ》のおかげで、ずいぶんとジェームズのことを思《おも》い出《だ》すよ。周《まわ》りに誰《だれ》かがいると、ジェームズは、私《わたし》が『ふわふわした小《ちい》さな問題《もんだい》』を抱《かか》えていると言《い》ったものだ。私《わたし》が行儀《ぎょうぎ》の悪《わる》いウサギでも飼《か》っているのだろうと思《おも》った人《ひと》が大勢《おおぜい》いたよ」

ルーピンは、ありがとうと言《い》って、ウィーズリーおじさんからエッグノッグのグラスを受《う》け取《と》り、少《すこ》し元気《げんき》が出《で》たように見《み》えた。一方《いっぽう》ハリーは、急《きゅう》に興奮《こうふん》を感《かん》じた。父親《ちちおや》のことが話題《わだい》に出《で》たとたん、以前《いぜん》からルーピンに聞《き》きたいことがあったのを思《おも》い出《だ》したのだ。

「『半純血《はんじゅんけつ》のプリンス』って呼《よ》ばれていた人《ひと》のこと、聞《き》いたことがある？」

「『半純血《はんじゅんけつ》の』何《なん》だって？」

「『プリンス』だよ」

思《おも》い当《あ》たったような様子《ようす》はないかと、ルーピンをじっと見《み》つめながら、ハリーが言《い》った。

「魔法界《まほうかい》に王子《おうじ》はいない」ルーピンがほほ笑《え》みながら言《い》った。

「そういう肩書《かたが》きをつけようと思《おも》っているのかい？『選《えら》ばれし者《もの》』で充分《じゅうぶん》だと思《おも》ったが？」

「僕《ぼく》とは何《なん》の関係《かんけい》もないよ！」ハリーは憤慨《ふんがい》した。

「『半純血《はんじゅんけつ》のプリンス』というのは、ホグワーツにいたことのある誰《だれ》かで、その人《ひと》の古《ふる》い『魔法《まほう》薬《やく》』の教科書《きょうかしょ》を、僕《ぼく》が持《も》っているんだ。それにびっしり呪文《じゅもん》が書《か》き込《こ》んであって、その人《ひと》が自分《じぶん》で発明《はつめい》した呪文《じゅもん》なんだ。呪文《じゅもん》の一つが『レビコーパス、身体浮上《しんたいふじょう》』——」

「ああ、その呪文《じゅもん》は私《わたし》の学生時代《がくせいじだい》に大流行《だいりゅうこう》だった」ルーピンが思《おも》い出《で》にふけるように言《い》った。

「五年生《ねんせい》のとき、二、三か月《げつ》の間《あいだ》、ちょっと動《うご》くとたちまちくるぶしから吊《つ》り下《さ》げられてしまうような時期《じき》があった」

「父《とう》さんがそれを使《つか》った」ハリーが言《い》った。

「『憂《うれ》いの篩《ふるい》』で、父《とう》さんが、スネイプにその呪文《じゅもん》を使《つか》うのを見《み》たよ」

ハリーは、たいして意味《いみ》のない、さりげない言葉《ことば》に聞《き》こえるよう気楽《きらく》に言《い》おうとしたが、そういう効果《こうか》が出《で》たかどうか自信《じしん》がなかった。ルーピンは、すべてお見透《みとお》しのようなほほ笑《え》み方《かた》をした。

「そうだね」ルーピンが言《い》った。

「しかし、君《きみ》の父《とう》さんだけじゃない。今《いま》言《い》ったように、大流行《だいりゅうこう》していた……呪文《じゅもん》にも流行《はや》りすたりがあるものだ……」

「でも、その呪文《じゅもん》は、ルーピンの学生時代《がくせいじだい》に発明《はつめい》されたものみたいなんだけど」

ハリーが食《く》い下《さ》がった。

「そうとはかぎらない」ルーピンが言《い》った。「呪文《じゅもん》もほかのものと同《おな》じで、流行《りゅうこう》がある」

ルーピンはハリーの顔《かお》をじっと見《み》てから、静《しず》かに言《い》った。

「ハリー、ジェームズは純血《じゅんけつ》だったよ。それに、君《きみ》に請《う》け合《あ》うが、私《わたし》たちに『プリンス』と呼《よ》ばせたことはない」

ハリーは遠回《とおまわ》しな言《い》い方《かた》をやめた。

「それじゃ、シリウスはどう？　もしかしてルーピンじゃない？」

「絶対《ぜったい》にちがう」

「そう」ハリーは暖炉《だんろ》の火《ひ》を見《み》つめた。「もしかしたらって思《おも》ったんだ――あのね、魔法薬《まほうやく》のクラスで、僕《ぼく》、ずいぶん助《たす》けられたんだ。そのプリンスに」

「ハリー、どのくらい古《ふる》い本《ほん》なんだね？」

「さあ、調《しら》べたことがない」

「うん、そのプリンスがいつごろホグワーツにいたのか、それでヒントがつかめるかもしれないよ」ルーピンが言《い》った。

それからしばらくして、フラーがセレスティナの「♪大鍋《おおなべ》は灼熱《しゃくねつ》の恋《こい》にあふれ」の歌《うた》い方《かた》をまねしはじめた。それが合図《あいず》になり、全員《ぜんいん》がウィーズリーおばさんの表情《ひょうじょう》をちらりと見《み》たとたん、もう寝《ね》る時間《じかん》が来《き》たと悟《さと》った。ハリーとロンは、一番上《いちばんうえ》にある屋根裏部屋《やねうらべや》のロンの寝室《しんしつ》まで上《のぼ》っていった。そこには、ハリーのために簡易《かんい》ベッドが準備《じゅんび》されていた。

ロンはほとんどすぐ眠《ねむ》り込《こ》んだが、ハリーは、ベッドに入《はい》る前《まえ》にトランクの中《なか》を探《さぐ》って『上級《じょうきゅう》魔法薬《まほうやく》』の本《ほん》を引《ひ》っ張《ぱ》り出《だ》した。あっちこっちページをめくって、ハリーは結局《けっきょく》、最初《さいしょ》のページにある発行日《はっこうび》を見《み》つけた。五十年《ねん》ほど前《まえ》だ。ハリーの父親《ちちおや》もその友達《ともだち》も、五十年前《ねんまえ》にはホグワーツにいなかった。ハリーはがっかりして、本《ほん》をトランクに投《な》げ返《かえ》し、ランプを消《け》して横《よこ》になった。狼人間《おおかみにんげん》、スネイプ、スタン・シャンパイク、「半純血《はんじゅんけつ》のプリンス」などのことを考《かんが》えながら、やっと眠《ねむ》りに落《お》ちたものの、夢《ゆめ》にうなされた。はいずり回《まわ》る黒《くろ》い影《かげ》、かまれた子供《こども》の泣《な》き声《ごえ》……。

「あいつ、何《なに》を考《かんが》えてるんだか……」

ハリーはビクッと目《め》を覚《さ》ました。ベッドの端《はし》にふくれた靴下《くつした》が置《お》いてあるのが見《み》えた。めがねをかけて振《ふ》り向《む》くと、小《ちい》さな窓《まど》はほとんど一面《いちめん》、雪《ゆき》で覆《おお》われ、窓《まど》の前《まえ》のベッドには上半身《じょうはんしん》を直角《ちょっかく》に起《お》こしたロンがいた。太《ふと》い金鎖《きんぐさり》のような物《もの》を、まじまじと眺《なが》めている。

「それ、何《なん》だい？」ハリーが聞《き》いた。

「ラベンダーから」ロンはむかついたように言《い》った。

「こんな物《もの》、僕《ぼく》が使《つか》うと、あいつ本気《ほんき》でそう……」

目《め》を凝《こ》らしてよく見《み》たとたん、ハリーは大声《おおごえ》で笑《わら》いだした。鎖《くさり》から大《おお》きな金文字《きんもじ》がぶら下《さ》がっている。

私《わたし》の——愛《いと》しい——ひと

「いいねえ」ハリーが言《い》った。

「粋《いき》だよ。絶対首《ぜったいくび》にかけるべきだ。フレッドとジョージの前《まえ》で」

「あいつらに言《い》ったら――」

ロンはペンダントを枕《まくら》の下《した》に突《つ》っ込《こ》み、見《み》えないようにした。

「僕《ぼく》――僕《ぼく》――僕《ぼく》は――」

「言葉《ことば》がつっかえる？」ハリーはニヤニヤした。「バカなこと言《い》うなよ。僕《ぼく》が言《い》いつけると思《おも》うか？」

「だけどさ、僕《ぼく》がこんなものが欲《ほ》しいなんて、なんでそんなこと考《かんが》えつくんだ？」

ロンはショック顔《がお》で、ひとり言《ごと》のように疑問《ぎもん》をぶつけた。

「よく思《おも》い出《だ》してみろよ」ハリーが言《い》った。

「うっかりそんなことを言《い》わなかったか？『私《わたし》の愛《いと》しいひと』っていう文字《もじ》を首《くび》からぶら下《さ》げて人前《ひとまえ》に出《で》たい、なんてさ」

「んー……僕《ぼく》たちあんまり話《はなし》をしないんだ」ロンが言《い》った。「だいたいが……」

「イチャイチャしてる」ハリーが引《ひ》き取《と》って言《い》った。

「ああ、まあね」そう答《こた》えてから、ロンはちょっと迷《まよ》いながら言《い》った。

「ハーマイオニーは、ほんとにマクラーゲンとつき合《あ》ってるのか？」

「さあね」ハリーが言《い》った。「スラグホーンのパーティで二人一緒《ふたりいっしょ》だったけど、そんなに上手《うま》くいかなかったと思《おも》うな」

ロンは少《すこ》し元気《げんき》になって、靴下《くつした》の奥《おく》のほうを探《さぐ》った。

ハリーのもらった物《もの》は、大《おお》きな金《きん》のスニッチが前《まえ》に編《あ》み込《こ》んである、ウィーズリーおばさんの手編《てあ》みセーター、双子《ふたご》から「ウィーズリー・ウィザード・ウィーズ」の商品《しょうひん》が入《はい》った大《おお》きな箱《はこ》、それに、ちょっと湿《しめ》っぽくてかび臭《くさ》い包《つつ》みのラベルには、「ご主人様《しゅじんさま》へ　クリーチャーより」と書《か》いてある。

ハリーは目《め》を見張《みは》った。

「これ、開《あ》けても大丈夫《だいじょうぶ》かな？」ハリーが聞《き》いた。

「危険《きけん》な物《もの》じゃないだろ。郵便《ゆうびん》はまだ全部《ぜんぶ》、魔法省《まほうしょう》が調《しら》べてるから」

そう答《こた》えながら、ロンはあやしいぞという目《め》で包《つつ》みを見《み》ていた。

「僕《ぼく》、クリーチャーに何《なに》かやるなんて、考《かんが》えつかなかった！　普通《ふつう》、屋敷《やしき》しもべ妖精《ようせい》にクリスマスプレゼントするものなのか？」ハリーは包《つつ》みを慎重《しんちょう》につつきながら聞《き》いた。

「ハーマイオニーならね」ロンが言《い》った。「だけど、まず見《み》てみろよ。反省《はんせい》はそれからだ」

次《つぎ》の瞬間《しゅんかん》、ハリーは叫《さけ》び声《ごえ》を上《あ》げて簡易《かんい》ベッドから飛《と》び降《お》りた。包《つつ》みの中《なか》には、ウジ虫《むし》がごっそり入《はい》っていた。

「いいねえ」ロンは大声《おおごえ》で笑《わら》った。「思《おも》いやりがあるよ」

「ペンダントよりはましだろ」ハリーの一言《ひとこと》で、ロンはたちまち興《きょう》ざめした。

クリスマス・ランチの席《せき》に着《つ》いた全員《ぜんいん》が——フラーとおばさん以外《いがい》は——新《あたら》しいセーターを着《き》ていた（ウィーズリーおばさんは、どうやら、フラーのために一着《ちゃく》むだにする気《き》はなかったらしい）。おばさんは、小《ちい》さな星《ほし》のように輝《かがや》くダイヤがちりばめられた、濃紺《のうこん》の真新《まあたら》しい三角帽子《さんかくぼうし》をかぶり、見事《みごと》な金《きん》のネックレスを着《つ》けていた。

「フレッドとジョージがくれたの！　きれいでしょう？」

「ああ、ママ、俺《おれ》たちますますママに感謝《かんしゃ》してるんだ。何《なん》せ、自分《じぶん》たちでソックスを洗《あら》わなくちゃなんねえもんな」

ジョージが、気楽《きらく》に手《て》を振《ふ》りながら言《い》った。

「リーマス、パースニップはどうだい？」

「ハリー、髪《かみ》の毛《け》にウジ虫《むし》がついてるわよ」

ジニーがゆかいそうに言《い》いながら、テーブルの向《む》こうから身《み》を乗《の》り出《だ》してウジ虫《むし》を取《と》った。

ハリーは首《くび》に鳥肌《とりはだ》が立《た》つのを感《かん》じたが、それはウジ虫《むし》とは何《なん》の関係《かんけい》もなかった。

「ああ、いどいわ」フラーは気取《きど》って小《ちい》さく肩《かた》をすぼめながら言《い》った。

「ほんとにひどいよね？」ロンが言《い》った。「フラー、ソースはいかが？」

フラーの皿《さら》にソースをかけてやろうと意気込《いきご》み過《す》ぎて、ロンはソース入《い》れをたたき飛《と》ばしてしまった。ビルが杖《つえ》を振《ふ》ると、ソースは宙《ちゅう》に浮《う》き上《あ》がり、おとなしくソース入《い》れに戻《もど》った。

「あなたはあのトンクスと同《おな》じでーす」

ビルにお礼《れい》のキスをしたあと、フラーがロンに言《い》った。

「あのいと、いつもぶつかって――」

「あのかわいいトンクスを、今日《きょう》招待《しょうたい》したのだけど――」

ウィーズリーおばさんは、やけに力《ちから》を入《い》れてにんじんをテーブルに置《お》きながら、フラーをにらみつけた。

「でも来《こ》ないのよ。リーマス、最近《さいきん》あの娘《こ》と話《はなし》をした？」

「いや、私《わたし》は誰《だれ》ともあまり接触《せっしょく》していない」ルーピンが答《こた》えた。

「しかし、トンクスは一緒《いっしょ》に過《す》ごす家族《かぞく》がいるのじゃないか？」

「フムム」おばさんが言《い》った。「そうかもしれないわ。でも、私《わたし》は、あの娘《こ》が一人《ひとり》でクリスマス過《す》ごすつもりだという気《き》がしてましたけどね」

おばさんは、トンクスでなく、フラーが嫁《よめ》に来《く》るのはルーピンのせいだとでも言《い》うように、ちょっと怒《おこ》った目《め》つきでルーピンを見《み》た。しかし、テーブルの向《む》こうで、フラーが自分《じぶん》のフォークでビルに七面鳥肉《しちめんちょうにく》を食《た》べさせているのをちらりと見《み》たハリーは、おばさんがとっくに勝《か》ち目《め》のなくなった戦《たたか》いを挑《いど》んでいると思《おも》った。同時《どうじ》に、トンクスに関《かん》して聞《き》きたいことがあったのを、ハリーは思《おも》い出《だ》した。守護霊《しゅごれい》のことは何《なん》でも知《し》っているルーピンこそ、聞《き》くには持《も》ってこいじゃないか？

「トンクスの守護霊《しゅごれい》の形《かたち》が変化《へんか》したんだ」ハリーがルーピンに話《はな》しかけた。

「少《すく》なくとも、スネイプがそう言《い》ってたよ。そんなことが起《お》こるとは知《し》らなかったな。守護霊《しゅごれい》は、どうして変《か》わるの？」

ルーピンは七面鳥《しちめんちょう》をゆっくりとかんで飲《の》み込《こ》んでから、考《かんが》え込《こ》むように話《はな》した。

「時《とき》にはだがね……強《つよ》い衝撃《しょうげき》とか……精神的《せいしんてき》な動揺《どうよう》とか……」

「大《おお》きかった。脚《あし》が四本《ほん》あった」

ハリーは急《きゅう》にあることを思《おも》いついて愕然《がくぜん》とし、声《こえ》を落《お》として言《い》った。

「あれっ……もしかしてあれは——？」

「アーサー！」

ウィーズリーおばさんが突然声《とつぜんこえ》を上《あ》げた。椅子《いす》から立《た》ち上《あ》がり、胸《むね》に手《て》を当《あ》てて、台所《だいどころ》の窓《まど》から外《そと》を見《み》つめている。

「あなた――パーシーだわ！」

「何《なん》だって？」

ウィーズリーおじさんが振《ふ》り返《かえ》った。全員《ぜんいん》が急《いそ》いで窓《まど》に目《め》を向《む》け、ジニーはよく見《み》ようと立《た》ち上《あ》がった。たしかに、そこにパーシー・ウィーズリーの姿《すがた》があった。雪《ゆき》の積《つ》もった中庭《なかにわ》を、角縁《つのぶち》めがねを陽《ひ》の光《ひかり》でキラキラさせながら、大股《おおまた》でやってくる。しかし、一人《ひとり》ではなかった。

「アーサー、大臣《だいじん》と一緒《いっしょ》だわ！」

そのとおりだった。ハリーが「日刊予言者新聞《にっかんよげんしゃしんぶん》」で見《み》た顔《かお》が、少《すこ》し足《あし》を引《ひ》きずりながら、パーシーのあとを歩《ある》いてくる。白髪《しらが》まじりのたてがみのような髪《かみ》にも、黒《くろ》いマントにも雪《ゆき》があちこちについている。誰《だれ》も口《くち》をきかず、おじさんとおばさんが雷《かみなり》に撃《う》たれたように顔《かお》を見合《みあ》わせたとたん、裏口《うらぐち》の戸《と》が開《ひら》き、パーシーがそこに立《た》っていた。

沈黙《ちんもく》に痛《いた》みが走《はし》った。そして、パーシーが硬《かた》い声《こえ》で挨拶《あいさつ》した。

「お母《かあ》さん、メリークリスマス」

「ああ、パーシー！」ウィーズリーおばさんはパーシーの腕《うで》の中《なか》に飛《と》び込《こ》んだ。ルーファス・スクリムジョールは、ステッキにすがって戸口《とぐち》にたたずみ、ほほ笑《え》みながらこの心温《こころあたた》まる情景《じょうけい》を眺《なが》めていた。

「突然《とつぜん》おじゃましまして、申《もう》し訳《わけ》ありません」

ウィーズリーおばさんが目《め》をこすりながらニッコリと振《ふ》り返《かえ》ったとき、大臣《だいじん》が言《い》った。

「パーシーと二人《ふたり》で近《ちか》くまで参《まい》りましてね――ええ、仕事《しごと》ですよ――すると、パーシーが、どうしても立《た》ち寄《よ》って、みんなに会《あ》いたいと言《い》いだしましてね」

しかし、パーシーは、家族《かぞく》のほかの者《もの》に挨拶《あいさつ》したい様子《ようす》など微塵《みじん》も見《み》せなかった。背中《せなか》に定規《じょうぎ》を当《あ》てたように突《つ》っ立《た》ったまま、気詰《きづ》まりな様子《ようす》で、みんなの頭《あたま》の上《うえ》のほうを見《み》つめていた。

ウィーズリーおじさん、フレッド、ジョージの三人《にん》は、硬《かた》い表情《ひょうじょう》でパーシーを眺《なが》めていた。

「どうぞ、大臣《だいじん》、中《なか》へお入《はい》りになって、お座《すわ》りください！」

ウィーズリーおばさんは帽子《ぼうし》を直《なお》しながら、そわそわした。

「どうぞ、召《め》し上《あ》がってくださいな。八面鳥《はちめんちょう》とか、プディンゴとか……えーと――」

「いや、いや、モリーさん」スクリムジョールが言《い》った。

ここに来《く》る前《まえ》に、パーシーからおばさんの名前《なまえ》を聞《き》き出《だ》していたのだろうと、ハリーは推測《すいそく》した。

「おじゃましたくありませんのでね。パーシーが、みなさんにどうしても会《あ》いたいと騒《さわ》がなければ、来《く》ることはなかったのですが……」

「ああ、パース！」ウィーズリーおばさんは涙声《なみだごえ》になり、背伸《せの》びしてパーシーにキスした。

「……ほんの五分《ふん》ほどお寄《よ》りしただけです。みなさんがパーシーと積《つ》もる話《はなし》をなさっている間《あいだ》に、私《わたし》は庭《にわ》を散歩《さんぽ》していますよ。いや、いや、ほんとうにおじゃましたくありません！　さて、どなたかこのきれいな庭《にわ》を案内《あんない》してくださいませんかね……ああ、そちらのお若《わか》い方《かた》は食事《しょくじ》を終《お》えられたようで、ご一緒《いっしょ》に散歩《さんぽ》はいかがですか？」

食卓《しょくたく》の周《まわ》りの雰囲気《ふんいき》が、見《み》る見《み》る変《か》わった。全員《ぜんいん》の目《め》が、スクリムジョールからハリーへと移《うつ》った。スクリムジョールがハリーの名前《なまえ》を知《し》らないふりをしても、誰《だれ》も信《しん》じなかったし、ハリーが大臣《だいじん》の散歩《さんぽ》のお供《とも》に選《えら》ばれたのも、ジニーやフラー、ジョージの皿《さら》もからっぽだったことを考《かんが》えると不自然《ふしぜん》だった。

「ええ、いいですよ」沈黙《ちんもく》のまっただ中《なか》で、ハリーが言《い》った。

ハリーはだまされてはいなかった。スクリムジョールが、たまたま近《ちか》くまで来《き》たとか、パーシーが家族《かぞく》に会《あ》いたがったとか、いろいろ言《い》っても、二人《ふたり》がやってきたほんとうの理由《りゆう》はこれにちがいない。スクリムジョールは、ハリーと差《さ》しで話《はな》したかったのだ。

「大丈夫《だいじょうぶ》」

椅子《いす》から腰《こし》を半分《はんぶん》浮《う》かしていたルーピンのそばを通《とお》りながら、ハリーが言《い》った。

「大丈夫《だいじょうぶ》」

ウィーズリーおじさんが何《なに》か言《い》いかけたので、ハリーはまた言《い》った。

「けっこう！」

スクリムジョールは身《み》を引《ひ》いてハリーを先《さき》に通《とお》し、裏口《うらぐち》の戸《と》から外《そと》に出《だ》した。

「庭《にわ》を一回《ひとまわ》りして、それからパーシーと私《わたし》はおいとまします。どうぞみなさん、続《つづ》けてください！」

ハリーは中庭《なかにわ》を横切《よこぎ》り、雪《ゆき》に覆《おお》われた草《くさ》ぼうぼうのウィーズリー家《け》の庭《にわ》に向《む》かった。スクリムジョールは足《あし》を少《すこ》し引《ひ》きずりながら並《なら》んで歩《ある》いた。この人《ひと》が、闇祓《やみばら》い局《きょく》の局長《きょくちょう》だったことを、ハリーは知《し》っていた。頑健《がんけん》で歴戦《れきせん》の傷痕《きずあと》があるように見《み》え、山高帽《やまたかぼう》をかぶった肥満体《ひまんたい》のファッジとはまるでちがっていた。

「きれいだ」

庭《にわ》の垣根《かきね》の所《ところ》で立《た》ち止《ど》まり、雪《ゆき》に覆《おお》われた芝生《しばふ》や、何《なん》だかわからない草木《くさき》を見渡《みわた》しながら、スクリムジョールが言《い》った。

「きれいだ」

ハリーは何《なに》も言《い》わなかった。スクリムジョールが自分《じぶん》を見《み》ているのはわかっていた。

「ずいぶん前《まえ》から君《きみ》に会《あ》いたかった」しばらくしてスクリムジョールが言《い》った。

「そのことを知《し》っていたかね？」

「いいえ」ハリーはほんとうのことを言《い》った。

「実《じつ》はそうなのだよ。ずいぶん前《まえ》から。しかし、ダンブルドアが君《きみ》をしっかり保護《ほご》していてね」

スクリムジョールが言《い》った。

「当然《とうぜん》だ。もちろん、当然《とうぜん》だ。君《きみ》はこれまでいろいろな目《め》にあってきたし……特《とく》に魔法省《まほうしょう》での出《で》来事《きごと》のあとだ……」

スクリムジョールはハリーが何《なに》か言《い》うのを待《ま》っていたが、ハリーがその期待《きたい》に応《こた》えなかったので、話《はなし》を続《つづ》けた。

「大臣職《だいじんしょく》に就《つ》いて以来《いらい》ずっと、君《きみ》と話《はなし》をする機会《きかい》を望《のぞ》んでいたのだが、ダンブルドアが——今《いま》言《い》ったように、事情《じじょう》はよくわかるのだが——それをさまたげていた」

ハリーはそれでも何《なに》も言《い》わず、待《ま》っていた。

「うわさが飛《と》び交《か》っている！」スクリムジョールが言《い》った。

「まあ、当然《とうぜん》、こういう話《はなし》には尾《お》ひれがつくものだということは君《きみ》も私《わたし》も知《し》っている……予言《よげん》のささやきだとか……君《きみ》が『選《えら》ばれし者《もの》』だとか……」

話《はなし》が核心《かくしん》に近《ちか》づいてきた、とハリーは思《おも》った。スクリムジョールがここに来《き》た理由《りゆう》だ。

「……ダンブルドアはこういうことについて、君《きみ》と話《はな》し合《あ》ったのだろうね？」

うそをつくべきかどうか、ハリーは慎重《しんちょう》に考《かんが》えた。花壇《かだん》のあちこちに残《のこ》っている庭小人《にわこびと》の小《ち》さな足跡《あしあと》や、踏《ふ》みつけられた庭《にわ》の一角《いっかく》に目《め》をやった。クリスマスツリーのてっぺんでチュチュを着《き》ている庭小人《にわこびと》を、フレッドが捕《つか》まえた場所《ばしょ》だ。しばらくして、ハリーはほんとうのことを言《い》おうと決《き》めた……またはその一部《いちぶ》を。

「ええ、話《はな》し合《あ》いました」

「そうか、そうか……」

そう言《い》いながら、スクリムジョールが探《さぐ》るように目《め》を細《ほそ》めてハリーを見《み》ているのを、ハリーは目《め》の端《はし》でとらえた。そこでハリーは、凍《こお》った石楠花《しゃくなげ》の下《した》から頭《あたま》を突《つ》き出《だ》した庭小人《にわこびと》に興味《きょうみ》を持《も》ったふりをした。

「それで、ハリー、ダンブルドアは君《きみ》に何《なに》を話《はな》したのかね？」

「すみませんが、それは二人《ふたり》だけの話《はなし》です」ハリーが言《い》った。

ハリーはできるだけ心地《ここち》よい声《こえ》で話《はな》そうとしたし、スクリムジョールも軽《かる》い、親《した》しげな調子《ちょうし》でこう言《い》った。

「ああ、もちろんだ。秘密《ひみつ》なら、君《きみ》に明《あ》かしてほしいとは思《おも》わない……いやいや……それに、いずれにしても、君《きみ》が『選《えら》ばれし者《もの》』であろうとなかろうと、たいした問題《もんだい》ではないだろう？」

ハリーは答《こた》える前《まえ》に、一瞬《いっしゅんかんが》考え込《こ》まなければならなかった。

「大臣《だいじん》、おっしゃっていることがよくわかりません」

「まあ、もちろん、君《きみ》にとっては、たいした問題《もんだい》だろうがね」

スクリムジョールが笑《わら》いながら言《い》った。

「しかし魔法界全体《まほうかいぜんたい》にとっては……すべて認識《にんしき》の問題《もんだい》だろう？　重要《じゅうよう》なのは、人々《ひとびと》が何《なに》を信《しん》じるかだ」

ハリーは無言《むごん》だった。話《はなし》がどこに向《む》かっているか、ハリーはうっすらと先《さき》が見《み》えたような気《き》がした。しかし、スクリムジョールがそこにたどり着《つ》くのを助《たす》けるつもりはなかった。石楠花《しゃくなげ》の下《した》の庭小人《にわこびと》が、ミミズを探《さが》して根元《ねもと》を掘《ほ》りはじめた。ハリーはそこから目《め》を離《はな》さなかった。

「人々《ひとびと》は、まあ、君《きみ》がほんとうに『選《えら》ばれし者《もの》』だと信《しん》じている」

スクリムジョールが言《い》った。

「君《きみ》がまさに英雄《えいゆう》だと思《おも》っている――それは、もちろん、ハリー、そのとおりだ。選《えら》ばれていようがいなかろうが！『名前《なまえ》を言《い》ってはいけないあの人《ひと》』と、いったい君《きみ》は何度《なんど》対決《たいけつ》しただろう？まあ、とにかく――」

スクリムジョールは返事《へんじ》を待《ま》たずに先《さき》に進《すす》めた。

「要《よう》するに、ハリー、君《きみ》は多《おお》くの人《ひと》にとって、希望《きぼう》の象徴《しょうちょう》なのだ。『名前《なまえ》を言《い》ってはいけないあの人《ひと》』を破滅《はめつ》させることができるかもしれない誰《だれ》かが、そう運命《うんめい》づけられているかもしれない誰《だれ》かがいるということが――まあ、当然《とうぜん》だが、人々《ひとびと》を元気《げんき》づける。そして、君《きみ》がいったんそのことに気《き》づけば、魔法省《まほうしょう》と協力《きょうりょく》して、人々《ひとびと》の気持《きも》ちを高揚《こうよう》させることが、君《きみ》の、そう、ほとんど義務《ぎむ》だと考《かんが》えるようになるだろうと、私《わたし》はそう思《おも》わざるをえない」

庭小人《にわこびと》がミミズを一匹《ぴき》、何《なん》とか捕《つか》まえたところだった。凍《こお》った土《つち》からミミズを抜《ぬ》き出《だ》そうと、今度《こんど》は力《ちから》いっぱい引《ひ》っ張《ぱ》っていた。ハリーがあんまり長《なが》い時間《じかん》だまっているので、スクリムジョールはハリーから庭小人《にわこびと》に視線《しせん》を移《うつ》しながら言《い》った。

「奇妙《きみょう》な生《い》き物《もの》だね？　ところで、ハリー、どうかね？」

「何《なに》がお望《のぞ》みなのか、僕《ぼく》にはよくわかりません」ハリーが考《かんが》えながら言《い》った。

「『魔法省《まほうしょう》と協力《きょうりょく》』……どういう意味《いみ》ですか？」

「ああ、いや、たいしたことではない。約束《やくそく》する」スクリムジョールが言《い》った。

「たとえば、ときどき魔法省《まほうしょう》に出入《でい》りする姿《すがた》を見《み》せてくれれば、それがちゃんとした印象《いんしょう》を与《あた》えてくれる。それにもちろん、魔法省《まほうしょう》にいる間《あいだ》は、私《わたし》の後任《こうにん》として『闇祓《やみばら》い局《きょく》』の局長《きょくちょう》になったガウェイン・ロバーズと充分話《じゅうぶんはなし》をする機会《きかい》があるだろう。ドローレス・アンブリッジが、君《きみ》が闇祓《やみばら》いになりたいという志《こころざし》を抱《いだ》いていると話《はな》してくれた。そう、それは簡単《かんたん》に何《なん》とかできるだろう……」

ハリーは、腸《はらわた》の奥《おく》からふつふつと怒《いか》りが込《こ》み上《あ》げてくるのを感《かん》じた。すると、ドローレス・アンブリッジは、まだ魔法省《まほうしょう》にいるってことなのか？

「それじゃ、要《よう》するに」

ハリーは、いくつかはっきりさせたい点《てん》があるだけだという言《い》い方《かた》をした。

「僕《ぼく》が魔法省《まほうしょう》のために仕事《しごと》をしている、という印象《いんしょう》を与《あた》えたいわけですね？」

「ハリー、君《きみ》がより深《ふか》く関与《かんよ》していると思《おも》うことで、みんなの気持《きも》ちが高揚《こうよう》する」

スクリムジョールは、ハリーのの み込《こ》みのよさにホッとしたような口調《くちょう》だった。

「『選《えら》ばれし者《もの》』、というわけだ……人々《ひとびと》に希望《きぼう》を与《あた》え、何《なに》か興奮《こうふん》するようなことが起《お》こっていると感《かん》じさせる、それだけなんだよ」

「でも、もし僕《ぼく》が魔《ま》法《ほう》省《しょう》にしょっちゅう出《で》入《い》りしていたら――」

ハリーは親《した》しげな声《こえ》を保《たも》とうと努《ど》力《りょく》しながら言《い》った。

「魔《ま》法《ほう》省《しょう》のやろうとしていることを、僕《ぼく》が認《みと》めているかのように見《み》えませんか？」

「まあ」スクリムジョールがちょっと顔《かお》をしかめた。

「まあ、そうだ。それも一つには我《われ》々《われ》の望《のぞ》むことで――」

「うまくいくとは思《おも》えませんね」

ハリーは愛《あい》想《そ》よく言《い》った。

「というのも、魔《ま》法《ほう》省《しょう》がやっていることで、僕《ぼく》の気《き》に入《い》らないことがいくつかあります。たとえばスタン・シャンパイクを監《かん》獄《ごく》に入《い》れるとか」

スクリムジョールは一《いっ》瞬《しゅん》、何《なに》も言《い》わなかったが、表《ひょう》情《じょう》がサッと硬《かた》くなった。

「君《きみ》に理《り》解《かい》してもらおうとは思《おも》わない」

スクリムジョールの声《こえ》は、ハリーほどうまく怒《いか》りを隠《かく》しきれていなかった。

「今《いま》は危《き》険《けん》なときだ。何《なん》らかの措《そ》置《ち》を取《と》る必《ひつ》要《よう》がある。君《きみ》はまだ十六歳《さい》で――」

「ダンブルドアは十六歳《さい》よりずっと年《とし》を取《と》っていますが、スタンをアズカバンに送《おく》るべきではないと考《かんが》えています」ハリーが言《い》った。

「あなたはスタンを犠牲者《ぎせいしゃ》に仕立《した》て上《あ》げ、僕《ぼく》をマスコットに祭《まつ》り上《あ》げようとしている」

二人《ふたり》は長《なが》いこと火花《ひばな》を散《ち》らして見《み》つめ合《あ》った。やがてスクリムジョールが、温《あたた》かさの仮面《かめん》をかなぐり捨《す》てて言《い》った。

「そうか。君《きみ》はむしろ——君《きみ》の英雄《えいゆう》ダンブルドアと同《おな》じに——魔法省《まほうしょう》から分離《ぶんり》するほうを選《えら》ぶわけだな？」

「僕《ぼく》は利用《りよう》されたくない」ハリーが言《い》った。

「魔法省《まほうしょう》に利用《りよう》されるのは、君《きみ》の義務《ぎむ》だという者《もの》もいるだろう！」

「ああ、監獄《かんごく》にぶち込《こ》む前《まえ》に、ほんとうに死喰《しく》い人《びと》なのかどうかを調《しら》べるのが、あなたの義務《ぎむ》だという人《ひと》もいるかもしれない」

ハリーはしだいに怒《いか》りがつのってきた。

「あなたは、バーティ・クラウチと同《おな》じことをやっている。あなたたちは、いつもやり方《かた》をまちがえる。そういう人種《じんしゅ》なんだ。ちがいますか？　目《め》と鼻《はな》の先《さき》で人《ひと》が殺《ころ》されていても、ファッジみたいにすべてがうまくいっているふりをするかと思《おも》えば、今度《こんど》はあなたみたいに、お門《かど》ちがいの人間《にんげん》を牢《ろう》に放《ほう》り込《こ》んで、『選《えら》ばれし者《もの》』が自分《じぶん》のために働《はたら》いているように見《み》せかけようとする！」

「それでは、君《きみ》は『選《えら》ばれし者《もの》』ではないのか？」

「どっちにしろたいした問題《もんだい》ではないと、あなた自身《じしん》が言《い》ったでしょう？」

ハリーは皮肉《ひにく》に笑《わら》った。

「どっちにしろ、あなたにとっては問題《もんだい》じゃないんだ」

「失言《しつげん》だった」スクリムジョールが急《いそ》いで言《い》った。「まずい言《い》い方《かた》だった──」

「いいえ、正直《しょうじき》な言《い》い方《かた》でした」ハリーが言《い》った。「あなたが僕《ぼく》に言《い》ったことで、それだけが正直《じき》な言葉《ことば》だった。僕《ぼく》が死《し》のうが生《い》きようが、あなたは気《き》にしない。ただ、あなたは、ヴォルデモートとの戦《たたか》いに勝《か》っている、という印象《いんしょう》をみんなに与《あた》えるために、僕《ぼく》が手伝《てつだ》うかどうかだけを気《き》にしている。大臣《だいじん》、僕《ぼく》は忘《わす》れちゃいない……」

ハリーは右手《みぎて》の拳《こぶし》を上《あ》げた。そこに、冷《つめ》たい手《て》の甲《こう》に白々《しらじら》と光《ひか》る傷痕《きずあと》は、ドローレス・アンブリッジが無理《むり》やりハリーに、ハリー自身《じしん》の肉《にく》に刻《きざ》ませた文字《もじ》だった──僕《ぼく》はうそをついてはいけない──。

「ヴォルデモートの復活《ふっかつ》を、僕《ぼく》がみんなに教《おし》えようとしていたときに、あなたたちが僕《ぼく》を護《まも》りにかけつけてくれたという記憶《きおく》はありません。魔法省《まほうしょう》は去年《きょねん》、こんなに熱心《ねっしん》に僕《ぼく》にすり寄《よ》ってこなかった」

二人《ふたり》はだまって立《た》ち尽《つ》くしていた。足元《あしもと》の地面《じめん》と同《おな》じくらい冷《つめ》たい沈黙《ちんもく》だった。庭小人《にわこびと》はようやっとミミズを引《ひ》っ張《ぱ》り出《だ》し、石楠花《しゃくなげ》のしげみの一番下《いちばんした》の枝《えだ》に寄《よ》りかかり、うれしそうにしゃぶりだした。

「ダンブルドアは何《なに》をたくらんでいる？」

スクリムジョールがぶっきらぼうに言《い》った。

「ホグワーツを留守《るす》にして、どこに出《で》かけているのだ？」

「知《し》りません」ハリーが言《い》った。

「知《し》っていても私《わたし》には言《い》わないだろうな」スクリムジョールが言《い》った。

「ちがうかね？」

「ええ、言《い》わないでしょうね」ハリーが言《い》った。

「さて、それなら、ほかの手立《てだ》てで探《さぐ》ってみるしかないということだ」

「やってみたらいいでしょう」ハリーは冷淡《れいたん》に言《い》った。

「ただ、あなたはファッジより賢《かしこ》そうだから、ファッジの過《あやま》ちから学《まな》んだはずでしょう。ファッジはホグワーツに干渉《かんしょう》しようとした。お気《き》づきでしょうが、ファッジはもう大臣《だいじん》じゃない。でもダンブルドアはまだ校長《こうちょう》のままです。ダンブルドアには手出《てだ》しをしないほうがいいですよ」

長《なが》い沈黙《ちんもく》が流《なが》れた。

「なるほど、ダンブルドアが君《きみ》をうまく仕込《しこ》んだということが、はっきりわかった」

細縁《ほそぶち》めがねの奥《おく》で、スクリムジョールの目《め》は冷《つめ》たく険悪《けんあく》だった。

「骨《ほね》の髄《ずい》までダンブルドアに忠実《ちゅうじつ》だな、ポッター、え?」

「ええ、そのとおりです」ハリーが言《い》った。「はっきりしてよかった」

そしてハリーは魔法大臣《まほうだいじん》に背《せ》を向《む》け、家《いえ》に向《む》かって大股《おおまた》に歩《ある》きだした。

第《だい》17章《しょう》 ナメクジのろのろの記憶《きおく》

年《とし》が明《あ》けて数日《すうじつ》がたったある日《ひ》の午後《ごご》、ハリー、ロン、ジニーは、ホグワーツに帰《かえ》るために台所《だいどころ》の暖炉《だんろ》の前《まえ》に並《なら》んでいた。魔法省《まほうしょう》が今回《こんかい》だけ、生徒《せいと》を安全《あんぜん》、迅速《じんそく》に学校《がっこう》に帰《かえ》すための煙突飛行《えんとつひこう》ネットワークを開通《かいつう》させていた。ウィーズリーおじさん、フレッド、ジョージ、ビル、フラーはそれぞれ仕事《しごと》があったので、ウィーズリーおばさんだけがさよならを言《い》うために立《た》ち合《あ》った。別《わか》れの時間《じかん》が来《く》ると、おばさんが泣《な》きだした。もっとも近《ちか》ごろは涙《なみだ》もろくなっていて、クリスマスの日《ひ》にパーシーが、すりつぶしたパースニップをめがねに投《な》げつけられて（フレッド、ジョージ、ジニーがそれぞれに自分《じぶん》たちの手柄《てがら》だと主張《しゅちょう》していたが）、鼻息《はないき》も荒《あら》く家《いえ》から出《で》ていって以来《いらい》、おばさんはたびたび泣《な》いていた。

「泣《な》かないで、ママ」

肩《かた》にもたれてすすり泣《な》く母親《ははおや》の背中《せなか》を、ジニーはやさしくたたいた。

「大丈夫《だいじょうぶ》だから……」

「そうだよ。僕《ぼく》たちのことは心配《しんぱい》しないで」

ほおに母親《ははおや》の涙《なみだ》ながらのキスを受《う》け入《い》れながら、ロンが言《い》った。

「それに、パーシーのことも。あいつはほんとにバカヤロだ。いなくたっていいだろ？」

ウィーズリーおばさんは、ハリーを両腕《りょううで》にかき抱《いだ》きながら、ますます激《はげ》しくすすり泣《な》いた。

「気《き》をつけるって、約束《やくそく》してちょうだい……危《あぶ》ないことをしないって……」

「おばさん、僕《ぼく》、いつだってそうしてるよ」ハリーが言《い》った。

「静《しず》かな生活《せいかつ》が好《す》きだもの。おばさん、僕《ぼく》のことわかってるでしょう？」

おばさんは涙《なみだ》にぬれた顔《かお》でクスクス笑《わら》い、ハリーから離《はな》れた。

「それじゃ、みんな、いい子《こ》にするのよ……」

ハリーはエメラルド色《いろ》の炎《ほのお》に入《い》り、「ホグワーツ！」と叫《さけ》んだ。

ウィーズリー家《け》の台所《だいどころ》と、おばさんの涙顔《なみだがお》が最後《さいご》にちらりと見《み》え、やがて炎《ほのお》がハリーを包《つつ》んだ。急回転《きゅうかいてん》しながら、ほかの魔法使《まほうつか》いの家《いえ》の部屋《へや》がぼやけてかいま見《み》えたが、しっかり見《み》る間《ま》もなくたちまち視界《しかい》から消《き》えていった。

やがて回転《かいてん》の速度《そくど》が落《お》ちて、最後《さいご》はマクゴナガル先生《せんせい》の部屋《へや》の暖炉《だんろ》でピッタリ停止《ていし》した。ハリーが火格子《ひごうし》からはい出《だ》したとき、先生《せんせい》はちょっと仕事《しごと》から目《め》を上《あ》げただけだった。

「こんばんは、ポッター。カーペットにあまり灰《はい》を落《お》とさないようにしなさい」

「はい、先生《せんせい》」

ハリーがめがねをかけなおし、髪《かみ》をなでつけていると、ロンのくるくる回《まわ》る姿《すがた》が見《み》えた。ジニーも到着《とうちゃく》し、三人並《にんなら》んでぞろぞろとマクゴナガル先生《せんせい》の事務所《じむしょ》を出《で》て、グリフィンドール塔《とう》に向《む》かった。廊下《ろうか》を歩《ある》きながら、ハリーが窓《まど》から外《そと》をのぞくと、「隠《かく》れ穴《あな》」の庭《にわ》より深《ふか》い雪《ゆき》に覆《おお》われた校庭《こうてい》の向《む》こうに、太陽《たいよう》がすでに沈《しず》みかけていた。ハグリッドが小屋《こや》の前《まえ》でバックビークに餌《えさ》をやっている姿《すがた》が、遠《とお》くに見《み》えた。

「ボーブル、玉飾《たまかざ》り」

「太《ふと》った婦人《レディ》」にたどり着《つ》き、ロンが自信《じしん》たっぷりに合言葉《あいことば》を唱《とな》えた。婦人《ふじん》はいつもより顔色《かおいろ》がすぐれず、ロンの大声《おおごえ》でビクッとした。

「いいえ」婦人《ふじん》が言《い》った。

「『いいえ』って、どういうこと？」

「新《あたら》しい合言葉《あいことば》があります。それに、お願《ねが》いだから、叫《さけ》ばないで」

「だって、ずっといなかったのに、知《し》るわけが――？」

「ハリー、ジニー！」

ハーマイオニーが急《いそ》いでやってくるところだった。ほおをピンク色《いろ》にして、オーバー、帽子《ぼうし》、手袋《てぶくろ》に身《み》を固《かた》めていた。

「二時間《じかん》ぐらい前《まえ》に帰《かえ》ってきたの。今訪《いまたず》ねてきたところよ。ハグリッドとバック――じゃない――ウィザウィングズを」ハーマイオニーは息《いき》をはずませながら言《い》った。

「楽《たの》しいクリスマスだった?」

「ああ」ロンが即座《そくざ》に答《こた》えた。「いろいろあったぜ。ルーファス・スクリム――」

「ハリー、あなたに渡《わた》すものがあるわ」

ハーマイオニーはロンには目《め》もくれず、聞《き》こえたそぶりも見《み》せなかった。

「あ、ちょっと待《ま》って――合言葉《あいことば》ね。節制《せっせい》」

「そのとおり」

「太《ふと》った婦人《レディ》」は弱々《よわよわ》しい声《こえ》でそう言《い》うと、抜《ぬ》け穴《あな》の扉《とびら》をパッと開《あ》けた。

「何《なに》かあったのかな?」ハリーが聞《き》いた。

「どうやらクリスマスに不節制《ふせっせい》をしたみたいね」

ハーマイオニーは、先《さき》に立《た》って混《こ》み合《あ》った談話室《だんわしつ》に入《はい》りながら、あきれ顔《がお》で目《め》をグリグリさせた。

「お友達《ともだち》のバイオレットと二人《ふたり》で、『呪文学《じゅもんがく》』の教室《きょうしつ》のそばの『酔《よ》っ払《ぱら》い修道士《しゅうどうし》たち』の絵《え》にあるワインを、クリスマスの間《あいだ》に全部《ぜんぶ》飲《の》んじゃったの。それはそうと……」

ハーマイオニーはちょっとポケットを探《さぐ》って、羊皮紙《ようひし》の巻《ま》き紙《がみ》を取《と》り出《だ》した。ダンブルドアの字《じ》が書《か》いてある。

「よかった」ハリーはすぐに巻《ま》き紙《がみ》を開《ひら》いた。ダンブルドアの次《つぎ》の授業《じゅぎょう》の予定《よてい》が、翌日《よくじつ》の夜《よる》だと書《か》いてあった。

「ダンブルドアに話《はな》すことが山《やま》ほどあるんだ――それに、君《きみ》にも。腰《こし》かけようか――」

しかし、ちょうどその時《とき》、「ウォン-ウォン！」とかん高《だか》く叫《さけ》ぶ声《こえ》がして、ラベンダー・ブラウンがどこからともなく矢《や》のように飛《と》んできたかと思《おも》うと、ロンの腕《うで》に飛《と》び込《こ》んだ。見《み》ていた何人《なんにん》かの生徒《せいと》が冷《ひ》やかし笑《わら》いをした。ハーマイオニーはコロコロ笑《わら》い、「あそこにテーブルがあるわ……ジニー、来《く》る？」と言《い》った。

「ううん。ディーンと会《あ》う約束《やくそく》をしたから」ジニーが言《い》った。

しかしハリーはふと、ジニーの声《こえ》があまり乗《の》り気《き》ではないのに気《き》づいた。ロンとラベンダーが、レスリング試合《じあい》よろしく立《た》ったままロックをかけ合《あ》っているのをあとに残《のこ》し、ハリーは空《あ》いているテーブルにハーマイオニーを連《つ》れていった。

「それで、君《きみ》のクリスマスはどうだったの？」

「まあまあよ」ハーマイオニーは肩《かた》をすくめた。「何《なに》も特別《とくべつ》なことはなかったわ。ウォン－ウォンのところはどうだったの？」

「今《いま》すぐ話《はな》すけど」ハリーが言《い》った。「あのさ、ハーマイオニー、だめかな――？」

「だめ」ハーマイオニーがにべもなく言《い》った。「言《い》うだけむだよ」

「もしかしてと思《おも》ったんだ。だって、クリスマスの間《あいだ》に――」

「五百年物《ねんもの》のワインを一樽《ひとたる》飲《の》み干《ほ》したのは『太《ふと》った婦人《レディ》』よ、ハリー。私《わたし》じゃないわ。それで、私《わたし》に話《はな》したい重要《じゅうよう》なニュースがあるって、何《なん》だったの？」

ハーマイオニーのこの剣幕《けんまく》では、今《いま》は議論《ぎろん》できそうもないと、ハリーはロンの話題《わだい》をあきらめて、立《た》ち聞《ぎ》きしたマルフォイとスネイプの会話《かいわ》を話《はな》して聞《き》かせた。

話《はな》し終《お》わったとき、ハーマイオニーはちょっと考《かんが》えていたが、やがて口《くち》を開《ひら》いた。

「こうは考《かんが》えられない――？」

「――スネイプがマルフォイに援助《えんじょ》を申《もう》し出《で》るふりをして、マルフォイのやろうとしていることをしゃべらせようという計略《けいりゃく》？」

「まあ、そうね」ハーマイオニーが言《い》った。

「ロンのパパも、ルーピンもそう考《かんが》えている」ハリーがしぶしぶ認《みと》めた。

「でも、マルフォイが何《なに》かたくらんでることが、これではっきり証明《しょうめい》された。これは否定《ひてい》できない」

「できないわね」ハーマイオニーがゆっくり答《こた》えた。

「それに、やつはヴォルデモートの命令《めいれい》で動《うご》いてる。僕《ぼく》が言《い》ったとおりだ！」

「んー……二人《ふたり》のうちどちらかが、ヴォルデモートの名前《なまえ》を口《くち》にした？」

ハリーは思《おも》い出《だ》そうとして顔《かお》をしかめた。

「わからない……スネイプは『君《きみ》の主君《しゅくん》』とはっきり言《い》ったし、ほかに誰《だれ》がいる？」

「わからないわ」ハーマイオニーが唇《くちびる》をかんだ。

「マルフォイの父親《ちちおや》はどうかしら？」

ハーマイオニーは、何《なに》か考《かんが》え込《こ》むように、部屋《へや》の向《む》こうをじっと見《み》つめた。ラベンダーがロンをくすぐっているのにも気《き》づかない様子《ようす》だ。

「ルーピンは元気《げんき》？」

「あんまり」

ハリーは、ルーピンが狼人間《おおかみにんげん》の中《なか》での任務《にんむ》に就《つ》いていることや、どんな難《むずか》しい問題《もんだい》に直面《ちょくめん》しているかを話《はな》して聞《き》かせた。

「フェンリール・グレイバックって、聞《き》いたことある？」

「ええ、あるわ！」ハーマイオニーはぎくりとしたように言《い》った。

「それに、あなたも聞《き》いたはずよ、ハリー！」

「いつ？『魔法史《まほうし》』で？　君《きみ》、知《し》ってるじゃないか、僕《ぼく》がちゃんと聞《き》いてないって……」

「ううん、『魔法史《まほうし》』じゃないの――マルフォイがその名前《なまえ》でボージンを脅《おど》してたわ！」

ハーマイオニーが言《い》った。

「『夜の闇横丁《ノクターンよこちょう》』で。覚《おぼ》えてない？　グレイバックは昔《むかし》から自分《じぶん》の家族《かぞく》と親《した》しいし、ボージンがちゃんと取《と》り組《く》んでいるかどうかを、グレイバックがたしかめるだろうって！」

ハリーはあぜんとしてハーマイオニーを見《み》た。

「忘《わす》れてたよ！　だけど、これで、マルフォイが死喰《しく》い人《びと》だってことが証明《しょうめい》された。そうじゃなかったら、グレイバックと接触《せっしょく》したり、命令《めいれい》したりできないだろ？」

「その疑《うたが》いは濃《こ》いわね」ハーマイオニーは息《いき》をひそめて言《い》った。「ただし……」

「いいかげんにしろよ」ハリーはいらいらしながら言《い》った。「今度《こんど》は言《い》い逃《のが》れできないぞ！」

「うーん……うその脅《おど》しだった可能性《かのうせい》があるわ」

「君《きみ》って、すごいよ、まったく」ハリーは頭《かぶり》を振《ふ》った。

「誰《だれ》が正《ただ》しいかは、そのうちわかるさ……ハーマイオニー、君《きみ》も前言撤回《ぜんげんてっかい》ってことになるよ。魔《ま》法省《ほうしょう》みたいに。あっ、そうだ。僕《ぼく》、ルーファス・スクリムジョールとも言《い》い争《あらそ》いした……」

それからあとは、魔法大臣《まほうだいじん》をけなし合《あ》うことで、二人《ふたり》は仲《なか》よく過《す》ごした。ハーマイオニーもロンと同《おな》じで、昨年《さくねん》ハリーにあれだけの仕打《しう》ちをしておきながら、魔法省《まほうしょう》が今度《こんど》はハリーに助《たす》けを求《もと》めるとは、まったくいい神経《しんけい》してる、という意見《いけん》だった。

次《つぎ》の朝《あさ》、六年生《ねんせい》にとっては、ちょっと驚《おどろ》くうれしいニュースで新学期《しんがっき》が始《はじ》まった。談話室《だんわしつ》の掲《けい》示板《じばん》に、夜《よる》の間《あいだ》に大《おお》きな告知《こくち》が貼《は》り出《だ》されていた。

「姿《すがた》あらわし」練習《れんしゅう》コース

十七歳《さい》になった者《もの》、または八月三十一日《がつ》《にち》までに十七歳《さい》になる者《もの》は、魔法省《まほうしょう》の「姿《すがた》あらわし」の講師《こうし》による十二週間《しゅうかん》の「姿《すがた》あらわし」コースを受講《じゅこう》する資格《しかく》がある。

参加希望者《さんかきぼうしゃ》は、以下《いか》に氏名《しめい》を書《か》き込《こ》むこと。

コース費用《ひよう》　十二ガリオン

ハリーとロンは、掲示板《けいじばん》の前《まえ》で押《お》し合《あ》いへし合《あ》いしながら名前《なまえ》を書《か》き込《こ》んでいる群《む》れに加《くわ》わった。ロンが羽根《はね》ペンを取《と》り出《だ》して、ハーマイオニーのすぐあとに名前《なまえ》を書《か》き入《い》れようとしていたとき、ラベンダーが背後《はいご》に忍《しの》び寄《よ》り、両手《りょうて》でロンに目隠《めかく》しして、歌《うた》うように言《い》った。

「だ〜れだ？　ウォン－ウォン？」

ハリーが振《ふ》り返《かえ》ると、ハーマイオニーがつんけんと立《た》ち去《さ》っていくところだった。ハリーは、ロンやラベンダーと一緒《いっしょ》にいる気《き》はさらさらなかったので、ハーマイオニーのあとを追《お》った。ところが驚《おどろ》いたことに、ロンは肖像画《しょうぞうが》の穴《あな》のすぐ外《そと》で、二人《ふたり》に追《お》いついた。耳《みみ》が真《ま》っ赤《か》で、不機嫌《ふきげん》な顔《かお》をしていた。ハーマイオニーは一言《ひとこと》も言《い》わず、足《あし》を速《はや》めてネビルと並《なら》んで歩《ある》いた。

「それじゃ――『姿《すがた》あらわし』だな」

ロンの口調《くちょう》は、たった今起《いまお》こったことを口《くち》にするなと、ハリーにはっきりくぎを刺《さ》していた。

「きっとおもしろいぜ、な？」

「どうかな」ハリーが言《い》った。

「自分《じぶん》でやれば少《すこ》しましなのかも知《し》れないけど、ダンブルドアが付《つ》き添《そ》って連《つ》れていってくれたときは、あんまり楽《たの》しいとは思《おも》わなかった」

「君《きみ》がもう経験者《けいけんしゃ》だってこと、忘《わす》れてた……僕《ぼく》、一回目《かいめ》のテストでパスしなきゃ」

ロンが心配《しんぱい》そうに言《い》った。

「フレッドとジョージは一回《かい》でパスだった」

「でも、チャーリーは失敗《しっぱい》したろう？」

「ああ、だけど、チャーリーは僕《ぼく》よりでかい」

ロンは両腕《りょううで》を広《ひろ》げて、ゴリラのような格好《かっこう》をした。

「だから、フレッドもジョージもあんまりしつこくからかわなかった……少《すく》なくとも面《めん》と向《む》かっては……」

「本番《ほんばん》のテストはいつ？」

「十七歳《さい》になった直後《ちょくご》。僕《ぼく》はもうすぐ。三月《がつ》！」

「そうか。だけど、ここではどうせ『姿《すがた》あらわし』できないはずだ。城《しろ》の中《なか》では……」

「それは関係《かんけい》ないだろ？　やろうと思《おも》えば『姿《すがた》あらわし』できるんだって、みんなに知《し》れることが大事《だいじ》さ」

「姿《すがた》あらわし」への期待《きたい》で興奮《こうふん》していたのは、ロンだけではなかった。その日《ひ》は一日中《いちにちじゅう》、「姿《すがた》あらわし」の練習《れんしゅう》の話《はなし》でもちきりだった。意《い》のままに消《き》えたり現《あらわ》れたりできる能力《のうりょく》は、とても重要《じゅうよう》視《し》されていた。

「僕《ぼく》たちもできるようになったら、かっこいいなあ。こんなふうに――」

シェーマスが指《ゆび》をパチンと鳴《な》らして「姿《すがた》くらまし」の格好《かっこう》をした。

「いとこのファーガスのやつ、僕《ぼく》をいらいらさせるためにこれをやるんだ。今《いま》に見《み》てろ。やり返《かえ》してやるから……あいつには、もう一瞬《いっしゅん》たりとも平和《へいわ》なときはない……」

幸福《こうふく》な想像《そうぞう》で我《われ》を忘《わす》れ、シェーマスは杖《つえ》の振《ふ》り方《かた》に少《すこ》し熱《ねつ》を入《い》れ過《す》ぎた。その日《ひ》の『呪文学《じゅもんがく》』は、清《きよ》らかな水《みず》の噴水《ふんすい》を創《つく》り出《だ》すのが課題《かだい》だったが、シェーマスは散水《さんすい》ホースのように水《みず》を噴《ふ》き出《だ》させ、天井《てんじょう》にはね返《かえ》った水《みず》がフリットウィック先生《せんせい》をはじき飛《と》ばしてしまい、先生《せんせい》はうつ伏《ぶ》せにべたっと倒《たお》れた。

フリットウィック先生《せんせい》はぬれた服《ふく》を杖《つえ》でかわかし、シェーマスに「僕《ぼく》は魔法使《まほうつか》いです。棒《ぼう》を振《ふ》り回《まわ》す猿《さる》ではありません」と何度《なんど》も書《か》く、書《か》き取《と》り罰則《ばっそく》を与《あた》えた。ややばつが悪《わる》そうなシェーマスに向《む》かって、ロンが言《い》った。

「ハリーはもう『姿《すがた》あらわし』したことがあるんだ。ダン――えーっと――誰《だれ》かと一緒《いっしょ》だったけどね。『付《つ》き添《そ》い姿《すがた》あらわし』ってやつさ」

「ヒョー！」シェーマスは驚《おどろ》いたように声《こえ》をもらした。シェーマス、ディーン、ネビルの三人《にん》がハリーに顔《かお》を近《ちか》づけ、「姿《すがた》あらわし」はどんな感《かん》じだったかを聞《き》こうとした。それからあとのハリーは、「姿《すがた》あらわし」の感覚《かんかく》を話《はな》してくれとせがむ六年生《ねんせい》たちに、一日中《いちにちじゅう》取《と》り囲《かこ》まれてしまった。どんなに気持《きも》ちが悪《わる》かったかを話《はな》してやっても、みんなひるむどころかかえってすごいと感《かん》激《げき》したらしく、八時《じ》十分前《ぷんまえ》になっても、ハリーはまだ細《こま》かい質問《しつもん》に答《こた》えている状態《じょうたい》だった。ハリーはしかたなく、図書館《としょかん》に本《ほん》を返《かえ》さなければならないとうそをつき、ダンブルドアの授業《じゅぎょう》に間《ま》に合《あ》うようにその場《ば》を逃《のが》れた。

ダンブルドアの校長室《こうちょうしつ》にはランプが灯《とも》り、歴代校長《れきだいこうちょう》の肖像画《しょうぞうが》は額《がく》の中《なか》で軽《かる》いいびきをかいていた。今回《こんかい》も「憂《うれ》いの篩《ふるい》」が机《つくえ》の上《うえ》で待《ま》っていた。ダンブルドアはその両端《りょうたん》に手《て》をかけていたが、右手《みぎて》は相変《あいか》わらず焼《や》け焦《こ》げたように黒《くろ》かった。まったく癒《い》えた様子《ようす》がない。いったいどうしてそんなに異常《いじょう》な傷《きず》を負《お》ったのだろうと、ハリーはこれで百回《かい》ぐらい同《おな》じことを考《かんが》えたが、質問《しつもん》はしなかった。ダンブルドアがそのうちハリーに話《はな》すと約束《やくそく》したのだし、いずれにせよ別《べつ》に話《はな》したい問題《もんだい》があった。しかし、ハリーがスネイプとマルフォイのことを一言《ひとこと》も言《い》わないうちに、ダンブルドアが口《くち》を開《ひら》いた。

「クリスマスに、魔法大臣《まほうだいじん》と会《あ》ったそうじゃの？」

「はい」ハリーが答《こた》えた。「大臣《だいじん》は僕《ぼく》のことが不満《ふまん》でした」

「そうじゃろう」ダンブルドアがため息《いき》をついた。

「わしのことも不満《ふまん》なのじゃ。しかし、ハリー、我々《われわれ》は苦悩《くのう》の底《そこ》に沈《しず》むことなく、抗《あらが》い続《つづ》けねばならぬのう」

ハリーはニヤッと笑《わら》った。

「大臣《だいじん》は、僕《ぼく》が魔法界《まほうかい》に対《たい》して、魔法省《まほうしょう》はとてもよくやっていると言《い》ってほしかったんです」

ダンブルドアはほほ笑《え》んだ。

「もともと、それはファッジの考《かんが》えじゃったのう。大臣職《だいじんしょく》にあった最後《さいご》のころじゃが、大臣《だいじん》の地《ち》位《い》にしがみつこうと必死《ひっし》だったファッジは、君《きみ》との会合《かいごう》を求《もと》めた。君《きみ》がファッジを支援《しえん》することを望《のぞ》んでのことじゃ――」

「去年《きょねん》あんな仕打《しう》ちをしたファッジが？」ハリーが憤慨《ふんがい》した。

「アンブリッジのことがあったのに？」

「わしはコーネリウスに、その可能性《かのうせい》はないと言《い》ったのじゃ。しかし、ファッジが大臣職《だいじんしょく》を離《はな》れても、その考《かんが》えは生《い》きていたわけじゃ。スクリムジョールは、大臣《だいじん》に任命《にんめい》されてから数時間《すうじかん》もたたないうちにわしに会《あ》い、君《きみ》と会《あ》う手《て》はずを整《ととの》えるよう強《つよ》く要求《ようきゅう》した――」

「それで、先生《せんせい》は大臣《だいじん》と議論《ぎろん》したんだ！」ハリーは思《おも》わず口走《くちばし》った。

「『日刊予言者新聞《にっかんよげんしゃしんぶん》』にそう書《か》いてありました」

「『日刊予言者《にっかんよげんしゃ》』も、たしかに、時《とき》には真実《しんじつ》を報道《ほうどう》することがある」

ダンブルドアが言《い》った。

「まぐれだとしてもじゃ。いかにも、議論《ぎろん》したのはそのことじゃ。なるほど、どうやらルーファスは、ついに君《きみ》を追《お》い詰《つ》める手段《しゅだん》を見《み》つけたらしいのう」

「大臣《だいじん》は僕《ぼく》のことを非難《ひなん》しました。『骨《ほね》の髄《ずい》までダンブルドアに忠実《ちゅうじつ》だ』って」

「無礼千万《ぶれいせんばん》じゃ」

「僕《ぼく》はそのとおりだって言《い》ってやりました」

ダンブルドアは何《なに》か言《い》いかけて、口《くち》をつぐんだ。ハリーの背後《はいご》で、不死鳥《ふしちょう》のフォークスが低《ひく》く鳴《な》き、やさしい調《しら》べを奏《かな》でた。ダンブルドアのキラキラしたブルーの瞳《ひとみ》が、ふと涙《なみだ》に曇《くも》るのを見《み》たような気《き》がして、ハリーはどうしていいのかわからなくなり、あわててひざに目《め》を落《お》とした。しかし、ダンブルドアが再《ふたた》び口《くち》を開《ひら》いたとき、その声《こえ》はしっかりしていた。

「よう言《い》うてくれた、ハリー」

「スクリムジョールは、先生《せんせい》がホグワーツにいらっしゃらないとき、どこに出《で》かけているのかを知《し》りたがっていました」

ハリーは自分《じぶん》のひざをじっと見《み》つめたまま言《い》った。

「そうじゃ、ルーファスはそのことになるとお節介《せっかい》でのう」

ダンブルドアの声《こえ》が今度《こんど》はゆかいそうだったので、ハリーはもう顔《かお》を上《あ》げても大丈夫《だいじょうぶ》だと思《おも》った。

「わしを尾行《びこう》しようとまでした。まったく笑止《しょうし》なことじゃ。ドーリッシュに尾行《びこう》させてのう。心《こころ》ないことよ。わしはすでに一度《ど》ドーリッシュに呪《のろ》いをかけておるのに、まことに遺憾《いかん》ながら、二度《ど》もかけることになってしもうた」

「それじゃ、先生《せんせい》がどこに出《で》かけられるのか、あの人《ひと》たちはまだ知《し》らないんですね？」

自分《じぶん》にとっても興味《きょうみ》あることだったので、もっと知《し》りたくて、ハリーが質問《しつもん》した。しかし、ダンブルドアは半月《はんげつ》めがねの上《うえ》からほほ笑《え》んだだけだった。

「あの者《もの》たちは知《し》らぬ。それに、君《きみ》が知《し》るにもまだ時《とき》が熟《じゅく》しておらぬ。さて、先《さき》に進《すす》めようかの。ほかに何《なに》もなければ――？」

「先生《せんせい》、実《じつ》は」ハリーが切《き》り出《だ》した。「マルフォイとスネイプのことで」

「スネイプ先生《せんせい》じゃ、ハリー」

「はい、先生《せんせい》。スラグホーン先生《せんせい》のパーティで、僕《ぼく》、二人《ふたり》の会話《かいわ》を聞《き》いてしまって……あの、実《じつ》は僕《ぼく》、二人《ふたり》のあとをつけたんです……」

ダンブルドアは、ハリーの話《はなし》を無表情《むひょうじょう》で聞《き》いていた。話《はな》し終《お》わったときもしばらく無言《むごん》だったが、やがてダンブルドアが言《い》った。

「ハリー、話《はな》してくれたことは感謝《かんしゃ》する。しかし、そのことは放念《ほうねん》するがよい。たいしたことではない」

「たいしたことではない？」ハリーは信《しん》じられなくて、聞《き》き返《かえ》した。

「先生《せんせい》、おわかりになったのでしょうか――？」

「いかにも、ハリー、わしは幸《さいわ》いにして優秀《ゆうしゅう》なる頭脳《ずのう》に恵《めぐ》まれておるので、君《きみ》が言《い》ったことはすべて理解《りかい》した」ダンブルドアは少《すこ》しきつい口調《くちょう》で言《い》った。

「君以上《きみいじょう》によく理解《りかい》した可能性《かのうせい》があると考《かんが》えてみてもよかろう。もう一度《いちど》言《い》うが、君《きみ》がわしに打《う》ち明《あ》けてくれたことはうれしい。ただ、重《かさ》ねて言《い》うが、その中《なか》にわしの心《こころ》を乱《みだ》すようなことは、何《なに》一つない」

ハリーはじりじりしながらだまりこくって、ダンブルドアをにらんでいた。いったいどうなっているんだ？　マルフォイのたくらみを聞《き》き出《だ》せと、ダンブルドアがスネイプに命《めい》じた、ということなのだろうか？　それなら、ハリーが話《はな》したことは全部《ぜんぶ》、すでにスネイプから聞《き》いているのるのだろうか？　それとも、今聞《いまき》いたことを内心《ないしん》では心配《しんぱい》しているのに、そうでないふりをしているのだろうか？

「それでは、先生《せんせい》」

ハリーは、礼儀正《れいぎただ》しく、冷静《れいせい》な声《こえ》を出《だ》そうとした。

「先生《せんせい》は今《いま》でも絶対《ぜったい》に信用《しんよう》して――」

「その問《と》いには、寛容《かんよう》にもすでに答《こた》えておる」

ダンブルドアが言《い》った。しかしその声《こえ》には、もはやあまり寛容《かんよう》さがなかった。

「わしの答《こた》えは変《か》わらぬ」

「変《か》えるべきではなかろう」皮肉《ひにく》な声《こえ》がした。

フィニアス・ナイジェラスがどうやら狸寝入《たぬきねい》りをしていたらしい。ダンブルドアは無視《むし》した。

「それではハリー、いよいよ先《さき》に進《すす》めなければなるまい。今夜《こんや》はもっと重要《じゅうよう》な話《はなし》がある」

ハリーは反抗的《はんこうてき》になって座《すわ》り続《つづ》けた。話題《わだい》を変《か》えるのを拒否《きょひ》したらどうなるだろう？　マルフォイを責《せ》める議論《ぎろん》をあくまでも続《つづ》けようとしたらどうだろう？　ハリーの心《こころ》を読《よ》んだかのように、ダンブルドアが頭《かぶり》を振《ふ》った。

「ああ、ハリー、こういうことはよくあるものじゃ。仲《なか》のよい友人《ゆうじん》の間《あいだ》でさえ！　両者《りょうしゃ》ともに、相手《あいて》の言《い》い分《ぶん》より自分《じぶん》の言《い》うべきことのほうが、ずっと重要《じゅうよう》だという思《おも》い込《こ》みじゃ！」

「先生《せんせい》の言《い》い分《ぶん》が重要《じゅうよう》じゃないなんて、僕《ぼく》、考《かんが》えていません」ハリーはかたくなに言《い》った。

「さよう、君《きみ》の言《い》うとおり、わしのは重要《じゅうよう》なことなのじゃから」

ダンブルドアはきびきびと言《い》った。

「今夜《こんや》はさらに二つの記憶《きおく》を見《み》せることにしよう。どちらも非常《ひじょう》に苦労《くろう》して手《て》に入《い》れたものじゃが、二つ目《め》のは、わしが集《あつ》めた中《なか》でも一番重要《いちばんじゅうよう》なものじゃ」

ハリーは何《なに》も言《い》わなかった。自分《じぶん》の打《う》ち明《あ》け話《ばなし》が受《う》けた仕打《しう》ちに、まだ腹《はら》が立《た》っていた。しかし、それ以上議論《いじょうぎろん》しても、どうにかなるとは思《おも》えなかった。

「されば」ダンブルドアが凛《りん》とした声《こえ》で言《い》った。

「今夜《こんや》の授業《じゅぎょう》では、トム・リドルの物語《ものがたり》を続《つづ》ける。前回《ぜんかい》は、トム・リドルがホグワーツで過《す》ごす日々《ひび》の入口《いりぐち》のところでとぎれておった。覚《おぼ》えておろうが、自分《じぶん》が魔法使《まほうつか》いだと聞《き》かされたトムは興奮《こうふん》した。ダイアゴン横丁《よこちょう》にわしが付《つ》き添《そ》うことをトムは拒否《きょひ》し、そしてわしは、入学後《にゅうがくご》は盗《ぬす》みを続《つづ》けてはならぬと警告《けいこく》した」

「さて、新学期《しんがっき》が始《はじ》まり、トム・リドルがやってきた。古着《ふるぎ》を着《き》た、おとなしい少年《しょうねん》は、ほかの新入生《しんにゅうせい》とともに組分《くみわ》けの列《れつ》に並《なら》んだ。組分《くみわ》け帽子《ぼうし》は、リドルの頭《あたま》に触《ふ》れるや否《いな》や、スリザリンに入《い》れた」

話《はな》し続《つづ》けながら、ダンブルドアは黒《くろ》くなった手《て》で頭上《ずじょう》の棚《たな》を指差《ゆびさ》した。そこには、古色蒼然《こしょくそうぜん》とした組分《くみわ》け帽子《ぼうし》が、じっと動《うご》かずに納《おさ》まっていた。

「その寮《りょう》の、かの有名《ゆうめい》な創始者《そうししゃ》が蛇《へび》と会話《かいわ》ができたということを、リドルがどの時点《じてん》で知《し》ったのかはわからぬ――おそらくは最初《さいしょ》の晩《ばん》じゃろう。それを知《し》ることで、リドルは興奮《こうふん》し、いやが上《うえ》にもうぬぼれが強《つよ》くなった」

「しかしながら、談話室《だんわしつ》では蛇語《へびご》を振《ふ》りかざし、スリザリン生《せい》を脅《おど》したり感心《かんしん》させたりしていたにせよ、教職員《きょうしょくいん》はそのようなことにはまったく気《き》づかなんだ。傍目《はため》には、リドルは何《なん》らの傲慢《ごうまん》さも攻撃性《こうげきせい》も見《み》せなんだ。稀有《けう》な才能《さいのう》とすぐれた容貌《ようぼう》の孤児《こじ》として、リドルはほとんど入学《にゅうがく》のその時点《じてん》から、自然《しぜん》に教職員《きょうしょくいん》の注目《ちゅうもく》と同情《どうじょう》を集《あつ》めた。リドルは、礼儀正《れいぎただ》しく物静《ものしず》かで、知識《ちしき》に飢《う》えた生徒《せいと》のように見《み》えた。ほとんど誰《だれ》もが、リドルには非常《ひじょう》によい印象《いんしょう》を持《も》っておった」

「孤児院《こじいん》で先生《せんせい》がリドルに会《あ》ったときの様子《ようす》を、ほかの先生方《せんせいがた》に話《はな》して聞《き》かせなかったのですか？」ハリーが聞《き》いた。

「話《はな》しておらぬ。リドルは後悔《こうかい》するそぶりをまったく見《み》せはせなんだが、以前《いぜん》の態度《たいど》を反省《はんせい》し、新《あたら》しくやり直《なお》す決心《けっしん》をしている可能性《かのうせい》はあったわけじゃ。わしは、リドルに機会《きかい》を与《あた》えるほうを選《えら》んだのじゃ」

ハリーが口《くち》を開《ひら》きかけると、ダンブルドアは言葉《ことば》を切《き》り、問《と》いかけるようにハリーを見《み》た。ここでもまた、ダンブルドアは、不利《ふり》な証拠《しょうこ》がどれほどあろうと、信頼《しんらい》に値《あたい》しない者《もの》を信頼《しんらい》している。ダンブルドアはそういう人《ひと》だ！　しかしハリーは、ふとあることを思《おも》い出《だ》した……。

「でも先生《せんせい》は、完全《かんぜん》にリドルを信用《しんよう》してはいなかったのですね？　あいつが僕《ぼく》にそう言《い》いました……あの日記帳《にっきちょう》から出《で》てきたリドルが、『ダンブルドアだけは、ほかの先生方《せんせいがた》とちがって、僕《ぼく》に気《き》を許《ゆる》してはいないようだった』って」

「リドルが信用《しんよう》できると、手放《てばな》しでそう考《かんが》えたわけではない、とだけ言《い》うておこう」

ダンブルドアが言《い》った。

「すでに言《い》うたように、わしはあの者《もの》をしっかり見張《みは》ろうと決《き》めておった。そしてその決意《けつい》どおりにしたのじゃ。最初《さいしょ》のころは、観察《かんさつ》してもそれほど多《おお》くのことがわかったわけではない。リドルはわしを非常《ひじょう》に警戒《けいかい》しておった。自分《じぶん》が何者《なにもの》なのかを知《し》って興奮《こうふん》し、わしに少《すこ》し多《おお》くを語《かた》り過《す》ぎたと思《おも》ったにちがいない。リドルは慎重《しんちょう》になり、あれほど多《おお》くを暴露《ばくろ》することは二度《にど》となかったが、興奮《こうふん》のあまりいったん口《くち》をすべらせたことや、ミセス・コールがわしに打《う》ち明《あ》けてくれたことを、リドルが撤回《てっかい》するわけにはいかなんだ。しかし、リドルは、わしの同僚《どうりょう》の多《おお》くをひきつけはしたものの、けっしてわしまで魅了《みりょう》しようとはしないという、思慮分別《しりょふんべつ》を持《も》ち合《あ》わせておった」

「高学年《こうがくねん》になると、リドルは献身的《けんしんてき》な友人《ゆうじん》を取《と》り巻《ま》きにしはじめた。ほかに言《い》いようがないので、友人《ゆうじん》と呼《よ》ぶが、すでにわしが言《い》うたように、リドルがその者《もの》たちの誰《だれ》に対《たい》しても、何《なん》らの友情《ゆうじょう》も感《かん》じていなかったことは疑《うたが》いもない。この集団《しゅうだん》は、ホグワーツ内《ない》で、一種《いっしゅ》の暗《くら》い魅力《みりょく》を持《も》っておった。雑多《ざった》な寄《よ》せ集《あつ》めで、保護《ほご》を求《もと》める弱《よわ》い者《もの》、栄光《えいこう》のおこぼれにあずかりたい野心家《やしんか》、自分《じぶん》たちより洗練《せんれん》された残酷《ざんこく》さを見《み》せてくれるリーダーにひかれた乱暴者等々《らんぼうものとうとう》。つまり、死喰《しく》い人《びと》の走《はし》りのような者《もの》たちじゃった。事実《じじつ》、その何人《なんにん》かは、ホグワーツを卒業《そつぎょう》したあと、最初《さいしょ》の死喰《しく》い人《びと》となった」

「リドルに厳重《げんじゅう》に管理《かんり》され、その者《もの》たちの悪行《あくぎょう》は、おおっぴらに明《あか》るみに出《で》ることはなかった。しかし、その七年《ねん》の間《あいだ》に、ホグワーツで多《おお》くの不快《ふかい》な事件《じけん》が起《お》こったことはわかっておる。事件《じけん》とその者《もの》たちとの関係《かんけい》が、満足《まんぞく》に立証《りっしょう》されたことは一度《いちど》もない。最《もっと》も深刻《しんこく》な事件《じけん》は、言《い》うまでもなく『秘密《ひみつ》の部屋《へや》』が開《ひら》かれたことで、その結果女子学生《けっかじょしがくせい》が一人《ひとり》死《し》んだ。君《きみ》も知《し》ってのとおり、ハグリッドがぬれぎぬを着《き》せられた」

「ホグワーツでのリドルに関《かん》する記憶《きおく》じゃが、多《おお》くを集《あつ》めることはできなんだ」

ダンブルドアは「憂《うれ》いの篩《ふるい》」になえた手《て》を置《お》きながら言《い》った。

「その当時《とうじ》のリドルを知《し》る者《もの》で、リドルの話《はなし》をしようとする者《もの》はほとんどおらぬ。怖気《おじけ》づいておるのじゃ。わしが知《し》りえた事柄《ことがら》は、リドルがホグワーツを去《さ》ってから集《あつ》めたものじゃ。何《なん》とか口《くち》を割《わ》らせることができそうな、数少《かずすく》ない何人《なんにん》かを見《み》つけ出《だ》したり、古《ふる》い記録《きろく》を探《さが》し求《もと》めたり、マグルや魔法使《まほうつか》いの証人《しょうにん》に質問《しつもん》したりして、だいぶ骨《ほね》を折《お》って知《し》りえたことじゃ」

「わしが説得《せっとく》して話《はな》させた者《もの》たちは、リドルが両親《りょうしん》のことにこだわっていたと語《かた》った。もちろん、これは理解《りかい》できることじゃ。孤児院《こじいん》で育《そだ》った者《もの》が、そこに来《く》ることになった経緯《けいい》を知《し》りたがったのは当然《とうぜん》じゃ。トム・リドル・シニアの痕跡《こんせき》はないかと、トロフィー室《しつ》に置《お》かれた盾《たて》や、学校《がっこう》の古《ふる》い監督生《かんとくせい》の記録《きろく》、魔法史《まほうし》の本《ほん》まで探《さが》したらしいが、徒労《とろう》に終《お》わった。父親《ちちおや》がホグワーツに一度《いちど》も足《あし》を踏《ふ》み入《い》れてはいない事実《じじつ》を、リドルはついに受《う》け入《い》れざるをえなくなった。わしの考《かんが》えでは、リドルはその時点《じてん》で自分《じぶん》の名前《なまえ》を永久《えいきゅう》に捨《す》て、ヴォルデモート卿《きょう》と名乗《なの》り、それまで軽蔑《けいべつ》していた母親《ははおや》の家族《かぞく》を調《しら》べはじめたのであろう――覚《おぼ》えておろうが、人間《にんげん》の恥《は》ずべき弱《よわ》みである『死《し》』に屈《くっ》した女《おんな》が魔女《まじょ》であるはずがないと、リドルがそう考《かんが》えていた女性《じょせい》のことじゃ」

「リドルには、『マールヴォロ』という名前《なまえ》しかヒントはなかった。孤児院《こじいん》の関係者《かんけいしゃ》から、母方《ははがた》の父親《ちちおや》の名前《なまえ》だと聞《き》かされていた名《な》じゃ。魔法族《まほうぞく》の家系《かけい》に関《かん》する古《ふる》い本《ほん》をつぶさに調《しら》べ、ついにリドルは、スリザリンの末裔《まつえい》が生き残《のこ》っていることを突《つ》き止《と》めた。十六歳《さい》の夏《なつ》のことじゃ。リドルは毎年夏《まいとしなつ》に戻《もど》っていた孤児院《こじいん》を抜《ぬ》け出《だ》し、ゴーント家《け》の親《しん》せきを探《さが》しに出《で》かけた。そして、さあ、ハリー、立《た》つのじゃ……」

ダンブルドアも立《た》ち上《あ》がった。その手《て》に再《ふたた》び、渦巻《うずま》く乳白色《にゅうはくしょく》の記憶《きおく》が詰《つ》まった小《ちい》さなクリスタルの瓶《びん》があるのが見《み》えた。

「この記憶《きおく》を採集《さいしゅう》できたのは、まさに幸運《こううん》じゃった」

そう言《い》いながら、ダンブルドアはきらめく物質《ぶっしつ》を「憂《うれ》いの篩《ふるい》」に注《そそ》ぎ込《こ》んだ。

「この記憶《きおく》を体験《たいけん》すれば、そのことがわかるはずじゃ。参《まい》ろうかの？」

ハリーは石《いし》の水盆《すいぼん》の前《まえ》に進《すす》み出《で》て、従順《じゅうじゅん》に身《み》をかがめ、記憶《きおく》の表面《ひょうめん》に顔《かお》をうずめた。いつものように、無《む》の中《なか》を落《お》ちていくような感覚《かんかく》を覚《おぼ》え、それからほとんど真《ま》っ暗闇《くらやみ》の中《なか》で、汚《きたな》い石《いし》の床《ゆか》に着地《ちゃくち》した。

しばらくして、自分《じぶん》がどこにいるのかやっとわかったときには、ダンブルドアもすでにハリーの脇《わき》に着地《ちゃくち》していた。ゴーントの家《いえ》は、今《いま》や形容《けいよう》しがたいほどに汚《よご》れ、今《いま》までに見《み》たどんな家《いえ》より汚《きたな》らしかった。天井《てんじょう》にはクモの巣《す》がはびこり、床《ゆか》はべっとりと汚《よご》れ、テーブルには、かびだらけのくさった食《た》べ物《もの》が、汚《よご》れのこびりついた深鍋《ふかなべ》の山《やま》の間《あいだ》に転《ころ》がっている。灯《あか》りといえば溶《と》けたろうそくがただ一本《ぽん》、男《おとこ》の足元《あしもと》に置《お》かれていた。男《おとこ》は髪《かみ》もひげも伸《の》び放題《ほうだい》で、ハリーには男《おとこ》の目《め》も口《くち》も見《み》えなかった。暖炉《だんろ》のそばのひじかけ椅子《いす》でぐったりしているその男《おとこ》は、死《し》んでいるのではないかと、ハリーは一瞬《いっしゅん》そう思《おも》った。しかし、その時《とき》、ドアをたたく大《おお》きな音《おと》がして、男《おとこ》はびくりと目《め》を覚《さ》まし、右手《みぎて》に杖《つえ》を掲《かか》げ、左手《ひだりて》には小刀《こがたな》を握《にぎ》った。

ドアがギーッと開《ひら》いた。戸口《とぐち》に古《ふる》くさいランプを手《て》に立《た》っている青年《せいねん》が誰《だれ》か、ハリーは一目《ひとめ》でわかった。背《せ》が高《たか》く、青白《あおじろ》い顔《かお》に黒《くろ》い髪《かみ》の、ハンサムな青年《せいねん》――十代《だい》のヴォルデモートだ。

ヴォルデモートの目《め》がゆっくりとあばら家《や》を見回《みまわ》し、ひじかけ椅子《いす》の男《おとこ》を見《み》つけた。ほんの一、二秒《びょう》、二人《ふたり》は見《み》つめ合《あ》った。それから、男《おとこ》がよろめきながら立《た》ち上《あ》がった。その足元《あしもと》からからっぽの瓶《びん》が何本《なんぼん》も、カタカタと音《おと》を立《た》てて床《ゆか》を転《ころ》がった。

「**貴様《きさま》！**」男《おとこ》がわめいた。

「**貴様《きさま》！**」

男《おとこ》は杖《つえ》と小刀《こがたな》を大上段《だいじょうだん》に振《ふ》りかぶり、酔《よ》った足《あし》をもつれさせながらリドルに突進《とっしん》した。

「**やめろ**」

リドルは蛇語《へびご》で話《はな》した。男《おとこ》は横《よこ》すべりしてテーブルにぶつかり、かびだらけの深鍋《ふかなべ》がいくつか床《ゆか》に落《お》ちた。男《おとこ》はリドルを見《み》つめた。互《たが》いに探《さぐ》り合《あ》いながら、長《なが》い沈黙《ちんもく》が流《なが》れた。やがて男《おとこ》が沈《ちん》黙《もく》を破《やぶ》った。

「話《はな》せるのか？」

「ああ、話《はな》せる」リドルが言《い》った。リドルは部屋《へや》に入《はい》り、背後《はいご》でドアがバタンと閉《し》まった。ヴォルデモートが微塵《みじん》も恐怖《きょうふ》を見《み》せないことに、ハリーは、敵《てき》ながらあっぱれと内心舌《ないしんした》を巻《ま》いた。ヴォルデモートの顔《かお》に浮《う》かんでいたのは、嫌悪《けんお》と、そしておそらく失望《しつぼう》だけだった。

「マールヴォロはどこだ？」リドルが聞《き》いた。

「死《し》んだ」男《おとこ》が答《こた》えた。**「何年《なんねん》も前《まえ》に死《し》んだんだろうが？」**

リドルが顔《かお》をしかめた。

「それじゃ、おまえは誰《だれ》だ？」

「俺《おれ》はモーフィンだ、そうじゃねえのか？」

「マールヴォロの息子《むすこ》か？」

「そーだともよ。それで……」

モーフィンは汚《よご》れた顔《かお》から髪《かみ》を押《お》しのけ、リドルをよく見《み》ようとした。その右手《みぎて》に、マールヴォロの黒《くろ》い石《いし》の指輪《ゆびわ》をはめているのを、ハリーは見《み》た。

「おめえがあのマグルかと思《おも》った」

モーフィンがつぶやくように言《い》った。

「おめえはあのマグルにそーっくりだ」

「どのマグルだ？」リドルが鋭《するど》く聞《き》いた。

「俺《おれ》の妹《いもうと》がほれたマグルよ。向《む》こうのでっかい屋敷《やしき》に住《す》んでるマグルよ」

モーフィンはそう言《い》うなり、突然《とつぜん》リドルの前《まえ》につばを吐《は》いた。

「おめえはあいつにそっくりだ。リドルに。しかし、あいつはもう、もっと年《とし》を取《と》ったはずだろーが？　おめえよりもっと年取《としと》ってらあな。考《かんが》えてみりゃ……」

モーフィンは意識《いしき》が薄《うす》れかけ、テーブルの縁《ふち》をつかんでもたれかかったままよろめいた。

「あいつは戻《もど》ってきた、ウン」モーフィンはほうけたように言《い》った。

ヴォルデモートは、取《と》るべき手段《しゅだん》を見極《みきわ》めるかのように、モーフィンをじっと見《み》ていた。そしてモーフィンにわずかに近寄《ちかよ》り、聞《き》き返《かえ》した。

「リドルが戻《もど》ってきた？」

「ふん、あいつは妹《いもうと》を捨《す》てた。いい気味《きみ》だ。くされ野郎《やろう》と結婚《けっこん》しやがったからよ！」

モーフィンはまたつばを吐《は》いた。

「盗《ぬす》みやがったんだ。いいか、逃《に》げやがる前《まえ》に！　ロケットはどこにやった？　え？　スリザリンのロケットはどこだ？」

ヴォルデモートは答《こた》えなかった。モーフィンは自分《じぶん》で自分《じぶん》の怒《いか》りをあおり立《た》てていた。小刀《こがたな》を振《ふ》り回《まわ》し、モーフィンが叫《さけ》んだ。

「泥《どろ》を塗《ぬ》りやがった。そーだとも、あのアマ！　そんで、おめえは誰《だれ》だ？　ここに来《き》てそんなことを聞《き》きやがるのは誰《だれ》だ？　おしめえだ、そーだ……おしめえだ……」

モーフィンは少《すこ》しよろめきながら顔《かお》をそらした。ヴォルデモートが一歩《ぽ》近《ちか》づいた。そのとたん、あたりが不自然《ふしぜん》に暗《くら》くなった。ヴォルデモートのランプが消《き》え、モーフィンのろうそくも、何《なに》もかもが消《き》えた……。

ダンブルドアの指《ゆび》がハリーの腕《うで》をしっかりつかみ、二人《ふたり》は上昇《じょうしょう》して現在《げんざい》に戻《もど》った。ダンブルドアの部屋《へや》のやわらかな金色《きんいろ》の灯《あか》りが、真《ま》っ暗闇《くらやみ》を見《み》たあとのハリーの目《め》にまぶしかった。

「これだけですか？」ハリーはすぐさま聞《き》いた。

「どうして暗《くら》くなったんですか？　何《なに》が起《お》こったんですか？」

「モーフィンが、そのあとのことは何《なに》も覚《おぼ》えていないからじゃ」

ダンブルドアが、ハリーに椅子《いす》を示《しめ》しながら言《い》った。

「次《つぎ》の朝《あさ》、モーフィンが目《め》を覚《さ》ましたときには、たった一人《ひとり》で床《ゆか》に横《よこ》たわっていた。マールヴォロの指輪《ゆびわ》が消《き》えておった」

「一方《いっぽう》、リトル・ハングルトンの村《むら》では、メイドが悲鳴《ひめい》を上《あ》げて通《とお》りをかけ回《まわ》り、館《やかた》の客間《きゃくま》に三人《にん》の死体《したい》が横《よこ》たわっていると叫《さけ》んでいた。トム・リドル・シニア、その母親《ははおや》と父親《ちちおや》の三人《にん》だった」

「マグルの警察《けいさつ》は当惑《とうわく》した。わしが知《し》るかぎりでは、今日《きょう》にいたるまで、リドル一家《いっか》の死因《しいん》は判明《はんめい》しておらぬ。『アバダ　ケダブラ』の呪《のろ》いは、通常《つうじょう》、何《なん》の損傷《そんしょう》も残《のこ》さぬからじゃ……例外《れいがい》はわしの目《め》の前《まえ》に座《すわ》っておる」

ダンブルドアは、ハリーの傷痕《きずあと》を見《み》てうなずきながら言《い》った。

「しかし、魔法省《まほうしょう》は、これが魔法使《まほうつか》いによる殺人《さつじん》だとすぐに見破《みやぶ》った。さらに、リドルの館《やかた》と反《はん》対側《たいがわ》の谷向《たにむ》こうに、マグル嫌《ぎら》いの前科者《ぜんかもの》が住《す》んでおり、その男《おとこ》は、殺《ころ》された三人《にん》のうちの一人《ひとり》を襲《おそ》った廉《かど》で、すでに一度投獄《どとうごく》されたことがあるとわかっていた」

「そこで、魔法省《まほうしょう》はモーフィンを訪《たず》ねた。取《と》り調《しら》べの必要《ひつよう》も、『真実薬《しんじつやく》』や『開心術《かいしんじゅつ》』を使《つか》う必《ひつ》要《よう》もなかった。即座《そくざ》に自白《じはく》したのじゃ。殺人者自身《さつじんしゃじしん》しか知《し》りえぬ細部《さいぶ》の供述《きょうじゅつ》をしてのう。モーフィンは、マグルを殺《ころ》したことを自慢《じまん》し、長年《ながねん》にわたってその機会《きかい》を待《ま》っておったと言《い》ったそうじゃ。モーフィンが差《さ》し出《だ》した杖《つえ》が、リドル一家《いっか》の殺害《さつがい》に使《つか》われたことは、すぐに証明《しょうめい》された。そしてモーフィンは、抗《あらが》いもせずにアズカバンに引《ひ》かれていった。父親《ちちおや》の指輪《ゆびわ》がなくなっていたことだけを気《き》にしておった。逮捕《たいほ》した者《もの》たちに向《む》かって、『指輪《ゆびわ》をなくしたから、親父《おやじ》に殺《ころ》される』と、何度《なんど》もくり返《かえ》して言《い》ったそうじゃ。『指輪《ゆびわ》をなくしたから、親父《おやじ》に殺《ころ》される』と。そして、どうやら死《し》ぬまで、それ以外《いがい》の言葉《ことば》は口《くち》にせなんだようじゃ。モーフィンはマールヴォロの最後《さいご》の世襲《せしゅう》財産《ざいさん》をなくしたことを嘆《なげ》きながら、アズカバンで人生《じんせい》を終《お》え、牢獄《ろうごく》で息絶《いきた》えたほかの哀《あわ》れな魂《たましい》とともに、監獄《かんごく》の脇《わき》に葬《ほうむ》られておるのじゃ」

「それじゃ、ヴォルデモートが、モーフィンの杖《つえ》を盗《ぬす》んで使《つか》ったのですね？」

ハリーは姿勢《しせい》を正《ただ》して言《い》った。

「そのとおりじゃ」ダンブルドアが言《い》った。「それを示《しめ》す記憶《きおく》はない。しかし、何《なに》が起《お》こったかについては、かなり確信《かくしん》を持《も》って言《い》えるじゃろう。ヴォルデモートはおじに失神《しっしん》の呪文《じゅもん》をかけて杖《つえ》を奪《うば》い、谷《たに》を越《こ》えて『向《む》こうのでっかい屋敷《やしき》』に行《い》ったのであろう。そこで魔女《まじょ》の母親《ははおや》を捨《す》てたマグルの男《おとこ》を殺《ころ》し、ついでにマグルである自分《じぶん》の祖父母《そふぼ》をも殺《ころ》した。自分《じぶん》にふさわしくないリドルの家系《かけい》の最後《さいご》の人々《ひとびと》を、このようにして抹殺《まっさつ》すると同時《どうじ》に、自分《じぶん》を望《のぞ》むことがなかった父親《ちちおや》に復讐《ふくしゅう》した。それからゴーントのあばら家《や》に戻《もど》り、複雑《ふくざつ》な魔法《まほう》でおじに偽《にせ》の記憶《きおく》を植《う》えつけた後《のち》、気《き》を失《うしな》っているモーフィンのそばに杖《つえ》を返《かえ》し、おじがはめていた古《ふる》い指輪《ゆびわ》をポケットに入《い》れてその場《ば》を去《さ》った」

「モーフィンは自分《じぶん》がやったのではないと、一度《いちど》も気《き》づかなかったのですか？」

「一度《いちど》も」ダンブルドアが言《い》った。

「今《いま》わしが言《い》うたように、自慢《じまん》げにくわしい自白《じはく》をしたのじゃ」

「でも、今見《いまみ》たほんとうの記憶《きおく》は、ずっと持《も》ち続《つづ》けていた！」

「そうじゃ。しかし、その記憶《きおく》をうまく取《と》り出《だ》すには、相当《そうとう》な『開心術《かいしんじゅつ》』の技《わざ》を使用《しよう》せねばならなかったのじゃ」

ダンブルドアが言《い》った。

「それに、すでに犯行《はんこう》を自供《じきょう》しているのに、モーフィンの心《こころ》をそれ以上《いじょう》探《さぐ》りたいなどと思《おも》う者《もの》がおるじゃろうか？　しかし、わしは、モーフィンが死《し》ぬ何週間《なんしゅうかん》か前《まえ》に、あの者《もの》に面会《めんかい》することができた。わしはそのころ、ヴォルデモートに関《かん》して、できるだけ多《おお》くの過去《かこ》を見《み》つけ出《だ》そうとしておった。この記憶《きおく》を引《ひ》き出《だ》すのは容易《ようい》ではなかった。記憶《きおく》を見《み》たとき、わしはそれを理由《りゆう》にモーフィンをアズカバンから釈放《しゃくほう》するように働《はたら》きかけた。しかし、魔法省《まほうしょう》が決定《けってい》を下《くだ》す前《まえ》に、モーフィンは死《し》んでしもうたのじゃ」

「でも、すべてはヴォルデモートがモーフィンに仕掛《しか》けたことだと、魔法省《まほうしょう》はどうして気《き》づかなかったんですか?」

ハリーは憤慨《ふんがい》して聞《き》いた。

「ヴォルデモートはその時《とき》、未成年《みせいねん》だった。魔法省《まほうしょう》は、未成年《みせいねん》が魔法《まほう》を使《つか》うと探知《たんち》できるはずだ!」

「そのとおりじゃよ——魔法《まほう》は探知《たんち》できる。しかし、実行犯《じっこうはん》が誰《だれ》かはわからぬ。浮遊術《ふゆうじゅつ》のことで、君《きみ》が魔法省《まほうしょう》に責《せ》められたのを覚《おぼ》えておろうが、あれは実《じつ》は——」

「ドビーだ」

ハリーがうなった。あの不当《ふとう》さには、いまだに腹《はら》が立《た》った。

「それじゃ、未成年《みせいねん》でも、大人《おとな》の魔法使《まほうつか》いがいる家《いえ》で魔法《まほう》を使《つか》ったら、魔法省《まほうしょう》にはわからないのですか?」

「たしかに魔法省《まほうしょう》は、誰《だれ》が魔法《まほう》を行使《こうし》したかを知《し》ることができぬ」

ハリーの大憤慨《だいふんがい》した顔《かお》を見《み》てほほ笑《え》みながら、ダンブルドアが言《い》った。

「魔法省《まほうしょう》としては、魔法使《まほうつか》いの家庭内《かていない》では、親《おや》が子供《こども》を従《したが》わせるのに任《まか》せるわけじゃ」

「そんなの、いいかげんだ」ハリーがかみついた。「こんなことが起《お》こったのに！　モーフィンにこんなことが起《お》こったのに！」

「わしもそう思《おも》う」ダンブルドアが言《い》った。

「モーフィンがどのような者《もの》であれ、あのような死《し》に方《かた》をしたのは酷《こく》じゃった。犯《おか》しもせぬ殺人《さつじん》の責《せ》めを負《お》うとは。しかし、もう時間《じかん》も遅《おそ》い。別《わか》れる前《まえ》に、もう一つの記憶《きおく》を見《み》てほしい……」

ダンブルドアはポケットからもう一本《ぽん》クリスタルの薬瓶《くすりびん》を取《と》り出《だ》した。ハリーは、これこそダンブルドアが収集《しゅうしゅう》した中《なか》で一番重要《いちばんじゅうよう》な記憶《きおく》だと言《い》ったことを思《おも》い出《だ》し、すぐに口《くち》をつぐんだ。今度《こんど》の中身《なかみ》は、まるで少《すこ》し凝結《ぎょうけつ》しているかのように、なかなか「憂《うれ》いの篩《ふるい》」に入《はい》っていかなかった。記憶《きおく》もくさることがあるのだろうか？

「この記憶《きおく》は長《なが》くはかからない」

薬瓶《くすりびん》がやっと空《から》になったとき、ダンブルドアが言《い》った。

「あっという間《ま》に戻《もど》ってくることになろう。もう一度《いちど》、『憂《うれ》いの篩《ふるい》』へ、いざ……」

そして再《ふたた》びハリーは、銀色《ぎんいろ》の表面《ひょうめん》から下《した》へと落《お》ちていき、一人《ひとり》の男《おとこ》の真《ま》ん前《まえ》に着地《ちゃくち》した。誰《だれ》なのかはすぐにわかった。

ずっと若《わか》いホラス・スラグホーンだった。はげたスラグホーンに慣《な》れきっていたハリーは、つやのある豊《ゆた》かな麦《むぎ》わら色《いろ》の髪《かみ》に面食《めんく》らった。頭《あたま》に藁葺屋根《わらぶきやね》をかけたようだった。ただ、てっぺんにはすでに、ガリオン金貨大《きんかだい》のはげが光《ひか》っていた。口《くち》ひげは今《いま》ほど巨大《きょだい》ではなく、赤毛《あかげ》まじりのブロンドだった。ハリーの知《し》っているスラグホーンほどまるまるしていなかったが、豪華《ごうか》な刺繡《しゅう》入《い》りのチョッキについている金《きん》ボタンは、相当《そうとう》の膨張力《ぼうちょうりょく》にたえていた。短《みじか》い足《あし》を分厚《ぶあつ》いビロードのクッションにのせ、スラグホーンは心地《ここち》よさそうなひじかけ椅子《いす》に、とっぷりとくつろいで腰《こし》かけていた。片手《かたて》に小《ちい》さなワイングラスをつかみ、もう一方《いっぽう》の手《て》で、砂糖漬《さとうづ》けパイナップルの箱《はこ》を探《さぐ》っている。

ダンブルドアがハリーの横《よこ》に姿《すがた》を現《あらわ》したとき、ハリーはあたりを見回《みまわ》し、そこが学校《がっこう》のスラグホーンの部屋《へや》だとわかった。男《おとこ》の子《こ》が六人《にん》ほど、スラグホーンの周《まわ》りに座《すわ》っている。スラグホーンの椅子《いす》より固《かた》い椅子《いす》か低《ひく》い椅子《いす》に腰《こし》かけ、全員《ぜんいん》が十五、六歳《さい》だった。ハリーはすぐにリドルを見《み》つけた。一番《いちばん》ハンサムで、一番《いちばん》くつろいだ様子《ようす》だった。右手《みぎて》をなにげなく椅子《いす》のひじかけに置《お》いていたが、ハリーは、その手《て》にマールヴォロの金《きん》と黒《くろ》の指輪《ゆびわ》がはめられているのを見《み》て、ぎくりとした。もう父親《ちちおや》を殺《ころ》したあとだ。

「先生《せんせい》、メリィソート先生《せんせい》が退職《たいしょく》なさるというのはほんとうですか？」リドルが聞《き》いた。

「トム、トム、たとえ知《し》っていても、君《きみ》には教《おし》えられないね」

スラグホーンは砂糖《さとう》だらけの指《ゆび》をリドルに向《む》けて、叱《しか》るように振《ふ》ったが、ウィンクしたことでその効果《こうか》は多少《たしょう》薄《うす》れていた。

「まったく、君《きみ》って子《こ》は、どこで情報《じょうほう》を仕入《しい》れてくるのか、知《し》りたいものだ。教師《きょうし》の半数《はんすう》より情《じょう》報通《ほうつう》だね、君《きみ》は」

リドルは微笑《びしょう》した。ほかの少年《しょうねん》たちは笑《わら》って、リドルを称賛《しょうさん》のまなざしで見《み》た。

「知《し》るべきではないことを知《し》るという、君《きみ》の謎《なぞ》のような能力《のうりょく》、大事《だいじ》な人間《にんげん》をうれしがらせる心《こころ》づかい――ところで、パイナップルをありがとう。君《きみ》の考《かんが》えどおり、これはわたしの好物《こうぶつ》で――」

何人《なんにん》かの男《おとこ》の子《こ》がクスクス笑《わら》ったその時《とき》、とても奇妙《きみょう》なことが起《お》こった。部屋《へや》全体《ぜんたい》が突然《とつぜん》濃《こ》い白《しろ》い霧《きり》で覆《おお》われたのだ。ハリーは、そばに立《た》っているダンブルドアの顔《かお》しか見《み》えなくなった。そして、スラグホーンの声《こえ》が、霧《きり》の中《なか》から不自然《ふしぜん》な大《おお》きさで響《ひび》いてきた。「――君《きみ》は悪《あく》の道《みち》にはまるだろう、いいかね、わたしの言葉《ことば》を覚《おぼ》えておきなさい」

霧《きり》は出《で》てきたときと同《おな》じように急《きゅう》に晴《は》れた。しかし、誰《だれ》もそのことに触《ふ》れなかったし、何《なに》か不自然《しぜん》なことが起《お》きたような顔《かお》さえしていなかった。ハリーは狐《きつね》につままれたように、周《まわ》りを見回《みまわ》した。スラグホーンの机《つくえ》の上《うえ》で小《ちい》さな金色《きんいろ》の置《お》き時計《どけい》が、十一時《じ》を打《う》った。

「なんとまあ、もうそんな時間《じかん》か？」スラグホーンが言《い》った。

「みんな、もう、戻《もど》ったほうがいい。そうしないと、みんな困《こま》ったことになるからね。レストレンジ、明日《あす》までにレポートを書《か》いてこないと、罰則《ばっそく》だぞ。エイブリー、君《きみ》もだ」

男《おとこ》の子《こ》たちがぞろぞろ出《で》ていく間《あいだ》、スラグホーンはひじかけ椅子《いす》から重《おも》い腰《こし》を上《あ》げ、空《から》になったグラスを机《つくえ》のほうに持《も》っていった。しかし、リドルはあとに残《のこ》っていた。リドルが最後《さいご》までスラグホーンの部屋《へや》にいられるように、わざとぐずぐずしているのが、ハリーにはわかった。

「トム、早《はや》くせんか」

振《ふ》り返《かえ》って、リドルがまだそこに立《た》っているのを見《み》たスラグホーンが言《い》った。

「時間外《じかんがい》にベッドを抜《ぬ》け出《だ》しているところを捕《つか》まりたくはないだろう。君《きみ》は監督生《かんとくせい》なのだし……」

「先生《せんせい》、おうかがいしたいことがあるんです」

「それじゃ、遠慮《えんりょ》なく聞《き》きなさい、トム、遠慮《えんりょ》なく」

「先生《せんせい》、ご存《ぞん》じでしょうか……ホークラックスのことですが？」

するとまた、同《おな》じ現象《げんしょう》が起《お》きた。濃《こ》い霧《きり》が部屋《へや》を包《つつ》み、ハリーにはスラグホーンもリドルもまったく見《み》えなくなった。ダンブルドアだけがゆったりと、そばでほほ笑《え》んでいた。そして、前《まえ》と同《おな》じように、スラグホーンの声《こえ》がまた響《ひび》き渡《わた》った。

「ホークラックスのことは何《なに》も知《し》らんし、知《し》っていても君《きみ》に教《おし》えたりはせん！　さあ、すぐにここを出《で》ていくんだ。そんな話《はなし》は二度《にど》と聞《き》きたくない！」

「さあ、これでおしまいじゃ」ハリーの横《よこ》でダンブルドアがおだやかに言《い》った。

「帰《かえ》る時間《じかん》じゃ」

そしてハリーの足《あし》は床《ゆか》を離《はな》れ、数秒後《すうびょうご》にダンブルドアの机《つくえ》の前《まえ》の敷物《しきもの》に着地《ちゃくち》した。

「あれだけしかないんですか？」ハリーはキョトンとして聞《き》いた。

ダンブルドアは、これこそ一番重要《いちばんじゅうよう》な記憶《きおく》だと言《い》った。しかし、何《なに》がそんなに意味深長《いみしんちょう》なのかわからなかった。たしかに、霧《きり》のことや、誰《だれ》もそれに気《き》づいていないようだったのは奇妙《きみょう》だ。しかしそれ以外《いがい》は何《なん》ら特別《とくべつ》な出来事《できごと》はないように見《み》えた。リドルが質問《しつもん》したが、それに答《こた》えてもらえなかったというだけだ。

「気《き》がついたかもしれぬが――」

ダンブルドアは机《つくえ》に戻《もど》って腰《こし》を下《お》ろした。

「あの記憶《きおく》には手《て》が加《くわ》えられておる」

「手《て》が加《くわ》えられた？」ハリーも腰《こし》かけながら、聞《き》き返《かえ》した。

「そのとおりじゃ」ダンブルドアが言《い》った。

「スラグホーン先生《せんせい》は、自分自身《じぶんじしん》の記憶《きおく》に干渉《かんしょう》した」

「でも、どうしてそんなことを？」

「自分《じぶん》の記《き》憶《おく》を恥《は》じたからじゃろう」ダンブルドアが言《い》った。

「自分をよりよく見《み》せようとして、わしに見《み》られたくない部分《ぶぶん》を消《け》し去《さ》り、記《き》憶《おく》を修正《しゅうせい》しようとしたのじゃ。それが、君《きみ》も気《き》づいたように、非常《ひじょう》に粗雑《そざつ》なやり方《かた》でなされておる。そのほうがよい。なぜなら、ほんとうの記《き》憶《おく》が、改《かい》ざんされたものの下《した》にまだ存在《そんざい》していることを示《しめ》しているからじゃ」

「そこで、ハリー、わしは初《はじ》めて君《きみ》に宿題《しゅくだい》を出《だ》す。スラグホーン先生《せんせい》を説得《せっとく》して、ほんとうの記《き》憶《おく》を明《あ》かさせるのが君《きみ》の役目《やくめ》じゃ。その記《き》憶《おく》こそ、我々《われわれ》にとって、最《もっと》も重要《じゅうよう》な記《き》憶《おく》であることは疑《うたが》いもない」

ハリーは目《め》を見張《みは》ってダンブルドアを見《み》た。

「でも、先生《せんせい》」

できるかぎり尊敬《そんけい》を込《こ》めた声《こえ》で、ハリーは言《い》った。

「僕《ぼく》なんか必要《ひつよう》ないと思《おも》います――先生《せんせい》が『開心術《かいしんじゅつ》』をお使《つか》いになれるでしょうし……『真実《しんじつ》

薬《やく》』だって……」

「スラグホーン先生《せんせい》は、非常《ひじょう》に優秀《ゆうしゅう》な魔法使《まほうつか》いであり、そのどちらも予想《よそう》しておられるじゃろう。哀《あわ》れなモーフィン・ゴーントなどより、ずっと『閉心術《へいしんじゅつ》』に長《た》けておられる。わしがこの記憶《きおく》まがいのものを無理《むり》やり提供《ていきょう》させて以来《いらい》、スラグホーン先生《せんせい》が常《つね》に『真実薬《しんじつやく》』の解毒剤《げどくざい》を持《も》ち歩《ある》いておられたとしても無理《むり》からぬこと」

「いや、スラグホーン先生《せんせい》から力《ちから》ずくで真実《しんじつ》を引《ひ》き出《だ》そうとするのは、愚《おろ》かしいことであり、百《ひゃく》害《がい》あって一利《いちり》なしじゃ。スラグホーン先生《せんせい》にはホグワーツを去《さ》ってほしくないでのう。しかし、スラグホーン先生《せんせい》といえども、我々《われわれ》と同様《どうよう》に弱《よわ》みがある。先生《せんせい》の鎧《よろい》を突《つ》き破《やぶ》ることのできる者《もの》は君《きみ》じゃと、わしは信《しん》じておる。ハリー、真実《しんじつ》の記憶《きおく》を我々《われわれ》が手《て》に入《い》れるということが、実《じつ》に重要《じゅうよう》なのじゃ……どのくらい大切《たいせつ》かは、その記憶《きおく》を見《み》たときにのみわかろうというものじゃ。がんばることじゃな……では、おやすみ」

突然帰《とつぜんかえ》れと言《い》われて、ハリーはちょっと驚《おどろ》いたが、すぐに立《た》ち上《あ》がった。

「先生《せんせい》、おやすみなさい」

校長室《こうちょうしつ》の戸《と》を閉《し》めながら、ハリーは、フィニアス・ナイジェラスだとわかる声《こえ》を、はっきり聞《き》いた。

「ダンブルドア、あの子《こ》が、君《きみ》よりうまくやれるという理由《りゆう》がわからんね」

「フィニアス、わしも、君《きみ》にわかるとは思《おも》わぬ」

ダンブルドアが答《こた》え、フォークスがまた、低《ひく》く歌《うた》うように鳴《な》いた。

第《だい》18章《しょう》　たまげた誕生日《たんじょうび》

次《つぎ》の日《ひ》、ハリーはロンとハーマイオニーに、ただし二人別々《ふたりべつべつ》に、ダンブルドアの宿題《しゅくだい》を打《う》ち明《あ》けた。ハーマイオニーが相変《あいか》わらず、軽蔑《けいべつ》のまなざしを投《な》げる瞬間以外《しゅんかんいがい》は、ロンと一緒《いっしょ》にいることを拒《こば》んでいたからだ。

ロンは、ハリーならスラグホーンのことは楽勝《らくしょう》だと考《かんが》えていた。

「あいつは君《きみ》にほれ込《こ》んでる」

朝食《ちょうしょく》の席《せき》で、フォークに刺《さ》した玉子焼《たまごや》きの大《おお》きな塊《かたまり》を気楽《きらく》に振《ふ》りながら、ロンが言《い》った。

「君《きみ》が頼《たの》めばどんなことだって断《ことわ》りゃしないだろ？　お気《き》に入《い》りの魔法薬《まほうやく》の王子様《おうじさま》だもの。今日《きょう》の午後《ごご》の授業《じゅぎょう》のあとにちょっと残《のこ》って、聞《き》いてみろよ」

しかし、ハーマイオニーの意見《いけん》はもっと悲観的《ひかんてき》だった。

「ダンブルドアが聞《き》き出《だ》せなかったのなら、スラグホーンはあくまで真相《しんそう》を隠《かく》すつもりにちがいないわ」

休《やす》み時間中《じかんちゅう》、人気《ひとけ》のない雪《ゆき》の中庭《なかにわ》での立《た》ち話《ばなし》で、ハーマイオニーが低《ひく》い声《こえ》で言《い》った。

「ホークラックス……**ホークラックス**……聞《き》いたこともないわ……」

「君《きみ》が？」

ハリーは落胆《らくたん》した。ホークラックスがどういう物《もの》か、ハーマイオニーなら手《て》がかりを教《おし》えてくれるかもしれないと期待《きたい》していたのだ。

「相当高度《そうとうこうど》な、闇《やみ》の魔術《まじゅつ》にちがいないわ。そうじゃなきゃ、ヴォルデモートが知《し》りたがるはずないでしょう？　ハリー、その情報《じょうほう》は、一筋縄《ひとすじなわ》じゃ聞《き》き出《だ》せないと思《おも》うわよ。スラグホーンには充分慎重《じゅうぶんしんちょう》に持《も》ちかけないといけないわ。ちゃんと戦術《せんじゅつ》を考《かんが》えて……」

「ロンは、今日《きょう》の午後《ごご》の授業《じゅぎょう》のあと、ちょっと残《のこ》ればいいっていう考《かんが》えだけど……」

「あら、まあ、もし**ウォン-ウォン**がそう考《かんが》えるんだったら、そうしたほうがいいでしょ」

ハーマイオニーはたちまちメラメラと燃《も》え上《あ》がった。

「何《なに》しろ、**ウォン-ウォン**の判断《はんだん》は一度《いちど》だってまちがったことがありませんからね！」

「ハーマイオニー、いいかげんに――」

「**お断《ことわ》りよ！**」

いきり立《た》ったハーマイオニーは、くるぶしまで雪《ゆき》に埋《う》まったハリーをひとり残《のこ》し、荒々《あらあら》しく立《た》ち去《さ》った。

近《ちか》ごろの「魔法薬《まほうやく》」のクラスは、ハリー、ロン、ハーマイオニーが同《おな》じ作業《さぎょう》テーブルを使《つか》うというだけで居心地《いごこち》悪《わる》かった。今日《きょう》のハーマイオニーは、自分《じぶん》の大鍋《おおなべ》をテーブルの向《む》こう端《はし》のアーニーの近《ちか》くまで移動《いどう》し、ハリーとロンの両方《りょうほう》を無視《むし》していた。

「君《きみ》は何《なに》をやらかしたんだ？」

ハーマイオニーのツンとした横顔《よこがお》を見《み》ながら、ロンがボソボソとハリーに聞《き》いた。

ハリーが答《こた》える前《まえ》に、スラグホーンが教室《きょうしつ》の前方《ぜんぽう》から静粛《せいしゅく》にと呼《よ》びかけた。

「静《しず》かに、みんな静《しず》かにして！　さあ、急《いそ》がないと、今日《きょう》はやることがたくさんある！『ゴルパロットの第三《だいさん》の法則《ほうそく》』……誰《だれ》か言《い》える者《もの》は――？　ああ、ミス・グレンジャーだね、もちろん！」

ハーマイオニーは猛烈《もうれつ》なスピードで暗誦《あんしょう》した。

「『ゴルパロットの第三《だいさん》の法則《ほうそく》』とは混合毒薬《こんごうどくやく》の解毒剤《げどくざい》の成分《せいぶん》は毒薬《どくやく》の各成分《かくせいぶん》に対《たい》する解毒剤《げどくざい》の成分《せいぶん》の総和《そうわ》より大《おお》きい」

「そのとおり！」スラグホーンがニッコリした。

「グリフィンドールに十点《てん》！　さて、『ゴルパロットの第三《だいさん》の法則《ほうそく》』が真《しん》であるなら……」

ハリーは、「ゴルパロットの第三《だいさん》の法則《ほうそく》」が真《しん》であるというスラグホーンの言葉《ことば》をうのみにすることにした。何《なに》しろチンプンカンプンだったからだ。スラグホーンの次《つぎ》の説明《せつめい》も、ハーマイオニー以外《いがい》は誰《だれ》もついていけないようだった。

「……ということは、もちろん、『スカーピンの暴露呪文《ばくろじゅもん》』により魔法毒薬《まほうどくやく》の成分《せいぶん》を正確《せいかく》に同定《どうてい》できたと仮定《かてい》すると、我々《われわれ》の主要《しゅよう》な目的《もくてき》は、これらの全部《ぜんぶ》の成分《せいぶん》それ自体《じたい》の解毒剤《げどくざい》をそれぞれ選《えら》び出《だ》すという比較的単純《ひかくてきたんじゅん》なものではなく、追加《ついか》の成分《せいぶん》を見《み》つけ出《だ》すことであり、その成分《せいぶん》は、ほとんど錬金術《れんきんじゅつ》ともいえる工程《こうてい》により、これらのバラバラな成分《せいぶん》を変容《へんよう》せしめ――」

ハリーの横《よこ》で、ロンは口《くち》を半分開《はんぶんあ》け、真新《まあたら》しい自分《じぶん》の『上級魔法薬《じょうきゅうまほうやく》』の教科書《きょうかしょ》にぼんやり落《らく》書《が》きをしていた。授業《じゅぎょう》がさっぱりわからない場合《ばあい》に、ハーマイオニーの助《たす》けを求《もと》めるということが、今《いま》はもうできないのに、ロンはしょっちゅうそれを忘《わす》れていた。

「……であるからして」スラグホーンの説明《せつめい》が終《お》わった。「前《まえ》に出《で》てきて、私《わたし》の机《つくえ》からそれぞれ薬瓶《くすりびん》を一本《ぽん》ずつ取《と》っていきなさい。授業《じゅぎょう》が終《お》わるまでに、その瓶《びん》に入《はい》っている毒薬《どくやく》に対《たい》する解毒剤《げどくざい》を調合《ちょうごう》すること。がんばりなさい。保護手袋《ほごてぶくろ》を忘《わす》れないように！」

ハーマイオニーが、席《せき》を立《た》ってスラグホーンの机《つくえ》まで半分《はんぶん》の距離《きょり》を歩《ある》いたころ、ほかの生徒《せいと》はやっと、行動《こうどう》を開始《かいし》しなければならないことに気《き》がついた。ハリー、ロン、アーニーがテーブルに戻《もど》ったときには、ハーマイオニーはすでに薬瓶《くすりびん》の中身《なかみ》を自分《じぶん》の大鍋《おおなべ》に注《そそ》ぎ入《い》れ、鍋《なべ》の下《した》に火《ひ》をつけていた。

「今回《こんかい》はプリンスがあんまりお役《やく》に立《た》たなくて、残念《ざんねん》ね、ハリー」

体《からだ》を起《お》こしながら、ハーマイオニーがほがらかに言《い》った。

「今度《こんど》は、この原理《げんり》を理解《りかい》しないといけないもの。近道《ちかみち》もカンニングもなし！」

ハリーはいらいらしながら、スラグホーンの机《つくえ》から持《も》ってきた瓶《びん》のコルク栓《せん》を抜《ぬ》き、けばけばしいピンク色《いろ》の毒薬《どくやく》を大鍋《おおなべ》にあけて、下《した》で火《ひ》をたいた。次《つぎ》は何《なに》をするやら、ハリーにはさっぱりわからなかった。ロンをちらりと見《み》ると、ハリーがやったことを逐一《ちくいち》まねしたあげく、ボケーッと突《つ》っ立《た》っているだけだった。

「ほんとにプリンスのヒントはないのか？」ロンが、ハリーにブツブツ言《い》った。

ハリーは頼《たの》みの綱《つな》の『上級《じょうきゅう》魔《ま》法薬《ほうやく》』を引《ひ》っ張《ぱ》り出《だ》し、解毒剤《げどくざい》の章《しょう》を開《ひら》いた。そこには、ハーマイオニーが暗誦《あんしょう》した言葉《ことば》と一言一句《いちごんいっく》たがわない、「ゴルパロットの第三《だいさん》の法則《ほうそく》」がのっていた。しかし、それがどういう意味《いみ》なのか、プリンスの手《て》書《が》きによる明快《めいかい》な書《か》き込《こ》みは一つもない。プリンスは、ハーマイオニーと同《おな》じように、苦《く》もなくこの法則《ほうそく》が理解《りかい》できたらしい。

「ゼロ」ハリーが暗《くら》い声《こえ》で言《い》った。

ハーマイオニーが今度《こんど》は、大鍋《おおなべ》の上《うえ》で熱心《ねっしん》に杖《つえ》を振《ふ》っていた。残念《ざんねん》なことに、ハーマイオニーの使《つか》っている呪文《じゅもん》をまねすることはできなかった。ハーマイオニーはもう無言呪文《むごんじゅもん》に熟達《じゅくたつ》し、一声《ひとこえ》も発《はっ》する必要《ひつよう》がなかったからだ。しかし、アーニー・マクミランは、自分《じぶん》の大鍋《おおなべ》に向《む》かって「スペシアリス　レベリオ！　化《ば》けの皮《かわ》、はがれよ！」と小声《こごえ》で唱《とな》えていた。それがいかにも迫力《はくりょく》があったので、ハリーもロンもアーニーのまねをすることにした。

五分《ふん》もたたないうちに、クラス一番《いちばん》の魔法薬作《まほうやくづく》りの評判《ひょうばん》がガラガラと崩《くず》れる音《おと》が、ハリーの耳元《みみもと》で聞《き》こえた。スラグホーンは地下牢教室《ちかろうきょうしつ》を一回《ひとまわ》りしながら、期待《きたい》を込《こ》めてハリーの大鍋《おおなべ》をのぞき込《こ》み、いつものように歓声《かんせい》を上《あ》げようとした。ところが、くさった卵《たまご》の臭《にお》いに閉口《へいこう》して、咳《せ》き込《こ》みながらあわてて首《くび》を引《ひ》っ込《こ》めた。ハーマイオニーの得意《とくい》げな顔《かお》といったらなかった。魔法薬《まほうやく》の授業《じゅぎょう》で毎回負《まいかいま》けていたのが、いやでたまらなかったのだ。今《いま》やハーマイオニーは、まか不思議《ふしぎ》にも分離《ぶんり》した毒薬《どくやく》の成分《せいぶん》を、クリスタルの薬瓶《くすりびん》十本《ぽん》に小分《こわ》けして、静《しず》かに注《そそ》ぎ込《こ》んでいた。ハリーはプリンスの本《ほん》をのぞき込《こ》み、躍起《やっき》になって数《すう》ページめくった。

すると、あるではないか。解毒剤《げどくざい》を列挙《れっきょ》した長《なが》いリストを横切《よこぎ》って、走《はし》り書《が》きがあった。

「ベゾアール石《せき》をのどから押《お》し込《こ》むだけ」

ハリーはしばらくその文字《もじ》を見《み》つめていた。ずいぶん前《まえ》に、ベゾアール石《せき》のことを聞《き》いたことがあるのでは？　スネイプが、最初《さいしょ》の魔法薬《まほうやく》の授業《じゅぎょう》で口《くち》にしたのでは？

――ベゾアール石《せき》は山羊《やぎ》の胃《い》から取《と》り出《だ》す石《いし》で、たいていの毒薬《どくやく》に対《たい》する解毒剤《げどくざい》となる――。

ゴルパロットの問題《もんだい》に対《たい》する答《こた》えではなかったし、スネイプがまだ「魔法薬《まほうやく》」の先生《せんせい》だったら、ハリーは絶対《ぜったい》そんなことはしなかっただろうが、ここ一番《いちばん》の瀬戸際《せとぎわ》だ。ハリーは急《いそ》いで材料棚《ざいりょうだな》に近《ちか》づき、一角獣《ユニコーン》の角《つの》やからみ合《あ》った干薬草《ほしやくそう》を押《お》しのけて棚《たな》の中《なか》を引《ひ》っかき回《まわ》し、一番奥《いちばんおく》にある小《ちい》さな紙《かみ》の箱《はこ》を見《み》つけた。箱《はこ》の上《うえ》に「ベゾアール」と書《か》きなぐってあった。

ハリーが箱《はこ》を開《あ》けるとほとんど同時《どうじ》に、スラグホーンが、「みんな、あと二分《ふん》だ！」と声《こえ》をかけた。箱《はこ》の中《なか》には半《はん》ダースほどのしなびた茶色《ちゃいろ》い物《もの》が入《はい》っていて、石《いし》というより干《ひ》からびた腎臓《じんぞう》のようだった。ハリーはその一つをつかみ、箱《はこ》を棚《たな》に戻《もど》して鍋《なべ》の所《ところ》まで急《いそ》いで戻《もど》った。

「時間《じかん》だ……**やめ！**」

スラグホーンが楽《たの》しげに呼《よ》ばわった。

「さーて、成果《せいか》を見《み》せてもらおうか！　ブレーズ……何《なに》を見《み》せてくれるかな？」

スラグホーンはゆっくりと教室《きょうしつ》を回《まわ》り、さまざまな解毒剤《げどくざい》を調《しら》べて歩《ある》いた。課題《かだい》を完成《かんせい》させた生徒《せいと》は誰《だれ》もいなかった。ただ、ハーマイオニーは、スラグホーンがやってくるまでに、あと数種《すうしゅ》類《るい》の成分《せいぶん》を瓶《びん》に押《お》し込《こ》もうとしていた。ロンは完全《かんぜん》にあきらめて、自分《じぶん》の大鍋《おおなべ》から立《た》ち昇《のぼ》るくさった臭《にお》いを吸《す》い込《こ》まないようにしているだけだった。ハリーは少《すこ》し汗《あせ》ばんだ手《て》に、ベゾアール石《せき》を握《にぎ》りしめてじっと待《ま》った。

スラグホーンは、最後《さいご》にハリーたちのテーブルに来《き》た。アーニーの解毒剤《げどくざい》をフンフンとかぎ、顔《かお》をしかめてロンのほうに移動《いどう》した。ロンの大鍋《おおなべ》にも長居《ながい》はせず、吐《は》き気《き》をもよおしたようにすばやくあとずさった。

「さあ君《きみ》の番《ばん》だ、ハリー」スラグホーンが言《い》った。

「何《なに》を見《み》せてくれるね？」

ハリーは手《て》を差《さ》し出《だ》した。手《て》の平《ひら》にベゾアール石《せき》がのっていた。

スラグホーンは、まるまる十秒《びょう》もそれを見《み》つめていた。どなりつけられるかもしれないと、ハリーは一瞬《いっしゅん》そう思《おも》った。ところがスラグホーンは、のけぞって大笑《おおわら》いした。

「まったく、いい度胸《どきょう》だ！」

スラグホーンは、ベゾアール石《せき》を高《たか》く掲《かか》げてクラス中《じゅう》に見《み》えるようにしながら太《ふと》い声《こえ》を響《ひび》かせた。

「ああ、母親《ははおや》と同《おな》じだ……いや、君《きみ》に落第点《らくだいてん》をつけることはできない……ベゾアール石《せき》はたしかに、ここにある魔法薬《まほうやく》すべての解毒剤《げどくざい》として効《き》く！」

ハーマイオニーは、汗《あせ》まみれで鼻《はな》にすすをくっつけて、憤懣《ふんまん》やる方《かた》ない顔《かお》をしていた。五十二種類《しゅるい》もの成分《せいぶん》に、ハーマイオニーの髪《かみ》の毛《け》一塊《ひとかたまり》まで入《はい》って半分《はんぶん》出来上《できあ》がった解毒剤《げどくざい》が、スラグホーンの背後《はいご》でゆっくり泡立《あわだ》っていたが、スラグホーンはハリーしか眼中《がんちゅう》になかった。

「それで、あなたは自分《じぶん》ひとりでベゾアール石《せき》を考《かんが》えついたのね、ハリー、そうなのね？」

ハーマイオニーが歯《は》ぎしりしながら聞《き》いた。

「それこそ、真《しん》の魔法薬作《まほうやくづく》りに必要《ひつよう》な個性的創造力《こせいてきそうぞうりょく》というものだ！」

ハリーが何《なに》も答《こた》えないうちに、スラグホーンがうれしそうに言《い》った。

「母親《ははおや》もそうだった。魔法薬作《まほうやくづく》りを直感的《ちょっかんてき》に把握《はあく》する生徒《せいと》だった。まちがいなくこれは、リリーから受《う》け継《つ》いだものだ……そう、ハリー、そのとおり、ベゾアール石《せき》があれば、もちろんそれで事《こと》がすむ……ただし、すべてに効《き》くわけではないし、かなり手《て》に入《はい》りにくい物《もの》だから、解毒剤《げどくざい》の調合《ちょうごう》の仕方《しかた》は、知《し》っておく価値《かち》がある……」

教室中《きょうしつじゅう》でただ一人《ひとり》、ハーマイオニーより怒《おこ》っているように見《み》えたのはマルフォイだった。ローブに猫《ねこ》の反吐《へど》のようなものが垂《た》れこぼれているマルフォイを見《み》て、ハリーは溜飲《りゅういん》が下《さ》がった。ハリーがまったく作業《さぎょう》せずにクラスで一番《いちばん》になったことに、二人《ふたり》のどちらも、怒《いか》りをぶちまける間《ま》もなく、終業《しゅうぎょう》ベルが鳴《な》った。

「荷物《にもつ》をまとめて！」スラグホーンが言《い》った。

「それと、生意気千万《なまいきせんばん》に対《たい》して、グリフィンドールにもう十点《てん》！」

スラグホーンはクスクス笑《わら》いながら、地下牢教室《ちかろうきょうしつ》の前《まえ》にある自分《じぶん》の机《つくえ》によたよたと戻《もど》った。

ハリーは、かばんを片《かた》づけるのにしては長過《ながす》ぎる時間《じかん》をかけ、ぐずぐずとあとに残《のこ》っていた。

ロンもハーマイオニーも、がんばれと声《こえ》をかけもせずに教室《きょうしつ》を出《で》ていった。二人《ふたり》ともかなりいらいらしているようだった。最後《さいご》に、ハリーとスラグホーンだけが教室《きょうしつ》に残《のこ》った。

「ほらほら、ハリー、次《つぎ》の授業《じゅぎょう》に遅《おく》れるよ」

スラグホーンが、ドラゴン革《がわ》のブリーフケースの金《きん》のとめ金《がね》をバチンとしめながら、愛想《あいそ》よく言《い》った。

「先生《せんせい》」

否応《いやおう》なしに記憶《きおく》の場面《ばめん》でのヴォルデモートのことを思《おも》い出《だ》しながら、ハリーが切《き》り出《だ》した。

「おうかがいしたいことがあるんです」

「それじゃ、遠慮《えんりょ》なく聞《き》きなさい、ハリー、遠慮《えんりょ》なく」

「先生《せんせい》、ご存《ぞん》じでしょうか……ホークラックスのことですが？」

スラグホーンが凍《こお》りついた。丸顔《まるがお》が見《み》る見《み》る陥没《かんぼつ》していくようだった。スラグホーンは唇《くちびる》をなめ、かすれ声《ごえ》で言《い》った。

「何《なん》と言《い》ったのかね？」

「先生《せんせい》、ホークラックスのことを、何《なに》かご存《ぞん》じでしょうかとうかがいました。あの――」

「ダンブルドアの差《さ》し金《がね》だな」スラグホーンがつぶやいた。

スラグホーンの声《こえ》ががらりと変《か》わった。もはや愛想《あいそ》のよさは吹《ふ》っ飛《と》び、衝撃《しょうげき》でおびえた声《こえ》だった。震《ふる》える指《ゆび》で胸《むね》ポケットから、ようやくハンカチを引《ひ》っ張《ぱ》り出《だ》し、額《ひたい》の汗《あせ》をぬぐった。

「ダンブルドアが君《きみ》にあれを見《み》せたのだろう――あの記憶《きおく》を」スラグホーンが言《い》った。

「え？　そうなんだろう？」

「はい」ハリーは、うそをつかないほうがいいと即座《そくざ》に判断《はんだん》した。

「そうだろう。もちろん」

スラグホーンは蒼白《そうはく》な顔《かお》をまだハンカチでぬぐいながら、低《ひく》い声《こえ》で言《い》った。

「もちろん……まあ、あの記憶《きおく》を見《み》たのなら、ハリー、私《わたし》がいっさい何《なに》も知《し》らないことはわかっているだろう――いっさい何《なに》も――」

スラグホーンは同《おな》じ言葉《ことば》をくり返《かえ》し強調《きょうちょう》した。

「ホークラックスのことなど」

スラグホーンは、ドラゴン革《がわ》のブリーフケースを引《ひ》っつかみ、ハンカチをポケットに押《お》し込《こ》みなおし、地下牢《ちかろう》教室《きょうしつ》のドアに向《む》かってとっとと歩《ある》きだした。

「先生《せんせい》」ハリーは必死《ひっし》になった。

「僕《ぼく》はただ、あの記憶《きおく》に少《すこ》し足《た》りないところがあるのではと――」

「そうかね？」スラグホーンが言《い》った。

「それなら、君《きみ》がまちがっとるんだろう？　**まちがっとる！**」

最後《さいご》の言葉《ことば》はどなり声《ごえ》だった。ハリーにそれ以上《いじょう》一言《ひとこと》も言《い》わせず、スラグホーンは地下牢《ちかろう》教《きょう》室《しつ》のドアをバタンと閉《し》めて出《で》ていった。

ロンもハーマイオニーも、ハリーの話《はな》す惨憺《さんたん》たる結果《けっか》に、さっぱり同情《どうじょう》してくれなかった。ハーマイオニーは、きちんと作業《さぎょう》もしないで勝利《しょうり》を得《え》たハリーのやり方《かた》に、まだ煮《に》えくり返《かえ》っていた。ロンは、ハリーが自分《じぶん》にもこっそりベゾアール石《せき》を渡《わた》してくれなかったことを恨《うら》んでいた。

「二人《ふたり》そろって同《おな》じことをしたら、まぬけじゃないか！」

ハリーはいらだった。

「いいか。僕《ぼく》は、ヴォルデモートのことを聞《き》き出《だ》せるように、あいつを懐柔《かいじゅう》する必要《ひつよう》があったんだ。おい、しゃんとしろよ！」

ロンがその名《な》を聞《き》いたとたんビクリとしたので、ハリーはますますいらいらした。

失敗《しっぱい》はするし、ロンとハーマイオニーの態度《たいど》も態度《たいど》だし、ハリーは向《む》かっ腹《ぱら》を立《た》てながら、それから数日《すうじつ》、スラグホーンに次《つぎ》はどういう手《て》を打《う》つべきかを考《かんが》え込《こ》んだ。そして、当分《とうぶん》の間《あいだ》、スラグホーンに、ハリーがホークラックスのことなど忘《わす》れはてたと思《おも》い込《こ》ませることにした。再攻撃《さいこうげき》を仕掛《しか》ける前《まえ》に、スラグホーンがもう安泰《あんたい》だと思《おも》い込《こ》むようになだめるのが、最上《さいじょう》の策《さく》にちがいない。

ハリーが二度《にど》とスラグホーンに質問《しつもん》しなかったので、「魔法薬《まほうやく》」の先生《せんせい》は、いつものようにハリーをかわいがる態度《たいど》に戻《もど》り、その問題《もんだい》は忘《わす》れたかのようだった。スラグホーンが次《つぎ》に小《しょう》パーティを開《ひら》くときには、たとえクィディッチの練習予定《れんしゅうよてい》を変《か》えてでも逃《のが》すまいと決心《けっしん》し、ハリーは招待《しょうたい》されるのを待《ま》った。残念《ざんねん》ながら、招待状《しょうたいじょう》は来《こ》なかった。ハリーは、ハーマイオニーやジニーにもたしかめたが、どちらも招待状《しょうたいじょう》を受《う》け取《と》っていなかったし、二人《ふたり》の知《し》るかぎり、ほかに誰《だれ》も受《う》け取《と》った者《もの》はいなかった。スラグホーンは見《み》かけより忘《わす》れっぽくないのかもしれないし、再《ふたた》び質問《しつもん》する機会《きかい》を絶対《ぜったい》に与《あた》えまいとしているのではないか、とハリーは考《かんが》えざるをえなかった。

一方《いっぽう》、ホグワーツ図書館《としょかん》は、ハーマイオニーの記憶《きおく》にあるかぎり初《はじ》めて、答《こた》えを出《だ》してくれなかった。それがあまりにもショックで、ハーマイオニーは、ハリーがベゾアール石《せき》でズルをしたといらだっていたことさえ忘《わす》れてしまった。

「ホークラックスが何《なに》をする物《もの》か、ひとつっも説明《せつめい》が見当《みあ》たらないの！」

ハーマイオニーがハリーに言《い》った。

「ただの一つもよ！　禁書《きんしょ》の棚《たな》も全部見《ぜんぶみ》たし、身《み》の毛《け》もよだつ魔法薬《まほうやく》の煎《せん》じ方《かた》が書《か》いてある、ぞっとする本《ほん》も見《み》たわ――何《なん》にもないのよ！　見《み》つけたのはこれだけ。『最《もっと》も邪悪《じゃあく》なる魔術《まじゅつ》』の序文《じょぶん》よ――読《よ》むわね――『ホークラックス、魔法《まほう》の中《なか》で最《もっと》も邪悪《じゃあく》なる発明《はつめい》なり。我《われ》らはそを語《かた》りもせず、説《と》きもせぬ』……それなら、どうしてわざわざ書《か》くの？」

ハーマイオニーはもどかしそうに言《い》いながら、古色蒼然《こしょくそうぜん》とした本《ほん》を乱暴《らんぼう》に閉《と》じた。本《ほん》が幽霊《ゆうれい》の出《で》てきそうな泣《な》き声《ごえ》を上《あ》げた。

「おだまり」

ハーマイオニーはピシャリと言《い》って、本《ほん》を元《もと》のかばんに詰《つ》め込《こ》んだ。

二月《がつ》になり、学校《がっこう》の周《まわ》りの雪《ゆき》が溶《と》けだして、冷《つめ》たく陰気《いんき》でじめじめした季節《きせつ》になった。どんよりとした灰紫《はいむらさき》の雲《くも》が城《しろ》の上《うえ》に低《ひく》く垂《た》れ込《こ》め、間断《かんだん》なく降《ふ》る冷《つめ》たい雨《あめ》で、芝生《しばふ》はすべりやすく泥《どろ》んこだった。その結果《けっか》、六年生《ねんせい》の「姿《すがた》あらわし」第《だい》一回練習《かいれんしゅう》は、校庭《こうてい》でなく大広間《おおひろま》で行《おこな》われることになった。通常《つうじょう》の授業《じゅぎょう》とかち合《あ》わないように、練習時間《れんしゅうじかん》は土曜日《どようび》の朝《あさ》に予定《よてい》された。

ハリーとハーマイオニーが大広間《おおひろま》に来《き》てみると（ロンはラベンダーと一緒《いっしょ》に来《き》ていた）、長《なが》テーブルがなくなっていた。高窓《たかまど》に雨《あめ》が激《はげ》しく打《う》ちつけ、魔法《まほう》のかかった天井《てんじょう》は暗《くら》い渦《うず》を巻《ま》いていた。生徒《せいと》たちは、各寮《かくりょう》の寮監《りょうかん》であるマクゴナガル、スネイプ、フリットウィック、スプラウトの諸先生方《しょせんせいがた》と、魔法省《まほうしょう》から派遣《はけん》された「姿《すがた》あらわし」の指導官《しどうかん》と思《おも》われる、小柄《こがら》な魔法使《まほうつか》いの前《まえ》に集《あつ》まった。指導官《しどうかん》は、奇妙《きみょう》に色味《いろみ》のないまつげに霞《かすみ》のような髪《かみ》で、一陣《いちじん》の風《かぜ》にも吹《ふ》き飛《と》ばされてしまいそうな実在感《じつざいかん》のない雰囲気《ふんいき》だった。しょっちゅう消《き》えたり現《あらわ》れたりしていたから、何《なに》かしらん実体《じったい》がなくなってしまったのだろうか、こういうはかなげな体型《たいけい》が、姿《すがた》を消《け》したい人《ひと》には理想的《りそうてき》なのだろうか、とハリーは考《かんが》えた。

「みなさん、おはよう」

生徒《せいと》が全員集《ぜんいんあつ》まり、寮監《りょうかん》が静粛《せいしゅく》にと呼《よ》びかけたあと、魔法省《まほうしょう》の指導官《しどうかん》が挨拶《あいさつ》した。

「私《わたし》はウィルキー・トワイクロスです。これから十二週間《しゅうかん》、魔法省《まほうしょう》『姿《すがた》あらわし』指導官《しどうかん》を務《つと》めます。その期間中《きかんちゅう》、みなさんが『姿《すがた》あらわし』の試験《しけん》に受《う》かるように訓練《くんれん》するつもりです――」

「マルフォイ、静《しず》かにお聞《き》きなさい！」マクゴナガル先生《せんせい》が叱《しか》りつけた。

みんながマルフォイを振《ふ》り返《かえ》った。マルフォイは鈍《にぶ》いピンク色《いろ》にほおを染《そ》め、怒《いか》り狂《くる》った顔《かお》で、それまでヒソヒソ声《ごえ》で口論《こうろん》していたらしいクラッブから離《はな》れた。ハリーは急《いそ》いでスネイプを盗《ぬす》み見《み》た。スネイプもいらだっていたが、ハリーの見《み》るところ、マルフォイの行儀《ぎょうぎ》の悪《わる》さのせいというより、ほかの寮《りょう》の寮監《りょうかん》であるマクゴナガルに叱責《しっせき》されたせいではないかと思《おも》った。

「――それまでには、みなさんの多《おお》くが、試験《しけん》を受《う》けることができる年齢《ねんれい》になっているでしょう」

トワイクロスは何事《なにごと》もなかったかのように話《はな》し続《つづ》けた。

「知《し》ってのとおり、ホグワーツ内《ない》では通常《つうじょう》、『姿《すがた》あらわし』も『姿《すがた》くらまし』もできません。校長《こうちょう》先生《せんせい》が、みなさんの練習《れんしゅう》のために、この大広間《おおひろま》にかぎって、一時間《じかん》だけ呪縛《じゅばく》を解《と》きました。念《ねん》を押《お》しますが、この大広間《おおひろま》の外《そと》では『姿《すがた》あらわし』はできませんし、試《ため》したりするのも賢明《けんめい》とは言《い》えません」

「それではみなさん、前《まえ》の人《ひと》との間《あいだ》を一・五メートル空《あ》けて、位置《いち》についてください」

互《たが》いに離《はな》れたりぶつかったり、自分《じぶん》の空間《くうかん》から出《で》ろと要求《ようきゅう》したりで、かなり押《お》し合《あ》いへし合《あ》いがあった。寮監《りょうかん》が生徒《せいと》の間《あいだ》を回《まわ》って、位置《いち》につかせたり、言《い》い争《あらそ》いをやめさせたりした。

「ハリー、どこにいくの？」ハーマイオニーが見《み》とがめた。

ハリーは、それには答《こた》えず、混雑《こんざつ》の中《なか》をすばやく縫《ぬ》って歩《ある》いていった。全員《ぜんいん》が一番前《いちばんまえ》に出《で》たがっているレイブンクロー生《せい》を位置《いち》に着《つ》かせようと、キーキー声《ごえ》を出《だ》しているフリットウィック先生《せんせい》のそばを通《とお》り過《す》ぎ、ハッフルパフ生《せい》を追《お》い立《た》てて並《なら》ばせているスプラウト先生《せんせい》を通《とお》り越《こ》し、アーニー・マクミランをさけて、最後《さいご》に群《む》れの一番後《いちばんうし》ろ、マルフォイの真後《まうし》ろに首尾《しゅび》よく場所《ばしょ》を占《し》めた。マルフォイは部屋中《へやじゅう》の騒《さわ》ぎに乗《じょう》じて、反抗的《はんこうてき》な顔《かお》をして一・五メートル離《はな》れた所《ところ》に立《た》っているクラッブと、口論《こうろん》を続《つづ》けていた。

「いいか、あとどのくらいかかるかわからないんだ！」

すぐ後《うし》ろにハリーがいることには気《き》づかず、マルフォイが投《な》げつけるように言《い》った。

「考《かんが》えていたより長《なが》くかかっている」

クラッブが口《くち》を開《ひら》きかけたが、マルフォイはクラッブの言《い》おうとしていることを読《よ》んだようだった。

「いいか、僕《ぼく》が何《なに》をしていようと、クラッブ、おまえには関係《かんけい》ない。おまえもゴイルも、言《い》われたとおりにして、見張《みは》りだけやっていろ！」

「友達《ともだち》に見張《みは》りを頼《たの》むときは、僕《ぼく》なら自分《じぶん》の目的《もくてき》を話《はな》すけどな」

ハリーは、マルフォイだけに聞《き》こえる程度《ていど》の声《こえ》で言《い》った。

マルフォイは、サッと杖《つえ》に手《て》をかけながら、くるりと後ろ向《うしろむ》きになったが、ちょうどその時《とき》、寮監《りょうかん》の四人《にん》が「静《しず》かに！」と大声《おおごえ》を出《だ》し、部屋中《へやじゅう》が再《ふたた》び静《しず》かになった。マルフォイはゆっくりと正面《しょうめん》に向《む》きなおった。

「どうも」トワイクロスが言《い》った。「さて、それでは……」

指導官《しどうかん》が杖《つえ》を振《ふ》ると、たちまち生徒全員《せいとぜんいん》の前《まえ》に、古《ふる》くさい木《き》の輪《わ》っかが現《あらわ》れた。

「『姿《すがた》あらわし』で覚《おぼ》えておかなければならない大切《たいせつ》なこと、は三つの『D《ディー》』です！」

トワイクロスが言《い》った。

「どこへ、どうしても、どういう意図《いと》で！」

「第《だい》一のステップ。どこへ行《い》きたいか、しっかり思《おも》い定《さだ》めること」

トワイクロスが言《い》った。

「今回《こんかい》は、輪《わ》っかの中《なか》です。では『どこへ』に集中《しゅうちゅう》してください」

みんなが周《まわ》りをちらちら盗《ぬす》み見《み》て、ほかの人《ひと》も輪《わ》っかの中《なか》を見《み》つめているかどうかをチェックし、それから急《いそ》いで言《い》われたとおりにした。ハリーは、輪《わ》っかが丸《まる》く取《と》り囲《かこ》んでいるほこりっぽい床《ゆか》を見《み》つめて、ほかのことは何《なに》も考《かんが》えまいとしたが、無理《むり》だった。マルフォイがいったい何《なん》のために見張《みは》りを立《た》てる必要《ひつよう》があるのかを考《かんが》えてしまうからだ。

「第《だい》二のステップ」トワイクロスが言《い》った。

「『どうしても』という気持《きも》ちを、目的《もくてき》の空間《くうかん》に集中《しゅうちゅう》させる！　どうしてもそこに行《い》きたいという決意《けつい》が、体《からだ》のすみずみにまであふれるようにする！」

ハリーはこっそりあたりを見回《みまわ》した。ちょっと離《はな》れた左《ひだり》のほうで、アーニー・マクミランが自《じ》分《ぶん》の輪《わ》っかに意識《いしき》を集中《しゅうちゅう》しようとするあまり、顔《かお》が紅潮《こうちょう》していた。クアッフル大《だい》の卵《たまご》を産《う》み落《お》とそうと力《りき》んでいるかのようだった。ハリーは笑《わら》いをかみ殺《ころ》し、あわてて自分《じぶん》の輪《わ》っかに視線《しせん》を戻《もど》した。

「第《だい》三のステップ」トワイクロスが声《こえ》を張《は》り上《あ》げた。

「そして、私《わたし》が号令《ごうれい》をかけたそのときに……その場《ば》で回転《かいてん》する。無《む》の中《なか》に入《はい》り込《こ》む感覚《かんかく》で、『どういう意図《いと》で』行《い》くかを慎重《しんちょう》に考《かんが》えながら動《うご》く！　一、二、三の号令《ごうれい》に合《あ》わせて、では……一――」

ハリーはあたりを見回《みまわ》した。そんなに急《きゅう》に「姿《すがた》あらわし」をしろと言《い》われてもと、驚愕《きょうがく》した顔《かお》が多《おお》かった。

「――二――」

ハリーはもう一度《いちど》輪《わ》っかに意識《いしき》を集中《しゅうちゅう》しようとした。三つの「D《ディー》」が何《なん》だったか、とっくに忘《わす》れていた。

「――三！」

ハリーはその場《ば》で回転《かいてん》したが、バランスを失《うしな》って転《ころ》びそうになった。ハリーだけではなかった。大広間《おおひろま》はたちまち集団《しゅうだん》よろけ状態《じょうたい》になっていた。ネビルは完全《かんぜん》に仰向《あおむ》けにひっくり返《かえ》っていた。一方《いっぽう》アーニー・マクミランは、つま先《さき》で回転《かいてん》し、踊《おど》るように輪《わ》の中《なか》に飛《と》び込《こ》んで、一瞬《いっしゅん》ぞくぞくしているようだったが、すぐに、自分《じぶん》を見《み》て大笑《おおわら》いしているディーン・トーマスに気《き》づいた。

「かまわん、かまわん」

トワイクロスはそれ以上《いじょう》のことを期待《きたい》していなかったようだった。

「輪《わ》っかを直《なお》して、元《もと》の位置《いち》に戻《もど》って……」

二回目《かいめ》も一回目《かいめ》よりましとは言《い》えず、三回目《かいめ》も相変《あいか》わらずだめだった。四回目《かいめ》になってやっと一騒動起《いちそうどうお》こった。恐《おそ》ろしい苦痛《くつう》の悲鳴《ひめい》が上《あ》がり、みんながぞっとして声《こえ》のほうを見《み》ると、ハッフルパフのスーザン・ボーンズが、一・五メートル離《はな》れた出発地点《しゅっぱつちてん》に左足《ひだりあし》を残《のこ》したまま、輪《わ》の中《なか》でぐらぐら揺《ゆ》れていた。

寮監《りょうかん》たちがスーザンを包囲《ほうい》し、バンバンいう音《おと》と紫《むらさき》の煙《けむり》が上《あ》がり、それが消《き》えたあとには、左《ひだり》足《あし》と再《ふたた》び合体《がったい》したスーザンが、おびえきった顔《かお》で泣《な》きじゃくっていた。

「『ばらけ』とは、体《からだ》のあちこちが分離《ぶんり》することで」

ウィルキー・トワイクロスが平気《へいき》な顔《かお》で言《い》った。

「心《こころ》が充分《じゅうぶん》に『どうしても』と決意《けつい》していないときに起《お》こります。継続的《けいぞくてき》に『どこへ』に集中《しゅうちゅう》しなければなりません。そして、あわてず、しかし『どういう意図《いと》で』を忘《わす》れずに慎重《しんちょう》に動《うご》くこと……そうすれば」

トワイクロスは前《まえ》に進《すす》み出《で》て両腕《りょううで》を伸《の》ばし、その場《ば》で優雅《ゆうが》に回転《かいてん》してローブの渦《うず》の中《なか》に消《き》えたかと思《おも》うと、大広間《おおひろま》の後《うし》ろに再《ふたた》び姿《すがた》を現《あらわ》した。

「三つの『D《ディー》』を忘《わす》れないように」トワイクロスが言《い》った。

「ではもう一度《いちど》……一――二――三――」

しかし、一時間《じかん》たっても、スーザンの「ばらけ」以上《いじょう》におもしろい事件《じけん》はなかった。トワイクロスは別《べつ》に落胆《らくたん》した様子《ようす》もない。首《くび》のところでマントのひもを結《むす》びながら、ただこう言《い》った。

「では、みなさん、次《つぎ》の土曜日《どようび》に。忘《わす》れないでくださいよ、『どこへ、どうしても、どういう意図《いと》で』」

そう言《い》うなりトワイクロスが杖《つえ》を一振《ひとふ》りすると、輪《わ》っかが全部消《ぜんぶき》えた。トワイクロスはマクゴナガル先生《せんせい》に付《つ》き添《そ》われて大広間《おおひろま》を出《で》ていった。生徒《せいと》たちは玄関《げんかん》ホールへと移動《いどう》し、たちまちおしゃべりが始《はじ》まった。

「どうだった？」

ロンが急《いそ》いでハリーのほうへやってきて聞《き》いた。

「最後《さいご》にやったとき、何《なん》だか感《かん》じたみたいな気《き》がするな――両足《りょうあし》がジンジンするみたいな」

「スニーカーが小《ちい》さ過《す》ぎるんじゃないの、ウォン-ウォン」

背後《はいご》で声《こえ》がして、ハーマイオニーが冷《ひ》ややかな笑《わら》いを浮《う》かべながら、つんけんと二人《ふたり》を追《お》い越《こ》していった。

「僕《ぼく》は何《なん》にも感《かん》じなかった」ハリーはちゃちゃが入《はい》らなかったかのように言《い》った。

「だけど、今《いま》はそんなことどうでもいい――」

「どういうことだ？　どうでもいいって……『姿《すがた》あらわし』を覚《おぼ》えたくないのか？」

ロンが信《しん》じられないという顔《かお》をした。

「ほんとにどうでもいいんだ。僕《ぼく》は飛《と》ぶほうが好《す》きだ」

ハリーは振《ふ》り返《かえ》ってマルフォイがどこにいるかをたしかめ、玄関《げんかん》ホールに出《で》てから足《あし》を速《はや》めた。

「頼《たの》む、急《いそ》いでくれ。僕《ぼく》、やりたいことがあるんだ……」

何《なん》だかわからないまま、ロンはハリーのあとから、グリフィンドール塔《とう》に向《む》かって走《はし》った。途《と》中《ちゅう》、ピーブズの足止《あしど》めを食《く》った。ピーブズが五階《かい》のドアをふさいで、自分《じぶん》のズボンに火《ひ》をつけないと開《あ》けてやらないと、通《とお》せん坊《ぼう》していたのだ。しかし二人《ふたり》は、後戻《あともど》りして、確実《かくじつ》な近道《ちかみち》の一つを使《つか》った。五分《ふん》もしないうちに、二人《ふたり》は肖像画《しょうぞうが》の穴《あな》をくぐっていた。

「さあ、何《なに》するつもりか、教《おし》えてくれるか？」

ロンが少《すこ》し息《いき》を切《き》らしながら聞《き》いた。

「上《うえ》で」

ハリーは談話室《だんわしつ》を横切《よこぎ》り、先《さき》に立《た》って男子寮《だんしりょう》へのドアを通《とお》りながら言《い》った。

ハリーの予想《よそう》どおり、寝室《しんしつ》には誰《だれ》もいなかった。ハリーはトランクを開《あ》けて、引《ひ》っかき回《まわ》した。ロンはいらいらしながらそれを見《み》ていた。

「ハリー……」

「マルフォイがクラッブとゴイルを見張《みは》りに使《つか》ってる。クラッブとさっき口論《こうろん》していた。僕《ぼく》は知《し》りたいんだ……あった」

見《み》つけたのは、四角《しかく》にたたんだ羊皮紙《ようひし》で、見《み》かけは白紙《はくし》だ。ハリーはそれを広《ひろ》げて、杖《つえ》の先《さき》でコツコツたたいた。

「我《われ》、ここに誓《ちか》う。我《われ》、よからぬことをたくらむ者《もの》なり……少《すく》なくともマルフォイはたくらんでる」

羊皮紙《ようひし》に「忍《しの》びの地図《ちず》」がたちどころに現《あらわ》れた。城《しろ》の各階《かくかい》の詳細《しょうさい》な図面《ずめん》が描《えが》かれ、城《しろ》の住人《じゅうにん》の名前《なまえ》がついた小《ちい》さな黒《くろ》い点《てん》が、図面《ずめん》の周《まわ》りを動《うご》き回《まわ》っていた。

「マルフォイを探《さが》すのを手伝《てつだ》って」ハリーが急《せ》き込《こ》んで言《い》った。

ベッドに地図《ちず》を広《ひろ》げ、ハリーはロンと二人《ふたり》でのぞき込《こ》んで探《さが》した。

「そこだ！」

一、二分《ふん》でロンが見《み》つけた。

「スリザリンの談話室《だんわしつ》にいる。ほら……パーキンソン、ザビニ、クラッブ、ゴイルと一緒《いっしょ》だ……」

ハリーはがっかりして地図《ちず》を見下《みお》ろしたが、すぐに立《た》ち直《なお》った。

「よし、これからはマルフォイから目《め》を離《はな》さないぞ」

ハリーは決然《けつぜん》として言《い》った。

「あいつがクラッブとゴイルを見張《みは》りに立《た》てて、どこかをうろついているのを見《み》かけたら、いつもの『透明《とうめい》マント』をかぶって、あいつが何《なに》しているかを突《つ》き止《と》めに――」

ネビルが入《はい》ってきたので、ハリーは口《くち》をつぐんだ。ネビルは焼《や》け焦《こ》げの臭《にお》いをプンプンさせながら、トランクを引《ひ》っかき回《まわ》して着替《きが》えのズボンを探《さが》しはじめた。

マルフォイのしっぽを押《お》さえようと決意《けつい》したにもかかわらず、何《なん》のチャンスもつかめないまま一、二週間《しゅうかん》が過《す》ぎた。できるだけひんぱんに地図《ちず》を見《み》ていたし、時《とき》には授業《じゅぎょう》の合間《あいま》に行《い》きたくもないトイレに行《い》ってまで調《しら》べたが、マルフォイがあやしげな場所《ばしょ》にいるのを一度《いちど》も見《み》かけなかった。もっとも、クラッブやゴイルが、いつもよりひんぱんに二人《ふたり》きりで城《しろ》の中《なか》を歩《ある》き回《まわ》ったり、時《とき》には人気《ひとけ》のない廊下《ろうか》にじっとしていたりするのを見《み》つけたものの、そういうときに、マルフォイは二人《ふたり》の近《ちか》くにいないばかりか、地図《ちず》のどこにいるのやら、まったく見《み》つからなかった。これは不思議千万《ふしぎせんばん》だった。

マルフォイが実《じつ》は学校《がっこう》の外《そと》に出《で》ているという可能性《かのうせい》をちらりと考《かんが》えてもみたが、厳戒体制《げんかいたいせい》の敷《し》かれた城《しろ》で、そんなことができるとは考《かんが》えられなかった。地図上《ちずじょう》の何百《なん》という小《ちい》さな黒《くろ》い点《てん》に紛《まぎ》れて、マルフォイを見失《みうしな》ったのだろうと考《かんが》えるしかなかった。これまではいつもくっついていたマルフォイ、クラッブ、ゴイルが、バラバラな行動《こうどう》を取《と》っている様子《ようす》なのは、それぞれが成《せい》長《ちょう》したからだろう――ロンとハーマイオニーがそのいい例《れい》だと思《おも》うと、ハリーは悲《かな》しい気持《きも》ちになった。

二月《がつ》が三月《がつ》に近《ちか》づいたが、天気《てんき》は相変《あいか》わらずだった。しかも、雨《あめ》だけでなく風《かぜ》までも強《つよ》くなった。談話室《だんわしつ》の掲示板《けいじばん》に、次《つぎ》のホグズミード行《い》きは取《と》り消《け》しという掲示《けいじ》が出《で》たときには、全員《ぜんいん》が憤《ふん》慨《がい》した。ロンはカンカンだった。

「僕《ぼく》の誕生日《たんじょうび》だぞ！」ロンが言《い》った。「楽《たの》しみにしてたのに！」

「だけど、そんなに驚《おどろ》くようなことでもないだろう？」ハリーが言《い》った。「ケイティのことがあったあとだし」

ケイティはまだ聖《せい》マンゴ病院《びょういん》から戻《もど》っていなかった。その上《うえ》、「日刊予言者《にっかんよげんしゃ》」には行方不明者《ゆくえふめいしゃ》の記事《きじ》がさらに増《ふ》え、その中《なか》にはホグワーツの生徒《せいと》の親《しん》せきも何人《なんにん》かいた。

「だけど、ほかに期待《きたい》できるものっていえば、バカバカしい『姿《すがた》あらわし』しかないんだぜ！」

ロンがぶつくさ言《い》った。

「すごい誕生日祝《たんじょうびいわ》いだよ……」

三回目《かいめ》の練習《れんしゅう》が終《お》わっても、「姿《すがた》あらわし」は相変《あいか》わらず難《むずか》しく、何人《なんにん》かが「ばらけ」おおせただけだった。焦燥感《しょうそうかん》が高《たか》まると、ウィルキー・トワイクロスとその口《くち》ぐせの「3D《ディー》」に対《たい》する多少《たしょう》の反感《はんかん》が出《で》てきて、トワイクロスには、「3D《ディー》」に刺激《しげき》されたあだ名《な》がたくさんついた。ドンクサ、ドアホなどはまだましなほうだった。

三月一日《がっついたち》の朝《あさ》、ハリーもロンも、シェーマスとディーンがドタバタと朝食《ちょうしょく》に下《お》りていく音《おと》で起《お》こされた。

「誕生日《たんじょうび》おめでとう、ロン」ハリーが言《い》った。「プレゼントだ」

ハリーがロンのベッドに放《ほう》り投《な》げた包《つつ》みは、すでに小高《こだか》く積《つ》み上《あ》げられていたプレゼントの山《やま》に加《くわ》わった。夜《よる》のうちに屋敷《やしき》しもべ妖精《ようせい》が届《とど》けたのだろうと、ハリーは思《おも》った。

「あんがと」

ロンが眠《ねむ》そうに言《い》った。ロンが包《つつ》み紙《がみ》を破《やぶ》り取《と》っている間《あいだ》に、ハリーはベッドから起《お》き出《だ》し、トランクを開《あ》けて、隠《かく》しておいた「忍《しの》びの地図《ちず》」を探《さぐ》った。毎回使《まいかいつか》ったあとは、そこに隠《かく》しておいたのだ。トランクの中身《なかみ》を半分《はんぶん》ほどひっくり返《かえ》し、丸《まる》めたソックスの下《した》に隠《かく》れていた地図《ちず》をやっと見《み》つけた。ソックスの中《なか》には、幸運《こううん》をもたらす魔法薬《まほうやく》「フェリックス・フェリシス」の瓶《びん》が今《いま》もしまってある。

「よし」

ハリーはひとり言《ごと》を言《い》いながら地図《ちず》をベッドに持《も》ち帰《かえ》り、ちょうどその時《とき》、ハリーのベッドの足側《あしがわ》を通《とお》り過《す》ぎていたネビルに聞《き》こえないように、杖《つえ》でそっとたたきながら呪文《じゅもん》をつぶやいた。

「我《われ》、ここに誓《ちか》う。我《われ》、よからぬことをたくらむ者《もの》なり」

「ハリー、いいぞ！」

ロンは、ハリーが贈《おく》った真新《まあたら》しいクィディッチ・キーパーのグローブを振《ふ》りながら、興奮《こうふん》していた。

「そりゃよかった」

ハリーは、マルフォイを探《さが》してスリザリン寮《りょう》を克明《こくめい》に見《み》ていたので、上《うわ》の空《そら》の返事《へんじ》をした。

「おい……やつはベッドにいないみたいだぞ……」

ロンはプレゼントの包《つつ》みを開《あ》けるのに夢中《むちゅう》で、答《こた》えなかった。ときどきうれしそうな声《こえ》を上《あ》げていた。

「今年《ことし》はまったく大収穫《だいしゅうかく》だ！」

ロンは、重《おも》そうな金時計《きんどけい》を掲《かか》げながら大声《おおごえ》で言《い》った。時計《とけい》は縁《ふち》に奇妙《きみょう》な記号《きごう》がついていて、針《はり》のかわりに小《ちい》さな星《ほし》が動《うご》いていた。

「ほら、パパとママからの贈《おく》り物《もの》を見《み》たか？　おっどろきー、来年《らいねん》もう一回成人《いっかいせいじん》になろうかな……」

「すごいな」

ハリーはいっそう丹念《たんねん》に地図《ちず》を調《しら》べながら、ロンの時計《とけい》をちらりと見《み》て気《き》のないあいづちを打《う》った。マルフォイはどこなんだ？　大広間《おおひろま》のスリザリンのテーブルで朝食《ちょうしょく》を食《た》べている様子《ようす》もない……研究室《けんきゅうしつ》に座《すわ》っているスネイプの近《ちか》くにも見当《みあ》たらない……どのトイレにも、医務室《いむしつ》にもいない……。

「一つ食《く》うか？」

「大鍋《おおなべ》チョコレート」の箱《はこ》を差《さ》し出《だ》しながら、ロンがもぐもぐ言《い》った。

「いいや」ハリーは目《め》を上《あ》げた。「マルフォイがまた消《き》えた！」

「そんなはずない」

ロンはベッドをすべり降《お》りて服《ふく》を着《き》ながら、二つ目《め》の「大鍋《おおなべ》チョコ」を口《くち》に押《お》し込《こ》んでいた。

「さあ、急《いそ》がないと、すきっ腹《ぱら》で『姿《すがた》あらわし』するはめになるぞ……もっとも、そのほうが簡《かん》単《たん》かも……」

ロンは、「大鍋《おおなべ》チョコレート」の箱《はこ》を思案顔《しあんがお》で見《み》たが、肩《かた》をすくめて三個目《こめ》を食《た》べた。

ハリーは、杖《つえ》で地図《ちず》をたたき、まだ完了《かんりょう》していなかったのに「いたずら完了《かんりょう》」と唱《とな》えた。それから服《ふく》を着《き》ながら、必死《ひっし》で考《かんが》えた。マルフォイがときどき姿《すがた》を消《け》すことには、必《かなら》ず何《なに》か説明《せつめい》がつくはずだ。しかし、ハリーにはさっぱり思《おも》いつかない。一番《いちばん》いいのはマルフォイのあとをつけることだが、透明《とうめい》マントがあるにせよ、これは現実的《げんじつてき》な案《あん》ではない。授業《じゅぎょう》はあるし、クィディッチの練習《れんしゅう》やら宿題《しゅくだい》やら「姿《すがた》あらわし」の練習《れんしゅう》まである。一日中学校内《いちにちじゅうがっこうない》でマルフォイをつけ回《まわ》していたら、どうしたってハリーの欠席《けっせき》が問題視《もんだいし》されてしまう。

「行《い》こうか？」ハリーがロンに声《こえ》をかけた。

寮《りょう》のドアまで半分《はんぶん》ほど歩《ある》いたところで、ハリーは、ロンがまだ動《うご》いていないのに気《き》づいた。ベッドの柱《はしら》に寄《よ》りかかり、奇妙《きみょう》にぼけっとした表情《ひょうじょう》で、雨《あめ》の打《う》ちつける窓《まど》を眺《なが》めていた。

「ロン？　朝食《ちょうしょく》だ」

「腹《はら》へってない」

ハリーは目《め》を丸《まる》くした。

「たった今《いま》、君《きみ》、言《い》ったじゃ——？」

「ああ、わかった。一緒《いっしょ》に行《い》くよ」ロンはため息《いき》をついた。

「だけど、食《た》べたくない」

ハリーは何事《なにごと》かと、ロンをよくよく観察《かんさつ》した。

「たった今《いま》、『大鍋《おおなべ》チョコレート』の箱《はこ》を半分《はんぶん》も食《た》べちゃったもんな？」

「そのせいじゃない」ロンはまたため息《いき》をついた。

「君《きみ》には……君《きみ》には理解《りかい》できっこない」

「わかったよ」

さっぱりわからなかったが、ハリーは、ロンに背《せ》を向《む》けて寮《りょう》のドアを開《あ》けた。

「ハリー！」出《だ》し抜《ぬ》けにロンが呼《よ》んだ。

「何《なん》だい？」

「ハリー、僕《ぼく》、がまんできない！」

「何《なに》を？」

ハリーは今度《こんど》こそ何《なに》かおかしいと思《おも》った。ロンは、かなり青《あお》い顔《かお》をして、今《いま》にも吐《は》きそうだった。

「どうしてもあの女《ひと》のことを考《かんが》えてしまうんだ！」ロンが、かすれ声《ごえ》で言《い》った。

ハリーはあぜんとしてロンを見《み》つめた。こんなことになろうとは思《おも》わなかったし、そんな言葉《ことば》は聞《き》きたくなかったような気《き》がする。ロンとはたしかに友達《ともだち》だが、ロンがラベンダーを「ラブ－ラブ」と呼《よ》びはじめるようなら、ハリーとしても断固《だんこ》とした態度《たいど》を取《と》らねばならない。

「それがどうして、朝食《ちょうしょく》を食《た》べないことにつながるんだ？」

事《こと》のなりゆきに、何《なん》とか常識《じょうしき》の感覚《かんかく》を持《も》ち込《こ》まねばと、ハリーが聞《き》いた。

「あの女《ひと》は、僕《ぼく》の存在《そんざい》に気《き》づいていないと思《おも》う」

ロンは絶望的《ぜつぼうてき》なしぐさをした。

「あの女《ひと》は、君《きみ》の存在《そんざい》にははっきり気《き》づいているよ」

ハリーはとまどった。

「しょっちゅう君《きみ》にイチャついてるじゃないか？」

ロンは目《め》をパチクリさせた。

「誰《だれ》のこと言《い》ってるんだ？」

「君《きみ》こそ誰《だれ》の話《はなし》だ？」ハリーが聞《き》き返《かえ》した。

この会話《かいわ》はまったくつじつまが合《あ》っていないという気持《きも》ちが、だんだん強《つよ》くなっていた。

「ロミルダ・ベイン」

ロンはやさしく言《い》った。そのとたん、ロンの顔《かお》が、混《ま》じりけのない太陽光線《たいようこうせん》を受《う》けたように、パッと輝《かがや》いたように見《み》えた。

二人《ふたり》はまるまる一分間《ぷんかん》見《み》つめ合《あ》った。そしてハリーが口《くち》を開《ひら》いた。

「冗談《じょうだん》だろう？　冗談《じょうだん》言《い》うな」

「僕《ぼく》……ハリー、僕《ぼく》、あの女《ひと》を愛《あい》していると思《おも》う」ロンが首《くび》をしめられたような声《こえ》を出《だ》した。

「オッケー」

ハリーは、ロンのぼんやりした目《め》と青白《あおじろ》い顔《かお》をよく見《み》ようと、ロンに近《ちか》づいた。

「オッケー……もう一度《いちど》真顔《まがお》で言《い》ってみろよ」

「愛《あい》してる」ロンは息《いき》をはずませながら言《い》った。

「あの女《ひと》の髪《かみ》を見《み》たか？　真《ま》っ黒《くろ》でつやつやして、絹《きぬ》のようになめらかで……それにあの目《め》はどうだ？　ぱっちりした黒《くろ》い目《め》は？　そしてあの女《ひと》の──」

「いいかげんにしろ」ハリーはいらいらした。

「冗談《じょうだん》はもうおしまいだ。いいか？　もうやめろ」

ハリーは背《せ》を向《む》けて立《た》ち去《さ》りかけたが、ドアに向《む》かって三歩《ぽ》と行《い》かないうちに、右耳《みぎみみ》にガツンと一発食《いっぱつく》らった。ハリーがよろけながら振《ふ》り返《かえ》ると、ロンが拳《こぶし》をかまえていた。顔《かお》が怒《いか》りでゆがみ、またしてもパンチを食《く》らわそうとしていた。

ハリーは本能的《ほんのうてき》に動《うご》いた。ポケットから杖《つえ》を取《と》り出《だ》し、何《なに》も意識《いしき》せずに、思《おも》いついた呪文《じゅもん》を唱《とな》えた。

「レビコーパス！」

ロンは悲鳴《ひめい》を上《あ》げ、またしてもくるぶしからひねり上《あ》げられて逆《さか》さまにぶら下《さ》がり、ローブがだらりと垂《た》れた。

「何《なん》の恨《うら》みがあるんだ？」ハリーがどなった。

「君《きみ》はあの女《ひと》を侮辱《ぶじょく》した！　ハリー！　冗談《じょうだん》だなんて言《い》った！」

ロンが叫《さけ》んだ。血《ち》が一度《いちど》に頭《あたま》に下《さ》がって、顔色《かおいろ》が徐々《じょじょ》に紫色《むらさきいろ》になっていた。

「まともじゃない！」ハリーが言《い》った。「いったい何《なに》に取《と》り憑《つ》かれた──？」

その時《とき》ふと、ロンのベッドで開《あ》けっぱなしになっている箱《はこ》が目《め》についた。事《こと》の真相《しんそう》が、暴走《ぼうそう》するトロール並《な》みの勢《いきお》いでひらめいた。

「その『大鍋《おおなべ》チョコレート』を、どこで手《て》に入《い》れた？」

「僕《ぼく》の誕生日《たんじょうび》プレゼントだ！」

ロンは体《からだ》を自由《じゆう》にしようともがいて、空中《くうちゅう》で大《おお》きく回転《かいてん》しながら叫《さけ》んだ。

「君《きみ》にも一つやるって言《い》ったじゃないか？」

「さっき床《ゆか》から拾《ひろ》った。そうだろう？」

「僕《ぼく》のベッドから落《お》ちたんだ。わかったら下《お》ろせ！」

「君《きみ》のベッドから落《お》ちたんじゃない。このまぬけ、まだわからないのか？　それは僕《ぼく》のだ。地図《ちず》を探《さが》してたとき、僕《ぼく》がトランクから放《ほう》り出《だ》したんだ。クリスマスの前《まえ》にロミルダが僕《ぼく》にくれた『大鍋《おおなべ》チョコレート』。全部《ぜんぶ》ほれ薬《ぐすり》が仕込《しこ》んであったんだ！」

しかし、これだけ言《い》っても、ロンには一言《ひとこと》しか頭《あたま》に残《のこ》らなかったようだ。

「ロミルダ？」ロンがくり返《かえ》した。

「ロミルダって言《い》ったか？　ハリー――あの女《ひと》を知《し》っているのか？　紹介《しょうかい》してくれないか？」

ハリーは、今度《こんど》は期待《きたい》ではち切《き》れそうになった宙吊《ちゅうづ》りのロンの顔《かお》をまじまじと見《み》て、笑《わら》い出《だ》したいのをぐっとこらえた。頭《あたま》の一部《いちぶ》では――特《とく》にずきずきする右耳《みぎみみ》のあたりが――ロンを下《お》ろしてやり、ロンが突進《とっしん》していくのを薬《くすり》の効《き》き目《め》が切《き》れるまで見物《けんぶつ》してみたいと思《おも》った……しかし、何《なん》と言《い》っても、二人《ふたり》は友達《ともだち》じゃないか。攻撃《こうげき》したときのロンは、自分《じぶん》が何《なに》をしているのかわからなかったのだ。ロンがロミルダ・ベインに永遠《えいえん》の愛《あい》を告白《こくはく》するようなまねをさせたりしたら、自《じ》分《ぶん》はもう一度《いちど》パンチを食《く》らうに値《あたい》すると、ハリーは思《おも》った。

「ああ、紹介《しょうかい》してやるよ」

ハリーは忙《いそが》しく考《かんが》えをめぐらせながら言《い》った。

「それじゃ、今《いま》、下《お》ろしてやるからな。いいか？」

ハリーは、ロンが床《ゆか》にわざと激突《げきとつ》するように下《お》ろした（何《なに》しろハリーの耳《みみ》は、相当痛《そうとうい》んでいた）。しかし、ロンは何《なん》でもなさそうに、ニコニコしてはずむように立《た》ち上《あ》がった。

「ロミルダは、スラグホーンの部屋《へや》にいるはずだ」

ハリーは先に立《さき》《た》ってドアに向《む》かいながら、自信《じしん》たっぷりに言《い》った。

「どうしてそこにいるんだい？」ロンは急《いそ》いで追《お》いつきながら、心配《しんぱい》そうに聞《き》いた。

「ああ、『魔法薬《まほうやく》』の特別授業《とくべつじゅぎょう》を受《う》けている」ハリーはいいかげんにでっち上《あ》げて答《こた》えた。

「一緒《いっしょ》に受《う》けられないかどうか、頼《たの》んでみようかな？」ロンが意気込《いきご》んで言《い》った。

「いい考《かんが》えだ」ハリーが言《い》った。

肖像画《しょうぞうが》の穴《あな》の横《よこ》で、ラベンダーが待《ま》っていた。ハリーの予想《よそう》しなかった、複雑《ふくざつ》な展開《てんかい》だ。

「遅《おそ》いわ、ウォン－ウォン！」ラベンダーが唇《くちびる》をとがらせた。

「お誕生日《たんじょうび》にあげようと思《おも》って――」

「ほっといてくれ」ロンがいらいらと言《い》った。

「ハリーが僕《ぼく》を、ロミルダ・ベインに紹介《しょうかい》してくれるんだ」

それ以上一言《いじょうひとこと》も言《い》わず、ロンは肖像画《しょうぞうが》の穴《あな》に突進《とっしん》して出《で》ていった。ハリーは、ラベンダーにすまなそうな顔《かお》を見《み》せたつもりだったが、「太《ふと》った婦人《レディ》」が二人《ふたり》の背後《はいご》でピシャリと閉《と》じる直前《ちょくぜん》、ラベンダーがますますむくれ顔《がお》になっていたことから考《かんが》えると、ただ単《たん》にゆかいそうな表情《ひょうじょう》になっていたのかもしれない。

スラグホーンが朝食《ちょうしょく》に出《で》ているのではないかと、ハリーはちょっと心配《しんぱい》だったが、ドアを一回《かい》たたいただけで、緑《みどり》のビロードの部屋着《へやぎ》に、おそろいのナイトキャップをかぶったスラグホーンが、かなり眠《ねむ》そうな目《め》をして現《あらわ》れた。

「ハリー」スラグホーンがブツブツ言《い》った。

「訪問《ほうもん》には早過《はやす》ぎるね……土曜日《どようび》はだいたい遅《おそ》くまで寝《ね》ているんだが……」

「先生《せんせい》、おじゃましてほんとうにすみません」

ハリーはなるべく小《ちい》さな声《こえ》で言《い》った。ロンはつま先立《さきだ》ちになって、スラグホーンの頭越《あたまご》しに部屋《へや》をのぞこうとしていた。

「でも、友達《ともだち》のロンが、まちがってほれ薬《ぐすり》を飲《の》んでしまったんです。先生《せんせい》、解毒剤《げどくざい》を調合《ちょうごう》してくださいますよね？　マダム・ポンフリーの所《ところ》に連《つ》れていこうと思《おも》ったんですが、『ウィーズリー・ウィザード・ウィーズ』からは何《なに》も買《か》ってはいけないことになっているから、あの……都合《つごう》の悪《わる》い質問《しつもん》なんかされると……」

「君《きみ》なら、ハリー、君《きみ》ほどの魔法薬作《まほうやくづく》りの名手《めいしゅ》なら、治療薬《ちりょうやく》を調合《ちょうごう》できたのじゃないかね？」

「えーと」

ロンが無理《むり》やり部屋《へや》に入《はい》ろうとして、今度《こんど》はハリーの脇腹《わきばら》をこづいているので、ハリーは気《き》が散《ち》った。

「あの、先生《せんせい》、僕《ぼく》はほれ薬《ぐすり》の解毒剤《げどくざい》を作《つく》ったことがありませんし、ちゃんと出来上《できあ》がるまでに、ロンが何《なに》か大変《たいへん》なことをしでかしたりすると――」

うまい具合《ぐあい》に、ちょうどその時《とき》、ロンがうめいた。

「あの女《ひと》がいないよ、ハリー――この人《ひと》が隠《かく》してるのか？」

「その薬《くすり》は使用期限内《しようきげんない》のものだったかね？」

スラグホーンは、今度《こんど》は専門家《せんもんか》の目《め》でロンを見《み》ていた。

「いやなに、長《なが》く置《お》けば置《お》くほど強力《きょうりょく》になる可能性《かのうせい》があるのでね」

「それでよくわかりました」

スラグホーンをたたきのめしかねないロンと、今《いま》や本気《ほんき》で格闘《かくとう》しながら、ハリーがあえぎあえぎ言《い》った。

「先生《せんせい》、今日《きょう》はこいつの誕生日《たんじょうび》なんです」ハリーが懇願《こんがん》した。

「ああ、よろしい。それでは入《はい》りなさい。さあ」スラグホーンがやわらいだ。

「わたしのかばんに必要《ひつよう》な物《もの》がある。難《むずか》しい解毒剤《げどくざい》ではない……」

ロンは猛烈《もうれつ》な勢《いきお》いで、暖房《だんぼう》の効《き》き過《す》ぎた、ごてごてしたスラグホーンの部屋《へや》に飛《と》び込《こ》んだが、房飾《ふさかざ》りつきの足置《あしお》き台《だい》につまずいて転《ころ》びかけ、ハリーの首根《くびね》っこにつかまってやっと立《た》ち直《なお》った。

「あの女《ひと》は見《み》てなかっただろうな？」とロンがつぶやいた。

「あの女《ひと》は、まだ来《き》ていないよ」

スラグホーンが魔法薬《まほうやく》キットを開《あ》けて、小《ちい》さなクリスタルの瓶《びん》に、あれこれ少《すこ》しずつつまんでは加《くわ》えるのを見《み》ながら、ハリーが言《い》った。

「よかった」ロンが熱《ねつ》っぽく言《い》った。「僕《ぼく》、どう見《み》える？」

「とても男前《おとこまえ》だ」

スラグホーンが、透明《とうめい》な液体《えきたい》の入《はい》ったグラスをロンに渡《わた》しながら、よどみなく言《い》った。

「さあ、これを全部《ぜんぶ》飲《の》みなさい。神経強壮剤《しんけいきょうそうざい》だ。彼女《かのじょ》が来《き》たとき、それ、君《きみ》が落《お》ち着《つ》いていられるようにね」

「すごい」ロンは張《は》り切《き》って、解毒剤《げどくざい》をずるずると派手《はで》な音《おと》を立《た》てながら飲《の》み干《ほ》した。

ハリーもスラグホーンもロンを見《み》つめた。しばらくの間《あいだ》、ロンは二人《ふたり》にニッコリ笑《わら》いかけていたが、やがてニッコリはゆっくりと引《ひ》っ込《こ》み、消《き》え去《さ》って、極端《きょくたん》な恐怖《きょうふ》の表情《ひょうじょう》と入《い》れ替《か》わった。

「どうやら、元《もと》に戻《もど》った？」

ハリーはニヤッと笑《わら》った。スラグホーンはクスクス笑《わら》っていた。

「先生《せんせい》、ありがとうございました」

「いやなに、かまわん、かまわん」

打《う》ちのめされたような顔《かお》で、そばのひじかけ椅子《いす》に倒《たお》れ込《こ》むロンを見《み》ながら、スラグホーンが言《い》った。

「気《き》つけ薬《ぐすり》が必要《ひつよう》らしいな」

スラグホーンが、今度《こんど》は飲《の》み物《もの》でびっしりのテーブルに急《いそ》ぎながら言《い》った。

「バタービールがあるし、ワインもある。オーク樽《だるじゅくせい》熟成の蜂蜜酒《はちみつしゅ》は最後《さいご》の一本《ぽん》だ……ウーム……ダンブルドアにクリスマスに贈《おく》るつもりだったが……まあ、それは……」

スラグホーンは肩《かた》をすくめた。

「……もらっていなければ、別《べつ》に残念《ざんねん》とは思《おも》わないだろう！　今開《いまあ》けて、ミスター・ウィーズリーの誕生祝《たんじょういわ》いといくかね？　失恋《しつれん》の痛手《いたで》を追《お》い払《はら》うには、上等《じょうとう》の酒《さけ》に勝《まさ》る物《もの》なし……」

スラグホーンはまたうれしそうに笑《わら》い、ハリーも一緒《いっしょ》に笑《わら》った。真実《しんじつ》の記憶《きおく》を引《ひ》き出《だ》そうとして大失敗《だいしっぱい》したあの時以来《ときいらい》、スラグホーンとほとんど二人《ふたり》だけになったのは、初《はじ》めてだった。スラグホーンの上機嫌《じょうきげん》を続《つづ》けさせることができれば、もしかして……オーク樽熟成《だるじゅくせい》の蜂蜜酒《はちみつしゅ》をたっぷり飲《の》み交《か》わしたあとで、もしかしたら……。

「そうら」

スラグホーンがハリーとロンにそれぞれグラスを渡《わた》し、それから自分《じぶん》のグラスを挙《あ》げて言《い》った。

「さあ、誕生日《たんじょうび》おめでとう、ラルフ――」

「――ロンです――」ハリーがささやいた。

しかしロンは、乾杯《かんぱい》の音頭《おんど》が耳《みみ》に入《はい》らなかったらしく、とっくに蜂蜜酒《はちみつしゅ》を口《くち》に放《ほう》り込《こ》み、ゴクリと飲《の》んでしまった。

ほんの一瞬《いっしゅん》だった。心臓《しんぞう》が一鼓動《こどう》する間《ま》もなかった。ハリーは何《なに》かとんでもないことが起《お》きたのに気《き》づいた。スラグホーンは、どうやら気《き》づいていない。

「――いついつまでも健《すこ》やかで――」

「ロン！」

ロンは、グラスをポトリと落《お》とした。椅子《いす》から立《た》ち上《あ》がりかけたとたん、グシャリと崩《くず》れ、手《て》足《あし》が激《はげ》しくけいれんしはじめた。口《くち》から泡《あわ》を吹《ふ》き、両眼《りょうがん》が飛《と》び出《だ》している。

「先生《せんせい》！」ハリーが大声《おおごえ》を上《あ》げた。「何《なん》とかしてください！」

しかし、スラグホーンは、衝撃《しょうげき》であぜんとするばかりだった。ロンはピクピクけいれんし、息《いき》を詰《つ》まらせた。皮膚《ひふ》が紫色《むらさきいろ》になってきた。

「いったい――しかし――」スラグホーンはしどろもどろだった。

ハリーは低《ひく》いテーブルを飛《と》び越《こ》して、開《あ》けっぱなしになっていたスラグホーンの魔法薬《まほうやく》キットに飛《と》びつき、瓶《びん》や袋《ふくろ》を引《ひ》っ張《ぱ》り出《だ》した。その間《あいだ》も、ゼイゼイというロンの恐《おそ》ろしい断末魔《だんまつま》の息《いき》づかいが聞《き》こえていた。やっと見《み》つけた――魔法薬《まほうやく》の授業《じゅぎょう》でスラグホーンがハリーから受《う》け取《と》った、しなびた肝臓《かんぞう》のような石《いし》だ。

ハリーはロンのそばに飛《と》んで戻《もど》り、あごをこじ開《あ》け、ベゾアール石《せき》を口《くち》に押《お》し込《こ》んだ。ロンは大《おお》きく身震《みぶる》いしてゼーッと息《いき》を吐《は》き、ぐったりと静《しず》かになった。

第《だい》19章《しょう》　しもべ妖精《ようせい》の尾行《びこう》

「それじゃ結局《けっきょく》、ロンにとってはいい誕生日《たんじょうび》じゃなかったわけか？」フレッドが言《い》った。

もう日《ひ》が暮《く》れていた。窓《まど》にはカーテンが引《ひ》かれ、静《しず》かな病室《びょうしつ》にランプが灯《とも》っている。病床《びょうしょう》に横《よこ》たわっているのはロン一人《ひとり》だけだった。ハリー、ハーマイオニー、ジニーは、ロンの周《まわ》りに座《すわ》っていた。三人《にん》とも両開《りょうびら》きの扉《とびら》の外《そと》で一日中《にちじゅう》待《ま》ち続《つづ》け、誰《だれ》かが出入《でい》りするたびに中《なか》をのぞこうとしたが、八時《じ》になってやっとマダム・ポンフリーが中《なか》に入《い》れてくれた。フレッドとジョージは、それから十分《ぷん》ほどしてやってきた。

「俺《おれ》たちの想像《そうぞう》したプレゼント贈呈《ぞうてい》の様子《ようす》はこうじゃなかったな」

ジョージが、贈《おく》り物《もの》の大《おお》きな包《つつ》みをロンのベッド脇《わき》の整理棚《せいりだな》の上《うえ》に置《お》き、ジニーの隣《となり》に座《すわ》りながら真顔《まがお》で言《い》った。

「そうだな。俺《おれ》たちの想像《そうぞう》した場面《ばめん》では、こいつは意識《いしき》があった」フレッドが言《い》った。

「俺《おれ》たちはホグズミードで、こいつをびっくりさせてやろうと待《ま》ちかまえてた――」ジョージが言《い》った。

「ホグズミードにいたの？」ジニーが顔《かお》を上《あ》げた。

「ゾンコの店《みせ》を買収《ばいしゅう》しようと考《かんが》えてたんだ」フレッドが暗《くら》い顔《かお》をした。

「ホグズミード支店《してん》というわけだ。しかし、君《きみ》たちが週末《しゅうまつ》に、うちの商品《しょうひん》を買《か》いにくるための外出《がいしゅつ》を許《ゆる》されないとなりゃ、俺《おれ》たちゃいい面《つら》の皮《かわ》だ……まあ、今《いま》はそんなこと気《き》にするな」

フレッドはハリーの横《よこ》の椅子《いす》を引《ひ》いて、ロンの青《あお》い顔《かお》を見《み》た。

「ハリー、いったい何《なに》が起《お》こったんだ？」

ハリーは、ダンブルドアや、マクゴナガル、マダム・ポンフリーやハーマイオニー、ジニーに、もう百回《かい》も話《はな》したのではないかと思《おも》う話《はなし》をくり返《かえ》した。

「……それで、僕《ぼく》がベゾアール石《せき》をロンののどに押《お》し込《こ》んだら、ロンの息《いき》が少《すこ》し楽《らく》になって、スラグホーンが助《たす》けを求《もと》めに走《はし》ったんだ。マクゴナガルとマダム・ポンフリーがかけつけて、ロンをここに連《つ》れてきた。二人《ふたり》ともロンは大丈夫《だいじょうぶ》だろうって言《い》ってた。マダム・ポンフリーは一週《しゅう》間《かん》ぐらいここに入院《にゅういん》しなきゃいけないって……悲嘆草《ひたんそう》のエキスを飲《の》み続《つづ》けて……」

「まったく、君《きみ》がベゾアール石《せき》を思《おも》いついてくれたのは、ラッキーだったなぁ」

ジョージが低《ひく》い声《こえ》で言《い》った。

「その場《ば》にベゾアール石《せき》があってラッキーだったよ」

ハリーは、あの小《ちい》さな石《いし》がなかったらいったいどうなっていたかと考《かんが》えるたびに、背筋《せすじ》が寒《さむ》くなった。

ハーマイオニーが、ほとんど聞《き》こえないほどかすかに鼻《はな》をすすった。ハーマイオニーは一日中《いちにちじゅう》、いつになくだまり込《こ》んでいた。医務室《いむしつ》の外《そと》に立《た》っていたハリーの所《ところ》へ、ハーマイオニーは真《ま》っ青《さお》な顔《かお》でかけつけた。何《なに》が起《お》こったのかを聞《き》き出《だ》したあとは、ハリーとジニーが、ロンはなぜ毒《どく》を盛《も》られたのかと憑《つ》かれたように議論《ぎろん》しているのにもほとんど加《くわ》わらず、ただ二人《ふたり》のそばに突《つ》っ立《た》って、やっと面会《めんかい》の許可《きょか》が出《で》るまで、歯《は》を食《く》いしばり顔《かお》を引《ひ》きつらせていた。

「親父《おやじ》とおふくろは知《し》ってるのか？」フレッドがジニーに聞《き》いた。

「もうお見舞《みま》いに来《き》たわ。一時間前《じかんまえ》に着《つ》いたの――今《いま》、ダンブルドアの校長室《こうちょうしつ》にいるけど、まもなく戻《もど》ってくる……」

みんなしばらくだまり込《こ》み、ロンがうわ言《ごと》を言《い》うのを見《み》つめていた。

「それじゃ、毒《どく》はその飲《の》み物《もの》に入《はい》ってたのか？」フレッドがそっと聞《き》いた。

「そう」ハリーが即座《そくざ》に答《こた》えた。

そのことで頭《あたま》がいっぱいだったので、その問題《もんだい》をまた検討《けんとう》する機会《きかい》ができたことを喜《よろこ》んだ。

「スラグホーンが注《そそ》いで――」

「君《きみ》に気《き》づかれずに、スラグホーンが、ロンのグラスにこっそり何《なに》か入《い》れることはできたか？」

「たぶん」ハリーが言《い》った。「だけど、スラグホーンがなんでロンに毒《どく》を盛《も》りたがる？」

「さあね」フレッドが顔《かお》をしかめた。

「グラスをまちがえたってことは考《かんが》えられないか？　君《きみ》に渡《わた》すつもりで？」

「スラグホーンがどうしてハリーに毒《どく》を盛《も》りたがるの？」ジニーが聞《き》いた。

「さあ」フレッドが言《い》った。

「だけど、ハリーに毒《どく》を盛《も》りたいやつは、ごまんといるんじゃないか？『選《えら》ばれし者《もの》』云々《うんぬん》だろ？」

「じゃ、スラグホーンが死喰《しく》い人《びと》だってこと？」ジニーが言《い》った。

「何《なに》だってありうるよ」フレッドが沈《しず》んだ声《こえ》で言《い》った。

「『服従《ふくじゅう》の呪文《じゅもん》』にかかっていたかもしれないし」ジョージが言《い》った。

「スラグホーンが無実《むじつ》だってこともありうるわ」ジニーが言《い》った。

「毒《どく》は瓶《びん》の中《なか》に入《はい》っていたかもしれないし、それなら、スラグホーン自身《じしん》をねらっていた可能性《かのうせい》もある」

「スラグホーンを、誰《だれ》が殺《ころ》したがる？」

「ダンブルドアは、ヴォルデモートがスラグホーンを味方《みかた》につけたがっていたと考《かんが》えている」

ハリーが言《い》った。

「スラグホーンは、ホグワーツに来《く》る前《まえ》、一年《ねん》も隠《かく》れていた。それに……」

ハリーは、ダンブルドアがスラグホーンからまだ引《ひ》き出《だ》せない記憶《きおく》のことを考《かんが》えた。

「それに、もしかしたらヴォルデモートは、スラグホーンを片《かた》づけたがっているのかもしれないし、スラグホーンがダンブルドアにとって価値《かち》があると考《かんが》えているのかもしれない」

「だけど、スラグホーンは、その瓶《びん》をクリスマスにダンブルドアに贈《おく》ろうと計画《けいかく》してたって言《い》ったわよね」

ジニーが、ハリーにそのことを思《おも》い出《だ》させた。

「だから、毒《どく》を盛《も》ったやつが、ダンブルドアをねらっていたという可能性《かのうせい》も同《おな》じぐらいあるわ」

「それなら、毒《どく》を盛《も》ったのは、スラグホーンをよく知《し》らない人《ひと》だわ」

何時間《なんじかん》もだまっていたハーマイオニーが、初《はじ》めて口《くち》をきいたが、鼻風邪《はなかぜ》を引《ひ》いたような声《こえ》だった。

「知《し》っている人《ひと》だったら、そんなにおいしい物《もの》は、自分《じぶん》でとっておく可能性《かのうせい》が高《たか》いことがわかるはずだもの」

「アーマイニー」

誰《だれ》も予想《よそう》していなかったのに、ロンがしわがれ声《ごえ》を出《だ》した。

みんなが心配《しんぱい》そうにロンを見《み》つめて息《いき》をひそめたが、ロンは、意味不明《いみふめい》の言葉《ことば》をしばらくブツブツ言《い》ったきり、単純《たんじゅん》にいびきをかき始《はじ》めた。

医務室《いむしつ》のドアが急《きゅう》に開《ひら》き、みんなが飛《と》び上《あ》がった。ハグリッドが大股《おおまた》で近《ちか》づいてくる。髪《かみ》は雨粒《あまつぶ》だらけで、石弓《いしゆみ》を手《て》に熊皮《くまがわ》のオーバーをはためかせ、床《ゆか》にイルカぐらいある大《おお》きい泥《どろ》だらけの足跡《あしあと》をつけながらやってきた。

「一日中《いちにちじゅう》禁《きん》じられた森《もり》にいた！」

ハグリッドが息《いき》を切《き》らしながら言《い》った。

「アラゴグの容態《ようだい》が悪《わる》くなって、俺《おれ》はあいつに本《ほん》を読《よ》んでやっとった――たった今《いま》、夕食《ゆうしょく》に来《き》たとこなんだが、そしたらスプラウト先生《せんせい》からロンのことを聞《き》いた！　様子《ようす》はどうだ？」

「そんなに悪《わる》くないよ」ハリーが言《い》った。「ロンは大丈夫《だいじょうぶ》だって言《い》われた」

「お見舞《みま》いは一度《ど》に六人《にん》までです！」マダム・ポンフリーが事務室《じむしつ》から急《いそ》いで出《で》てきた。

「ハグリッドで六人《にん》だけど」ジョージが指摘《してき》した。

「あ……そう……」

マダム・ポンフリーは、ハグリッドの巨大《きょだい》さのせいで数人分《すうにんぶん》と数《かぞ》えていたらしい。自分《じぶん》の勘《かん》ちがいをごまかすのに、マダム・ポンフリーは、せかせかと、ハグリッドの足跡《あしあと》の泥《どろ》を杖《つえ》で掃除《そうじ》しにいった。

「信《しん》じられねえ」

ロンをじっと見下《みお》ろして、でっかいぼさぼさ頭《あたま》を振《ふ》りながら、ハグリッドがかすれた声《こえ》で言《い》った。

「まったく信《しん》じられねえ……ロンの寝顔《ねがお》を見《み》てみろ……ロンを傷《きず》つけようなんてやつは、いるはずがねえだろうが？　あ？」

「今《いま》それを話《はな》していたところだ」ハリーが言《い》った。「わからないんだよ」

「グリフィンドールのクィディッチ・チームに恨《うら》みを持《も》つやつがいるんじゃねえのか？」

ハグリッドが心配《しんぱい》そうに言《い》った。

「最初《さいしょ》はケイティ、今度《こんど》はロンだ……」

「まさかクィディッチ・チームを、殺《や》っちまおうなんてやつはいないだろう」ジョージが言《い》った。

「ウッドなら別《べつ》だ。やれるもんならスリザリンのやつらを殺《や》っちまったかもな」

フレッドが納得《なっとく》のいく意見《いけん》を述《の》べた。

「そうね、クィディッチだとは思《おも》わないけど、事件《じけん》の間《あいだ》に何《なん》らかの関連性《かんれんせい》があると思《おも》うわ」

ハーマイオニーが静《しず》かに言《い》った。

「どうしてそうなる?」フレッドが聞《き》いた。

「そう、一つには、両方《りょうほう》とも致命的《ちめいてき》な事件《じけん》のはずだったのに、そうはならなかった。もっとも、単《たん》に幸運《こううん》だったにすぎないけど。もう一つには、毒《どく》もネックレスも、殺《ころ》す予定《よてい》の人物《じんぶつ》までたどり着《つ》かなかった。もちろん……」

ハーマイオニーは、考《かんが》え込《こ》みながら言葉《ことば》を続《つづ》けた。

「そのことで、事件《じけん》の陰《かげ》にいるのが、ある意味《いみ》ではより危険人物《きけんじんぶつ》だということになるわ。だって、目的《もくてき》の犠牲者《ぎせいしゃ》にたどり着《つ》く前《まえ》に、どんなにたくさんの人《ひと》を殺《ころ》すことになっても、犯人《はんにん》は気《き》にしないみたいですもの」

この不吉《ふきつ》な意見《いけん》にまだ誰《だれ》も反応《はんのう》しないうちに、再《ふたた》びドアが開《ひら》いて、ウィーズリー夫妻《ふさい》が急《いそ》ぎ足《あし》で医務室《いむしつ》に入《はい》ってきた。さっき来《き》たときには、ロンが完全《かんぜん》に回復《かいふく》すると知《し》って安心《あんしん》するとすぐにいなくなったのだが、今度《こんど》はウィーズリーおばさんが、ハリーをつかまえてしっかり抱《だ》きしめた。

「ダンブルドアが話《はな》してくれたわ。あなたがベゾアール石《せき》でロンを救《すく》ったって」

おばさんはすすり泣《な》いた。

「ああ、ハリー。何《なん》てお礼《れい》を言《い》ったらいいの？　あなたはジニーを救《すく》ってくれたし、アーサーも……今度《こんど》はロンまでも……」

「そんなに……僕《ぼく》、別《べつ》に……」ハリーはどぎまぎしてつぶやくように言《い》った。

「考《かん》えてみると、家族《かぞく》の半分《はんぶん》が君《きみ》のおかげで命拾《いのちびろ》いした」おじさんが声《こえ》を詰《つ》まらせた。

「そうだ、ハリー、これだけは言《い》える。ロンがホグワーツ特急《とっきゅう》で君《きみ》と同《おな》じコンパートメントに座《すわ》ろうと決《き》めた日《ひ》こそ、ウィーズリー一家《いっか》にとって幸運《こううん》な日《ひ》だった」

ハリーは何《なん》と答《こた》えていいやら思《おも》いつかなかった。マダム・ポンフリーが、ロンのベッドの周《まわ》りには最大《さいだい》六人《にん》だけだと、再度《さいど》注意《ちゅうい》しに戻《もど》ってきたときは、かえってホッとした。ハリーとハーマイオニーがすぐに立《た》ち上《あ》がり、ハグリッドも二人《ふたり》と一緒《いっしょ》に出《で》ることに決《き》め、ロンの家族《かぞく》だけをあとに残《のこ》した。

「ひでえ話《はなし》だ」

三人《にん》で大理石《だいりせき》の階段《かいだん》に向《む》かって廊下《ろうか》を歩《ある》きながら、ハグリッドがあごひげに顔《かお》をうずめるようにしてうなった。

「安全対策《あんぜんたいさく》を新《あたら》しくしたっちゅうても、子供《こども》たちはひどい目《め》にあってるし……ダンブルドアは心《しん》配《ぱい》で病気《びょうき》になりそうだ……あんまりおっしゃらねえが、俺《おれ》にはわかる……」

「ハグリッド、ダンブルドアに何《なに》かお考《かんが》えはないのかしら？」

ハーマイオニーがすがる思《おも》いで聞《き》いた。

「何《なん》百っちゅうお考《かんが》えがあるにちげえねえ。あんなに頭《あたま》のええ方《かた》だ」

ハグリッドが揺《ゆ》るがぬ自信《じしん》を込《こ》めて言《い》った。

「そんでも、ネックレスを贈《おく》ったやつは誰《だれ》で、あの蜂蜜酒《はちみつしゅ》に毒《どく》を入《い》れたのは誰《だれ》だっちゅうことがおわかりになんねえ。わかってたら、やつらはもう捕《つか》まっとるはずだろうが？　俺《おれ》が心配《しんぱい》しとるのはな」

ハグリッドは、声《こえ》を落《お》としてちらりと後《うし》ろを振《ふ》り返《かえ》った（ハリーは、ピーブズがいないかどうか、念《ねん》のため天井《てんじょう》もチェックした）。

「子供《こども》たちが襲《おそ》われてるとなれば、ホグワーツがいつまで続《つづ》けられるかっちゅうことだ。またしても『秘密《ひみつ》の部屋《へや》』のくり返《かえ》しだろうが？　パニック状態《じょうたい》になる。親《おや》たちが学校《がっこう》から子供《こども》を連《つ》れ帰《かえ》る。そうなりゃ、ほれ、次《つぎ》は学校《がっこう》の理事会《りじかい》だ……」

長《なが》い髪《かみ》の女性《じょせい》のゴーストがのんびりと漂《ただよ》っていったので、ハグリッドはいったん言葉《ことば》を切《き》ってから、またかすれ声《ごえ》でささやきはじめた。

「……理事会《りじかい》じゃあ、学校《がっこう》を永久閉鎖《えいきゅうへいさ》する話《はなし》をするに決《き》まっちょる」

「まさか？」ハーマイオニーが心配《しんぱい》そうに言《い》った。

「あいつらの見方《みかた》で物《もの》を見《み》にゃあ」ハグリッドが重苦《おもくる》しく言《い》った。

「そりゃあ、ホグワーツに子供《こども》を預《あず》けるっちゅうのは、いつでもちいとは危険《きけん》を伴《ともな》う。そうだろうが？　何百人《なんにん》っちゅう未成年《みせいねん》の魔法使《まほうつか》いが一緒《いっしょ》にいりゃあ、事故《じこ》もあるっちゅうもんだ。だけんど、殺人未遂《さつじんみすい》っちゅうのは、話《はなし》がちがう。そんで、ダンブルドアが立腹《りっぷく》なさるのも無理《むり》はねえ。あのスネ――」

ハグリッドは、はたと足《あし》を止《と》めた。もじゃもじゃの黒《くろ》ひげから上《うえ》のほうしか見《み》えない顔《かお》に、いつもの「しまった」という表情《ひょうじょう》が浮《う》かんだ。

「えっ？」ハリーがすばやく突《つ》っ込《こ》んだ。「ダンブルドアがスネイプに腹《はら》を立《た》てたって？」

「俺《おれ》はそんなこと言《い》っとらん」

そう言《い》ったものの、ハグリッドのあわてふためいた顔《かお》のほうがよっぽど雄弁《ゆうべん》だった。

「こんな時間《じかん》か。もう真夜中《まよなか》だ。俺《おれ》は――」

「ハグリッド、ダンブルドアはどうしてスネイプを怒《おこ》ったの？」ハリーは大声《おおごえ》を出《だ》した。

「シーッ！」

ハグリッドは緊張《きんちょう》しているようでもあり、怒《おこ》っているようでもあった。

「そういうことを大声《おおごえ》で言《い》うもんでねえ、ハリー。俺《おれ》をクビにしてえのか？　そりゃあ、そんなことはどうでもええんだろうが。もう俺《おれ》の『飼育学《しいくがく》』の授業《じゅぎょう》を取《と》ってねえんだし――」

「そんなことを言《い》って、僕《ぼく》に遠慮《えんりょ》させようとしたってむだだ！」ハリーが語調《ごちょう》を強《つよ》めた。

「スネイプは何《なに》をしたんだ？」

「知《し》らねえんだ、ハリー。俺《おれ》は何《なん》にも聞《き》くべきじゃあなかった！　俺《おれ》は――まあ、いつだったか、夜《よる》に俺《おれ》が森《もり》から出《で》てきたら、二人《ふたり》で話《はな》しとるのが聞《き》こえた――まあ、議論《ぎろん》しちょった。俺《おれ》のほうに気《き》を引《ひ》きたくはなかったんで、こそっと歩《ある》いて、何《なに》も聞《き》かんようにしたんだ。だけんど、あれは――まあ、議論《ぎろん》が熱《あつ》くなっとって、聞《き》こえねえようにするのは難《むずか》しかったんでな」

「それで？」ハリーがうながした。ハグリッドは巨大《きょだい》な足《あし》をもじもじさせていた。

「まあ――俺《おれ》が聞《き》こえっちまったのは、スネイプが言《い》ってたことで、ダンブルドアは何《なん》でもかんでも当然《とうぜん》のように考《かんが》えとるが、自分《じぶん》は――スネイプのことだがな――もうそういうこたぁやりたくねえと――」

「何《なに》をだって？」

「ハリー、俺《おれ》は知《し》らねえ。スネイプはちぃと働《はたら》かされ過《す》ぎちょると感《かん》じてるみてえだった。それだけだ――とにかく、ダンブルドアはスネイプにはっきり言《い》いなすった。スネイプがやるって承《しょう》知《ち》したんだから、それ以上何《いじょうなに》も言《い》うなってな。ずいぶんときつく言《い》いなすった。それからダンブルドアは、スネイプが自分《じぶん》の寮《りょう》のスリザリンを調査《ちょうさ》するっちゅうことについて、何《なに》か言《い》いなすった。まあ、そいつは何《なに》も変《へん》なこっちゃねえ！」

ハリーとハーマイオニーが意味《いみ》ありげに目配《めくば》せし合《あ》ったので、ハグリッドがあわててつけ加《くわ》えた。

「寮監《りょうかん》は全員《ぜんいん》、ネックレス事件《じけん》を調査《ちょうさ》しろって言《い》われちょるし――」

「ああ、だけど、ダンブルドアはほかの寮監《りょうかん》と口論《こうろん》はしてないだろう？」ハリーが言《い》った。

「ええか」

ハグリッドは、気《き》まずそうに石弓《いしゆみ》を両手《りょうて》でねじった。ボキッと大《おお》きな音《おと》がして、石弓《いしゆみ》が二つに折《お》れた。

「スネイプのことになるっちゅうと、ハリー、おまえさんがどうなるかわかっちょる。だから、今《いま》のことを、変《へん》に勘《かん》ぐってほしくねえんだ」

「気《き》をつけて」ハーマイオニーが早口《はやくち》で言《い》った。

振《ふ》り返《かえ》ったとたん、背後《はいご》の壁《かべ》に映《うつ》ったアーガス・フィルチの影《かげ》が、だんだん大《おお》きくなってくるのが見《み》えた。そして、背中《せなか》を丸《まる》め、あごを震《ふる》わせながら、本人《ほんにん》が角《かど》を曲《ま》がって現《あらわ》れた。

「オホッ！」

フィルチがゼイゼイ声《ごえ》で言《い》った。

「こんな時間《じかん》にベッドを抜《ぬ》け出《だ》しとるな。つまり、罰則《ばっそく》だ！」

「そうじゃねえぞ、フィルチ」ハグリッドが短《みじか》く答《こた》えた。「二人《ふたり》とも俺《おれ》と一緒《いっしょ》だろうが？」

「それがどうしたんでござんすか？」フィルチがしゃくにさわる言《い》い方《かた》をした。

「俺《おれ》が先生《せんせい》だってこった！　このこそこそスクイブめ！」

ハグリッドがたちまち気炎《きえん》を上《あ》げた。

フィルチが怒《いか》りでふくれ上《あ》がったとき、シャーッシャーッといやな音《おと》が聞《き》こえた。いつの間《ま》にかミセス・ノリスが現《あらわ》れて、フィルチのやせこけた足首《あしくび》に身体《からだ》を巻《ま》きつけるように、しなしなと歩《ある》いていた。

「早《はや》く行《い》け」ハグリッドが奥歯《おくば》の奥《おく》から言《い》った。

言《い》われるまでもなかった。ハリーもハーマイオニーも、急《いそ》いでその場《ば》を離《はな》れた。ハグリッドとフィルチのどなり合《あ》いが、走《はし》る二人《ふたり》の背後《はいご》で響《ひび》いていた。グリフィンドール塔《とう》に近《ちか》い曲《ま》がり角《かど》でピーブズとすれちがったが、ピーブズはうれしそうに高笑《たかわら》いし、叫《さけ》びながら、どなり合《あ》いの聞《き》こえてくるほうに急《いそ》いでいた。

「けんかはピーブズに任《まか》せよう、全部《ぜんぶ》二倍《ばい》にしてやろう！」

うとうとしていた「太《ふと》った婦人《レディ》」は、起《お》こされて不機嫌《ふきげん》だったが、ぐずぐず言《い》いながらも開《ひら》いて二人《ふたり》を通《とお》してくれた。ありがたいことに、談話室《だんわしつ》は静《しず》かで誰《だれ》もいなかった。ロンのことはまだ誰《だれ》も知《し》らないらしい。一日中《いちにちじゅう》うんざりするほど質問《しつもん》されていたハリーはホッとした。ハーマイオニーがおやすみと挨拶《あいさつ》して女子寮《じょしりょう》に戻《もど》ったが、ハリーはあとに残《のこ》って暖炉脇《だんろわき》に腰《こし》かけ、消《き》えかけている残《のこ》り火《び》を見下《みお》ろしていた。

それじゃ、ダンブルドアはスネイプと口論《こうろん》したのか。僕《ぼく》にはああ言《い》ったのに、スネイプを完全《かんぜん》に信用《しんよう》していると主張《しゅちょう》したのに、ダンブルドアはスネイプに対《たい》して腹《はら》を立《た》てたんだ……スネイプがスリザリン生《せい》を充分《じゅうぶん》に調《しら》べなかったと考《かんが》えたからだろうか……それとも、たった一人《ひとり》、マルフォイを充分調《じゅうぶんしら》べなかったからなのか？

ダンブルドアが、ハリーの疑惑《ぎわく》は取《と》るに足《た》らないというふりをしたのは、ハリーが自分《じぶん》でこの件《けん》を解決《かいけつ》しようなどと、愚《おろ》かなことをしてほしくないと考《かんが》えたからなのだろうか？　それはありうることだ。もしかしたら、ダンブルドアの授業《じゅぎょう》や、スラグホーンの記憶《きおく》を聞《き》き出《だ》すこと以外《いがい》は、ほかにいっさい気《き》を取《と》られてほしくなかったのかもしれない。たぶんダンブルドアは、教員《きょういん》に対《たい》する自分《じぶん》の疑念《ぎねん》を、十六歳《さい》の者《もの》に打《う》ち明《あ》けるのは正《ただ》しいことではないと考《かんが》えたのだろう……。

「ここにいたのか、ポッター！」

ハリーは度肝《どぎも》を抜《ぬ》かれて飛《と》び上《あ》がり、杖《つえ》をかまえた。談話室《だんわしつ》には絶対《ぜったい》に誰《だれ》もいないと思《おも》い込《こ》んでいたので、離《はな》れた椅子《いす》から突然《とつぜん》ぬうっと立《た》ち上《あ》がった影《かげ》には不意《ふい》を食《く》らわされた。よく見《み》ると、コーマック・マクラーゲンだった。

「君《きみ》が帰《かえ》ってくるのを待《ま》っていた」

マクラーゲンは、ハリーの抜《ぬ》いた杖《つえ》を無視《むし》して言《い》った。

「眠《ねむ》り込《こ》んじまったらしい。いいか、ウィーズリーが病棟《びょうとう》に運《はこ》び込《こ》まれるのを見《み》ていたんだ。来《らい》週《しゅう》の試合《しあい》ができる状態《じょうたい》ではないようだ」

しばらくしてやっと、ハリーは、マクラーゲンが何《なん》の話《はなし》をしているかがわかった。

「ああ……そう……クィディッチか」

ハリーはジーンズのベルトに杖《つえ》を戻《もど》し、片手《かたて》で物《もの》うげに髪《かみ》をかいた。

「うん……だめかもしれないな」

「そうか、それなら、僕《ぼく》がキーパーってことになるな？」マクラーゲンが言《い》った。

「ああ」ハリーが言《い》った。

「うん、そうだろうな……」

ハリーは反論《はんろん》を思《おも》いつかなかった。何《なん》と言《い》っても、マクラーゲンが、選抜《せんばつ》では二位《い》だったのだ。

「よーし」マクラーゲンが満足《まんぞく》げに言《い》った。「それで、練習《れんしゅう》はいつだ？」

「え？　ああ……明日《あす》の夕方《ゆうがた》だ」

「よし。いいか、ポッター、その前《まえ》に話《はなし》がある。戦略《せんりゃく》について考《かんが》えがある。君《きみ》の役《やく》に立《た》つと思《おも》うんだ」

「わかった」

ハリーは気《き》のない返事《へんじ》をした。

「まあ、それなら、明日聞《あすき》くよ。今《いま》はかなりつかれてるんだ……またな」

ロンが毒《どく》を盛《も》られたというニュースは、次《つぎ》の日《ひ》たちまち広《ひろ》まったが、ケイティの事件《じけん》ほどの騒《さわ》ぎにはならなかった。ロンはその時《とき》「魔法薬《まほうやく》」の先生《せんせい》の部屋《へや》にいたのだから、単《たん》なる事故《じこ》だったのだろうと考《かんが》えられたこともあり、すぐに解毒剤《げどくざい》を与《あた》えられたため大事《だいじ》にはいたらなかったというせいもある。事実《じじつ》、グリフィンドール生全体《せいぜんたい》の関心《かんしん》は、むしろ差《さ》し迫《せま》ったクィディッチのハッフルパフ戦《せん》のほうに大《おお》きく傾《かたむ》いていた。ハッフルパフのチェイサー、ザカリアス・スミスが、シーズン開幕《かいまく》の対《たい》スリザリン戦《せん》であんな解説《かいせつ》をしたからには、今回《こんかい》は充分《じゅうぶん》にとっちめられるところを見《み》たいと願《ねが》ったからだ。

しかし、ハリーのほうは、今《いま》までこんなにクィディッチから気持《きも》ちが離《はな》れたことはなかった。急速《きゅうそく》にドラコ・マルフォイに執着《しゅうちゃく》するようになっていた。相変《あいか》わらず、機会《きかい》さえあれば「忍《しの》びの地図《ちず》」を調《しら》べていたし、マルフォイの立《た》ち寄《よ》った場所《ばしょ》にわざわざ行《い》ってみることもあったが、マルフォイが普段《ふだん》とちがうことをしている様子《ようす》はなかった。しかし、不可解《ふかかい》にも地図《ちず》から消《き》えてしまうことがときどきあった……。

ハリーには、この問題《もんだい》を深《ふか》く考《かんが》えている時間《じかん》がなかった。クィディッチの練習《れんしゅう》、宿題《しゅくだい》、それに今度《こんど》は、あらゆる所《ところ》でコーマック・マクラーゲンとラベンダー・ブラウンにつきまとわれていた。二人《ふたり》のうちどっちがよりわずらわしいのか、優劣《ゆうれつ》をつけがたいほどだった。マクラーゲンは、ロンより自分《じぶん》のほうがキーパーのレギュラーとしてふさわしいし、自分《じぶん》のプレーぶりを定期的《ていきてき》に目《め》にするようになったハリーも、きっとそう考《かんが》えるようになるにちがいないと、ひっきりなしにほのめかし続《つづ》けた。その上《うえ》、マクラーゲンはチームのほかのメンバーを批評《ひひょう》したがり、ハリーに練習方法《れんしゅうほうほう》を細《こま》かく提示《ていじ》した。ハリーは一度《いちど》ならず、どっちがキャプテンかを言《い》い聞《き》かせなければならなかった。

一方《いっぽう》ラベンダーは、しょっちゅうハリーににじり寄《よ》って、ロンのことを話《はな》した。ハリーは、マクラーゲンからクィディッチの説教《せっきょう》を聞《き》かされるよりもげんなりした。はじめのうちラベンダーは、ロンの入院《にゅういん》を誰《だれ》も自分《じぶん》に教《おし》えようとしなかったことでいらだっていた──「だって、ロンのガールフレンドは私《わたし》よ！」──ところが、不運《ふうん》なことに、ラベンダーは、ハリーが教《おし》えるのを忘《わす》れていたのは許《ゆる》すことに決《き》め、今度《こんど》はロンの愛情《あいじょう》について、ハリーにこまごまとしゃべりたがった。ハリーにとっては、喜《よろこ》んで願《ねが》い下《さ》げにしたい、何《なん》とも不快《ふかい》な経験《けいけん》だった。

「ねえ、そういうことはロンに話《はな》せばいいじゃないか！」

ことさら長《なが》いラベンダーの質問攻《しつもんぜ》めにへきえきしたあとで、ハリーが言《い》った。ラベンダーの話《はなし》は、自分《じぶん》の新《あたら》しいローブについてロンがどう言《い》ったか逐一《ちくいち》聞《き》かせるところから、ロンが自分《じぶん》との関係《かんけい》を「本気《ほんき》」だと考《かんが》えているかとハリーに意見《いけん》を求《もと》めるところまで、ありとあらゆるものをふくんでいた。

「ええ、まあね。だけど私《わたし》がお見舞《みま》いにいくとロンはいつも寝《ね》てるんですもの！」

ラベンダーはじりじりしながら言《い》った。

「寝《ね》てる？」ハリーは驚《おどろ》いた。

ハリーが病棟《びょうとう》に行《い》ったときはいつでも、ロンはしっかり目《め》を覚《さ》ましていて、ダンブルドアとスネイプの口論《こうろん》に強《つよ》い興味《きょうみ》を示《しめ》したし、マクラーゲンをこき下《お》ろすのに熱心《ねっしん》だった。

「ハーマイオニー・グレンジャーは、今《いま》でもロンをお見舞《みま》いしてるの？」

ラベンダーが急《きゅう》に詰問《きつもん》した。

「ああ、そうだと思《おも》うよ。だって、二人《ふたり》は友達《ともだち》だろう？」

ハリーは気《き》まずい思《おも》いで答《こた》えた。

「友達《ともだち》が聞《き》いてあきれるわ」ラベンダーが嘲《あざけ》るように言《い》った。

「ロンが私《わたし》とつき合《あ》いだしてからは、何週間《なんしゅうかん》も口《くち》をきかなかったくせに！　でも、その埋《う》め合《あ》わせをしようとしているんだと思《おも》うわ。ロンが今《いま》はすごくおもしろいから……」

「毒《どく》を盛《も》られたことが、おもしろいって言《い》うのかい？」ハリーが聞《き》いた。

「とにかく――ごめん、僕《ぼく》、行《い》かなきゃ――マクラーゲンがクィディッチの話《はなし》をしに来《く》る」

ハリーは急《いそ》いでそう言《い》うと、壁《かべ》のふりをしているドアに横《よこ》っ飛《と》びに飛《と》び込《こ》み、「魔法薬《まほうやく》」の教《きょう》室《しつ》への近道《ちかみち》を疾走《しっそう》した。ありがたいことに、ラベンダーもマクラーゲンも、そこまではついて来《こ》られなかった。

ハッフルパフとのクィディッチの試合《しあい》の朝《あさ》、ハリーは競技場《きょうぎじょう》に行《い》く前《まえ》に、医務室《いむしつ》に立《た》ち寄《よ》った。

ロンは相当動揺《そうとうどうよう》していた。マダム・ポンフリーは、ロンが興奮《こうふん》し過《す》ぎるからと、試合《しあい》を見《み》にいかせてくれないのだ。

「それで、マクラーゲンの仕上《しあ》がり具合《ぐあい》はどうだ？」

ロンは心配《しんぱい》そうに聞《き》いた。同《おな》じことをもう二回《かい》も聞《き》いたのを、まったく忘《わす》れている。

「もう言《い》っただろう」ハリーが辛抱強《しんぼうづよ》く答《こた》えた。

「あいつがワールドカップ級《きゅう》だったとしても、僕《ぼく》はあいつを残《のこ》すつもりはない。選手全員《せんしゅぜんいん》にどうしろこうしろと指図《さしず》するし、どのポジションも自分《じぶん》のほうがうまいと思《おも》っているんだ。あいつをきれいさっぱり切《き》るのが待《ま》ち遠《どお》しいよ。切《き》るって言《い》えば――」

ハリーは、ファイアボルトをつかんで立《た》ち上《あ》がりながら言《い》った。

「ラベンダーが見舞《みま》いに来《く》るたびに、寝《ね》たふりをするのはやめてくれないか？　あいつは僕《ぼく》までいらいらさせるんだ」

「ああ」ロンはばつの悪《わる》そうな顔《かお》をした。「うん、いいよ」

「もう、あいつとつき合《あ》いたくないなら、そう言《い》ってやれよ」ハリーが言《い》った。

「うん……まあ……そう簡単《かんたん》にはいかないだろ？」ロンはふと口《くち》をつぐんだ。

「ハーマイオニーは試合前《しあいまえ》に顔《かお》を見《み》せるかな？」ロンがなにげなさそうに聞《き》いた。

「いいや、もうジニーと一緒《いっしょ》に競技場《きょうぎじょう》に行《い》った」

「ふーん」

ロンは何《なん》だか落《お》ち込《こ》んだようだった。

「そうか、うん、がんばれよ。こてんぱんにしてやれ、マクラー――じゃなかった、スミスなんか」

「がんばるよ」ハリーは箒《ほうき》を肩《かた》に担《かつ》いだ。

「試合《しあい》のあとでな」

ハリーは人気《ひとけ》のない廊下《ろうか》を急《いそ》いだ。全校生《ぜんこうせい》が外《そと》に出《で》てしまい、競技場《きょうぎじょう》に向《む》かっている途中《とちゅう》か、もう座席《ざせき》に座《すわ》っているかだった。ハリーは急《いそ》ぎながら窓《まど》の外《そと》を見《み》て、風《かぜ》の強《つよ》さを計《はか》ろうとした。その時《とき》、行《ゆ》く手《て》で音《おと》がしたので目《め》を向《む》けると、マルフォイがやってくるではないか。すねて仏頂《ちょうづら》面の女《おんな》の子《こ》を二人《ふたり》連《つ》れている。

ハリーを見《み》つけると、マルフォイは、はたと立《た》ち止《ど》まったが、おもしろくもなさそうに短《みじか》く笑《わら》うと、そのまま歩《ある》き続《つづ》けた。

「どこに行《い》くんだ？」ハリーが詰問《きつもん》した。

「ああ、教《おし》えて差《さ》し上《あ》げますとも、ポッター。どこへ行《い》こうと大《おお》きなお世話《せわ》、じゃないからねえ」マルフォイがせせら笑《わら》った。

「急《いそ》いだほうがいいんじゃないか。『選《えら》ばれしキャプテン』をみんなが待《ま》っているからな――『得点《とくてん》した男《おとこ》の子《こ》』――みんながこのごろは何《なん》て呼《よ》んでいるのか知《し》らないがね」

女《おんな》の子《こ》の一人《ひとり》が、取《と》ってつけたようなクスクス笑《わら》いをした。ハリーがその子《こ》をじっと見《み》ると、女《おんな》の子《こ》は顔《かお》を赤《あか》らめた。マルフォイはハリーを押《お》しのけるようにして通《とお》り過《す》ぎた。笑《わら》った女《おんな》の子《こ》とその友達《ともだち》も、そのあとをトコトコついて行《い》き、三人《にん》とも角《かど》を曲《ま》がって見《み》えなくなった。

ハリーはその場《ば》に根《ね》が生《は》えたようにたたずみ、三人《にん》の姿《すがた》を見送《みおく》った。何《なん》たることだ。試合《しあい》までギリギリの時間《じかん》しかないというそんな時《とき》に、マルフォイがからっぽの学校《がっこう》をこそこそ歩《ある》き回《まわ》っている。マルフォイのたくらみを暴《あば》くには、またとない最高《さいこう》の機会《きかい》なのに。刻々《こっこく》と沈黙《ちんもく》の時《とき》が過《す》ぎる間《あいだ》、ハリーはマルフォイの消《き》えたあたりを見《み》つめて、凍《こお》りついたように立《た》ち尽《つ》くしていた。

「どこに行《い》ってたの？」

ハリーが更衣室《こういしつ》に飛《と》び込《こ》むと、ジニーが問《と》い詰《つ》めた。選手《せんしゅ》はもう全員着替《ぜんいんきが》えをすませて待機《たいき》していた。ビーターのクートとピークスは、ピリピリしながら棍棒《こんぼう》で自分《じぶん》たちの脚《あし》をたたいていた。

「マルフォイに出会《であ》った」

ハリーは真紅《しんく》のユニフォームを頭《あたま》からかぶりながら、そっとジニーに言《い》った。

「それで？」

「それで、みんながここにいるのに、やつがガールフレンドを二人連《ふたりつ》れて、城《しろ》にいるのはなぜなのか、知《し》りたかった……」

「今《いま》の今《いま》、それが大事《だいじ》なことなの？」

「さあね、それがわかれば苦労《くろう》はないだろう？」

ハリーはファイアボルトを引《ひ》っつかみ、めがねをしっかりかけなおした。

「さあ、行《い》こう！」

あとは何《なに》も言《い》わず、耳《みみ》をろうする歓声《かんせい》と罵声《ばせい》に迎《むか》えられて、ハリーは堂々《どうどう》と競技場《きょうぎじょう》に進《すす》み出《で》た。

風《かぜ》はほとんどない。雲《くも》はとぎれとぎれで、ときどきまぶしい陽光《ようこう》が輝《かがや》いた。

「難《むずか》しい天気《てんき》だぞ！」

マクラーゲンがチームに向《む》かって鼓舞《こぶ》するように言《い》った。

「クート、ピークス、太陽《たいよう》を背《せ》にして飛《と》べ。敵《てき》に姿《すがた》が見《み》られないようにな――」

「マクラーゲン、キャプテンは僕《ぼく》だ。選手《せんしゅ》に指示《しじ》するのはやめろ」ハリーが憤慨《ふんがい》した。

「ゴールポストの所《ところ》に行《い》ってろ！」

マクラーゲンが肩《かた》をそびやかして行《い》ってしまったあとで、ハリーはクートとピークスに向《む》きなおった。

「必《かなら》ず太陽《たいよう》を背《せ》にして飛《と》べよ」ハリーはしかたなしに二人《ふたり》にそう言《い》った。

ハリーはハッフルパフのキャプテンと握手《あくしゅ》をすませ、マダム・フーチのホイッスルで地面《じめん》をけり、空《そら》に舞《ま》い上《あ》がった。ほかの選手《せんしゅ》たちよりずっと高《たか》く、スニッチを探《さが》して競技場《きょうぎじょう》の周囲《しゅうい》を猛《もう》スピードで飛《と》んだ。早《はや》くスニッチをつかめば、城《しろ》に戻《もど》って「忍《しの》びの地図《ちず》」を持《も》ち出《だ》し、マルフォイが何《なに》をしているかを見《み》つけ出《だ》す可能性《かのうせい》があるかもしれない……。

「そして、クアッフルを手《て》にしているのは、ハッフルパフのスミスです」

地上《ちじょう》から、夢見心地《ゆめみごこち》の声《こえ》が流《なが》れてきた。

「スミスは、もちろん、前回《ぜんかい》の解説者《かいせつしゃ》でした。そして、ジニー・ウィーズリーがスミスに向《む》かって飛《と》んでいきましたね。たぶん意図的《いとてき》だと思《おも》うわ――そんなふうに見《み》えたもン。スミスはグリフィンドールにとっても失礼《しつれい》でした。対戦《たいせん》している今《いま》になって、それを後悔《こうかい》していることでしょう――あら、見《み》て、スミスがクアッフルを落《お》としました。ジニーが奪《うば》いました。あたし、ジニーが好《す》きよ。とてもすてきだもン……」

ハリーは目《め》を見開《みひら》いて解説者《かいせつしゃ》の演壇《えんだん》を見《み》た。まさか、まともな神経《しんけい》の持《も》ち主《ぬし》なら、ルーナ・ラブグッドを解説者《かいせつしゃ》に立《た》てたりはしないだろう？　しかし、こんな高《たか》い所《ところ》からでも、紛《まぎ》れもなく、あのにごり色《いろ》のブロンドの長《なが》い髪《かみ》、バタービールのコルクのネックレス……ルーナの横《よこ》で、この人選《じんせん》はまずかったと思《おも》っているかのように、当惑気味《とうわくぎみ》の顔《かお》をしているのは、マクゴナガル先生《せんせい》だ。

「……でも、今度《こんど》は大《おお》きなハッフルパフ選手《せんしゅ》が、ジニーからクアッフルを取《と》りました。何《なん》ていう名前《なまえ》だったかなあ、たしかビブルみたいな──ううん、バギンズかな──」

「キャッドワラダーです！」

ルーナの脇《わき》から、マクゴナガル先生《せんせい》が大声《おおごえ》で言《い》った。観衆《かんしゅう》は大笑《おおわら》いだ。

ハリーは目《め》を凝《こ》らしてスニッチを探《さが》したが、影《かげ》も形《かたち》もない。しばらくして、キャッドワラダーが得点《とくてん》した。マクラーゲンは、ジニーがクアッフルを奪《うば》われたことを大声《おおごえ》で批判《ひはん》していて、自分《じぶん》の右耳《みぎみみ》のそばを大《おお》きな赤《あか》い球《たま》がかすめて飛《と》んでいくのに気《き》づかなかったのだ。

「マクラーゲン、自分《じぶん》のやるべきことに集中《しゅうちゅう》しろ。ほかの選手《せんしゅ》にかまうな！」

ハリーはくるりとキーパーのほうに向《む》きなおってどなった。

「君《きみ》こそいい模範《もはん》を示《しめ》せ！」

マクラーゲンが真《ま》っ赤《か》になってどなり返《かえ》した。

「さて、今度《こんど》はハリー・ポッターがキーパーと口論《こうろん》しています」

下《した》で観戦《かんせん》しているハッフルパフ生《せい》やスリザリン生《せい》が、歓声《かんせい》を上《あ》げたりヤジったりする中《なか》、ルーナがのどかに言《い》った。

「それはハリー・ポッターがスニッチを見《み》つける役《やく》には立《た》たないと思《おも》うけど、でもきっと、賢《かしこ》い策略《さくりゃく》なのかもね……」

ハリーはカンカンになって悪態《あくたい》をつきながら、向《む》きを変《か》えてまた競技場《きょうぎじょう》を回《まわ》りはじめ、羽《はね》の生《は》えた金色《きんいろ》の球《たま》の姿《すがた》を求《もと》めて空《そら》に目《め》を走《はし》らせた。

ジニーとデメルザが、それぞれ一回《かい》ゴールを決《き》め、下《した》にいる赤《あか》と金色《きんいろ》のサポーターが歓声《かんせい》を上《あ》げる機会《きかい》を作《つく》った。それからキャッドワラダーがまた点《てん》を入《い》れ、スコアはタイになったが、ルーナはそれに気《き》づかないようだった。点数《てんすう》なんていう俗《ぞく》なことにはまったく関心《かんしん》がない様子《ようす》で、観《かん》衆《しゅう》の注意《ちゅうい》を形《かたち》のおもしろい雲《くも》に向《む》けたり、ザカリアス・スミスがクアッフルをそれまで一分以《ぷんい》上《じょう》持《も》っていられなかったのは、「負《ま》け犬病《いぬびょう》」とかいう病気《びょうき》を患《わずら》っている可能性《かのうせい》があるという方向《ほうこう》に持《も》っていった。

「七十対《たい》四十、ハッフルパフのリード！」

マクゴナガル先生《せんせい》が、ルーナのメガホンに向《む》かって大声《おおごえ》を出《だ》した。

「もうそんなに？」ルーナが漠然《ばくぜん》と言《い》った。

「あら、見《み》て！　グリフィンドールのキーパーが、ビーターのクラブをつかんでいます」

ハリーは空中《くうちゅう》でくるりと向《む》きを変《か》えた。たしかに、マクラーゲンが、どんな理由《りゆう》かはマクラーゲンのみぞ知《し》るだが、ピークスの棍棒《こんぼう》を取《と》り上《あ》げ、突《つ》っ込《こ》んでくるキャッドワラダーに、どうやってブラッジャーを打《う》ち込《こ》むかをやって見《み》せているらしい。

「クラブを返《かえ》してゴールポストに戻《もど》れ！」

ハリーがマクラーゲンに向《む》かって突進《とっしん》しながらほえるのと、マクラーゲンがブラッジャーに獰《どう》猛《もう》な一撃《いちげき》を加《くわ》えるのとが同時《どうじ》だった。バカ当《あ》たりの一撃《いちげき》だった。

目《め》がくらみ、激烈《げきれつ》な痛《いた》み……閃光《せんこう》……遠《とお》くで悲鳴《ひめい》が聞《き》こえる……長《なが》いトンネルを落《お》ちていく感《かん》じ……。

気《き》がついたときには、ハリーはすばらしく温《あたた》かい快適《かいてき》なベッドに横《よこ》たわり、薄暗《うすぐら》い天井《てんじょう》に金色《きんいろ》の光《ひかり》の輪《わ》を描《えが》いているランプを見上《みあ》げていた。ハリーはぎこちなく頭《あたま》を持《も》ち上《あ》げた。左側《ひだりがわ》に、見《み》慣《な》れた赤毛《あかげ》のそばかす顔《がお》があった。

「立《た》ち寄《よ》ってくれて、ありがと」ロンがニヤニヤした。

ハリーは目《め》を瞬《しばたた》いて周《まわ》りを見回《みまわ》した。紛《まぎ》れもない。ハリーは医務室《いむしつ》にいた。外《そと》は真《ま》っ赤《か》なしま模様《もよう》の藍色《あいいろ》の空《そら》だ。試合《しあい》は何時間《なんじかん》も前《まえ》に終《お》わったにちがいない……マルフォイを追《お》い詰《つ》める望《のぞ》みも同《おな》じくついえた。頭《あたま》が変《へん》に重《おも》たかった。手《て》でさわると、包帯《ほうたい》で固《かた》くターバン巻《ま》きにされていた。

「どうなったんだ？」

「頭《ず》がい骨骨折《こっこっせつ》です」

マダム・ポンフリーがあわてて出《で》てきて、ハリーを枕《まくら》に押《お》し戻《もど》しながら言《い》った。

「心配《しんぱい》いりません。私《わたし》がすぐに治《なお》しました。でも一晩《ひとばん》ここに泊《と》めます。数時間《すうじかん》は無理《むり》しちゃいけません」

「一晩《ひとばん》ここに泊《と》まっていたくありません」

体《からだ》を起《お》こし、かけぶとんを跳《は》ねのけて、ハリーがいきり立《た》った。

「マクラーゲンを見《み》つけ出《だ》して殺《ころ》してやる」

「残念《ざんねん》ながら、それは『無理《むり》する』の分類《ぶんるい》に入《はい》ります」

マダム・ポンフリーがハリーをしっかりとベッドに押《お》し戻《もど》し、脅《おど》すように杖《つえ》を上《あ》げた。

「私《わたし》が退院《たいいん》させるまで、ポッター、あなたはここに泊《と》まるのです。さもないと校長先生《こうちょうせんせい》を呼《よ》びますよ」

マダム・ポンフリーはせわしなく事務室《じむしつ》に戻《もど》っていき、ハリーは憤慨《ふんがい》して枕《まくら》に沈《しず》み込《こ》んだ。

「何点差《なんてんさ》で負《ま》けたか知《し》ってるか？」ハリーは歯《は》ぎしりしながらロンに聞《き》いた。

「ああ、まあね」ロンが申《もう》し訳《わけ》なさそうに言《い》った。

「最終《さいしゅう》スコアは三百二十対《たい》六十だった」

「すごいじゃないか」ハリーはカンカンになった。

「まったくすごい！　マクラーゲンのやつ、捕《つか》まえたらただじゃ――」

「捕《つか》まえないほうがいいぜ。あいつはトロール大《だい》だ」ロンがまっとうなことを言《い》った。

「僕個人《ぼくこじん》としては、プリンスの『爪伸《つめの》ばし呪《のろ》い』をかけてやる価値《かち》、大《おお》いにありだな。どっちにしろ、君《きみ》が退院《たいいん》する前《まえ》に、ほかの選手《せんしゅ》があいつを片《かた》づけちまってるかもしれない。みんなおもしろくないからな……」

ロンの声《こえ》はうれしさを隠《かく》しそこねていた。マクラーゲンがとんでもないへまをやったことでロンがまちがいなくわくわくしているのが、ハリーにはわかった。ハリーは天井《てんじょう》の灯《あか》りの輪《わ》を見《み》つめながら横《よこ》たわっていた。治療《ちりょう》を受《う》けたばかりの頭《ず》がい骨《こつ》は、たしかにうずきはしなかったが、ぐるぐる巻《ま》きの包帯《ほうたい》の下《した》で少《すこ》し過敏《かびん》になっていた。

「ここから試合《しあい》の解説《かいせつ》が聞《き》こえたんだ」ロンが言《い》った。声《こえ》が笑《わら》いで震《ふる》えていた。「これからはずっとルーナに解説《かいせつ》してほしいよ……『負《ま》け犬病《いぬびょう》』か……」

ハリーは腹《はら》が立《た》って、こんな状況《じょうきょう》にユーモアを感《かん》じるどころではなかった。しばらくすると、ロンの噴《ふ》き出《だ》し笑《わら》いも収《おさ》まった。

「君《きみ》が意識《いしき》を失《うしな》ってるときに、ジニーが見舞《みま》いにきたよ」

しばらくだまったあとで、ロンが言《い》った。

ハリーの妄想《もうそう》が「無理《むり》する」域《いき》にまでふくれ上《あ》がった。たちまち、ぐったりした自分《じぶん》の体《からだ》に取《と》りすがって、ジニーがよよと泣《な》く姿《すがた》を想像《そうぞう》した。ハリーに対《たい》する深《ふか》い愛情《あいじょう》を告白《こくはく》し、ロンが二人《ふたり》を祝福《しゅくふく》する……。

「君《きみ》が試合《しあい》ぎりぎりに到着《とうちゃく》したって言《い》ってた。どうしたんだ？　ここを出《で》たときは充分時間《じゅうぶんじかん》があったのに」

「ああ……」心象《しんしょう》風景《ふうけい》がパチンと内部崩壊《ないぶほうかい》した。

「うん……それは、マルフォイが、いやいや一緒《いっしょ》にいるみたいな女《おんな》の子《こ》を二人《ふたり》連《つ》れて、こそこそ動《うご》き回《まわ》ってるのを見《み》たからなんだ。ほかの生徒《せいと》がクィディッチ競技場《きょうぎじょう》に行《い》ってるのに、わざわざあいつが行《い》かなかったのは、これで二度目《どめ》だ。この前《まえ》の試合《しあい》にも行《い》かなかった。覚《おぼ》えてるか？」

ハリーはため息《いき》をついた。

「試合《しあい》がこんな惨敗《ざんぱい》なら、あいつを追跡《ついせき》していればよかったたって、今《いま》ではそう思《おも》ってるよ」

「バカ言《い》うな」ロンが厳《きび》しい声《こえ》を出《だ》した。

「マルフォイをつけるためにクィディッチ試合《じあい》を抜《ぬ》けるなんて、できるはずないじゃないか。君《きみ》はキャプテンだ！」

「マルフォイが何《なに》をたくらんでるのか知《し》りたいんだ」ハリーが言《い》った。

「それに、僕《ぼく》の勝手《かって》な想像《そうぞう》だなんて言《い》うな。マルフォイとスネイプの会話《かいわ》を聞《き》いてしまった以《い》上《じょう》……」

「君《きみ》の勝手《かって》な想像《そうぞう》だなんて言《い》ったことないぞ」

今度《こんど》はロンが片《かた》ひじをついて体《からだ》を起《お》こし、ハリーをにらんだ。

「だけど、この城《しろ》で何《なに》かたくらむことができるのは、一時《いっとき》に一人《ひとり》だけだなんてルールはない！君《きみ》はちょっとマルフォイにこだわり過《す》ぎだぞ。ハリー、あいつをつけるのにクィディッチの試合《しあい》を放棄《ほうき》するなんて考《かんが》えるのは……」

「あいつの現場《げんば》を押《お》さえたいんだ！」

ハリーがじれったそうに言《い》った。

「だって、地図《ちず》から消《き》えてるとき、あいつはどこに行《い》ってるんだ？」

「さあな……ホグズミードか？」ロンがあくびまじりに言《い》った。

「あいつが、秘密《ひみつ》の通路《つうろ》を通《とお》っていくところなんか、一度《いちど》も地図《ちず》で見《み》たことがない。それに、そういう通路《つうろ》は、どうせ今《いま》、みんな見張《みは》られてるだろう？」

「さあ、そんなら、わかんないな」ロンが言《い》った。

二人《ふたり》ともだまり込《こ》んだ。ハリーは天井《てんじょう》のランプの灯《あか》りを見《み》つめながら、じっと考《かんが》えた……。

ルーファス・スクリムジョールほどの権力《けんりょく》があれば、マルフォイに尾行《びこう》をつけられるだろうが、残念《ざんねん》ながら、ハリーが意《い》のままにできる「闇祓《やみばら》い」が大勢《おおぜい》いる局《きょく》などない……。ＤＡ《ディーエー》を使《つか》って何《なに》か作《つく》り上《あ》げようかとちらりと考《かんが》えたが、結局《けっきょく》ＤＡ《ディーエー》のメンバーの大部分《だいぶぶん》は、やはり時間割《じかんわり》がぎっしり詰《つ》まっているので、誰《だれ》かが授業《じゅぎょう》を休《やす》まなければならないという問題《もんだい》が出《で》てくる……。

ロンのベッドから、グーグーと低《ひく》いいびきが聞《き》こえてきた。しばらくして、マダム・ポンフリーが、今度《こんど》は分厚《ぶあつ》い部屋着《へやぎ》を着《き》て事務所《じむしょ》から出《で》てきた。狸寝入《たぬきねい》りするのが一番簡単《いちばんかんたん》だったので、ハリーはごろりと横《よこ》を向《む》き、マダム・ポンフリーの杖《つえ》でカーテンが全部閉《ぜんぶし》まっていく音《おと》を聞《き》いていた。ランプが暗《くら》くなり、マダム・ポンフリーは事務所《じむしょ》に戻《もど》っていった。その背後《はいご》でドアがカチリと閉《し》まる音《おと》が聞《き》こえ、マダム・ポンフリーが自分《じぶん》のベッドに向《む》かっているのがわかった。

クィディッチのけがで入院《にゅういん》したのはこれで三度目《どめ》だと、暗闇《くらやみ》の中《なか》でハリーは考《かんが》えにふけった。前回《ぜんかい》は、吸魂鬼《きゅうこんき》が競技場《きょうぎじょう》に現《あらわ》れたせいで、箒《ほうき》から落《お》ちたし、その前《まえ》は、どうしようもない無能《むのう》なロックハート先生《せんせい》のおかげで片腕《かたうで》の骨《ほね》が全部《ぜんぶ》なくなった……あの時《とき》が一番痛《いちばんいた》かった……一晩《ひとばん》で片《かた》腕全部《うでぜんぶ》の骨《ほね》を再生《さいせい》する苦《くる》しみを、ハリーは思《おも》い出《だ》した。あの不快感《ふかいかん》を一段《いちだん》と悪化《あっか》させたのは、夜《よ》中《なか》に予期《よき》せぬ訪問者《ほうもんしゃ》がやってきたことで――。

ハリーはガバッと起《お》き上《あ》がった。心臓《しんぞう》がドキドキして、ターバン巻《ま》き包帯《ほうたい》が横《よこ》っちょにずれていた。ついに解決法《かいけつほう》を見《み》つけたのだ。マルフォイを尾行《びこう》する方法《ほうほう》が、あった――どうして忘《わす》れていたのだろう？　どうしてもっと早《はや》く思《おも》いつかなかったのだろう？

しかし、どうやったら呼《よ》び出《だ》せるのか？　どうやるんだったっけ？　ハリーは低《ひく》い声《こえ》で、遠慮《えんりょ》がちに、暗闇《くらやみ》に向《む》かって話《はな》しかけた。

「クリーチャー？」

バチンと大《おお》きな音《おと》がして、静《しず》かな部屋《へや》が、ガサゴソ動《うご》き回《まわ》る音《おと》とキーキー声《ごえ》でいっぱいになった。ロンがギャッと叫《さけ》んで目《め》を覚《さ》ました。

「何《なん》だぁ――？」

ハリーは急《いそ》いで事務所《じむしょ》に杖《つえ》を向《む》け、「マフリアート！　耳《みみ》ふさぎ！」と唱《とな》えて、マダム・ポンフリーが飛《と》んでこないようにした。それから、何事《なにごと》が起《お》こっているかをよく見《み》ようと、急《いそ》いでベッドの足側《あしがわ》のほうに移動《いどう》した。

「屋敷《やしき》しもべ妖精《ようせい》」が二人《ふたり》、病室《びょうしつ》の真《ま》ん中《なか》の床《ゆか》を転《ころ》げ回《まわ》っていた。一人《ひとり》は縮《ちぢ》んだ栗色《くりいろ》のセーターを着《き》て、毛糸《けいと》の帽子《ぼうし》を数個《すうこ》かぶっている。もう一人《ひとり》は汚《きたな》らしいボロを腰布《こしぬの》のように巻《ま》きつけているしもべ妖精《ようせい》の頭上《ずじょう》に現《あらわ》れた。そこへもう一度《いちど》大《おお》きな音《おと》がして、ポルターガイストのピーブズが、取《と》っ組《く》み合《あ》っているしもべ妖精《ようせい》の頭上《ずじょう》に現《あらわ》れた。

「ポッティ！　俺《おれ》が見物《けんぶつ》してたんだぞ！」

けんかを指差《ゆびさ》しながら、ピーブズが怒《おこ》ったように言《い》った。それからクアックアッと高笑《たかわら》いした。

「ババッチイやつらがつかみ合《あ》い。パックンバックン、ポックンボックン――」

「クリーチャーはドビーの前《まえ》でハリー・ポッターを侮辱《ぶじょく》しないのです。絶対《ぜったい》にしないのです。さもないと、ドビーは、クリーチャーめの口《くち》を封《ふう》じてやるのです！」

ドビーがキーキー声《ごえ》で叫《さけ》んだ。

「――ケッポレ、カッポレ！」

ピーブズが、今度《こんど》はチョーク弾丸《だんがん》を投《な》げつけて、しもべ妖精《ようせい》を扇動《せんどう》していた。

「ヒッパレ、ツッパレ！」

「クリーチャーは、自分《じぶん》のご主人様《しゅじんさま》のことを何《なん》とでも言《い》うのです。ああ、そうです。なんというご主人様《しゅじんさま》だろう。汚《けが》らわしい『穢《けが》れた血《ち》』の仲間《なかま》だ。ああ、クリーチャーの哀《あわ》れな女主人様《おんなしゅじんさま》は、何《なん》とおっしゃるだろう――？」

クリーチャーの女主人様《おんなしゅじんさま》が何《なん》とおっしゃるやら、正確《せいかく》には聞《き》けずじまいだった。何《なに》しろそのとたんに、ドビーがゴツゴツした小《ち》さなげんこつをクリーチャーの口《くち》に深々《ふかぶか》とお見舞《みま》いし、歯《は》を半分《はん》もぶっ飛《と》ばしてしまったのだ。ハリーもロンも、ベッドから飛《と》び出《だ》し、二人《ふたり》のしもべ妖精《ようせい》を引《ひ》き離《はな》した。しかし二人《ふたり》とも、ピーブズにあおられて、互《たが》いにけったりパンチをかまそうとしたりし続《つづ》けていた。ピーブズは、襲《おそ》いかかるようにランプの周《まわ》りを飛《と》びまわりながら、ギャーギャーわめき立《た》てた。

「鼻《はな》に指《ゆび》を突《つ》っ込《こ》め、鼻血《はなぢ》出《だ》させろ、耳《みみ》を引《ひ》っ張《ぱ》れ――」

ハリーはピーブズに杖《つえ》を向《む》けて唱《とな》えた。

「ラングロック！　舌《した》しばり！」

ピーブズはのどを押《お》さえ、息《いき》を詰《つ》まらせて、部屋《へや》からスーッと消《き》えていった。指《ゆび》で卑猥《ひわい》なしぐさをしたものの、口《こう》がいに舌《した》が貼《は》りついていて、何《なに》も言《い》えなくなっていた。

「いいぞ」

ドビーを高《たか》く持《も》ち上《あ》げて、ジタバタする手足《てあし》がクリーチャーに届《とど》かないようにしながら、ロンが感心《かんしん》したように言《い》った。

「そいつもプリンスの呪《のろ》いなんだろう？」

「うん」ハリーは、クリーチャーのしなびた腕《うで》をハーフネルソンにしめ上《あ》げながら言《い》った。

「よし――二人《ふたり》ともけんかすることを禁《きん》じる！　さあ、クリーチャー、おまえはドビーと戦《たたか》うことを禁《きん》じられている。ドビー、君《きみ》には命令《めいれい》が出《だ》せないって、わかっているけど――」

「ドビーは自由《じゆう》な屋敷《やしき》しもべ妖精《ようせい》なのです。だから誰《だれ》でも自分《じぶん》の好《す》きな人《ひと》に従《したが》うことができます。そしてドビーは、ハリー・ポッターがやってほしいということなら何《なん》でもやるのです！」

ドビーのしなびた小《ちい》さな顔《かお》を伝《つた》う涙《なみだ》が、今《いま》やセーターに滴《したた》っていた。

「オッケー、それなら」

ハリーとロンがしもべ妖精《ようせい》を放《はな》すと、二人《ふたり》とも床《ゆか》に落《お》ちたが、けんかを続《つづ》けはしなかった。

「ご主人様《しゅじんさま》はお呼《よ》びになりましたか？」

クリーチャーはしわがれ声《ごえ》でそう言《い》うと、ハリーが痛《いた》い思《おも》いをして死《し》ねばいいとあからさまに願《ねが》う目《め》つきをしながらも、深々《ふかぶか》とおじぎをした。

「ああ、呼《よ》んだ」

ハリーは「マフリアート」の呪文《じゅもん》がまだ効《き》いているかどうかをたしかめようと、マダム・ポンフリーの事務所《じむしょ》のドアにちらりと目《め》を走《はし》らせながら言《い》った。騒《さわ》ぎが聞《き》こえた形跡《けいせき》はまったくなかった。

「おまえに仕事《しごと》をしてもらう」

「クリーチャーはご主人様《しゅじんさま》がお望《のぞ》みなら何《なん》でもいたします」

クリーチャーは、節《ふし》くれ立《だ》った足《あし》の指《ゆび》に唇《くちびる》がほとんど触《ふ》れるぐらい深々《ふかぶか》とおじぎをした。

「クリーチャーは選択《せんたく》できないからです。しかしクリーチャーはこんなご主人《しゅじん》を持《も》って恥《は》ずかしい。そうですとも――」

「ドビーがやります。ハリー・ポッター！」

ドビーがキーキー言《い》った。テニスボールほどある目玉《めだま》はまだ涙《なみだ》にぬれていた。

「ドビーは、ハリー・ポッターのお手伝《てつだ》いをするのが光栄《こうえい》なのです」

「考《かんが》えてみると、二人《ふたり》いたほうがいいだろう」

ハリーが言《い》った。

「オッケー、それじゃ……二人《ふたり》とも、ドラコ・マルフォイを尾行《びこう》してほしい」

ロンが驚《おどろ》いたような、あきれたような顔《かお》をするのを無視《むし》して、ハリーは言葉《ことば》を続《つづ》けた。

「あいつがどこに行《い》って、誰《だれ》に会《あ》って、何《なに》をしているのかを知《し》りたいんだ。あいつを二十四時間《じかん》尾行《びこう》してほしい」

「はい、ハリー・ポッター！」

ドビーが興奮《こうふん》に大《おお》きな目《め》を輝《かがや》かせて、即座《そくざ》に返事《へんじ》した。

「そして、ドビーが失敗《しっぱい》したら、ドビーは、一番高《いちばんたか》い塔《とう》から身《み》を投《な》げます。ハリー・ポッター！」

「そんな必要《ひつよう》はないよ」ハリーがあわてて言《い》った。

「ご主人様《しゅじんさま》は、クリーチャーに、マルフォイ家《け》の一番《いちばん》お若《わか》い方《かた》をつけろとおっしゃるのですか？」

クリーチャーがしわがれ声《ごえ》で言《い》った。

「ご主人様《しゅじんさま》がスパイしろとおっしゃるのは、クリーチャーの昔《むかし》の女主人様《おんなしゅじんさま》の姪御様《めいごさま》の、純血《じゅんけつ》のご子息《しそく》のことですか？」

「そいつのことだよ」

ハリーは、予想《よそう》される大《おお》きな危険《きけん》を、今《いま》すぐに封《ふう》じておこうと決意《けつい》した。

「それに、クリーチャー、おまえがやろうとしていることを、あいつに知《し》らせたり、示《しめ》したりすることを禁《きん》じる。あいつと話《はな》すことも、手紙《てがみ》を書《か》くことも、それから……それからどんな方法《ほうほう》でも、あいつと接触《せっしょく》することを禁《きん》じる。わかったか？」

与《あた》えられたばかりの命令《めいれい》の抜《ぬ》け穴《あな》を探《さが》そうと、クリーチャーがもがいているのが、ハリーには見《み》えるような気《き》がした。ハリーは待《ま》った。ややあって、ハリーにとっては大満足《だいまんぞく》だったが、クリーチャーが再《ふた》び深《ふか》くおじぎし、恨《うら》みを込《こ》めて苦々《にがにが》しくこう言《い》った。

「ご主人様《しゅじんさま》はあらゆることをお考《かん》えです。そしてクリーチャーはご主人様《しゅじんさま》に従《したが》わねばなりません。たとえクリーチャーがあのマルフォイ家《け》の坊《ぼっ》ちゃまの召使《めしつか》いになるほうがずっといいと思《おも》ってもです。ああ、そうですとも……」

「それじゃ、決《き》まった」ハリーが言《い》った。

「定期的《ていきてき》に報告《ほうこく》してくれ。ただし、現《あらわ》れるときは、僕《ぼく》の周《まわ》りに誰《だれ》もいないのをたしかめること。ロンとハーマイオニーならかまわない。それから、おまえたちがやっていることを、誰《だれ》にも言《い》うな。二枚《まい》のイボ取《と》りばんそうこうみたいに、マルフォイにぴったり貼《は》りついているんだぞ」

つづく

J.K. ローリング 作

不朽の人気を誇る「ハリー・ポッター」シリーズの著者。1990年、旅の途中の遅延した列車の中で「ハリー・ポッター」のアイデアを思いつくと、全7冊のシリーズを構想して執筆を開始。1997 年に第1巻『ハリー・ポッターと賢者の石』が出版、その後、完結までにはさらに10年を費やし、2007年に第7巻となる『ハリー・ポッターと死の秘宝』が出版された。シリーズは現在85の言語に翻訳され、発行部数は6億部を突破、オーディオブックの累計再生時間は10億時間以上、制作された8本の映画も大ヒットとなった。また、シリーズに付随して、チャリティのための短編『クィディッチ今昔』と『幻の動物とその生息地』(ともに慈善団体〈コミック・リリーフ〉と〈ルーモス〉を支援)、『吟遊詩人ビードルの物語』(〈ルーモス〉を支援)も執筆。『幻の動物とその生息地』は魔法動物学者ニュート・スキャマンダーを主人公とした映画「ファンタスティック・ビースト」シリーズが生まれるきっかけとなった。大人になったハリーの物語は舞台劇『ハリー・ポッターと呪いの子』へと続き、ジョン・ティファニー、ジャック・ソーンとともに執筆した脚本も書籍化された。その他の児童書に『イッカボッグ』(2020年)『クリスマス・ピッグ』(2021年)があるほか、ロバート・ガルブレイスのペンネームで発表し、ベストセラーとなった大人向け犯罪小説「コーモラン・ストライク」シリーズも含め、その執筆活動に対し多くの賞や勲章を授与されている。J.K. ローリングは、慈善信託〈ボラント〉を通じて多くの人道的活動を支援するほか、性的暴行を受けた女性の支援センター〈ベイラズ・プレイス〉、子供向け慈善団体〈ルーモス〉の創設者でもある。

J.K. ローリングに関するさらに詳しい情報はjkrowlingstories.comで。

松岡佑子《まつおかゆうこ》 訳

翻訳家。国際基督教大学卒、モントレー国際大学院大学国際政治学修士。日本ペンクラブ会員。スイス在住。訳書に「ハリー・ポッター」シリーズ全7巻のほか、「少年冒険家トム」シリーズ、映画オリジナル脚本版「ファンタスティック・ビースト」シリーズ、『ブーツをはいたキティのはなし』『とても良い人生のために』『イッカボッグ』『クリスマス・ピッグ』(以上静山社)がある。

静山社ペガサス文庫

ハリー・ポッター ⑮
ハリー・ポッターと謎《なぞ》のプリンス〈新装版《しんそうばん》〉6-2

2024年10月8日　第１刷発行

作者　J.K.ローリング
訳者　松岡佑子
発行者　松岡佑子
発行所　株式会社静山社
〒102-0073 東京都千代田区九段北1-15-15
電話・営業 03-5210-7221
https://www.sayzansha.com
装画　ダン・シュレシンジャー
装丁　城所 潤(ジュン・キドコロ・デザイン)
印刷・製本　中央精版印刷株式会社

ISBN 978-4-86389-874-5　Printed in Japan
Published by Say-zan-sha Publications Ltd.

「静山社《せいざんしゃ》ペガサス文庫《ぶんこ》」創刊《そうかん》のことば

小《ちい》さくてもきらりと光《ひか》る、星《ほし》のような物語《ものがたり》を届《とど》けたい——一九七九年《ねん》の創業以来《そうぎょういらい》、静山社《せいざんしゃ》が抱《いだ》き続《つづ》けてきた願《ねが》いをこめて、少年少女《しょうねんしょうじょ》のための文庫《ぶんこ》「静山社《せいざんしゃ》ペガサス文庫《ぶんこ》」を創刊《そうかん》します。

読書《どくしょ》は、みなさんの心《こころ》に眠《ねむ》っている想像《そうぞう》の羽《はね》を広《ひろ》げ、未知《みち》の世界《せかい》へいざないます。読書体験《どくしょたいけん》をとおしてつちかわれた想像力《そうぞうりょく》は、楽《たの》しいとき、苦《くる》しいとき、悲《かな》しいとき、どんなときにも、みなさんに勇気《ゆうき》を与《あた》えてくれるでしょう。

ギリシャ神話《しんわ》に登場《とうじょう》する天馬《てんま》・ペガサスのように、大《おお》きなつばさとたくましい足《あし》、しなやかな心《こころ》で、みなさんが物語《ものがたり》の世界《せかい》を、自由《じゆう》にかけまわってくださることを願《ねが》っています。

二〇一四年《ねん》

静《せい》山《ざん》社《しゃ》